HERZLOSER GEGNER

SCHATTENBLUT-SEELEN

BUCH VIER

EVA CHASE

EINS

Riva

Ich schrecke ruckartig hoch. Meine Kehle vibriert, als hätte ich gerade einen Namen geschrien.

Dominic!

Mein Herz rast wie wild. Ich richte mich auf und schwanke, als mir schwindlig wird.

Mein Rücken und meine Arme schmerzen. Der Schorf über einer teilweise verheilten Wunde an meiner Schulter pocht.

Ich blinzle, weil ich Mühe habe, klar zu sehen. Ich sitze auf einem Bett. Es ist groß und mit mehreren Schichten Laken und einer Decke bedeckt.

Die Wände um mich herum sind weiß gestrichen. In einer Ecke befindet sich ein Waschtisch, und der größte Teil des Fußbodens ist mit einem dunkelroten Teppich bedeckt.

Es sieht nicht wie ein Gefängnis aus. Allerdings bin ich

nicht freiwillig hierhergekommen, und ich wurde *wieder einmal* von meinen Männern getrennt.

Meine Krallen schießen aus meinen Fingerspitzen hervor und graben sich in die weichen Laken, während meine Muskeln sich anspannen. Doch im selben Moment überrollt mich ein überwältigendes Gefühl, das mich auf der Stelle erstarren lässt.

Wir haben so hart gekämpft. Ich bin so weit gegangen, um uns den Weg in die Freiheit zu ebnen.

Werden wir uns denn nie aus dem Griff der Wärter befreien können?

Ein überwältigendes Gefühl der Hoffnungslosigkeit steigt in mir auf.

Mein Kiefer verkrampft sich, und Wut durchdringt den Nebel in meinem Kopf.

Wer auch immer uns dieses Mal angegriffen hat, hat uns alle verletzt. Sie haben den Lastwagen und den Lieferwagen an den Straßenrand geschleudert.

Der Mann, der sich über mich beugte, als ich blutend am Straßenrand lag und behauptete, wir hätten ihm *geholfen*, befahl der Frau, die bei ihm war, auf Dominic zu schießen.

Was haben sie mit Dom gemacht? Was haben sie mit all meinen Jungs gemacht?

Ein erneuter Anflug von Panik durchdringt den restlichen Nebel. Ich steige aus dem Bett und schaue mich nach einer Fluchtmöglichkeit um.

An den Rändern des Teppichs lugen abgenutzte Steinfliesen hervor, auf denen die Schritte mehrerer Jahrzehnte, wenn nicht sogar Jahrhunderte, ihre Spuren hinterlassen haben. Dünne Balken durchziehen die Decke, die größtenteils genauso weiß ist wie die Wände. Nur einige Zwischenräume sind mit filigranen Mustern in Pastellfarben verziert.

Das geschwungene Kopfteil des Bettes und der

Waschtisch sind aus glänzendem braunem Holz und mit altmodischen Bronzedetails versehen. Bestickte Kissen liegen auf einer Sitzbank unter einem hohen, gewölbten Fenster, vor dem rote, dünne Gardinen hängen, passend zum Teppich.

Es *sieht* nicht wie ein Gefängnis *aus*. Es ist das eleganteste Zimmer, in dem ich je gewesen bin.

Wo zum Teufel bin ich? Werden König Artus und seine Ritter gleich hier auftauchen?

Ich schüttle meine Verwirrung ab, um meinen Körper zu untersuchen. Mein Oberarm und meine Schulter sind bandagiert, ebenso wie meine Seite, und ich trage ein pastellblaues T-Shirt, das ich nicht kenne. Meine Unterarme und meine Waden sind mit blauen Flecken übersät, wie ich feststelle, als ich die Beine meiner ebenfalls neuen Khakihose hochziehe.

Sie verblassen bereits, was aufgrund meiner Schattenblüter-Heilkräfte nichts zu bedeuten hat.

Weitaus beunruhigender sind die Metallmanschetten an meinen Handgelenken. Man könnte sie für einfache silberne Armreifen halten, wenn die Beschaffenheit nicht darauf hindeuten würde, dass sie im Inneren mit Technologie ausgestattet sind.

Wie die elektronischen Fesseln, die Clancy uns angelegt hat. Obwohl diese zumindest für jemanden, der es nicht besser weiß, als normaler Schmuck durchgehen könnten.

Als ich an den Bändern ziehe, geben sie kein bisschen nach. Vermutlich könnte ich sie selbst mithilfe meiner übernatürlichen Kraft nicht entfernen.

Wenn ich mit einem schweren Werkzeug dagegen schlagen könnte … Aber es ist wahrscheinlich besser, das nicht zu testen, bevor ich nicht genau weiß, wie sie funktionieren. Und was die Konsequenzen wären.

Das silbrige Glänzen bewegt mich dazu, an meine Brust

zu fassen. Doch meine Finger ertasten nichts unter dem Stoff meines Shirts.

Meine Halskette – der Katzen- und Garnanhänger, den Griffin mir vor Jahren geschenkt hat – ist weg.

Habe ich sie bei dem Überfall verloren, oder haben unsere neuen Entführer sie mir weggenommen?

Dann durchdringt ein rosiger, zitrusartiger Duft das schmerzhafte Gefühl des Verlustes. Ich schaue nach unten und stelle fest, dass er von *mir* kommt.

Als ich an meinem Arm schnuppere, füllt der schwache Duft meine Lunge. Mir wird unbehaglich zumute.

Wer auch immer mich hierhergebracht hat, hat mich gewaschen und mich einbandagiert. Ich wurde ausgezogen und dann wie eine Puppe in neue Klamotten gesteckt.

Sogar mein Haar wurde neu geflochten. Ich fahre mit den Fingern über den glatten Zopf. Da sind weder lose Strähnen noch Splitt von unserem Kampf mit den Terroristen, zu denen Clancy uns geschickt hat.

Während sich der Nebel in meinem Kopf zunehmend lichtet, lege ich meine Hand auf mein Schlüsselbein. Meine Halskette ist zwar weg, aber die drei Male, die wie daumengroße Blutergüsse aussehen, sind noch da. Durch sie bin ich mit den drei Männern verbunden, denen ich meine Liebe auf körperliche Weise bewiesen habe.

Durch unsere Verbindung kann ich spüren, wo sie sind. Gelegentlich nehme ich auch ihre Gefühle wahr, wenn sie besonders intensiv sind. Im Moment dringen ihre Befindlichkeiten nicht zu mir durch, doch ich spüre, dass Andreas, Dominic und Jacob in der Nähe sind. Wahrscheinlich im selben Gebäude.

Wenn ich Dominic spüren kann, ist er noch am Leben, oder? Ich habe keine Ahnung, wie es sich auf unsere seltsame Verbindung auswirken würde, wenn einer von uns stirbt.

Ich klammere mich an den Hoffnungsschimmer und

gehe zum Fenster. Als ich auf das Polster steige und mich mit den Händen am Sims abstütze, raubt mir der Anblick hinter der Scheibe den Atem.

Unter dem Fenster, das sich im zweiten Stock des Gebäudes zu befinden scheint, ist eine kleine geflieste Terrasse, gesäumt von akkurat getrimmten Sträuchern und bunten Topfpflanzen. Auf der anderen Seite wird die Terrasse von einer niedrigen Steinmauer begrenzt.

Und hinter dieser Mauer ... erstrecken sich weitläufige Gebirgsketten aus hellbraunem Stein mit grünen Sprenkeln. Wogende Wellen aus Felsen, die in warmes Sonnenlicht gehüllt sind. Es ist, als wäre ich in einem stürmischen Ozean gelandet, der mitten in der Brandung erstarrt ist.

Auf einem Hügel in der Ferne erkenne ich etwas, das wie ein Kirchturm aussieht, und dahinter möglicherweise ein paar Dächer. Ich sehe jedoch keine menschliche Behausung, die nah genug wäre, um ihre Bewohner zu erkennen.

Wir haben definitiv einen langen Weg von der tropischen Insel zurückgelegt, auf der wir von Clancy und seinen Wärtern gefangen gehalten wurden. Hier ist es Herbst. Einige der Bäume an den Hängen haben ihr Laub verloren, sodass sie etwas kahl aussehen, und als ich meine Hand auf das Glas lege, dringt ein Hauch Kälte hindurch.

Welcher Monat ist wohl gerade? Auf der Insel habe ich wegen der durchgehenden sommerlichen Temperaturen völlig das Zeitgefühl verloren.

Ich wende mich vom Fenster ab und öffne die Schubladen des Waschtischs. Sie sind leer. In dem Schrank in der Ecke finde ich Hosen, Jeans, T-Shirts, Sweatshirts und sogar ein paar Freizeitkleider auf Bügeln.

Nach kurzem Zögern ziehe ich mir einen Kapuzenpulli über, in dem ich mich etwas weniger wie ein adrettes Katalogmodel fühle. Außerdem ist es gut, zusätzliche Taschen zu haben, falls ich etwas darin verstauen möchte.

Dann gehe ich zur Zimmertür, lege meine Hand auf den Knauf und mache mich bereit, den Widerstand des Schlosses zu testen.

Doch die Tür ist nicht abgeschlossen. Der Knauf lässt sich problemlos drehen.

Mein Herz setzt vor Überraschung einen Schlag aus. Ich stoße die Tür auf und starre in einen Flur mit hohen Decken, der von weiteren gewölbten Türöffnungen gesäumt und von kunstvollen Leuchtern mit elektrischen Kerzen beleuchtet wird.

In was für einen verrückten Traum bin ich da hineingestolpert? Kopfschüttelnd überlege ich, ob ich mich ohrfeigen soll, um sicherzugehen, dass ich nicht halluziniere, als sich eine der anderen Türen quietschend öffnet.

Zian betritt den Flur und sieht genauso verwirrt aus, wie ich mich fühle. Ein Anflug der Erleichterung überkommt mich, als ich sehe, dass er am Leben und wohlauf ist. Er fährt sich mit der Hand durch sein kurzes schwarzes Haar und dreht sich zu mir um.

Ich kann mich nicht auf ihn stürzen und ihn so umarmen, wie ich es gern möchte, da das die traumatischen Erinnerungen in Zee wecken könnte, die er nicht kontrollieren kann. Also begnüge ich mich damit, mit einem nervösen Lächeln auf ihn zuzugehen.

In Zians dunkelbraunen Augen leuchtet ebenfalls Erleichterung auf. Er hebt die Arme und erstarrt, bevor er mich in eine Umarmung schließen kann.

Ich bleibe ein paar Meter von ihm entfernt stehen, woraufhin er seine Hände mit bedächtiger Vorsicht auf meine Schultern legt. Sein Blick sucht den meinen. „Geht es dir gut?"

In seiner grollenden Stimme schwingt ein besorgter Unterton unter der typischen Schroffheit mit. Ich nicke und mustere ihn.

Unsere neuen Entführer haben ihn in ähnliche Klamotten gesteckt wie mich. Er trägt eine Khakihose, ein einfaches T-Shirt und dieselben Metallarmbänder an den Handgelenken. Unter dem Halsausschnitt seines T-Shirts lugt ein Verband hervor, und mehrere blaue Flecken verdunkeln die pfirsichbraune Haut seiner Arme. Auch an seinem Kiefer ist ein kleiner Bluterguss zu sehen.

„Und dir?", frage ich, nur um sicherzugehen.

Er verzieht den Mund. „Den Umständen entsprechend. Wo zum Teufel sind wir? Was ist passiert?"

Seine Hände gleiten von meinen Schultern, und er dreht sich wieder zum Flur um. Bevor ich ihm sagen kann, dass ich auch nicht mehr Ahnung habe als er, öffnen sich weitere Türen auf dem Flur.

Nadia schlüpft als Erste heraus. Sie ist etwas wackelig auf den Beinen, und ihr schwarzes kurzes Haar ist um einen Verband an der Schläfe zur Seite gekämmt. Unsere besorgten Blicke begegnen sich, als sie auf uns zueilt.

Nachdem ich Zian nicht umarmen konnte, schließe ich nun zumindest das Mädchen in die Arme und hoffe, dass ich ihr dadurch ein wenig Sicherheit geben kann. Inzwischen ist sie so etwas wie eine Freundin geworden. Obwohl sie ein paar Zentimeter größer ist als ich, klammert sie sich an mich, als würde sie sonst umfallen.

Mir wird mulmig zumute. Nadia schien immer eine der widerstandsfähigsten jüngeren Schattenblüter zu sein.

Ich bin mir nicht sicher, inwiefern ich ihr in meinem derzeitigen Zustand eine Stütze sein kann.

Als ich mich von ihr zurückziehe, lugt ein dunkles Gesicht hinter einer anderen Tür hervor. Ajax, der jüngere Teenager, der Gedankenfragmente von Menschen aufschnappen kann, schleicht langsam heraus.

„Das ist doch verrückt", flüstert Nadia mit rauer Stimme und lässt ihren Blick über den Flur schweifen. „Hast du …"

Sie unterbricht ihre eigene Frage, als weiter unten ein großer Mann mit zerzaustem blondem Haar auftaucht. Ein Lächeln breitet sich auf ihrem Gesicht aus. Es strahlt noch mehr als das übernatürliche Leuchten, das sie willentlich aktivieren kann. „Booker!"

Nadia wirft ihre Arme um den jungen Mann, der in den letzten Wochen wohl mehr als nur ein Freund für sie geworden ist. Das verliebte Grinsen auf den Lippen des Surferboys bestätigt meinen Verdacht.

Als mich das Bedürfnis überkommt, den Rest der Männer zu finden, drehe ich mich um. Ich eile den Flur hinunter, weil ich spüre, dass Andreas und Jacob in dieser Richtung sind.

Als hätte ich sie magisch angezogen, stoßen sie ihre Türen auf, noch bevor ich ihre Zimmer erreicht habe, Drey nur wenige Sekunden vor Jake.

Andreas nutzt seinen kleinen Vorsprung aus, um mich in seine schlanken braunen Arme zu ziehen und mir einen stürmischen Kuss auf den Mund zu drücken. Ich lege meine Hände in seinen Nacken und fahre mit den Fingern durch seine dichten Locken, als könnte ich diesen Moment der Freude dadurch festhalten.

Dann spüre ich eine Hand auf meinem Rücken, und Drey lässt mich los. Jacob verschwendet keine Zeit und zieht mich in seine Arme.

Er lässt meine Füße auf dem Boden und drückt mich an seinen muskulösen Körper, wobei sein Kinn auf meinem Kopf ruht. Seine Wärme und das Gefühl seines harten Körpers hüllen mich ein.

Jake versprach mir, er würde meine Rüstung sein, wenn ich ihn brauche. Und im Moment fühlt er sich tatsächlich wie eine Rüstung an, die allem standhält, womit wir hier konfrontiert werden.

„Wildkatze", murmelt er, und in seiner Stimme

schwingen Erleichterung, Angst und Hingabe mit, als er meinen Spitznamen sagt.

Ich schmiege mich enger an ihn und sauge möglichst viel von der Kraft und Entschlossenheit auf, die er ausstrahlt. Ich weiß, dass diese Verschnaufpause nicht lange anhalten wird.

Sosehr er auch als *meine* Rüstung agiert, ich muss kämpfen. Die anderen Schattenblüter brauchen mich, vor allem die jüngeren. Ihre Kräfte sind viel schwächer als die von uns Erstlingen, wie sie uns nennen.

Eine sanfte, zögerliche Stimme dringt an meine Ohren. „Jake – Riva. Wir sind alle … Wo ist Dominic?"

Ich löse mich von Jacob und sehe, dass sein Zwilling sich zu uns gesellt hat. Griffins weiche, aber ansonsten identische himmelblaue Augen schweifen unter seinem etwas längeren goldenen Haar über den Flur.

Er sieht besorgter aus als das letzte Mal, als ich ihm in einem fremden Gebäude begegnete – das erste Mal, dass einer von uns mit ihm gesprochen hat, nachdem wir ihn vier Jahre lang für tot hielten. Vier Jahre, in denen die Wärter seine eigenen Gefühle aus ihm herausgefoltert haben. Er beginnt gerade erst, sich von diesem Verlust zu erholen.

Die Tatsache, dass er nicht in seinen früheren roboterhaften Zustand zurückgekehrt ist, würde mich beruhigen, wäre da nicht die Frage, die er gestellt hat. Als ich wieder den Flur hinunterschaue, entdecke ich noch ein paar weitere junge Schattenblüter: Sully, ein stämmiger älterer Teenager, der Illusionen erzeugen kann, und Lindsay, das Mädchen mit dem mausbraunen Haar mit der Verbindung zur Erde.

Aber keine Spur von Dominic.

Ich schließe meine Augen und konzentriere mich auf das Mal, das mich mit unserem ruhigen, nachdenklichen Heiler verbindet. „Ich glaube, er ist … unten."

Jacobs Miene verfinstert sich. „Warum sollten sie Dom vom Rest von uns trennen?"

Unbehagen durchströmt mich. Mir fällt kein guter Grund ein. Außerdem wissen wir nicht einmal, wer „sie" sind.

Bevor ich etwas sagen kann, kommt am anderen Ende des Flurs eine weitere Gestalt in Sicht – allerdings keine willkommene. Ich erstarre bei dem Anblick der großen, drahtigen Frau, die letztes Mal, als ich sie gesehen habe, mit einer Waffe auf Dominic zielte.

Sie verschränkt ihre gebräunten Arme locker vor ihrem Körper und mustert uns aufmerksam. Ihre Augen sind genauso dunkel wie ihr glattes Haar. „Kommt mit in den Salon", sagt sie mit freundlicher, ruhiger Stimme und macht auf dem Absatz kehrt, ohne unsere Antwort abzuwarten.

Wir schauen uns gegenseitig an.

Jacobs Kiefer verkrampft sich, und ich nehme seine Hand. „Wir sollten uns erst einmal einen Überblick verschaffen, bevor wir etwas unternehmen."

Er nickt zähneknirschend. Wir wissen beide, dass ich nicht zögern werde, anzugreifen, wenn die Zeit reif ist.

Nur wenige Minuten bevor wir wieder gefangen genommen wurden, habe ich unserem letzten Entführer mit meinen Krallen die Kehle durchgeschnitten. Zumindest klebt Clancys Blut nicht mehr auf meiner Haut, nachdem unsere neuen Wärter uns gewaschen haben.

Misstrauisch folgen wir Erstlinge der fremden Frau. Die jüngeren Schattenblüter laufen mit nervösen Mienen hinter uns her.

Zian hält seinen Arm hoch und winkelt sein Handgelenk mit der Manschette an. „Wir alle haben diese Bänder. Haben eure irgendeine Wirkung entfaltet?"

Während die anderen den Kopf schütteln, drehe ich meinen Arm und inspiziere das Band. „Bis jetzt nicht."

„Ich habe das Gefühl, dass wir bald herausfinden werden, wofür sie sind", brummt Andreas.

Die Frau führt uns eine geschwungene Treppe mit einem kunstvollen schmiedeeisernen Geländer hinunter und durch einen Flur, der so breit ist, dass er selbst ein Zimmer sein könnte. Die Türrahmen auf beiden Seiten sind mit floralen Motiven verziert, und auf dem Boden befindet sich ein glänzendes, geometrisches Mosaik aus kleinen Fliesen.

Doch als sie uns in einen Raum voller eleganter Sessel und antiker Holztische führt, ist mir die Einrichtung scheißegal. Denn an der gegenüberliegenden Wand steht ein Krankenhausbett, in dem Dominics schlaffe Gestalt liegt.

ZWEI

Riva

Mit rasendem Herzen eile ich zu Dominic. Ich klopfe fester gegen die durchsichtige Plastikhülle, unter der sich das Bett befindet, als ich es beabsichtigt habe, aber Dom rührt sich nicht.

Er liegt auf dem Rücken, seine leicht gebräunte Haut sieht kränklich aus, und sein dunkles, kastanienbraunes Haar hat sich aus seinem üblichen kurzen Pferdeschwanz gelöst und liegt ausgebreitet auf dem dünnen Kissen. Seine beiden orangebraunen Tentakel, die unter seinem Krankenhauskittel hervorragen, liegen schlaff neben seinem schlanken Körper.

Auf seiner Stirn, seinem Hals und seinen Schultern befinden sich medizinische Elektroden, und Drähte schlängeln sich unter dem Kittel hervor. Sie führen durch einen kleinen Schlitz in der Plastikhülle zu einer kastenförmigen Maschine mit blinkenden Lichtern am Kopfende des Bettes, die fast so groß ist wie ich.

Durch den Schlitz schlängeln sich auch Schläuche, die zu seiner Nase und seinem Mund und einer Stelle an seinem Unterarm führen. Vermutlich wird er darüber mit Sauerstoff und Medikamenten versorgt.

Meine Lunge zieht sich zusammen, und für eine Sekunde hat mich das Grauen so fest im Griff, dass ich vergesse, zu atmen.

Dann bemerke ich, dass sich Dominics Brust hebt und senkt. Ganz leicht, aber sichtbar unter dem Kittel.

Er ist noch am Leben. Natürlich, sonst wäre die ganze medizinische Ausrüstung nicht nötig.

Er wird doch wieder gesund, egal was er durchgemacht hat. Oder?

Der Rest meiner Jungs hat sich um mich herum versammelt. Sie starren Dominic mit dem gleichen Entsetzen an.

Mit einem Ruck dreht sich Jacob zu der Frau um. „Was zum Teufel ist mit ihm passiert? Und was machen wir überhaupt hier?"

Wie um die Schärfe seines Tons zu unterstreichen, bricht eine Wandleuchte über uns ab und prallt gegen die Decke, bevor sie scheppernd auf dem Boden landet. Jake hat seine telekinetischen Fähigkeiten nicht unter Kontrolle, wenn er wütend ist.

Die Frau, die uns hierherbegleitet hat, senkt ohne jegliche Anzeichen von Besorgnis den Kopf und deutet auf das andere Ende des Raumes. „Mein Arbeitgeber wird euch alles erklären."

Zum ersten Mal nehme ich den Bereich hinter Dominics Bett richtig wahr.

Unter der hohen Holzbalkendecke befinden sich filigrane Wandmalereien von grünen Schösslingen und leicht bewölkten Himmeln; der Rest der Oberfläche schimmert blassgelb. Weitere kleine Fliesen, die wie die im Flur aussehen, bilden ein spiralförmiges Muster auf dem Boden. Von der Decke hängt ein massiver gläserner Kronleuchter, der im Sonnenlicht glitzert, das durch die gewölbten Fenster fällt.

Mehrere Sessel stehen im Kreis um einen breiten, viereckigen Holztisch, der im Vergleich zur übrigen Einrichtung seltsam modern wirkt. Die Tischplatte hebt sich und mit einem leisen mechanischen Surren hebt sich ein Breitbildfernseher daraus empor.

Als der Bildschirm vollständig ausgefahren ist, flackert er auf und ein Mann erscheint. Er sitzt hinter einem massiven Holzschreibtisch vor einer Wand mit einem ähnlichen Anstrich wie die Wände um uns herum.

Der Mann ist mir aus demselben Grund vertraut wie unsere Begleiterin. Er ist derjenige, der über mir stand, als ich verletzt neben dem umgekippten Lieferwagen lag.

Er war derjenige, der die Frau anwies, auf Dominic zu schießen.

Während sich meine Hände automatisch zu Fäusten ballen, lehnt er seinen stämmigen Körper nach vorne und stützt seine Ellbogen auf den Schreibtisch. Es ist schwer, seine Größe einzuschätzen, wenn man nichts zum Vergleich hat, doch ich vermute, dass er etwa so groß ist wie Zian. Sein Körperbau gleicht dem eines Linebackers. Ein Linebacker, der in einen glatten, schiefergrauen Anzug gezwängt wurde.

Seine athletische Masse kombiniert mit dem Rest seines Aussehens erinnert mich an einen Löwen. Sein volles Haar ist überwiegend grau, mit braunen Strähnen durchzogen und reicht bis knapp über seine breiten Schultern.

In seinen durchdringenden Augen liegt eine Wildheit, bei der sich die Härchen auf meinen Armen aufstellen, obwohl er nur digital anwesend ist.

Auch sein kehliger Bariton hilft nicht, um diesen

Eindruck zu zerstreuen. „Seid gegrüßt, meine Schattenblüter. Willkommen in eurem neuen Zuhause."

Bei dem „meine" steigt automatisch Wut in mir auf. Ich habe keine Geduld für Smalltalk.

Ich gehe einen Schritt auf den Bildschirm zu. „Wir haben nicht darum gebeten, in einer fremden Vorstellung von einem ‚Zuhause' festzusitzen. Wer zum Teufel bist du?"

Der löwenartige Mann schenkt uns ein Lächeln, bei dem seine weißen Zähne aufblitzen. „Ihr könnt mich Balthazar nennen. Mr. Balthazar, falls ihr höflich sein wollt. Ich habe die Kontrolle über das Schattenblüter-Projekt der Wärter übernommen, die nie über alberne Spielereien hinausgekommen sind. Ihr gehört jetzt mir."

Andreas hat sich bei der Vorstellung angespannt. In dem kurzen Moment, bevor er spricht, erinnere ich mich an den Namen.

„Du gehörtest zu einer der Gründerfamilien der Wärterschaft, nicht wahr?", fragt er. „Es hieß, du seist verschwunden."

Abgesehen von einem leichten Flackern in seinen Augen zeigt Balthazar keine Reaktion. „Ich habe derzeit keine Verbindung zu diesen Narren. Macht euch keine Sorgen. Ich werde dafür sorgen, dass ihr euren Zweck so eindrucksvoll wie möglich erfüllt."

Sein Mund verzieht sich zu einem breiten Grinsen, und ich erschaudere.

Er redet so, als ob er glaubt, dass wir unseren Zweck bereitwillig erfüllen möchten. Worin auch immer der bestehen mag.

Clancy, der frühere Anführer der Wärter, hatte ebenfalls große Ziele. Er formulierte sie jedoch immer in praktischen Worten. Selbst in seinen furchtbarsten Momenten bewahrte er eine militärische Disziplin bei und heuchelte Mitgefühl.

Ich habe das Gefühl, dass dieser Mann völlig verrückt ist. Wäre das besser oder schlechter?

Die Alarmglocken, die in meinen Nerven schrillen, lassen eher Letzteres vermuten.

Griffin starrt nachdenklich auf den Bildschirm. „Was ist mit Dominic? Wird er wieder gesund?"

„Warum liegt er hier?", schaltet Jacob sich ein.

Balthazar winkt abweisend mit seinen dicken Fingern. „Er erhält die notwendige Behandlung, um seinen aktuellen Zustand aufrechtzuerhalten."

Ich kann mir die Worte nicht verkneifen, die mir aus der Kehle platzen. „Seinen *aktuellen Zustand*? Er sieht aus, als läge er im Koma!"

Balthazars langsames Blinzeln verstärkt seine raubtierhafte Ausstrahlung. „In der Tat. Und er wird hierbleiben, sodass ihr jederzeit nach ihm sehen könnt. So habt ihr eine Motivation. Solange ihr meine Befehle befolgt, könnt ihr euch vergewissern, dass die Systeme, die ihn am Leben halten, weiterlaufen."

Ein kalter Schauer durchfährt mich. Es ist nicht nötig, zwischen den Zeilen zu lesen. Er gibt offen zu, dass er Dom sterben lassen wird, wenn wir uns nicht benehmen.

Zian starrt auf den Bildschirm. „Du kannst ihn nicht einfach so lassen! Wir *brauchen* ihn."

Sein Protest verklingt mit einem gequälten Knurren. Meine anderen Männer und die jüngeren Schattenblüter regen sich unruhig um mich herum.

Doch was *können* wir schon tun? Wir haben kein Druckmittel.

Noch nicht.

Dieser Psychopath mag denken, dass wir ihm gehören, aber er ist vollkommen durchgeknallt, wenn er glaubt, dass ich ihm seine Machenschaften auch nur eine Sekunde länger durchgehen lasse, als unbedingt nötig.

Leider hat Balthazar offensichtliche Vorkehrungen getroffen. Mein Schrei kann einem Bild auf dem Bildschirm nichts anhaben, ebenso wenig wie Jacobs Kräfte. Und Zee kann nicht als Wolfsmensch auf einen Mann losgehen, den wir nicht einmal erreichen können.

Zians Ausbruch scheint Balthazar kalt zu lassen. „Ihr könnt lernen, ohne ihn auszukommen. Seine Fähigkeiten sind für meine Interessen nicht relevant. In diesem Zustand ist er weitaus nützlicher für meine Zwecke."

Ich knirsche mit den Zähnen und bemühe mich um einen einigermaßen ruhigen Tonfall. „Was ist mit den anderen Schattenblütern? Es waren noch drei weitere bei uns, als ihr uns gefunden habt. Und offensichtlich warst du auch auf der Insel." Wir haben Nadia und Ajax dort zurückgelassen, als wir auf Clancys letzte Mission gegangen sind.

„Um die braucht ihr euch keine Sorgen zu machen", antwortet Balthazar in demselben lässigen Ton. „Ich habe alle lebenden Schattenblüter in meine Obhut genommen. Die meisten habe ich an anderen Orten untergebracht. Aber ihr habt Initiative gezeigt und den Nutzen eurer Fähigkeiten unter Beweis gestellt. Daher habt ihr meine direkte Aufmerksamkeit verdient."

Ich widerstehe dem Drang, die Arme um meine Mitte zu schlingen. Seine Aufmerksamkeit fühlt sich kaum wie eine Belohnung an. Es juckt mir in den Fingern, nach meiner fehlenden Halskette zu greifen. Ich sehne mich nach dem angenehmen rhythmischen Klicken des Anhängers, doch ich will diesen unbekannten Feind nicht danach fragen.

Ich will nicht, dass er merkt, wie sehr es mich stört, dass er sie mir weggenommen hat.

Griffin legt den Kopf schief. „Wie viele Schattenblüter sind hier?"

Balthazar lächelt wieder, was ihn noch raubtierartiger

erscheinen lässt. „Ich brauchte ein paar zusätzliche Exemplare zu Demonstrationszwecken. Ich nehme an, ihr habt euch bereits gefragt, was es mit den Armbändern auf sich hat."

Ich greife nach dem Metallband an meinem linken Handgelenk und drehe es ein wenig.

„Und wirst du es uns sagen, oder wird das eine Überraschung?"

Er schmunzelt. „Das werde ich euch zeigen. Bei einem weniger schweren Verstoß gegen meine Regeln wird euch damit ein Beruhigungsmittel gespritzt, das euch fast augenblicklich betäubt. In etwa so."

Er hat die letzte Silbe kaum ausgesprochen, da stolpert Nadia von hinten gegen mich. Als ich mich herumdrehe, entweicht ihr ein erstickter Laut.

Sie fällt auf die Knie, und ihre Schultern sacken nach unten. Booker schreit auf und schafft es gerade noch rechtzeitig, sie aufzufangen, damit sie nicht auf dem Boden aufschlägt.

Ich gehe neben ihm in die Hocke und streichle ihr Gesicht. Mein Puls rast. Ihre Augenlider flattern nicht einmal.

Meine Kehle ist wie zugeschnürt, als ich zu den anderen aufblicke. „Sie ist bewusstlos."

„Die Wirkung des Beruhigungsmittels wird in ein paar Stunden nachlassen", erklärt Balthazar. „Es wird automatisch ausgelöst, wenn ihr die Grenzen dieses Anwesens überschreitet. Darüber hinaus kann es nach Belieben von vertrauenswürdigen Mitgliedern meines Personals und mir selbst eingesetzt werden."

Ich helfe Booker, Nadia in eine möglichst bequeme Position auf dem Boden zu bringen. Während ich mich aufrichte und einen Anflug von Wut zurückhalte, betrachtet Jacob seine Armbänder.

Ich kann förmlich sehen, wie sich die Räder in seinem

Kopf drehen, während er sich ausmalt, wie er sie mit seinen Kräften entfernen könnte.

Er hat schon mal ein Erdbeben ausgelöst. Wenn es jemand schafft, dann er.

Doch Balthazar weiß über unsere Fähigkeiten Bescheid. Und über unsere Neigung zur Rebellion. Er legt die Hände auf seinen Schreibtisch. „Wenn ihr versucht, die Armbänder zu entfernen, wird derselbe Effekt ausgelöst. Oder es gibt sogar noch härtere Konsequenzen. Folgendes habt ihr zu erwarten, wenn ihr einen Angriff auf mich oder meine Leute startet.“

Das ist die einzige Warnung, die er uns gibt. Kaum hat er die vage Drohung ausgesprochen, durchschneidet ein zischendes Geräusch die Luft.

Wir zucken zusammen, und Lindsay schreit auf.

Blut und der dunkle Rauch unserer Schattenwesen-Essenz strömen aus ihren Unterarmen. Irgendein Mechanismus in den Armbändern hat ihr Fleisch von den Handgelenken bis zu den Ellbogen aufgeschlitzt.

Mit einem Aufschrei werfe ich mich auf sie. Sie schwankt bereits, während noch mehr Blut aus ihren klaffenden Arterien strömt. Panik-Pheromone steigen mir in die Nase.

Ich schließe meine Finger um eines ihrer Handgelenke, aber auch das ist beinahe in zwei Hälften geteilt worden. Ihre Hand ist schlaff in meinem Griff.

Ich habe keine Chance, den Schnitt vollständig zu verschließen. Blut tropfte auf die Mosaikfliesen, während ihre Schattenwesen-Essenz die Luft trübt.

Die anderen Schattenblüter schreien um mich herum. Ich habe keine Ahnung, was ich tun soll, außer Lindsay festzuhalten, während sie schreit.

Worte purzeln aus mir heraus, während ich verzweifelt versuche, sie zu beruhigen, als gäbe es irgendeine Möglichkeit, diese Situation in Ordnung zu bringen. Zian ergreift ihren anderen Arm, doch er ist ebenso wenig in der Lage, die Wunde zu schließen, wie ich.

Der Einzige von uns, der sie retten könnte, liegt bewusstlos im Krankenhausbett an der Wand.

Lindsays Knie geben nach, und ihr Kopf sinkt nach unten. Ihr Gesicht ist kreideweiß.

Plötzlich schreie auch ich. „Hör auf! Du hast deinen Standpunkt klar gemacht. Hilf ihr!"

Der Mann auf dem Bildschirm bleibt stumm. Die Frau, die uns in den Raum gebracht hat, steht regungslos neben dem Tisch.

„Was zum Teufel ist los mit dir?", knurrt Jacob sie an. „Tu etwas!"

Sein Arm zuckt nach oben, als wolle er sie mit seiner Kraft zu sich herüberziehen, doch bevor er etwas tun kann, beginnt er zu taumeln. Seine Augen rollen in seinem Kopf zurück, als eine starke Dosis von Balthazars Beruhigungsmittel freigesetzt wird, und er sackt auf dem Boden zusammen.

Meine Kehle brennt. Ich möchte schreien, aber was würde das bewirken? Ich würde mit Jacob und Nadia bewusstlos auf dem Boden landen, während Balthazar unversehrt bliebe.

Lindsay ist ebenfalls zusammengebrochen. Ihr schlaffer Körper liegt in einer Blutlache auf dem Boden. Ihre Augen starren mich ausdruckslos an, und ihre Lippen sind geöffnet, als würde sie mir gleich eine Frage stellen, die sie jedoch nie aussprechen wird.

Ich schlucke ein Schluchzen und kann meine Finger nicht dazu bringen, ihren Arm loszulassen, als könnte ich sie irgendwie zurückholen.

Hält dieser Arsch, der denkt, wir gehören ihm, ihre Fähigkeiten nicht für nützlich genug? Sie war nur ein Mädchen. Sie kann nicht älter als vierzehn gewesen sein.

Und er hat ihr, ohne mit der Wimper zu zucken, das Leben genommen, als gäbe es nichts Wichtigeres als seine kranke Demonstration.

Griffin kniet neben Jacob und prüft seinen Puls. Als ich eine Hand auf meiner Schulter spüre, blicke ich verwirrt auf. Andreas hat sich mit entsetzter Miene über mich gebeugt.

Balthazars Stimme ist so ruhig, als handele es sich um ein normales Vorstellungsgespräch. „Wie ihr seht, verfüge ich über die Mittel, euch in Schach zu halten, falls nötig. Bis auf Weiteres könnt ihr euch im größten Teil dieses Anwesens frei bewegen, aber ihr *werdet* allen Anweisungen von mir oder meinen wichtigsten Mitarbeitern, Toni und Matteo, Folge leisten.“

Ich werfe einen Blick auf den Bildschirm, und Wut brennt in meiner Brust.

Unser Entführer starrt uns mit einem grausamen Lächeln an. „Was wir hier tun, ist alles andere als ein Spiel, und ich hoffe, euch ist jetzt klar, dass ich keine Scherze mache.“

DREI

Riva

Zian starrt einige Sekunden lang auf den Abgrund hinter der Steinmauer, bevor er sich mit hoffnungsloser Miene aufrichtet. „Da geht es nicht weiter."

Meine Finger krümmen sich um den Rand der Mauer, und meine Krallen kratzen über den Kalkstein. Wir haben den größten Teil des Nachmittags damit verbracht, Balthazars weitläufige „Villa" und das Gelände zu erkunden. Doch bisher habe ich nichts gesehen, was mir Anlass geben würde, Zee zu widersprechen.

Die stattliche Villa steht auf einer schmalen Hügelkuppe inmitten des aufgewühlten Felsenmeeres, das ich von meinem Schlafzimmerfenster aus gesehen habe. Das Plateau, auf dem sich das Gebäude sowie die Innenhöfe und Gärten befinden, fällt zu allen Seiten steil ab.

Hinter einer geradezu manikürten Hecke befindet sich

ein Tor vor einer schmalen Brücke, die das Plateau mit einer tiefer gelegenen Ebene verbindet. Allerdings handelt es sich um eine Zugbrücke. Und im Moment ist sie hochgezogen.

Nicht einmal ich würde es schaffen, über die zehn Meter breite Lücke zu springen.

Die süßen Düfte der Blumen und der belaubten Bäume erfüllen die kühle Herbstluft, doch ich kann dem nichts abgewinnen. Mir ist mulmig zumute.

Ich schiebe meine Hände in die Taschen meines Kapuzenpullis und drehe mich zu den anderen um. Der Bergwind zerzaust die Haarsträhnen, die sich aus meinem geflochtenen Zopf gelöst haben.

„Er hat einen Ort gewählt, der noch sicherer ist als die Insel", sage ich mit einem humorlosen Lächeln.

Nadia reibt an einem ihrer Armbänder. „Und er hat uns auch noch diese schrecklichen Dinger angelegt. Das sind keine *Armbänder* ... Es sind ... Es sind Fesseln, die nicht einmal Ketten brauchen."

Ihr braunes Gesicht ist nach dem Beruhigungsmittel immer noch ein wenig gräulich, aber sie spricht in ihrem gewohnt trockenen Tonfall. Wir sind nervös, weil unser Entführer unsere Gespräche überwachen könnte. Allerdings nehme ich an, dass ihm klar ist, dass wir über unsere Lage diskutieren.

Wenn er mithört, wird er sich vermutlich über unsere Verzweiflung freuen.

Das Einzige, worauf wir achten müssen, ist, auf keinen Fall zu erwähnen, falls wir eine Gelegenheit entdecken, diesem Albtraum tatsächlich zu entfliehen.

Sie hat recht, was die Armbänder angeht – oder die Fesseln, wie ich unweigerlich denke, wenn ich sie jetzt betrachte. Ich kann praktisch die metaphorischen Ketten sehen, die uns an die Villa hinter uns und an den Verrückten binden, der uns hierhergebracht hat.

„Für ein Gefängnis ist es nicht schlecht", meint Booker, der trotz seines gequälten Lächelns versucht, gelassen zu wirken. „Ein schickes altes Haus, Bewegungsfreiheit und sogar ein Pool."

Ich werfe einen Blick auf das Rechteck aus türkisfarbenem Wasser in der Mitte des nahe gelegenen Innenhofs. Bei unserer Besichtigung habe ich meine Finger ins Wasser getaucht und festgestellt, dass er beheizt ist, sodass man ihn trotz des kühlen Wetters nutzen kann.

Meine Schwimmfähigkeiten gleichen in etwa denen einer Katze, aber das Wasser hat uns schon einmal geholfen. Als wir uns gegen Clancy verschworen haben, haben wir uns in der Nähe des Wasserfalls auf der Insel unterhalten, damit unsere Stimmen vom Rauschen des Wassers übertönt werden.

Selbst wenn Balthazar uns über die Armbänder abhören kann, nehme ich an, dass es nicht funktionieren würde, wenn sie unter Wasser sind.

Nicht, dass ich im Moment etwas zu sagen hätte, wofür es wert wäre, ins Wasser zu gehen.

Ich hebe mein Kinn mit all der Entschlossenheit, die ich aufbringen kann. „Wir müssen das Beste daraus machen, solange wir hier sind."

Ich bin mir nicht sicher, ob ich es schaffe, selbstbewusst genug zu klingen, um beruhigend zu wirken. Als ich sah, wie Nadia gezittert hat, nachdem sie wieder zu sich gekommen war, wie besorgt Booker um sie war und wie bestürzt sie alle wegen Lindsays Tod waren, fühlte ich mich überforderter als je zuvor.

Wie soll ich die jüngeren Schattenblüter aufbauen, wenn ich von meiner eigenen Verzweiflung und Trauer überschwemmt werde?

Sie sind nur meinetwegen hier. Balthazar hat den von mir

geplanten Fluchtversuch genutzt. Und die Tatsache, dass ich Clancy losgeworden war.

Auch wenn er es so klingen ließ, als hätte er irgendwann die Kontrolle übernommen, bin ich mir nicht sicher, ob er damit Erfolg gehabt hätte.

Meine Gedanken kreisen um Dominics schlaffe Gestalt in seiner Plastikkapsel, und mein Herz schlägt wie wild, als würde es zu ihm gezogen.

Andreas blickt zum Haus hinauf. Das zweistöckige Gebäude bildet ein großes C um einen zentralen Innenhof. Wir haben festgestellt, dass sich unsere Schlafzimmer im östlichen Flügel befinden, ebenso wie eine gut ausgestattete Küche, ein Esszimmer und weitere Gemeinschaftsräume, einschließlich des Salons, in dem Dominics Krankenhausbett steht.

Bei unserer Suche sind wir auf mehrere verschlossene Türen gestoßen. In den Westflügel konnten wir bisher noch nicht wirklich vordringen.

Drey flüstert so leise, dass sich seine Stimme fast im Wind verliert. „Gehen wir davon aus, dass Balthazar sich *hier* irgendwo aufhält? Könnte das Zimmer, von dem aus er per Video zugeschaltet war, irgendwo im Westflügel sein?"

„Ja", antwortet Griffin ebenso leise. Als unsere Blicke zu ihm wandern, zuckt er leicht mit den Schultern. „Ich kenne ihn nicht gut genug, um ihn nur aufgrund seiner Gefühle zu identifizieren. Aber jemand in diesem Flügel hat Dinge gefühlt, die zu der Art passen, wie er sich bei dem Gespräch mit uns gegeben hat."

Jacob ist nach der Sedierung noch ein wenig blass, doch bei der Bemerkung seines Zwillingsbruders blitzt ein bösartiger Enthusiasmus in seinen Augen auf. „Kannst du das Zimmer lokalisieren?"

Griffin schüttelt den Kopf und runzelt bedauernd die

Stirn. „Ich nehme nur eine vage Richtung wahr. Und das nur, weil außer uns und ihm nicht viele Leute hier sind."

Wir schlendern über den gefliesten Innenhof zur Vorderseite des Gebäudes. Zian verzieht grimmig den Mund. „Das mit Dominic ist eine miese Aktion. Wenn sie ihn aufwachen ließen, könnte er sich selbst heilen!"

„Wir wissen nicht, ob er überhaupt wieder aufwachen *kann*", gebe ich zu bedenken, und die Worte versetzen mir einen Stich ins Herz.

Andreas kickt einen Kieselstein weg, der in einem Pflanzkübel landet. „Dominic hat sich immer Sorgen gemacht, dass er sich nicht genug einbringt und nichts tut, außer uns zusammenzuflicken. Dabei haben wir ihn sehr gebraucht. Ohne ihn hätten wir die Hälfte von dem, was wir durchgemacht haben, nicht überlebt. Egal, wie schlimm wir verletzt waren, er hat uns immer wieder geheilt."

Das stimmt. Natürlich möchte ich Dominic in erster Linie wieder bei uns haben, weil ich seine nachdenkliche, liebenswerte Art vermisse. Doch bisher war mir nie klar, wie viele Risiken wir eingegangen sind, weil wir wussten, dass wir Verletzungen riskieren können, an denen wir ohne Dom gestorben wären.

Ach, Dom …

Ich beiße mir auf die Lippe und drücke Nadias Schulter. Ich sehe erst sie und dann Booker, Sully und Ajax an. „Wir sind gerade erst hier angekommen. Wir hatten noch nicht viel Zeit, uns Gedanken zu machen. Aber wir haben einander. Das ist besser als auf der Insel."

Unter Clancys Herrschaft haben wir uns nur in unregelmäßigen Abständen gesehen. Dazwischen wurden wir in unsere Einzelzimmer gesperrt.

Der Hauch eines Lächelns umspielt Bookers Lippen. Er schlingt seinen Arm um Nadias Taille und drückt sie ein wenig. „Das stimmt. Jetzt wirst du mich nicht mehr los."

Schnaubend schmiegt sie sich in seine Umarmung.

Meine aufmunternden Worte haben jedoch nicht alle Jugendlichen beruhigt. Sully erschaudert, als sie das Tor und die hochgezogene Brücke dahinter betrachtet.

„Das ist doch verrückt", platzt es aus ihm heraus, und sein Gesicht errötet. „Das Arschloch ist total durchgeknallt. Am Ende wird er uns alle wie Tiere abschlachten, so wie er es mit Lindsay gemacht hat …"

Er unterbricht seine Tirade abrupt und stürmt zum Tor.

„Sully!" Mit rasendem Herzen laufe ich ihm nach.

Über eine längere Strecke könnte ich jeden der jüngeren Schattenblüter und die meisten meiner Jungs abhängen. Doch mein anfängliches schockiertes Zögern und Sullys Verzweiflung verschaffen ihm den nötigen Vorsprung.

Als ich hinter ihm herlaufe und weitere Schritte hinter mir her donnern, springt er bereits auf das schulterhohe Tor zu.

Ich erreiche ihn gerade noch rechtzeitig, um nach ihm zu greifen, erwische jedoch nur seinen Ärmel, bevor er sich losreißt.

Er geht noch ein paar Schritte weiter, bevor er wankt und vor der Brücke zusammenbricht.

„Sully", krächze ich.

Es hat keinen Sinn, zu schreien. Er könnte nicht reagieren, selbst wenn er es wollte.

Innerhalb weniger Augenblicke liegt er bewusstlos auf dem staubigen Boden.

Nadia schnappt nach Luft, und ich drehe mich abrupt zu den anderen um.

„Balthazar hat uns *gesagt*, dass das Betäubungsmittel automatisch anschlägt, wenn wir die Mauern überschreiten. Es bringt nichts, es auszuprobieren."

Es sind nicht einmal Wachen an der Brücke postiert. Wir sehen niemanden vom Personal des Anwesens, bis wir in den

Garten zurückkehren, um zu überlegen, was wir mit Sully machen sollen. Ein paar Männer in blauen Uniformen kommen mit einer Bahre heraus, um ihn abzuholen.

„Wo bringt ihr ihn hin?", ruft Booker ihnen zu, während sie Sully zurück ins Haus tragen.

Sie gehen weiter, als hätten sie ihn nicht einmal gehört.

Ich habe das Gefühl, als wäre mein Magen zu einem Steinbrocken erstarrt. Andreas legt seinen Arm um mich, doch die Wärme seiner Umarmung dringt kaum bis zu meiner Haut durch.

Das Gefühl, das ich hatte, als Balthazar heute Morgen mit uns sprach, durchdringt mich noch stärker.

Diesmal ist es nicht wie die anderen Male. Er ist kein normaler Wärter.

Wie zum Teufel sollen wir jemals von hier wegkommen?

Verdammt, wie können wir überhaupt daran *denken*, von hier wegzukommen, wenn Dominic sein Bett nicht verlassen kann?

Diese Gedanken gehen mir durch den Kopf, als ein weiterer Mann aus dem Haupteingang der Villa kommt.

Er ist normal gekleidet und trägt einen schwarzen Rollkragenpullover und eine dunkelgraue Hose, die ein wenig an seinem hageren Körper schlackert. Bei jeder Bewegung werden die scharfen Winkel seiner Gelenke deutlich. Man könnte fast meinen, er sei ein Roboter aus riesigen Zahnstochern.

Gebieterisch schreitet er auf uns zu, und der Wind zerzaust sein graumeliertes Haar. Von seinem Kinn ragt ein reinweißer Spitzbart nach unten.

Etwa drei Meter entfernt von uns bleibt er stehen und schnippt mit den Fingern. Einen Moment später wird mir klar, dass er *mich* meint.

„Riva. Komm."

Als wäre ich ein Hund, den er an die Leine nimmt. Ich

erstarre, und wieder flackert ein Zorn in mir auf, der sich zunehmend sinnlos anfühlt.

„Warum?", frage ich. „Ich habe nichts falsch gemacht."

Jacob und Zian stellen sich bereits wie Leibwächter vor mich. An ihrer Haltung erkenne ich, dass sie den Kerl windelweich schlagen würden, wenn ich auch nur das geringste Anzeichen zeigen würde, dass das nötig ist.

Der Mann betrachtet sie mit einem Hauch von Belustigung in seinen hellen Augen, bevor er erneut auf mich deutet. „Es ist keine Bestrafung. Du bist die Erste, die ihre Kräfte erweitern wird. Es ist völlig schmerzlos."

Er hat einen leichten Akzent, der seine Muttersprache jedoch nicht eindeutig erkennen lässt.

Zian runzelt die Stirn. „Ihr habt ein Verfahren, um unsere Kräfte zu steigern?"

„Es sollte möglich sein." Der Mann reibt sich die Hände, und seine Miene verhärtet sich. „Das wäre besser für Mr. Balthazar und euch. Soweit ich weiß, hat er euch gesagt, dass ihr meine Anweisungen befolgen sollt. Ich bin Matteo. Oder Matt, wenn euch das lieber ist. Gehen wir."

Meine wichtigsten Mitarbeiter, Toni und Matteo. Wir haben bereits festgestellt, dass die kühle, schweigsame Frau, die uns in den Salon geführt hat, Toni ist.

Mein Mund wird trocken, und für den Bruchteil einer Sekunde bin ich wieder in diesem Zimmer. Lindsays Blut klebt an meinen Händen und Balthazars Stimme hallt durch die Luft. *Was wir hier tun, ist alles andere als ein Spiel.*

Wenn es nur um mich ginge, würde ich Nein sagen und mich den Konsequenzen stellen. Balthazar will mich genauso wenig tot sehen wie Clancy.

Er braucht mich für sein Vorhaben. Was auch immer das sein mag.

Ich vermute allerdings, dass er meine Jungs mit Freuden quälen würde, um mich zu bestrafen. Und nicht nur das.

Er hat bereits deutlich gemacht, dass er Dominic für entbehrlich hält und ihn nur als Druckmittel behält. Und Nadia ist hier, um ein Exempel zu statuieren, und nicht, weil er ihre Fähigkeiten schätzt.

Also habe ich keine Wahl, oder? Ich werde nicht das Leben eines anderen für einen sinnlosen Akt der Rebellion aufs Spiel setzen.

Ich straffe die Schultern und dränge mich an Jacob und Zian vorbei, wobei ich Jakes protestierendes Knurren ignoriere. „Ich komme mit."

Matteo geht vor mir her. Seine Halbschuhe klappern in einem Stakkato-Rhythmus über den Fliesenboden, während er mich durch das Haus führt. Mit einer Bewegung seines Daumens schließt er eine Tür auf, wobei er das Muster so schnell auf das Keypad zeichnet, dass ich es mir nicht merken kann.

Wir gehen durch einen kleinen Vorraum in ein Zimmer, das etwa so groß ist wie mein Schlafzimmer hier. Im Gegensatz zum Rest des Hauses, den ich gesehen habe, ist dieser Bereich modern gestaltet. Die Wände und die Decke sind weiß, ohne Schnörkel oder dekorative Gemälde, und der Stuhl in der Mitte des Raumes ist aus Stahl. Ein frischer Zitronenduft liegt in der Luft.

In einer engen Kabine, die durch dicke durchsichtige Scheiben abgetrennt ist, befindet sich ein kleiner Schreibtisch mit Geräten. Der Hauptraum wird von zwei Kameras in gegenüberliegenden Ecken bewacht.

Matteo schubst mich auf den Stuhl. „Wir werden uns heute auf deine Stimme konzentrieren", erklärt er mir ruhig, während er unterhalb der Armbänder Klammern an meinen Handgelenken anbringt. „Nicht auf die körperliche Kraft."

Das mulmige Gefühl in meinem Bauch wird noch stärker. Mit meiner Stimme kann ich einen Schrei erzeugen, der Qualen und Tod herbeiführt.

Er ist bereits mächtiger, als mir lieb ist. Will Balthazar mich noch tödlicher machen?

Ich versuche, mich in dem Stuhl zu entspannen und so zu tun, als würde ich mich fügen. Ich *muss* meine Fähigkeiten nicht überstrapazieren.

In unserer ersten Einrichtung haben wir dieses Spiel ständig gespielt. Wir hielten unsere Kräfte zurück und taten so, als würden wir an unsere Grenzen gehen, während wir das volle Ausmaß unserer Fähigkeiten verbargen.

Hinter dem Stuhl befindet sich ein Stahlschrank. Matteo öffnet ihn und kramt darin herum, doch ich kann nicht sehen, was er tut.

Als er neben mich tritt, blicke ich zu ihm auf, und er packt mein Kinn. In der Sekunde, in der ich zwischen Widerstand und Vorsicht schwanke, spüre ich einen Stich im Hals.

Er hält die Spritze hoch, mit der er mir gerade etwas injiziert hat, und ein kleines Lächeln umspielt seine Lippen. „Meine eigene Kreation, in Abstimmung mit Mr. Balthazar und den Aufzeichnungen eurer ‚Wärter'. Mal sehen, inwieweit dein volles Potenzial dadurch freigesetzt wird. Während wir experimentieren, könnten einige Anpassungen notwendig sein."

Er sagt *wir*, als würde ich freiwillig an seinen Forschungen teilnehmen. Ich beiße die Zähne zusammen …

Dann lockert sich mein Kiefer von selbst. Ein warmes, schmelzendes Gefühl breitet sich in meinem Körper aus und löst die Anspannung.

Mein Puls beschleunigt sich, bevor er sich wieder verlangsamt und in ein gleichmäßiges Pochen übergeht.

Ich sollte in Panik geraten. Ich sollte dagegen ankämpfen.

Aber der Trotz, an den ich mich geklammert hatte, zerbröselt zu Asche.

Während ich mich mit dem Verrat meines Körpers

auseinandersetze, betritt Matteo den getäfelten Teil des Raumes. Er holt einen Käfig unter dem Schreibtisch hervor, kehrt zurück und stellt ihn auf einen kleinen Tisch vor dem Stuhl.

Drei hellgrüne Sittiche sitzen hinter den Gitterstäben und blicken mich mit glänzenden Augen und gesträubten Federn an.

Matteo kehrt in die verglaste Kabine zurück. Die Scheibe schließt sich zischend hinter ihm, und ich nehme an, dass sie schalldicht sein muss.

„Töte sie, ohne dich mit dem Schmerz aufzuhalten. Und zwar so leise wie möglich", sagt er in ein Mikrofon.

Ich sollte so tun, als könnte ich seine Anweisungen nicht befolgen.

Doch meine Lippen öffnen sich wie von selbst. Eine Vibration kriecht meine Kehle hinauf und lenkt meine Aufmerksamkeit auf die brummenden Nerven der gefiederten Kreaturen.

Ich weiß, wo ich das Fleisch durchtrennen müsste, um ihr Leben sofort zu beenden, auch wenn der Hunger in mir nach mehr Schmerz verlangt.

Obwohl sich alles in mir dagegen sträubt, entweicht mir ein geflüsterter Schrei, der den ersten Vogel tötet.

VIER

Andreas

Ich laufe im Salon auf und ab, während ich mich auf meine Umgebung konzentriere. Ich werde das nagende Gefühl nicht los, dass etwas nicht stimmt.

Ein dünnes graues Licht sickert über das antike Holz und die verzierten Polster. In der Villa herrscht Stille. Nichts dringt an meine Ohren außer dem gelegentlichen Zwitschern eines Vogels draußen und dem leisen Rhythmus meines Atems.

In den ersten Tagen nach unserer Ankunft auf Balthazars Anwesen bin ich kurz vor dem Morgengrauen aufgestanden und durch die Räume geschlendert. Zu dieser frühen Stunde fühlte ich mich nicht ganz so überwacht, während ich nach Hinweisen auf den Besitzer der Villa und seine Mitarbeiter suchte.

Sicherlich wird jeder Zentimeter dieses Zimmers von versteckten Kameras überwacht. Balthazar könnte mich in diesem Moment von seinem geheimen Büro aus beobachten und sich fragen, was ich da treibe.

Meine Haut kribbelt, und ich reibe mir die Arme. Meine Verzweiflung wird immer stärker.

Wir sind wieder einmal in die Falle getappt. Wir werden wie Objekte behandelt, mit denen dieser kranke Bastard spielt.

Auch wenn er behauptet, dass das kein Spiel ist, scheint es ihm Spaß zu machen, uns nach Lust und Laune zu manipulieren.

In dieser Villa muss es doch etwas geben, das mir etwas über ihn verrät. Ich halte es für unwahrscheinlich, dass er sie extra für uns eingerichtet hat.

Auch wenn es nur wenige Spuren von menschlicher Anwesenheit gibt, wirkt sie bewohnt. Auf dem dicken Teppich neben dem Kamin sind Abnutzungsspuren zu sehen, und im Boden sind Schrammen, wo Stuhlbeine den Lack abgekratzt haben.

Außerdem …

Ich bleibe stehen und betrachte den Raum noch einmal, wobei ich versuche, keine Vermutungen anzustellen. Ich lasse einfach alle Aspekte in mein Bewusstsein sickern.

Das unbehagliche Gefühl wird immer stärker, und mir fallen bestimmte Gegenstände ins Auge. Der Beistelltisch zwischen zwei Sesseln … Der Stil passt nicht so recht zum Rest der Einrichtung. Er ist sperriger und klobiger.

Auch die Stehlampe in einer anderen Ecke ist moderner und industrieller als die übrige Ausstattung. Es wirkt, als wäre die Villa hauptsächlich von einer Person eingerichtet worden und als hätte jemand hier und da seine persönliche Note hinzugefügt.

Wenn das stimmt, wem hätte Balthazar diese Verantwortung wohl überlassen?

Ich schaue mich noch einmal um und seufze. Diese

Hat es etwas mit dem Mann selbst zu tun oder mit den Gründen, warum sie für ihn arbeitet?

In Tonis Vergangenheit zerreißt ein schriller Schrei die Luft. Er kommt tiefer aus dem Gebäude, außerhalb ihrer Sichtweite. Sie richtet sich auf und …

Die Erinnerung zersplittert. Ich schwanke vorwärts und blinzle heftig, um mich wieder an das fahle Morgenlicht und die Ruhe der gerade erwachenden Villa zu gewöhnen.

Toni ist aus meinem Blickfeld verschwunden. Sobald ich ihren Kopf nicht mehr sehen konnte, wurde ich aus ihrer Erinnerung gerissen.

Ich verziehe das Gesicht. Es gibt keine Garantie dafür, dass ich jemals wieder zu dieser speziellen Erinnerung zurückfinde.

Andererseits gibt es auch keine Garantie, dass sie uns überhaupt etwas nützt.

Da ich keinen Grund mehr habe, mich in dem Zimmer zu verstecken, schleiche ich mich in den Flur und gehe zur Wendeltreppe des Ostflügels, die mich zurück zu den Schlafzimmern bringt. Draußen ist die Sonne aufgegangen, also werden die anderen bald aufstehen, sofern sie es nicht schon sind.

Ich zögere, als ich das Wohnzimmer erreiche, in dem wir mit Balthazar gesprochen haben. Seitdem haben wir den Mann nie wieder zu Gesicht bekommen. Ich höre das leise Piepsen der medizinischen Geräte, als ich eintrete.

Dominic liegt so regungslos unter der Plastikhülle wie eh und je. Totenstill.

Bei dem Gedanken läuft mir ein Schauer über den Rücken. Ich gehe zu ihm und bleibe einen Moment lang neben ihm stehen, um ihn zu beobachten.

Ich kenne Geschichten über Wunderheilungen. Sowohl aus den Erinnerungen von Menschen als auch aus Büchern und Zeitungsartikeln. In diesem Moment sind sie so nützlich wie eine Handvoll Asche.

Keine Geschichte wird unseren Freund wieder zu uns zurückbringen. Ich habe nichts, was ihn heilen könnte.

Der Gedanke nagt an mir, während ich ihn betrachte. *Wir werden dich wieder zurückholen,* verspreche ich ihm in Gedanken, ohne zu wissen, wie ich das Gelübde einlösen soll. *Wir werden dich wieder gesund machen. Irgendwie.*

Als ich mich zur Tür umdrehe, muss ich mich zusammenreißen, um nicht vor Schreck zusammenzuzucken, als ich eine Gestalt auf der Schwelle erblicke.

Doch es ist niemand, wegen dem ich mir Sorgen machen muss. Ajax betritt den Raum und kommt auf mich zu.

Auch er mustert Dominic mit seiner gewohnt ernsten Miene. Ich kann nicht umhin, zu fragen: „Kannst du irgendwelche Gedanken bei ihm wahrnehmen?"

Arbeitet Doms Geist in seinem Käfig von Körper? Es ist möglich, dass der Mann, mit dem ich aufgewachsen bin, bereits tot ist und dass die Gestalt vor uns nur eine leere Hülle ist. Ein Trick, um uns unter Kontrolle zu halten.

Hoffentlich nicht.

Ajax richtet seine schlanke Gestalt auf, ohne den Blick von Dominic abzuwenden. Dann dreht er sich zu mir um und streicht sich mit der Hand besorgt über das stoppelige Haar auf seinem Kopf. „Im Moment nicht. Aber das heißt nicht, dass er nicht da drin ist. Und ich bin nicht gut darin, Gedanken zu wecken."

Auch wenn ich das verstehe, kann ich einen Anflug von Enttäuschung nicht unterdrücken. „Ich verstehe schon."

Der Jüngere öffnet den Mund und schließt ihn wieder, als wüsste er nicht, was er sagen soll. Schuldgefühle flackern in mir auf.

Er kann nicht älter als fünfzehn Jahre alt sein. Ich hätte

nicht einmal einen Teil meiner Hoffnung auf seine Schultern legen dürfen.

Doch als er spricht, hat es nichts mit Dominic zu tun. Seine dunkelbraunen Augen sehen mich durchdringend an. „Du kannst mit *deiner* Kraft in Erinnerungen eintauchen, wann immer du willst, richtig?"

Ich nicke. „Ja. Warum?"

Ajax zögert wieder und senkt seine Stimme. „Ich glaube, ich habe Balthazar schon einmal gesehen. Vor langer Zeit, als ich noch sehr klein war. Damals in der alten Einrichtung."

Meine Augenbrauen schnellen in die Höhe. „Wirklich?"

Er zuckt unbeholfen mit den Schultern. „Ich bin mir nicht sicher. Die Erinnerung ist verschwommen. Aber ich habe mich damals genauso gefühlt wie jetzt bei diesem Mann. Meinst du … Wenn du in meinen Kopf schauen würdest, wäre es für dich weniger verschwommen? Es wäre gut, ein wenig mehr über ihn herauszufinden."

Ein Anflug von Dankbarkeit durchströmt mich. Trotz seines jugendlichen Alters ist dies nicht das erste Mal, dass Ajax einen hilfreichen Vorschlag macht.

Es spielt keine Rolle, wie jung sie sind. Alle hier wissen, was auf dem Spiel steht.

„Schon möglich", antworte ich. „Wenn ich in eine Erinnerung eintauche, ist sie immer ziemlich klar. Ältere oder vage Erinnerungen sind jedoch manchmal bruchstückhaft und lassen sich nur schwer wieder zusammensetzen. Es wäre einen Versuch wert. Soll ich sie mir gleich jetzt ansehen?"

Er hebt sein Kinn an, als würde er glauben, sich wappnen zu müssen. Tatsächlich wird er nichts spüren. „Nur zu."

Zum zweiten Mal an diesem Morgen richte ich meinen Blick auf den Kopf eines Menschen und dringe in seinen Geist ein.

Anders als bei Toni, habe ich diesmal ein klares Ziel vor Augen. Ich kann mich auf eine bestimmte Person konzentrieren und nur die Erinnerungen hervorholen, die damit verbunden sind.

Balthazar, Balthazar, Balthazar.

Die ersten Bilder, die auftauchen, sind die von vor zwei Tagen. Ich schiebe sie weg, weil ich die nervenaufreibende Konfrontation nicht noch einmal durchleben möchte.

Ich tauche direkt in die Erinnerung an eine hell erleuchtete Turnhalle ein. Ajax sitzt auf einer Sportmatte. Die kleinen Kinderhände seines jüngeren Ichs fummeln an einem Schiebepuzzle herum.

Ein breiter, stämmiger Mann schlendert zu ein paar behelmten Wärtern hinüber, die auf die Kinder aufpassen.

Ajax blickt auf, und durch seine Augen sehe ich das Profil des Neuankömmlings. Das volle, wellige Haar, das sein Gesicht umrahmt, ist goldbraun mit ein paar silbernen Strähnen, aber ich erkenne unseren Entführer sofort.

Er ist zu weit von Ajax entfernt, als dass ich ihr Gespräch mithören könnte. Nach einer kurzen Diskussion durchquert Balthazar den Raum und geht auf Ajax zu.

Wortlos blickt er einige Sekunden lang auf den Jungen herab, bevor er weitergeht. Doch ein Gedanke überträgt sich so hörbar von seinem Kopf auf Ajax' Geist, als ob er gesprochen wurde.

Was würde Peter wohl von dem hier halten?

Abgesehen davon findet kein weiterer Austausch zwischen Balthazar und Ajax statt. Der Mann schlendert weiter durch den Raum und beobachtet die anderen Kinder beim Training. Dann marschiert einer der Wärter auf Ajax zu, um ihn wegzuführen.

Mit dem Schwinden der Erinnerung ziehe ich mich zurück, zielgerichteter als ich es bei Toni konnte. Der Ajax der Gegenwart sieht mich mit einer Mischung aus Besorgnis und Neugierde an.

Ich schenke ihm ein schiefes Lächeln. „Danke. Das war

er. Allerdings bin ich mir nicht sicher, ob wir mit dem, was ich gesehen habe, viel anfangen können."

Wie viel darf ich darüber sagen, wenn der betreffende Mann womöglich gerade zuhört? Er könnte mit jemandem namens Peter zusammengearbeitet haben. Und offenbar war ihm seine Meinung wichtig.

Wahrscheinlich ist es besser, wenn Balthazar nicht weiß, was ich gesehen habe.

Es ist ein Teil des Puzzles. Wer weiß, wann wir weitere finden, die ein logisches Gesamtbild ergeben?

Ajax erwidert mein Lächeln, und seine Haltung entspannt sich. Er hält wieder inne, bevor er spricht, diesmal klingt er etwas verlegen. „Ich … Du kannst auch Erinnerungen projizieren, nicht wahr? Deine eigenen. Ich habe mich gefragt …"

Er senkt den Kopf und sieht mir wieder in die Augen, wobei sich seine typische Ernsthaftigkeit wie ein Schleier über sein Gesicht legt. „Niemand sagt mir, ob es Devon gut geht. Ich weiß, dass du es auch nicht weißt, aber ich glaube, ich würde mich ein wenig besser fühlen, wenn ich ihn wiedersehen würde, selbst wenn es eine vergangene Erinnerung ist. Wenn es dir nichts ausmacht."

Der arme Junge. Gleich zu Beginn, als er uns anbot, uns bei der Flucht von der Insel zu helfen, hat er mir anvertraut, dass es jemanden gibt, der ihm sehr wichtig ist, mit dem er jedoch nicht zusammen sein darf.

Während der chaotischen Tage, in denen wir uns durch den Dschungel kämpften, wurde klar, dass der andere Junge und er mehr als nur Freunde waren. Diese hektische Zeit war wahrscheinlich die einzige Chance, die sie jemals hatten, ihre Zuneigung auszuleben, ohne ein Eingreifen der Wärter befürchten zu müssen.

Dann wurde uns die Freiheit wieder entrissen. Und jetzt

hat keiner von uns eine Ahnung, wo Balthazar die anderen Jugendlichen untergebracht hat.

Ich will lieber nicht daran denken, wie ich mich fühlen würde, wenn er mich von Riva getrennt hätte. Genau das ist vor vier Jahren passiert, nachdem wir Erstlinge unseren ersten Fluchtversuch unternommen hatten und die Wärter sie fortbrachten.

Es war eine verdammte Qual.

„Natürlich", sage ich. „Das mache ich gern. Vielleicht sollten wir uns setzen."

Während wir zu den Sesseln in der Mitte des Raumes gehen, suche ich in meinen Erinnerungen an unsere Flucht von der Insel nach den Momenten, in denen ich Ajax und Devon zusammen gesehen habe – lachend, Händchen haltend, aneinander gekuschelt.

Wird es Ajax wirklich guttun, in der Vergangenheit zu schwelgen? Ich bin mir nicht sicher.

Aber er hat mich darum gebeten, und ich kann ihm diesen Wunsch erfüllen.

Auch wenn das nicht annähernd genug ist. Was wir wirklich brauchen, ist eine neue Zukunft.

FÜNF

Riva

Ich schaue einige Sekunden lang in den Kühlschrank, bevor ich mich in Bewegung setze. Aufgeschnittener Schinken, Käse, Mayonnaise. Das sollte für ein anständiges Sandwich reichen.

Balthazars Villa mag zwar schick aussehen, aber auf der Insel war die Verpflegung besser. Hier werden uns einfach Lebensmittel zur Verfügung gestellt, und es liegt an uns, daraus Frühstück, Mittag- und Abendessen zusammenzustellen.

Ich schätze, er wollte nicht mehr Personal als nötig, das zur Zielscheibe unserer Fähigkeiten werden könnte. Aber was essen er und die Mitarbeiter, die hier sind?

Vielleicht gibt es eine zweite Küche im Westflügel, und sie speisen dort wie Könige.

Ich muss allerdings zugeben, dass das frische Brot, das es jeden Morgen gibt, ziemlich gut ist.

Als ich mich umdrehe, kommt Zian auf mich zu. Er tritt so dicht an mich heran, dass die Wärme seines Körpers auf meiner Haut prickelt, obwohl er mich nicht berührt. Er hält mir die Hand hin. „Überlass das mir, Shrimp. Ich kann es in Scheiben schneiden."

Die Intensität in seinen dunklen Augen deutet darauf hin, dass ihm dieses Angebot weitaus mehr bedeutet, als mir Arbeit zu ersparen. Zee versucht, mir immer auf alle möglichen Arten zu zeigen, dass er für mich da ist.

Ich erwidere sein sanftes Lächeln und reiche ihm das Brot.

Während Zian ein paar Scheiben abschneidet, öffne ich die Packungen mit Schinken und Käse und hole ein Messer für die Mayo hervor. Wir belegen unsere Sandwiches mit schnellen, beinahe synchronen Bewegungen.

Ich bin gerade dabei, meins an den Mund zu heben, als Bookers aufgeregte Stimme durch den Flur hallt. „Riva?"

Meine Hände verharren abrupt in der Luft, und auch Zian erstarrt neben mir. Ich war gerade mit Booker und Nadia draußen und habe ihnen gesagt, dass ich reingehe, um etwas zu essen.

Was kann in den wenigen Minuten, die ich weg war, passiert sein?

Ich lasse das Sandwich auf den Teller fallen und eile in den Flur. Zian folgt mir dicht auf den Fersen. Booker eilt auf uns zu und wirft nervöse Blicke in die Räume um uns herum.

„Was ist passiert?", frage ich, als er mich erreicht. Ich senke meine Stimme, weil ich instinktiv spüre, dass wir nicht offen sprechen sollten, wenn er so aufgebracht ist.

Er fährt sich mit der Hand durch sein zerzaustes Haar und deutet auf das Ende des Flurs. „Wir haben etwas gesehen … Nadia und ich haben eine lose Fliese hinter einem der Blumenkübel entdeckt. Als wir uns gebückt haben, um darunter zu schauen, war da nur Erde. Doch wir waren so tief geduckt, dass *er uns* wahrscheinlich nicht gesehen hat … Ich würde denken, ich hätte es mir eingebildet, wenn Nadia ihn nicht auch bemerkt hätte.“

Ich ziehe die Augenbrauen hoch. „*Wen?*“

Booker atmet tief durch, als wolle er sich beruhigen. „Da war ein Mann – klein und etwas rundlich – sogar kleiner als du, glaube ich. Als ich über den Blumentopf geschaut habe, sah ich ihn auf der Terrasse stehen und auf die Berge schauen. Dann drehte er sich um und *verschwand* einfach. Er hat sich in Luft aufgelöst.“

Mein Herz setzt einen Schlag aus, und Zian und ich wechseln einen Blick. Wir haben das schon einmal erlebt. Allerdings waren es damals keine Menschen.

Ich bedeute Booker, mir in den Flur zu folgen. „Er könnte ein Schattenwesen gewesen sein. Sie können in den Schatten verschwinden. Zeig uns, wo du ihn gesehen hast.“

Seine Beschreibung klingt nicht nach einem der Schattenwesen, die ich kenne, aber Rollick – der Dämon, der uns auf unserer Flucht am meisten geholfen hat – hat mit einer Menge Wesen zusammengearbeitet. Könnte er herausgefunden haben, wo wir sind und jemanden mit einer Nachricht oder einem Hilfsangebot geschickt haben?

Die vorsichtige Hoffnung lässt mein Herz schneller schlagen.

Zian und ich folgen Booker hinaus auf das Gelände. Ich verschränke die Arme vor der Brust, als die kühle Luft durch mein langärmeliges Shirt dringt.

Nadia steht an dem Pflanzgefäß, wo Booker sie vermutlich zurückgelassen hat. Er deutet auf eine freie Fläche zwischen ein paar Topfsträuchern nahe der Mauer auf der Rückseite der Villa.

„Er stand genau dort, nur ein paar Schritte von der Mauer entfernt. Dann hat er sich zum Gebäude umgedreht.“

Ich laufe über die Fliesen und schaue mich um. Soweit ich weiß, können die Schattenwesen uns auch sehen und hören, wenn sie sich in den Schatten aufhalten.

Wenn dieses Wesen nach mir und meinen Freunden gesucht hat, könnte es immer noch hier sein. Womöglich zeigt er sich, wenn er mich sieht.

Zian geht hinter mir her und lässt seinen Blick umherschweifen. Ich sehe einen rötlichen Schimmer, als er seinen Röntgenblick aktiviert.

Doch niemand taucht auf. Booker runzelt die Stirn und verlagert unruhig sein Gewicht von einem Fuß auf den anderen.

„Vielleicht will er sich nicht noch einmal in der Öffentlichkeit zeigen", gebe ich nach einer Minute zu bedenken. „Warum warten wir nicht dort, wo ihr euch vorhin versteckt habt, und schauen, ob er dann auftaucht?"

Als wir neben dem Pflanzkübel in die Hocke gehen, rückt Nadia näher an mich heran. „Es war so unheimlich. Hat Booker dir erzählt, dass er einfach verschwunden ist?"

Ich nicke. „Das können alle Schattenwesen."

„Sofern es ein Schattenwesen war", wirft Zian ein. „Bist du sicher, dass er älter war als wir? Vielleicht hat Balthazar einen neuen Schattenblüter hergebracht, der sich unsichtbar machen kann. Möglicherweise ist Andreas nicht der Einzige mit dieser Fähigkeit."

Booker schüttelt den Kopf. „Er war *mindestens* dreißig."

„Was glaubt ihr, was er wollte?", fragt Nadia Zian und mich.

Stirnrunzelnd sehe ich mich um, bevor ich meinen Blick wieder auf den Bereich des Innenhofs richte, auf den Booker gedeutet hat. „Ich habe keine Ahnung."

Als das letzte Wort meine Lippen verlässt, taucht eine rundliche Gestalt auf, die genauso aussieht, wie Booker sie beschrieben hat. Diesmal steht der Mann direkt an der

Mauer. Seine fleischigen Hände liegen auf den oberen Steinen, und er hält den Kopf in die Brise, die die Klippen hinaufpeitscht. Der Wind zerzaust sein kastanienbraunes Haar mit dem seltsamen lila Schimmer und zerrt an dem waldgrünen Anzug, der seinen korpulenten Körper bedeckt.

Er muss ein Schattenwesen sein. Ich habe schon mehrmals gesehen, wie sie einfach so aus den Schatten aufgetaucht sind.

Er scheint unsere Anwesenheit noch immer nicht zu bemerken. Wartet er darauf, dass jemand auf *ihn* zugeht?

Ich wage einen Versuch und richte mich auf.

„Hey", sage ich zaghaft, als ich um den Pflanzkübel herumtrete. „Hast du …"

Mehr bringe ich nicht heraus. Sobald der Schattenmann sich zu mir umdreht, klappt ihm vor Überraschung die Kinnlade herunter und er verschwindet wieder in den Schatten.

Meine Stimme erstirbt in meiner Kehle. Ich lasse meinen Blick über den Innenhof schweifen. „Ich wollte nur mit dir reden. Ich weiß, dass du mich noch hören kannst."

Ich halte inne, bevor ich es erneut versuche. „Würdest du bitte einfach …"

Ein Räuspern unterbricht mich. Ich drehe mich um und sehe Toni über die Terrasse auf mich zustürmen.

Sie winkt mit der Hand. „Lasst ihn in Ruhe. Balthazar will dich sehen."

Ich starre sie an. „Du *wusstest*, dass es hier ein Schattenwesen gibt?"

Tonis ausdrucksloser Blick bohrt sich in mich und ihr glatter schwarzer Bob sitzt wie immer tipptopp. „Ich habe gesagt, ihr sollt das Monster in Ruhe lassen. Kommst du?"

Mir rutscht das Herz in die Hose. Sie wirkt nicht im Entferntesten besorgt über den möglichen Eindringling, obwohl sie ihn als Monster bezeichnet hat. Sie ist mehr damit beschäftigt, das Schattenwesen vor meinen Fragen zu bewahren.

Was zum Teufel ist hier los?

Zian tritt vor und strafft die Schultern. „Wenn Riva geht, dann gehe ich auch."

Trotz ihrer stattlichen Größe überragt er sie um einen Kopf, doch Toni zeigt keine Anzeichen von Einschüchterung. „Er will nur mit Riva sprechen. Du kannst hierbleiben, oder wir können dich betäuben. Es ist deine Entscheidung."

Zian versteift sich. Sanft lege ich eine Hand auf seinen Arm. „Ist schon gut. Ich werde allein mit ihm reden."

Ich werde nicht zugeben, wie viel lieber ich Zee dabei an meiner Seite hätte. Nicht vor Balthazars Gehilfin.

Als Toni eine weitere ungeduldige Geste zur Villa macht, werfe ich Booker und Nadia einen entschuldigenden Blick zu und folge ihr. Vielleicht hat Balthazar mehr Antworten für mich, als seine Angestellte mir geben will.

Sie führt mich zurück in den Salon, wo Dominic in seinem unheimlich ruhigen Schlummer liegt. Mein Blick verweilt kurz auf ihm, und mein Magen verkrampft sich.

Toni stößt mich zum Tisch, wo bereits der Fernsehbildschirm hochgefahren ist. Sie muss ein Zeichen geben, das ich nicht sehen kann, oder vielleicht sieht Balthazar von einer Kamera aus zu, denn in dem Moment, in dem ich vor dem Fernseher zum Stehen komme, erscheint sein Bild.

„Riva", sagt er ohne Vorrede und richtet seinen raubtierhaften Blick auf mich. „Ich habe ein paar Fragen an dich."

Meine Haut kribbelt unbehaglich. „Ich habe auch ein paar an dich. Warum treibt sich ein Schattenwesen hier herum? Oder ein Monster, wenn du ihn so nennst?"

Ein unheilvoller Blick tritt in Balthazars Augen. „Ich

wüsste nicht, warum ich dir gegenüber rechtfertigen sollte, welche Art von Leuten ich beschäftige …"

„Weil es wichtig ist", unterbreche ich ihn und funkle ihn böse an. „Ich dachte, die Wärter wollten alle ‚Monster' vernichten. Wurden wir nicht aus diesem Grund geschaffen?"

Einen Moment lang blinzelt Balthazar mich einfach nur an – langsam, als würde er sich überlegen, ob er mich zum Abendessen verspeisen soll. „Ich habe dir bereits gesagt, dass ich derzeit keine Verbindung zur Wärterschaft habe. Aber ich möchte etwas über eine ihrer Gründerinnen erfahren. Deine Freunde und du seid in Ursula Engels Haus eingebrochen."

Meine Hände ballen sich zu Fäusten. Es ist klar, dass er nicht mehr über das Schattenwesen sagen wird, allerdings hat er bestätigt, dass es für ihn arbeitet.

Das ergibt keinen Sinn.

Ich fasse mich kurz, weil er es offensichtlich schon weiß und ich keinen Grund sehe, ihm unnötige Details zu erzählen. „Ja, das sind wir."

„Und ihr habt einige ihrer persönlichen Gegenstände aus dem Haus mitgenommen."

Ich starre ihn unverwandt an, ohne etwas zu sagen. Wenn er eine Antwort von mir will, muss er eine verdammte Frage stellen.

Balthazar schüttelt seine graue Mähne, ohne den Blickkontakt zu unterbrechen. „Was ist mit Engels Computer passiert?"

Ihr Laptop? Automatisch gehen mir die Erinnerungen an die ersten Tage nach dem Blutbad in ihrem Haus durch den Kopf. Damals haben die Jungs zum ersten Mal das volle Ausmaß meiner Kräfte miterlebt.

Wir haben nichts Interessantes auf dem Computer gefunden. Da waren zwar Hinweise auf die späteren Generationen von Schattenblütern, aber kaum eindeutige Fakten.

Allerdings enthielt er viele verschlüsselte Daten, und keiner von uns war in der Lage, den Code zu knacken.

„Ich weiß es nicht", antworte ich wahrheitsgemäß.

Balthazars Miene verfinstert sich. „Habt ihr ihn irgendwo entsorgt?"

„Nein." Ich habe einen Geistesblitz und ergreife die Gelegenheit, ohne darüber nachzugrübeln. Bevor unser Entführer merkt, dass es eher eine Strategie als eine Antwort ist. „Wir hatten ihn die ganze Zeit bei uns. Bis Clancys Leute uns wieder erwischt haben."

„Ihr habt ihn mit in die Einrichtung genommen, als ihr versucht habt, die Schattenblüter dort zu befreien?"

Dieses Mal zögere ich absichtlich. Ich will, dass er denkt, ich würde ihm nicht die Wahrheit sagen.

Balthazar sieht mich mit zusammengekniffenen Augen an. „Riva, du kennst die Konsequenzen, wenn du dich mir widersetzt."

Das stimmt. Ich schlucke schwer und werfe nur zum Schein einen Blick auf Dominic.

Als ich antworte, spreche ich so leise, als würde ich es lieber gar nicht sagen. „Nein. Unsere Rucksäcke waren in den Fahrzeugen."

„Du meinst die Fahrzeuge, in denen die Monster, mit denen ihr zusammengearbeitet habt, euch transportiert haben?"

„Ja", stoße ich hervor. Mir entgeht nicht, dass er die Schattenwesen als Monster bezeichnet. Genauso wie es die anderen Wärter tun. Und das, obwohl anscheinend eines für ihn arbeitet.

Er reibt sich das Kinn. „Dann ist es nur logisch, dass sie ihn noch haben."

Ich zucke mit den Schultern. „Sofern *sie* ihn nicht weggeworfen haben. Vielleicht hat Rollick ihn auch mit in sein blödes Hotel genommen."

Kaum habe ich die Worte ausgesprochen, presse ich die Lippen zusammen, als wäre ich verärgert darüber, dass ich so viel verraten habe.

Balthazar sieht mich einen Moment lang an. „Ein Hotel, hmm. Und wo ist das?"

Als ich nicht antworte, schweift sein Blick zu Dominics Bett. Ich straffe meine Schultern.

„Miami", antworte ich knapp. „Also klär das mit ihm, wenn dir das Ding so wichtig ist."

Wenn er Leute zu Rollicks Hotel schickt, um den Laptop zu suchen, und sie dabei erwischt werden, wird Rollick merken, dass sie etwas mit uns zu tun haben. Vielleicht können sie ihn hierherführen.

Vorausgesetzt, der Dämon will uns überhaupt befreien. Das ist nicht sicher. Aber es ist die einzige Möglichkeit, ihn zu erreichen, die sich uns bisher geboten hat.

Ich glaube nicht, dass der Mann auf der anderen Seite des Bildschirms eine Chance gegen das uralte Wesen hätte. In seiner wahren Gestalt bringt Rollick allein durch die Macht, die er ausstrahlt, meine Knie zum Zittern.

„Wusste er, warum der Computer wichtig war?", fragt Balthazar.

Auch diese Frage kann ich ehrlich beantworten. „Ich weiß nicht mehr, wie viel wir ihm darüber erzählt haben. Aber er konnte sich wahrscheinlich denken, dass wir das Ding nicht mitgeschleppt hätten, wenn es nur totes Gewicht wäre."

Unser Entführer brummt vor sich hin. Es ist ein fast löwenartiges Knurren. Dann nickt er mir zu. „Das war alles für den Moment. Ich habe bald einen Auftrag für dich."

Mit diesen Worten wird der Bildschirm schwarz. Ich starre ihn noch ein paar Sekunden lang an, als ob er wieder auftauchen könnte.

Einen Auftrag? Was für einen Auftrag wird dieser Psychopath mir wohl aufbrummen?

Plötzlich fällt mir auf, dass Toni gegangen ist. Ich bin allein, abgesehen von Dominic.

Ich sollte den anderen erzählen, was Balthazar mich gefragt hat. Je mehr wir über seine Interessen wissen, desto leichter können wir eine Schwachstelle finden.

Als ich auf den Flur hinausgehe, kommt Nadia gerade vor der Tür zum Stehen. Vermutlich war sie auf dem Weg zu mir, um zu sehen, ob ich mit Balthazar fertig bin.

Ihre Lippen sind fest zusammengepresst, und mit ihren hängenden Schultern sieht sie nicht so amazonenhaft aus wie sonst. Der Anblick zerrt an mir.

Unsicher mache ich einen Schritt auf sie zu. „Geht es dir gut?“

Das Mädchen senkt den Kopf. „Ja. Ich denke schon. Sie haben Booker mitgenommen, um ihn einer fähigkeitssteigernden Maßnahme zu unterziehen.“

Sie erschaudert, und ich nehme einen Hauch von Angst-Pheromonen wahr. Dann hebt sie ihren Blick wieder. „Tut es weh?“

Zumindest in diesem Punkt kann ich sie beruhigen. „Nein. Überhaupt nicht.“

Auch wenn es mir nicht gefallen hat, was ich unter dem Einfluss von Matteos Droge tun musste.

„Okay.“ Nadia klingt nicht wirklich beruhigt. Sie schlingt die Arme um ihre Mitte.

Ich suche nach den richtigen Worten. „Beschäftigt dich sonst noch etwas? Ich meine, abgesehen davon, dass diese Situation absolut beschissen ist?“

Ich bemühe mich um einen trockenen Ton, der normalerweise zu ihrer Einstellung passt, doch ihr Mundwinkel zuckt nur leicht. „Ich … Das ist dumm. *Du* kommst mit allem klar …“

„Hey." Ich lege eine Hand auf ihre Schulter. Als Nadia sich an mich lehnt, lege ich meinen Arm um sie und wünsche mir, sie wäre nicht so viel größer als ich, damit sich die Geste beschützender anfühlt. „Ich habe auch Angst. Du kannst mir alles sagen."

Sie stößt einen schweren Seufzer aus. „Seit wir hier sind … Seit er mit uns geredet hat und mich betäubt hat … Er glaubt nicht einmal, dass ich nützlich sein könnte. Ich bin nur hier, damit er dem Rest von euch drohen kann."

Ich schlucke schwer. Ich kann nichts von dem, was sie gerade gesagt hat, abstreiten.

Mit stockender Stimme fährt Nadia fort. „Jeden Moment, wenn er sich aufregt, könnte er mir wieder eine Dosis von dem Zeug verabreichen. Oder mir die Pulsadern aufschlitzen, wie er es mit Lindsay gemacht hat. Möglicherweise sogar, ohne dass ich es mitbekomme."

Ich ringe nach Worten, doch nichts, was ich sagen könnte, fühlt sich richtig an. Ich kann mir nicht vorstellen, wie sich diese tödliche Ungewissheit anfühlt, die über ihr schwebt.

Ich ziehe sie in eine feste Umarmung. „Es tut mir leid. Keiner von uns will riskieren, dass du – oder jemand anderes – verletzt wird. Wir werden kein unnötiges Risiko eingehen. Ich verspreche dir, dass wir alles tun werden, um sicherzustellen, dass wir dieses Schlamassel genauso gut überstehen, wie alles, was wir bereits durchgemacht haben."

Nadia erwidert meine Umarmung. „Ich weiß. Es ist nicht deine Schuld."

Doch das ist es. Bevor sie mich kennengelernt hat, hatte das Mädchen mit der Vorliebe für neonfarbene Shirts immer ein schiefes Lächeln und eine flapsige Bemerkung auf den Lippen. Nach all dem Ärger, den ich ihr eingebrockt habe, ist sie nur noch ein Schatten ihrer selbst.

Meine Finger krümmen sich hinter ihrem Rücken, sodass sich meine Krallen in meine Handflächen graben.

Ich muss dafür sorgen, dass sich diese Qualen lohnen.

Sechs

Riva

Die Limousine kommt vor der prächtigen Fassade eines hoch aufragenden Hotels zum Stehen, dessen Beleuchtung sich vom Nachthimmel abhebt. Durch die Heckscheibe des Fahrzeugs blicke ich an der steinernen Außenwand hinauf.

Auch wenn mir schon immer bewusst war, dass ich eher zierlich bin, fühle ich mich jetzt gerade besonders winzig.

Eigentlich ist das albern, denn mein schlanker Körper ist in ein Kleid mit so vielen Satinschichten gehüllt, dass ich genauso gut um die Hälfte in die Breite gegangen sein könnte. Und die grazilen High Heels, die ich auf meinem Bett gefunden habe, machen mich noch ein paar Zentimeter größer.

Um meinen Hals liegt eine prächtige, mit Edelsteinen besetzte Halskette, wodurch ich meinen Katzen- und Garnanhänger noch mehr vermisse.

Gegenüber von mir betrachtet Sully das Hotel mit besorgter Miene und zupft an der Fliege seines Smokings. Er sieht aus, als müsste er sich gleich übergeben.

Jacob, der neben mir sitzt, nimmt meine Hand. Mit seinem perfekt nach hinten gegelten blonden Haar und seiner muskulösen Statur, die seinen Smoking ausfüllt, würde er mein Herz aus viel erfreulicheren Gründen höherschlagen lassen, wenn ich nicht auf den brutalen Zweck unseres Besuchs konzentriert wäre.

Als ich zu ihm hinüberschaue, fängt er meinen Blick auf und erwidert ihn mit seiner üblichen unerschütterlichen Intensität. „Du schaffst das, Wildkatze. Wir werden nach Problemen Ausschau halten und dafür sorgen, dass sie beseitigt werden, bevor du dir überhaupt Gedanken darüber machen musst. Und wenn dich jemand belästigt, wird er es bereuen."

Er schenkt mir ein angespanntes, aber entschlossenes Grinsen. Ich habe gesehen, was mit Leuten passiert, die versuchen, mich in Jakes Gegenwart zu verletzen.

Einmal endete es mit einem Haufen abgetrennter Hände auf meinem Bett.

Ich drücke seine Finger und denke an die Fesseln an unseren Handgelenken, die unter den Smokingärmeln der Jungs und unter meinen Satinhandschuhen verborgen sind. Ich glaube nicht, dass ich etwas sagen werde, was unser Entführer nicht schon weiß, falls er zuhört.

„Ich will das nicht tun", flüstere ich.

Jacob legt seine andere Hand auf meine Wange und sieht mich durchdringend an. „Ich weiß. Wir müssen uns ständig zwischen beschissenen Optionen entscheiden. Aber ich bin bei dir, egal was passiert."

Daran zweifle ich keine Sekunde. Mittlerweile kann ich mir gar nicht mehr vorstellen, dass mich seine Loyalitätserklärung zu einem ungläubigen Schnauben veranlasst hat. Wir haben uns schon aus einer Menge misslicher Lagen befreit.

Es wäre schön, wenn wir ausnahmsweise mal nicht vom Regen in die Traufe kommen würden.

Die Stimme des Fahrers, der durch eine solide Trennwand von uns abgeschirmt ist, dringt durch einen Lautsprecher. „Geht rein.“

Ja, schließlich wollen wir nicht, dass Balthazar ungeduldig wird. Zähneknirschend stoße ich die Tür auf.

Ich weiß nicht, wer unser Entführer in der weiten Welt ist oder wie er mit den Leuten in Verbindung steht, die um uns herum ins Hotel gehen, aber niemand hält uns auf, als wir die Treppe hinauf und durch die prunkvolle Lobby in den Ballsaal marschieren. Dort findet eine Gala statt, und er hat irgendwie dafür gesorgt, dass uns hier Einlass gewährt wird.

Als ich den großen Raum mit den funkelnden Kronleuchtern betrete, muss ich erst einmal tief Luft holen. Überall *wimmelt* es von Menschen, die alle genauso schick gekleidet sind wie wir. Die meisten sind mindestens zwanzig Jahre älter.

Das ist eine völlig andere Hausnummer, als die elegante Party die Andreas auf Rollicks Jacht für mich organisiert hat. Sie sollte unter anderem eine Entschuldigung dafür sein, dass er mir so lange misstraut hat. Damals waren nur fünf von uns und zwei von Rollicks Schattenwesen-Verbündeten anwesend, und der Raum war im Vergleich zu diesem hier winzig.

Ich lasse meinen Blick über die Gesichter um uns herum schweifen, um mir einen Überblick zu verschaffen, und halte dabei nach einem ganz bestimmten Ausschau.

Nach dem Gesicht des Mannes, den ich für Balthazar töten soll.

Bei dem Gedanken kribbeln meine Krallen in meinen

Fingerspitzen. Ich halte sie zurück und lasse mich tiefer in den Ballsaal treiben, während Jacob und Sully mir folgen.

Niemand beachtet uns, was vermutlich nicht überraschend ist, da die Aufmerksamkeit aller auf die prominentesten Personen im Saal gerichtet ist. Die meisten der Anwesenden stehen in Grüppchen zusammen, und einige wetteifern darum, sich mit den Leuten zu unterhalten, die im Zentrum dieser Ansammlungen gelandet sind.

Die Gerüche, die ich mit meinen geschärften Sinnen wahrnehme, während ich mich durch den Raum bewege, haben den Beigeschmack von Aufregung und Spannung. Die Leute haben eine Menge gespannter Erwartungen an diesen Abend.

Im Vorbeigehen schnappe ich Gesprächsfetzen auf. Sie unterhalten sich über Gesetzesentwürfe, Politik und Programme. Es scheint eine politische Veranstaltung zu sein, mehr kann ich über den Grund ihrer Anwesenheit nicht heraushören.

Ein Kellner kommt mit einem Tablett voller Sektgläser vorbei. Ich nehme mir eines, um meine Hände zu beschäftigen und nicht aufzufallen.

Ich hebe das Glas an meine Lippen und tue so, als würde ich daran nippen, während die aufsteigenden Bläschen meine Nase kitzeln. Ich verziehe das Gesicht bei dem bitteren Geruch.

Und dann entdecke ich ihn.

Bei der Vorbereitung auf diesen Auftrag hat Balthazar mir über den Bildschirm im Salon mehrere Fotos gezeigt. Den Namen des Mannes nannte er mir nicht, aber es war ohnehin wichtiger, seine Gesichtszüge mit den tief liegenden Augen und dem knubbeligen Kinn zu kennen.

Mein Ziel ist einer der begehrten Gäste mit einer eigenen Schar von Anhängern. Als ich ihn aus drei Metern

Entfernung beobachte, lacht er und gestikuliert mit seinem Weinglas.

Was auch immer er sagt, bringt seine Kollegen ebenfalls zum Schmunzeln. Der Mann von den Fotos erwidert ihr Lächeln freundlich.

Er wirkt in keiner Weise zwielichtig. Soweit ich weiß, ist er ein anständiger Mensch.

Balthazar wollte mir nicht sagen, warum er den Mann tot sehen will. Ganz im Gegensatz zu Clancy, der uns immer ausführlich informierte, bevor er uns auf eine Mission schickte.

Nein, meine Motivation, die Befehle unseres neuen Entführers zu befolgen, ist eine ganz andere. Entweder ich bringe diesen Mann um, oder Balthazar tötet einen der Schattenblüter in seiner Villa. Womöglich auch mehr als einen, wenn er wütend genug ist.

Ich könnte es darauf ankommen lassen. Bis er irgendwann kein Druckmittel mehr hat.

Aber wohin würde das führen? Zu einem Blutbad mit dem Wissen, dass es meine Schuld war?

Was hätte es für einen Sinn, ihm zu trotzen, wenn ich dabei riskiere, dass Nadia, Dominic und möglicherweise noch andere sterben?

Ich habe keine Ahnung, wie viele von uns Balthazar für entbehrlich hält.

Obwohl ich nichts gegen den Mann mit dem knubbeligen Kinn habe, den ich heimlich beobachte, kribbelt ein Schrei in meiner Kehle. Ein Schrei, bei dem sich jede Faser meines Seins wünscht, ich könnte ihn auf den Psychopathen auf dem Bildschirm in der Villa richten.

Meine Zielperson geht langsam durch den Raum. Unterwegs schließen sich ihm neue Bewunderer an, während er einige verliert, die sich anderen interessanten Objekten zuwenden. Er sieht nicht sonderlich besorgt aus, doch ich bemerke ein paar Männer in etwas weniger protzigen Anzügen, die aus diskreter Entfernung mit ihm Schritt halten.

Leibwächter? Wie wichtig ist dieser Mann?

Zweifellos hat Balthazar mich deshalb mit diesem Auftrag betraut. Ich werde nicht mit meinen Klauen und meiner übernatürlichen körperlichen Kraft auf ihn losgehen.

Mit meinem Schrei kann ich ihn vom anderen Ende des Raumes aus töten, ohne dass jemand auf die Idee kommt, ihn abzuschirmen.

Und wenn jemand merkt, dass etwas nicht stimmt, bevor ich es schaffe, können Jacob und Sully ihn mit ihren Kräften ablenken.

Marmorsäulen säumen den Raum, an einigen davon befinden sich Samtvorhänge, hinter denen ich mich verstecken kann, bis ich mich entscheide, meinen Zug zu machen.

Aber noch nicht jetzt. Wenn Balthazar denkt, ich wäre nur sein Werkzeug, dann ist er verrückter, als es bisher den Anschein gemacht hat.

Ich nähere mich der Gruppe meiner Zielperson, um herauszufinden, worüber sie reden. Worum es ihm geht.

Warum unser Entführer ihn tot sehen will.

Zunächst bekomme ich nur einige Kommentare über ein Abendessen mit, an dem einige von ihnen kürzlich teilgenommen haben, und über ein Konzert, auf das sie sich nächste Woche freuen. Dann beugt sich eine der Frauen neben meiner Zielperson mit einem bewundernden Lächeln vor.

„Sie haben so viel für die Förderung der fossilen Brennstoffe getan. Trotz all der Widerstände. Die Leute sollten sich ein Beispiel an Ihnen nehmen!"

Der Mann mit dem Knubbelkinn lacht und winkt das Kompliment ab, und ein paar seiner anderen Kollegen überhäufen ihn mit ähnlichem Lob. Jemand schnaubt über „saubere Energie", als sei das eine lächerliche Idee – „als ob nicht alles seinen Preis hätte."

Auch wenn mein Wissen über die aktuelle Politik begrenzt ist, weiß ich, was fossile Brennstoffe sind. Hat Balthazar etwas gegen Öl und Kohle, oder will er den Mann aus einem anderen Grund tot sehen?

Während ich ihnen folge, komme ich an einer Frau vorbei, aus deren halb geöffneter Handtasche ein Kugelschreiber ragt. Geschickt ziehe ich den Stift im Vorbeigehen heraus.

Jackpot. Jetzt brauche ich etwas, *worauf* ich schreiben kann.

In der Zwischenzeit spitze ich die Ohren und lausche auf weitere Hinweise. Meine Zielperson gerät in eine Diskussion über Finanzierung und Spenden, der ich nicht wirklich folgen kann.

Dann trennt sich ein Paar von der Gruppe und geht in eine andere Richtung. Die Frau wirft einen Blick über ihre Schulter, bevor sie ihren Begleiter kopfschüttelnd ansieht.

„Angeblich hat er gute Chancen, im nächsten Semester Vizepräsident zu werden", flüstert der Mann neben ihr. „Er ist schnell aufgestiegen."

Will Balthazar ihn *deshalb* loswerden?

Es gibt zu viele Puzzleteile, die ich nicht einordnen kann. Frust steigt in mir auf.

Ich muss etwas unternehmen. Bestimmt könnte jemand aus dieser Masse wohlhabender Macher dem Arschloch, das mich hierhergeschickt hat, die Stirn bieten.

Mein Blick fällt auf eine Broschüre, die auf einem der Beistelltische liegt. Daneben sind mehrere zerknüllte Servietten. Genau in diesem Moment tippt Jacob mir auf den Arm.

Er drückt mir eine dünne Pappkante in die Hand. Als ich

nach unten schaue, stelle ich fest, dass es sich um eine Karteikarte handelt, die nur einseitig beschrieben ist.

Wir haben die Idee, die ich auf dem Flug hierher hatte, nicht besprochen, aber er muss bemerkt haben, dass ich den Stift stibitzt habe. Er ahnt, was ich vorhabe.

Ich bleibe an einem Beistelltisch stehen, als würde ich mir die Flugblätter ansehen, und schreibe heimlich meine Botschaft auf die Karteikarte. Leider gibt es nicht viel, was ich demjenigen sagen kann, dem ich mein Anliegen überbringe, aber ich tue mein Bestes.

Ermittelt gegen Mr. Balthazar, kritzle ich auf die Rückseite der Karteikarte. Ich kenne nicht einmal seinen vollen Namen. *In seiner Villa werden Leute gefangen gehalten.*

Ich falte die Karte einmal in der Mitte und schaue mich mit einem flauen Gefühl im Magen nach einem geeigneten Empfänger um. Ich entscheide mich für den Mann, der seiner Frau erzählt hat, dass meine Zielperson auf dem Weg an die Spitze ist.

Wenn er sich für die Karriere dieses Mannes interessiert, dann besteht eine gute Chance, dass er mit Balthazar aneinandergeraten ist. Zumindest hoffe ich das.

Als ich an ihm vorbeigehe, stecke ich die Karte in die Hosentasche seines Smokings. Mein Entführer darf nicht das Geringste von dem mitbekommen, was ich getan habe, falls er mich über die Manschetten an meinen Handgelenken abhört.

Sobald ich ihm die Karte zugesteckt habe, überkommt mich der unbändige Drang, den Ballsaal zu verlassen. Ich habe alles getan, was ich konnte, um uns zu retten.

Zeit, den unangenehmen Teil hinter uns zu bringen und von hier zu verschwinden.

Wie geplant gehe ich auf die Säulen zu und verstecke mich hinter einem Samtvorhang. Ich bin nah genug an meinem Ziel, um ihn noch sehen zu können. Jacob und Sully sind auf der gegenüberliegenden Seite des Raumes.

Ich stehe zwischen dem Stoff und der Säule und richte meinen Blick auf den Mann mit dem knubbeligen Kinn.

Vielleicht hat er dieses Schicksal verdient. Möglicherweise aber auch nicht.

Ich weiß mit Sicherheit, dass keiner der anderen Schattenblüter in der Villa die Strafe verdient, die sie bekommen werden, wenn ich den Auftrag nicht ausführe. Ich klammere mich an diese Gewissheit und unterdrücke das brennende Schuldgefühl in meinem Bauch, so gut ich kann.

Meine Lippen öffnen sich, und eine Vibration steigt in meiner Kehle auf.

Schon bevor Balthazar uns entführt hat, habe ich gelernt, meine Schreie leise auszustoßen. Ich habe einen ganzen Pferch von Schafen geschlachtet, ohne die Aufmerksamkeit der Terroristen zu erregen.

Während meiner Trainingseinheiten mit Matteo habe ich meine Fähigkeiten verfeinert. Sogar schneller, als ich erwartet hätte. Möglicherweise liegt es daran, dass ich die Grenzen meiner übernatürlichen Kräfte davor nie bewusst ausgelotet habe.

Ich hatte immer befürchtet, dass die Wärter sie ausnutzen würden. Und doch bin ich hier.

Die Hände zu Fäusten geballt, hole ich tief Luft und denke an Balthazar.

An sein arrogantes Grinsen, als er mich an die Folgen von Ungehorsam erinnerte, seinen blasierten Tonfall, als er darüber sprach, wozu Dominic gut war.

Seinen ausdruckslosen Blick, als Lindsay sich in einer Lache ihres eigenen Blutes wand und starb.

Ich werde das für ihn tun, aber nur, weil ich es muss. Nur weil ich daran glaube, dass ich ihn irgendwann auf die gleiche Weise vernichten werde.

Als ich den Schrei loslasse, ist er nur der Hauch eines Flüsterns. Niemand würde ihn hören, es sei denn, er stünde direkt neben meinen Lippen.

Und weil ich geübt habe, wie der Schrei meine Opfer töten soll, ziele ich genau auf das Herz des Mannes.

Das Ding in mir, das Schmerzen genießt, verlangt schreiend nach Folter. Doch ich unterdrücke diesen Drang und gönne dem Hunger nur die kurze Befriedigung, die sehnigen Kammern entzweizureißen.

Der Mann mit dem knubbeligen Kinn verkrampft sich. Er fasst sich an die Brust, und blutige Spucke sprudelt aus seinem Mund.

Sein Gefolge aus Bewunderern schreit auf, als er zu Boden sinkt.

Wir drei Schattenblüter mischen uns wieder unter die Menge und machen uns auf den Weg in die Lobby. Die schmutzige Arbeit, die ich gerade verrichtet habe, hat einen sauren Geschmack in meinem Mund hinterlassen.

SIEBEN

Griffin

Obwohl der Schmerz schon überall ist, breitet er sich immer weiter aus. Er kriecht unter meine Fingernägel, krallt sich in meine Wirbelsäule und durchbohrt meinen Schädel.

Alles schmerzt, von meinen Zahnwurzeln bis zu den Zehenspitzen, und es wird immer schlimmer. Allumfassender. Schärfer.

Der Schmerz schwillt an, bis es unmöglich ist, etwas anderes als die körperlichen Empfindungen wahrzunehmen, bis die erschütternde Szene, die sich vor meinen Augen abspielt, verschwimmt und ich keinen Platz mehr in mir habe, um mich auch nur ansatzweise darum zu kümmern, dass …

Schreiend schrecke ich auf.

Das Zimmer um mich herum ist dunkel. Es dauert ein

paar Sekunden, bis ich das weiche Gewicht der Decke auf mir und die breite Matratze unter mir wahrnehme.

Nichts tut weh, bis auf den Stich des Entsetzens, der meine Brust durchbohrt, wenn ich an den Albtraum zurückdenke, aus dem ich gerade erwacht bin.

Ich drehe mich auf dem großen Bett um, das Balthazar mir zur Verfügung gestellt hat. Als würde er denken, ein schickes Kopfteil könnte uns vergessen lassen, dass wir seine Gefangenen sind. Ich drücke mein Gesicht in das Daunenkissen. Mein Herz rast.

Es war nicht nur ein Albtraum. Es war ein Fragment der Vergangenheit, das in mir aufblitzte und mich heimsuchte.

Die Wärter wollten, dass ich meine Gefühle so gründlich verdränge, dass keine Emotion auch nur im Entferntesten eine Wirkung auf mich hat. Sie fügten mir alle erdenklichen Qualen zu, um ihr Ziel zu erreichen.

Auch jetzt noch habe ich mit Schmerzschüben zu kämpfen, die mich als Reaktion auf die Emotionen, die ich wieder zugelassen habe, überfallen. Ich werde allmählich besser darin, sie auszublenden, doch im Schlaf habe ich keine Abwehrmechanismen.

Im Schlaf durchlaufe ich die ganze Tortur noch einmal.

Nach der Konditionierung reagiert mein Körper instinktiv mit Abschottung. Der kleinste Anflug einer emotionalen Reaktion wird verdrängt, um mich vor körperlichen Qualen zu schützen.

Ich weiß, dass das keine Lösung ist. In diesem betäubten Zustand empfinde ich vielleicht kein Bedauern oder keine Traurigkeit, doch ich setze den Menschen um mich herum damit mehr zu, als ich ertragen kann.

Ich habe mich dazu verleiten lassen, Clancy dabei zu helfen, meinen Bruder, meine einzigen Freunde und die Frau, die ich liebe, zu fangen. Ich habe ihr Vertrauen verloren und womöglich unseren ersten Fluchtversuch ruiniert, weil ich nicht einmal mir selbst vertraut habe.

Von nun an mache ich mir in allen Situationen bewusst, was um mich herum geschieht und was in meinem Inneren vor sich geht. Jeder braucht ein Gewissen.

Ich wünschte, Balthazar hätte auch eins.

Während ich langsam ein- und ausatme, um meine Nerven zu entspannen, ebbt das Rauschen in meinem Kopf und meinem Herzen ab. Ich konzentriere mich auf jede Gefühlsregung und nehme sie zur Kenntnis, indem ich sie benenne und anerkenne.

Ich habe Angst davor, was hier mit uns passieren wird und vor dem, was uns bereits widerfahren ist. Ich habe Angst, dass wir Dominic bereits verloren haben.

Ich bin einsam hier in diesem großen Schlafzimmer.

Außerdem mache ich mir Sorgen um Riva, Jacob und die Freunde, von denen ich vor Jahren getrennt wurde, aber auch um die Jugendlichen, die unsere neuen Weggefährten geworden sind. Meine Sorgen sind so groß, dass eine konditionierte Welle des Schmerzes in mir aufsteigt.

Ich beiße meine Zähne zusammen und steige aus dem Bett. Da ist noch ein anderes Gefühl in mir: Die Wut auf die Leute, die meine gesamte Physiologie auf den Kopf gestellt haben.

Ich weiß nicht, ob ich jemals wieder wie ein normal empfindendes menschliches Wesen funktionieren werde. Und das ist ihre Schuld.

Im Laufe der Zeit habe ich Angewohnheiten entwickelt, die mich beruhigen und verhindern, dass ich in die Erstarrung zurückfalle. Ich beginne jeden Tag mit einer kurzen Dusche, bevor ich mich anziehe und mein Bett mache, obwohl ich weiß, dass es niemand hier jemals sehen wird.

Dann erledige ich das bisschen, was ich tun kann, damit wir überleben.

Ich kann nicht genau sagen, wo sich unser Entführer im Haus aufhält, aber wir haben eine ungefähre Vorstellung davon, zu welchen Bereichen wir keinen Zugang haben. Ich trete in das schwache Morgenlicht hinaus und gehe durch die verblühenden Gärten in Richtung Westflügel.

Die immergrünen Sträucher verströmen einen belebenden Kieferduft. Ich atme tief ein, als ich an einer Stelle zum Stehen komme, wo meine Eindrücke am deutlichsten werden.

Irgendwo, nicht weit von hier, schmort ein Mensch. Frustration und Ungeduld mischen sich mit einem unerschütterlichen Gefühl von Stolz.

Obwohl ich dem Mann noch nie persönlich begegnet bin und ihn nur digital auf einem Bildschirm gesehen habe, erkenne ich Balthazars Präsenz sofort. Ich bin nicht oft auf jemanden wie ihn getroffen. Womöglich sogar noch *nie*.

Ich habe keine Ahnung, was er denkt oder tut, aber es ist möglich, dass das, was ich von seinen Gefühlen mitbekomme, uns einen Hinweis darauf gibt, wie wir uns aus seinem Griff befreien können.

Er ist sich seiner Sache sehr sicher. Wenn ich seine emotionalen Reaktionen mit seinen Aussagen vergleiche, wird mir klar, dass sein Frust nach außen gerichtet ist, auf die Leute, die er für seine Gegner hält, und nicht nach innen, auf sich selbst.

Seiner Ungeduld nach zu urteilen, verfolgt er ein Ziel, das er ohne Hilfe nicht erreichen kann. Das gefällt ihm nicht. Ich habe den Eindruck, dass er sich sicher ist, dass er so viel mehr erreichen könnte, wenn er schon alle Schlüssel in der Hand hätte.

Er hat Hoffnungen und Ziele. Ab und zu erreicht mich ein fast schwindelerregendes Aufflackern von Freude.

Leider habe ich keine Ahnung, was diese Freude auslöst.

Womöglich werde ich auch gar nichts mehr herausfinden, ohne dass wir aktiv werden. Vielleicht müssen wir etwas tun und beobachten, wie er reagiert.

Doch jede Aktion, die nicht auf seinen Befehl hin erfolgt, stellt ein Risiko dar. Es könnte zu noch mehr Blutvergießen und dem Tod von noch mehr Menschen führen.

Ich möchte den anderen mitteilen, wie wir mit ihm umgehen sollen, doch keiner der Eindrücke, die ich von ihm empfange, hat mir einen soliden Anhaltspunkt geliefert. Und ich habe zu viele Fehler gemacht, um mich jetzt auf meine Instinkte zu verlassen.

Während ich seinen inneren Zustand beobachte, scheint Balthazar etwas zu tun oder zu erhalten, was ihm Freude bereitet. Seine Laune hebt sich mit einem leichten, aber deutlichen Anflug von Zufriedenheit.

Ich spaziere noch einige Minuten im Hof herum und tue so, als würde ich einfach nur die Landschaft und die frische Herbstbrise genießen. Als ich keine signifikanten Veränderungen in der Stimmung unseres Kerkermeisters wahrnehme, schlendere ich zur Hintertür der Villa und mache mich auf den Weg in die Küche.

Andreas' lebhafte Stimme und das Brutzeln von gebratenen Eiern dringen in den Flur. Auf seine Worte folgt ein leises Lachen, das bestätigt, dass Riva bei ihm ist.

Als ich eintrete, nickt mir Drey zu. Beide schenken mir zur Begrüßung das angespannte Lächeln, das wir alle im Gesicht haben, seit wir wissen, was unser neues Gefängnis für uns bedeutet.

„Ich habe genug Eier für alle gemacht, falls du welche willst, Griffin." Andreas schabt eine Portion auf einen bereits reichlich gefüllten Teller. „Aber du musst nicht. Ich bin mir sicher, dass Zian alles aufessen wird, was übrig bleibt."

Ich bin kurz davor, nein zu sagen, weil ich Rührei nicht

besonders mag. Dann setzen jedoch meine neuen mentalen Gewohnheiten ein, die ich über Jahre hinweg entwickelt habe, um mich bei meinen Entscheidungen ausschließlich von Vernunft leiten zu lassen.

Eiweiß ist ein wichtiger Bestandteil jeder Mahlzeit. Wir brauchen einen wachen Geist und einen starken Körper, um diese letzte Prüfung zu überstehen.

Ich erwidere das Lächeln, wobei ich mir sicher bin, dass mein Gesichtsausdruck genauso angespannt ist wie der meiner Freunde. „Danke. Ich nehme gerne ein wenig."

Während ich ein paar Scheiben Brot in den Toaster stecke, tritt Riva neben mich. Sie legt ihren Arm um meine Mitte und lässt ihre Hand unter den Saum meines Pullovers gleiten, wo sie auf der nackten Haut meiner Taille verweilt.

Die Berührung löst eine Flamme der Hitze und eine Woge der Zuneigung in mir aus. Diese zwei emotionalen Reaktionen sind von meiner alten Konditionierung unberührt. Die Wärter konnten das Gefühl nicht replizieren, das ich empfinde, wenn diese Frau in meiner Nähe ist. Daher konnten sie es auch nicht aus mir herausfoltern.

Ich begehre sie, und der Hunger strömt immerzu durch meine Adern. Selbst diese einfache Geste steigert meine Liebe zu ihr.

Sie weiß, dass ihre Umarmung mehr getan hat, als irgendetwas anderes es auch nur annähernd vermocht hätte. Es ist selbstverständlich für sie, mir alles von sich zu geben, um mir zu helfen, wieder der Mann zu werden, der ich einmal war.

Der Mann, den sie verdient hat.

„Hast du gut geschlafen?", fragt sie und lehnt ihre Schläfe an meine Schulter.

Ich küsse ihren Kopf. „Nicht allzu schlecht."

Ich habe den anderen nicht von den Albträumen erzählt. Sie können ohnehin nichts dagegen tun.

Andreas bereitet Toasts wie am Fließband zu und bestreicht sie mit Butter. Wie aufs Stichwort betritt Zian die Küche und fügt ein paar Kleckse Marmelade hinzu.

Als mein Toast fertig ist, schieben sie mir Gewürze zu. Riva lässt mich los und schenkt uns allen Orangensaft ein.

Das gemeinsame Frühstück ist mittlerweile zu einer Art Ritual geworden und sorgt in dieser schrecklichen Situation für einen Anschein von Normalität.

Wir bringen die Tabletts in den Speisesaal, wo Jacob bereits den langen Tisch gedeckt hat.

Wir sechs sitzen normalerweise an einem Ende, während sich die jüngeren Schattenblüter gegenüber von uns versammeln. Riva betrachtet enttäuscht die leeren Stühle zwischen uns, doch ich denke, die Jugendlichen brauchen ihre eigene kleine Gruppe genauso sehr, wie sie uns brauchen. Sie wissen, dass sie sich jederzeit zu uns setzen können.

Für sie ist es einfacher, so zu tun, als wäre alles normal, wenn sie die Strategiediskussionen vermeiden, in die wir sechs beim Essen unweigerlich verfallen.

Als wir uns hinsetzen, klopft mir Jacob kräftig auf die Schulter. Er war noch nie der Typ, der seine Gefühle offen zum Ausdruck bringt, doch seit wir hier sind, sucht er mindestens einmal am Tag diese Form von Kontakt.

Ich glaube nicht, dass er das Gefühl hat, mir so zu helfen, so wie Riva es tut. Aufgrund des konstanten Gefühlssturms in seinem Inneren – und der Erleichterung, die ihn bei dieser Geste überkommt – vermute ich, dass er sich auf diese Weise selbst versichern will, dass ich tatsächlich noch hier bin.

Ein Kloß bildet sich in meiner Kehle. Ich bin dankbar, dass ich meinem Bruder nach allem, was geschehen ist, so viel bedeute.

Zian greift nach seiner Gabel und blickt zu mir hinüber. „Irgendetwas Interessantes heute Morgen?"

Die anderen wissen über den wichtigsten neuen Teil meiner Morgenroutine Bescheid. Die Schwierigkeit besteht darin, darüber zu sprechen, ohne den unbekannten Zuhörern zu verraten, was ich tue.

Widerstrebend schüttle ich den Kopf. „Ich habe eine Blume gesehen, die mich glücklich gemacht hat, aber ich weiß nicht, was noch so wachsen könnte."

Jake stößt ein Schnauben aus. „Wir könnten dafür sorgen, dass ‚du' eine ganze Menge fühlst."

Riva wirft ihm einen warnenden Blick zu, und er presst die Lippen aufeinander. Er braucht meine Macht nicht, um zu wissen, dass sie Angst vor den Konsequenzen hat, falls er seine Feindseligkeit gegenüber unserem Entführer zu deutlich zum Ausdruck bringt.

Allerdings weiß er nicht, was noch alles in unserer Frau brodelt, deren Haar mich an Mondstrahlen in der Nacht erinnern. Nur ich kann die Wut schmecken, die unter ihrer ängstlichen Vorsicht schwelt.

Sie ist fast genauso aufgewühlt wie Jacob. Auch wenn man es an ihren Bewegungen oder ihrer gelegentlichen Schroffheit nicht merkt, tobt in ihr ein Sturm, der darauf wartet, herausgelassen zu werden.

Sie hat einen Weg gefunden, uns von unseren früheren Kerkermeistern zu befreien. *Zweimal.*

Und doch sind wir hier.

Da ich nicht weiß, was ich sagen soll, um sie aufzuheitern, nachdem unsere Hoffnungen zunichtegemacht wurden, schweige ich.

Ich weiß nicht, ob sie überhaupt von mir getröstet werden will.

Zian lobt Andreas' Rührei – sowohl den Geschmack als auch die Menge – und Drey beginnt mit einer Geschichte über einen Bergsteiger, dessen Erinnerungen er einst durchforstet hat. Jacob und Riva kauen nachdenklich, während sie zuhören, und Jake wirft ein paar sardonische Fragen ein. Ein gedämpftes Lachen geht durch die Gruppe, das ich nicht ganz verstehe.

Sie haben eine Menge durchgemacht, bevor ich mich in ihr Leben zurückgedrängt habe. Und danach habe ich eine Weile gegen sie gearbeitet, auch wenn ich es nicht so gesehen habe.

Selbst wenn ich hier bei ihnen sitze, werde ich das Gefühl nicht los, dass ich nicht wirklich zurückgekehrt bin. Ich bin nicht einmal mehr so ein Teil ihrer Gruppe wie Dominic.

Nach allem, was *ich* durchgemacht habe und was es mit mir gemacht hat, könnte dies das Beste sein, was ich je bekommen werde. Ich stehe am Rande und spiele eine Nebenrolle im Leben der fünf Menschen, die einmal meine ganze Welt waren.

Es sei denn, ich kann zweifelsfrei beweisen, dass ich voll und ganz hinter ihnen stehe.

ACHT

Riva

Ich lege meine Finger auf den Türknauf und drehe ihn sachte. Mit meiner übernatürlichen Kraft, mit der ich einen gewöhnlichen Griff aus der Fassung reißen könnte, kann ich auch minimale Bewegungen ausführen.

Leider bleiben meine Versuche erfolglos. Nach weniger als einem halben Zentimeter lässt sich der Knauf nicht weiterdrehen.

Dank meiner Behutsamkeit ist kein Geräusch zu hören. Wenn Balthazar im Westflügel Wachen als zweite Verteidigungslinie gegen Eindringlinge postiert hat, dürften sie nichts von meinem Versuch mitbekommen haben.

Ich gehe in dem dunklen Flur in die Hocke. Obwohl sich meine Augen an die Dunkelheit gewöhnt haben, kann ich die Tür vor mir kaum sehen.

Die anderen Türen um mich herum sind geschlossen, und im Flur gibt es keine Fenster. Nur ein schwacher Hauch von gedämpftem Licht dringt aus dem einen oder anderen Zimmer, sodass dieser Teil der Villa nicht in pechschwarze Dunkelheit gehüllt ist.

Bei meinem üblichen nächtlichen Rundgang habe ich bereits die beiden anderen verschlossenen Türen überprüft. Jede Nacht schleiche ich eine Stunde, nachdem das Licht im Gebäude gelöscht wurde, durch die Flure, in der Hoffnung, dass wir durch einen Fehler des Personals ein wenig mehr Boden gewinnen können.

Was würde ich wohl finden, wenn ich eines Nachts eine der Türen öffnen könnte? Womöglich nur weitere prunkvoller Räume voller eleganter Möbel.

Vielleicht aber auch Beweise für Balthazars Pläne, von denen er nicht will, dass wir sie finden, weil wir sie gegen ihn verwenden könnten. Womöglich würde ich sogar auf den Mann selbst stoßen.

Bei dem Gedanken daran verkrampfen sich meine Finger, und meine Krallen kribbeln in meinen Fingerspitzen.

Ich habe unseren Entführer nur einmal persönlich zu Gesicht bekommen. Als ich neben dem umgekippten Lieferwagen am Straßenrand lag und einen Moment bei Bewusstsein war, sah ich, wie er über mir aufragte. Trotzdem kann ich mir hervorragend vorstellen, ihm die Kehle aufzuschlitzen, wie ich es bei Clancy getan habe.

Alles richtet sich nach seinen Launen. Wenn Toni oder Matteo mit uns sprechen, dann nur, weil „Mr. Balthazar sagt" oder „Mr. Balthazar will".

Wenn wir ihn loswerden würden, wären wir noch schneller frei, als wir es bei Clancy gewesen wären. Hinter Balthazar steht nicht der Rest der Wärterschaft in den Startlöchern, um die Führung zu übernehmen. Er ist ein Abtrünniger.

Haben die Wärter – wie auch immer sie jetzt organisiert sind und von wem sie angeführt werden – eigentlich eine

Ahnung, wo wir sind? Ich weiß, dass sie eine Art „Rat" haben, der es kaum erwarten konnte Clancy die Führung zu entreißen. Allerdings ging der Vertreter davon aus, dass Balthazar aus dem Spiel ist.

Die Vorstellung, dass sie ihn für uns bekämpfen, löst zugleich Erleichterung und Verunsicherung in mir aus.

Die Wärter sind nicht unsere Retter. Ganz sicher nicht.

Es könnte jedoch einfacher sein, ihnen wieder zu entkommen, als uns gegen Balthazar zu stellen. Zumindest haben sie uns nie gezwungen, wahllos und ohne Erklärung Menschen zu töten.

Und sie haben nie einen von *uns* absichtlich zu Demonstrationszwecken umgebracht.

Aber Balthazar kennt seine ehemaligen Kollegen viel besser als ich. Es ist schwer vorstellbar, dass er nicht alle Vorkehrungen getroffen hat, um sicherzustellen, dass sie nie erfahren, was er vorhat.

Ich schleiche zurück in den Flur, in dem sich unsere Schlafzimmer befinden. Meine Füße gleiten lautlos über den Fliesenboden und meine Haut juckt vor Frustration.

Erst gestern hat Balthazar Jacob und Zian auf eine weitere Mission geschickt, um einen Tresor zu stehlen, in dem sich alles Mögliche befinden könnte. Ein paar Tage davor hat er Andreas dazu gebracht, sich mit Booker und Ajax bei einem politischen Mittagessen unter einen Haufen von Lobbyisten zu mischen und ihre Stimmungen, Gedanken und Erinnerungen im Zusammenhang mit ein paar Personen aufzuzeichnen, von denen er Drey Fotos gezeigt hat.

Offenbar verfolgt er politische Interessen. Einen Anhaltspunkt auf einen Fluchtweg haben wir bisher allerdings nicht gefunden.

Wir haben keine Ahnung von seinen politischen Zielen. Ich kann nicht sagen, ob er mich den Mann auf der Gala ermorden ließ, weil er gegen dessen Unterstützung fossiler Brennstoffe ist oder weil er ihn als Konkurrenz für eine Position sah, die Balthazar selbst füllen möchte.

Auf dem Weg zu meinem Zimmer nagt meine Unsicherheit an mir. Doch trotz der Anspannung, die in mir aufsteigt, höre ich durch eine geschlossene Tür, wie jemand nach Luft schnappt.

Ich erstarre und spitze die Ohren. Decken rascheln, und ein leises Wimmern ertönt.

Das ist Griffins Schlafzimmer.

Mein Herz pocht heftig. Ich stürze zur Tür, und mein Verstand wird von einer Welle der Panik überwältigt.

Ich stoße die Tür auf und bleibe wie angewurzelt stehen. Schwaches Mondlicht erhellt eine Szene, bei der ich mir nicht sicher bin, ob ich eingreifen sollte.

Griffin liegt in der Mitte seines Bettes, seine Gliedmaßen sind in den Laken verheddert und seine Augen sind geschlossen. Furchen zeichnen sich auf seiner Stirn unter seinem blonden Haarschopf ab, doch er liegt vollkommen still da.

Ich möchte seinen Schlaf nicht stören, falls das, was ich gehört habe, nur ein kurzer Anflug von Verzweiflung war.

Während ich ihn unsicher mustere, regt sich Griffin erneut. Er umklammert die Decke, und ein weiterer gequälter Laut entweicht seinen Lippen.

Ich eile zum Bett und knie mich auf die Matratze, um seine Schulter zu berühren. „Griffin. Griffin, wach auf.“

Ich spreche leise, aber meine Berührung und meine Stimme reichen aus, um ihn aus dem Albtraum zu reißen. Sein Körper zuckt, und er öffnet die Augen.

Er blinzelt ein paar Mal, als würde es ihn Mühe kosten, in die Realität zurückzukehren. Schließlich blickt er zu mir auf. „Riva?“

Ich schenke ihm ein schiefes Lächeln. „Ich glaube, du

hast geträumt. Und zwar nichts Angenehmes. Du klangst verstört. Ich wollte nach dir sehen."

Er schluckt hörbar und nimmt meine Hand. „Danke. Es tut mir leid, dass ich dich beunruhigt habe, Mondstrahl."

Ich liebe es, seinen alten Spitznamen für mich in diesem liebevollen Ton zu hören, doch beim Rest seiner Worte rümpfe ich die Nase. „Du musst dich nicht entschuldigen. Ich werde immer für dich da sein, wenn dich etwas bedrückt."

Ich halte inne und konzentriere mich auf die Berührung seines Daumens auf meinem Handrücken und das Kribbeln, das sie in mir auslöst, bevor ich mich weiter vorwage. „Willst du darüber reden?"

Griffins Miene verfinstert sich. „Da gibt es nichts zu reden. Manchmal holt mich mein altes ‚Training' ein, wenn ich schlafe. Bestimmt wird es besser, sobald ich mich daran gewöhnt habe, wieder zu fühlen."

Oh, Gott. Er hat uns erzählt, was die Wärter ihm angetan haben, um seine Gefühle zu unterdrücken. Selbst diese knappe Schilderung hat den Wunsch in mir geweckt, die Arschlöcher in seinem Namen in Stücke zu reißen.

Heißt das, er durchlebt die Folter in seinen Träumen noch einmal?

Ich lege mich neben ihn unter die Bettdecke. Auch wenn ich die Schrecken seiner Vergangenheit nicht vertreiben kann, so kann ich ihm zumindest ein wenig Trost spenden.

Eine Flucht in Gefühle, die nichts mit den Qualen zu tun haben, die ihm die Wärter bereitet haben.

Griffin legt sein Kinn auf meinen Kopf, sodass mein Atem über seinen Hals weht, und schiebt seinen Arm unter die Rückseite meines langärmeligen Oberteils. Überall, wo unsere nackte Haut sich berührt, lodern Hitze und Verlangen auf.

Griffin hat gerade erst den Weg zurück zu uns gefunden.

Zurück zu mir. Wir haben das Band zwischen uns nicht gefestigt, zum einen wegen der Unsicherheiten, die bis vor kurzem zwischen uns herrschten, und zum anderen, weil Clancy den intimen Akt genutzt hätte, um Daten für seine Zwecke zu sammeln.

Seit wir in der Villa angekommen sind, bin ich keinem meiner Jungs körperlich nahe gewesen. Aufgrund meiner Enttäuschung über den Verlust unserer Freiheit, meiner Angst vor unserem verwirrten Entführer sowie dem ständigen Gefühl, beobachtet zu werden, war ich nicht in Stimmung.

Doch jetzt, wo Griffins Wärme mich einhüllt, bin ich mir nicht sicher, ob es sinnvoll war, diese Grenze zu ziehen, anstatt jedes bisschen Trost und Vergnügen zu genießen, das ich von den Männern, die ich liebe, bekommen kann.

Balthazar hat nicht das geringste Interesse an der Verbindung zwischen meinen Jungs und mir gezeigt. Ich bin mir nicht sicher, ob er überhaupt weiß, dass sie *existiert*.

Clancy hat es nur herausgefunden, weil er gehört hat, wie Jacob und ich darüber gesprochen haben, nachdem wir zum ersten Mal Sex hatten. Vielleicht hat er keinen offiziellen Bericht darüber verfasst, weil er erst mehr Daten sammeln wollte.

Und selbst wenn er einen Bericht erstellt hätte, hätte Balthazar möglicherweise keinen Zugang dazu gehabt. Die Wärter dachten schließlich, er wäre vor Jahren verschwunden.

Falls der Psychopath uns aus einem anderen Grund beim Sex beobachtet, ist mir das auf einmal vollkommen egal. Das ist wohl kaum schlimmer als alles, was er uns ohnehin bereits antut.

Wenigstens haben wir auch etwas davon.

Die Gedanken verdichten sich in meinem Kopf, und meine Muskeln lockern sich an den Stellen, wo sich unsere

Körper berühren, als die Schlafzimmertür von außen geöffnet wird.

Jacobs schläfrige, aber besorgte Stimme folgt dem Quietschen der Türangeln. „Griff? Ich bin mit einem unguten Gefühl aufgewacht und …"

Als ich mich zu ihm umdrehe, bleibt er ruckartig auf der Türschwelle stehen. Er starrt uns an, und mir wird flau im Magen, als ich sehe, wie sich sein Kiefer verkrampft.

Jacob würde alles für seinen Zwilling tun. Er hat sogar getötet, um ihn zu beschützen.

Doch die Annahme, dass ich seinen Bruder mehr begehren würde als ihn, hatte ihn in der Vergangenheit stark belastet.

„Tut mir leid." Er weicht einen Schritt zurück. „Mir war nicht klar …"

„Jake." Ich strecke meine Hand unter der Decke hervor und winke ihn zu mir. Der sanfte Druck von Griffins Arm, der immer noch um meine Taille geschlungen ist, verrät mir, dass er mit meiner Einladung einverstanden ist.

Jacob bleibt stehen, ohne sich uns zu nähern. Sein Gesicht ist in der Dunkelheit verborgen, sodass ich seinen Ausdruck nicht erkennen kann.

Griffin stützt sich auf einen Ellbogen, um an mir vorbei zu seinem Bruder zu schauen. „Ich hatte einen Albtraum. Riva ist gekommen, um mich zu wecken. Du störst nicht."

Er hält inne, und ich vermute, dass er die Gefühle von uns beiden abschätzt. Dann fügt er hinzu: „Sie möchte, dass du bleibst. Und ich auch."

Jacobs Mund öffnet und schließt sich wieder, ohne dass ein Ton herauskommt. Dann kommt er herein, stößt die Tür hinter sich zu und schreitet direkt auf das Bett zu.

An der Kante bleibt er stehen. Seine Augen glühen im Halbdunkel. „Geht es dir gut?", fragt er Griffin.

Griffin nickt. „Tut mir leid, falls du etwas von meinem

Albtraum mitbekommen hast. Aber ... Wir sind alle wach ... Und ich glaube, Riva hat erst einmal nicht vor, weiterzuschlafen."

Ich stoße ihn neckisch mit meinem Ellbogen an und winke Jacob wieder heran. „Komm her."

Er stößt einen Seufzer aus, und sein muskulöser Körper entspannt sich ein wenig in seinem T-Shirt und der Pyjamahose. Dann lässt er sich auf den Rand der Matratze sinken.

Griffin und ich rücken ein paar Zentimeter, um ihm Platz zu machen. Ich sollte Balthazar wohl doch für die schönen Betten dankbar sein.

Ich schlage die Decke zurück, damit Jake darunter schlüpfen kann, und er schmiegt seinen Kopf dicht an meinen. „Schon aufgewärmt, Wildkatze?", fragt er mit rauer Stimme.

Ein sanftes Lächeln umspielt meine Lippen. „Nur ein bisschen. Ich hatte auf mehr gehofft."

„Da kann ich helfen."

Er küsst mich, und mein Mund fängt sofort Feuer, als unsere Lippen sich berühren. Mein Puls Herz rast, als ich mit meinen Fingern durch sein glattes Haar fahre.

Griffin küsst von hinten meinen Nacken und zeichnet mit seinem Daumen einen berauschenden Bogen auf meinen Bauch.

Jetzt bin ich wirklich heiß.

Ich küsse Jacob leidenschaftlich. Meine Sehnsucht wird von meiner Liebe zu diesen Männern und von der Schattenessenz in meinem Blut angetrieben, die immer danach lechzt, sich mit der ihren zu vereinen. Er vertieft den Kuss und gibt mir einen ersten Vorgeschmack auf die Leidenschaft, von der ich weiß, dass sie wie ein Gewitter losbrechen kann.

Doch seine Berührung bleibt vorsichtig. Eher zärtlich als

fordernd streicht er über meinen Kiefer, meine Schulter und über meine Seite bis zu der Stelle, wo Griffins Arm um mich geschlungen ist, und dann wieder hinauf zu meinen Brüsten.

Ich greife in sein Haar und zerre daran, doch er stöhnt nur gedämpft an meinen Lippen.

Wird er sich jemals verzeihen, dass er mich in der Vergangenheit verletzt hat. Und das auch nur, weil er selbst verletzt war? Ich habe ihm längst vergeben.

Ich weiß nicht, wie ich ihn davon überzeugen soll.

Im Moment will die aufgestaute Spannung in mir den ganzen verdammten Sturm. Ich will spüren, wie heftig er sein kann. So heftig, dass er es mit den Feinden aufnehmen kann, die uns gefangen halten.

Als er meinen Nippel zwischen seinen Fingern zwirbelt, drücke ich mich gegen seine Hand, und sein Griff wird fester. Ich keuche vor Lust, und Jacob lässt meine Brust sofort los.

„Mir geht's gut", murmle ich schnell und küsse ihn. „Das war *gut*."

Als Jacob meine Brüste erneut umfasst, strahlt Spannung von ihm ab. Er ist angespannt wie eine Bogensehne, weigert sich aber, dem Druck nachzugeben.

Griffin streicht mit den Fingern über den Bund meiner Jogginghose und flüstert leise, aber bestimmt. „Jake, glaubst du wirklich, sie würde dich in Bezug auf ihre Vorlieben anlügen? Sie hat keine Angst. Sie verbrennt vor Verlangen nach dir."

Sein Bruder gibt einen erstickten Laut von sich und streichelt erneut über meine Brust, diesmal ein wenig kräftiger.

Ich drücke mich in seine Berührung und Griffins Hand, die mich zwischen den Beinen streichelt. Ein bedürftiges Stöhnen entweicht meinen Lippen.

Verdammt, ja. Ich habe mich auch zurückgehalten. Und zwar viel zu lange.

Ich brauche diese Männer. Sie sind mein Blut, und ich bin ihres. Kein Entführer wird das je ändern.

Jacob senkt seinen Kopf und knabbert an der empfindlichsten Stelle meines Halses. Das Kratzen seiner Zähne jagt mir einen wohligen Schauer über den Rücken.

Ich ziehe etwas fester an seinen Haaren, woraufhin er mich beißt. Nicht fest, aber so, dass seine Zähne beinahe die Haut durchdringen. Mein ganzer Körper zittert vor Erregung.

Jacob atmet röchelnd aus, und sein Atem weht über meine Haut. Als ich mich zwischen ihm und seinem Zwilling winde, spüre ich die Beule an meiner Hüfte, die gegen seine Pyjamahose drückt. Er hält sich jedoch weiterhin zurück und lehnt seine Stirn fest an meine.

Als er wieder spricht, wendet er sich an seinen Bruder. „Sag es ihr, so wie du es mir gesagt hast. Sag ihr, wie sehr ich sie liebe. Ich weiß nicht … Mir fehlen die Worte, aber vielleicht kannst du es sagen."

Griffins Hand, die mir eine beglückende Massage zwischen meinen Schenkeln verpasst, wird langsamer. Bevor er antwortet, drückt er mir einen langen Kuss auf die Schulter.

„Seine Liebe ist immer da, Riva. Auch wenn ihr nicht im selben Raum seid. Wie eine Glut, die durch alles andere schwelt, was er fühlt. Er will dich beschützen und für dich da sein. Er will *dich*. Und wenn du da bist, wenn du ihn anlächelst oder berührst, flackert sie wie ein Waldbrand auf, der alles verschlingt und jeden Teil von ihm erfasst. Er würde alles für dich tun. Das Einzige, was für ihn zählt, ist, dich glücklich zu machen."

Jacob holt zittrig Luft. Der Druck seiner Stirn und seine Hand, die immer noch meine Brust umschließt, das unerbittliche Pochen seines Herzens, das von seinem Körper zu mir durchdringt – all das haucht Griffins Worten Leben ein und beweist die Wahrheit seiner Aussage.

Ein Kloß bildet sich in meiner Kehle. Ich ziehe Jakes Lippen wieder auf meine und küsse ihn leidenschaftlich, bevor ich antworte.

„Ich weiß. Ich liebe dich auch. Sehr. Du brauchst mir nichts zu beweisen."

Jake küsst mich erneut, so leidenschaftlich, dass ich von Kopf bis Fuß ein Kribbeln spüre. Dann sieht er Griffin über meine Schulter an. „Danke."

Als er seinen Blick wieder auf mich richtet, könnte ich schwören, dass ich das Waldfeuer in seinen hellblauen Augen flackern sehe. „Was willst du, Wildkatze? Du musst es nur sagen."

Ich befeuchte meine Lippen, und die Tiefe meiner Sehnsucht ertränkt für einen Moment meine Worte. „Nimm mich so hart, wie du kannst."

Ein überraschtes Glucksen entweicht ihm, bevor seine Lippen auf meine treffen.

Jacob zerrt an meinem Shirt und unterbricht den Kuss gerade lange genug, um es mir über den Kopf zu ziehen. Sein Eifer ist so erregend, dass ich mich nicht einmal davon ablenken lasse, dass sich der Ärmel kurz in einer meiner Fesseln verfängt.

Anschließend greift Jake nach meiner Hose. Griffin hilft seinem Zwilling, sie mir auszuziehen.

Als Griffin meine Schulterblätter mit Küssen bedeckt, überkommt mich das seltsame Gefühl, dass es bei diesem Zusammentreffen nicht nur darum geht, dass ich mich mit den beiden Männern vereinige, sondern auch um die Beziehung zwischen den Brüdern. Eine Art Verhandlung, ein Friedensabkommen oder etwas in der Art.

Das ist für mich in Ordnung. Ich will sie beide, und ich

will, dass zwischen ihnen wieder dieselbe Einigkeit herrscht wie früher.

Ich schaffe es, Jacobs Shirt von seiner wohlgeformten Brust zu schälen, bevor er mich zur mit sich zur Bettkante zieht. Irgendwie schafft er es, mein Höschen beiseitezuschieben und im selben Zug seine Hose auszuziehen.

Er steht neben dem Bett, umfasst meinen Po und hebt mich hoch. Meine Beine liegen an seiner Brust und meine Fersen knapp unter seinen Schultern.

Mit einer Hand reibt er die Spitze seines Schwanzes über meine glitschigen Falten, während er einen Finger der anderen Hand in meinen Arsch einführt. „Ich würde dich bis ans Ende der Welt ficken", raunt er heiser, „und noch weiter."

Im Rausch der schwindelerregenden Ekstase bringe ich nur ein ermutigendes Wimmern hervor. Meine Finger umklammern sein Handgelenk knapp unterhalb der Fessel, und er verstärkt den Griff um meinen Po.

Jacob stößt so schnell und kräftig in mich hinein, dass er innerhalb eines Herzschlags vollständig in mir steckt. Ich beiße die Zähne zusammen und unterdrücke einen Schrei, der durch die ganze Villa gehallt wäre. Lust durchzuckt meinen Körper, als hätten sich die Flammen, die in ihm brennen, auf mich übertragen.

Er hält nur einen Moment lang inne, und mein Puls rast bei dem Gedanken, dass er meiner Bitte womöglich doch nicht nachkommt. Doch dann kniet Griffin sich neben meine Schulter, streicht mir das Haar aus dem Gesicht und fährt mit dem Daumen über meinen Nippel.

„Sie will mehr", sagt er zu seinem Bruder. „Sie genießt es."

Als ich mich vorhin zu ihm ins Bett gelegt habe, dachte ich, ich würde ihn markieren und im Gegenzug von ihm markiert werden. Ein Hauch von Schuldgefühlen durchdringt die tosende Glückseligkeit.

Doch als Jacob knurrt und mit jedem Stoß härter und schneller in mich stößt, kippt mein Kopf mit den ansteigenden Wellen der wilden Ekstase nach hinten. Ich sehe Griffins Gesicht über mir, als er mir seine eigene Art der Anbetung entgegenbringt.

Er strahlt vor Freude und vielleicht auch ein wenig erleichtert. Als hätte ich mir seine Kraft für einen Augenblick ausgeliehen, spüre ich, dass er sich das hier genau so gewünscht hat.

Zu sehen, wie sein Bruder und ich einander näherkommen, macht ihn glücklicher als es eine Vereinigung zwischen seinem und meinem Körper je getan hätte.

Mich für sich allein zu haben, reicht Jacob jedoch nicht aus. Er stößt immer wieder in mich, massiert meinen Hintern, greift nach meinem Knie und beobachtet, wie meine freie Hand den Arm seines Bruders streichelt.

„Kannst du ihn auch nehmen?", fragt er zwischen seinem Stöhnen. „Kann Griffin dazukommen?"

Dieser Herausforderung kann ich nicht widerstehen. Meine Finger krallen sich in den Stoff von Griffins Boxershorts, um ihn an mich zu ziehen.

Auch wenn Griffin vielleicht nicht nach mehr Aufmerksamkeit gesucht hat, lässt es ihn nicht kalt. Seine Brust spannt sich an, als ich seine Erektion umfasse.

Ich bewege mich mit Jacobs Stößen, während ich meine Finger in Griffins Boxershorts schiebe, um ihn gleichzeitig zu streicheln. Mit einem keuchenden Stöhnen beugt Griffin sich vor, um mich fast genauso leidenschaftlich zu küssen wie sein Bruder zuvor.

Wie zur Belohnung verspüre ich erneut, wie sich Druck in mir aufbaut. Jacobs unsichtbare Berührung, angetrieben von Kräften, die ich nicht sehen kann, erforschen jeden Zentimeter meines Körpers wie zusätzliche Hände.

Seine Kräfte streichen über meine Brüste, kneifen in meine Nippel und ziehen an meinem Haar. Gleichzeitig lässt er seine Hand nach unten gleiten, um mit seinem Daumen meinen Kitzler zu streicheln, während er in mich stößt.

Ich wimmere und stoße Griffin ein wenig weiter zurück. Dann beuge ich mich vor und nehme seinen Schwanz in meinen Mund, um einen schärferen Schrei zu dämpfen.

Meine Zunge wirbelt um seine Eichel, und Griffin zuckt in meinem Griff, sein Atem geht stoßweise.

„Verdammte Scheiße, Mondstrahl", murmelt er voller Verlangen. „Das fühlt sich so verdammt gut an."

Ich fahre mit meiner Hand an seiner Länge auf und ab, während ich seinen Moschusgeschmack in meinen Mund sauge. Mir ist schwindlig vor Glückseligkeit, und jeder Nerv steht in Flammen.

Als Griffins Körper zittert und er sich zurückziehen will, schließe ich meine Finger fester um ihn, damit sich seine Erlösung in meinem Mund entlädt. Mit einem Schwall aus Lob und Flüchen sackt er an mir zusammen.

Auch Jacob stößt ein Stöhnen aus. Ich umklammere sein Handgelenk, und meine Krallen gleiten heraus, um über seine Haut zu kratzen, während er stöhnend mit seinen Fingernägeln über meinen Hintern fährt.

Seine Kraft kneift in meine Nippel und zieht noch stärker an meinem Haar, während sein Daumen meinen Kitzler massiert. Bei seinem nächsten Stoß bricht der Damm in mir. Ich beiße mir so fest auf die Lippe, dass Blut fließt, und unterdrücke das Stöhnen meiner Erlösung.

„Ich liebe dich, ich liebe dich, ich liebe dich", murmelt Jake in einem atemlosen Singsang und stößt durch die Flut der Lust in mich. Er beugt sich über mich, während er sich in mir ergießt und mich leidenschaftlich küsst.

Meine Muskeln erschlaffen, und mein Körper ist völlig entkräftet. Jacob blickt auf mich herab, und Sorge flackert in seinem Gesicht auf, als sich der Schleier des Verlangens in seinen Augen lichtet.

„Das wollte ich nicht … Es war nicht zu viel für …"

Ich ziehe ihn zu mir aufs Bett, bevor er die Frage beenden kann. „Es war perfekt. Verdammt *perfekt*."

Als sich seine Züge entspannen, denke ich, dass er mir tatsächlich glauben könnte.

Aber in der Flut des Glücks stellt sich heraus, dass die Sorgen, die zuvor an mir genagt haben, nicht weggespült wurden. Während ich zwischen zwei Männern liege, die ich liebe, sprießen meine Befürchtungen wie Unkraut nach einem Regenschauer.

Ich will nicht, dass unsere Freiheit auf diese Art von Zuflucht beschränkt ist. Ich will nicht, dass jeder Moment der Intimität unter Balthazars Aufsicht stattfindet.

Es muss einen Weg geben, ihn zu bekämpfen.

NEUN

Riva

Sully nimmt am Esstisch gegenüber von mir Platz, nachdem er von einer Sitzung mit Matteo zum Mittagessen zurückgekehrt ist. Er stößt einen rauen Seufzer aus. „Ich weiß nicht, warum er uns diesen Mist immer wieder zumuten will, wenn es nichts bringt."

Zian, der ein paar Plätze weiter sitzt, blickt von seinem Roastbeef-Sandwich auf und zieht die Augenbrauen hoch. „Die Maßnahmen haben keinen Einfluss auf deine Kräfte?"

Der Junge schüttelt den Kopf, und sein breites Gesicht verfinstert sich. „Matt verlangt immer, dass ich die Illusionen deutlicher mache und sie länger aufrechterhalte. Manchmal soll ich sie auch größer gestalten. Aber es klappt nie."

Er hält inne und sein Blick verfinstert sich weiter. „Manchmal denke ich, er hofft, dass ich etwas erschaffe, das keine Illusion ist. Dass ich etwas Reales heraufbeschwöre. Das ist doch verrückt, oder?"

Wir sechs Erstlinge tauschen Blicke aus. Keiner von uns kann Gegenstände aus dem Nichts herbeizaubern, doch angesichts unserer unheimlichen Fähigkeiten scheint es nicht unmöglich zu sein.

Allerdings wurden die jüngeren Schattenblüter nach einer schwächeren gentechnischen Formel erschaffen, soweit wir wissen. Wie auch immer das genau funktioniert.

Ursula Engel, eine der Gründerinnen der Wärterschaft und die Wissenschaftlerin, die herausgefunden hat, wie man die Essenzen von Menschen und Schattenwesen vermischen kann, um uns zu erschaffen, bekam Angst, als sie sah, wie wir Erstlinge uns entwickelten. Sie wollte uns töten, als wir noch kleine Kinder waren.

Da der Rest der Wärterschaft gegen dieses Vorhaben war, wurde sie ausgeschlossen. Sie sollte ihnen ihre Erkenntnisse zur Verfügung stellen, damit sie mehr Schattenblüter erschaffen konnten. Die Daten, die wir auf ihrem Laptop gefunden haben, lassen vermuten, dass sie die Anweisungen, die sie ihnen geschickt hat, geändert hat.

Vermutlich hoffte sie, dass ihre Methode so nicht mehr funktionieren würde. Auch wenn dem nicht so war, sind die Kräfte der jüngeren Schattenblüter deutlich schwächer als unsere.

Balthazar muss gehofft haben, dass durch die „Maßnahmen" seiner Mitarbeiter neues Potenzial in ihnen geweckt wird. Durch die Injektionen, die Matteo mir verabreicht hat, und die mentalen und körperlichen Übungen, die er mir auferlegt hat, haben sich meine eigenen Fähigkeiten stetig weiterentwickelt.

Gestern habe ich eine Ratte innerhalb einer Sekunde mit einem beinahe lautlosen Schrei getötet. Matteo testete die Lautstärke mit einem Stück Seidenpapier neben meinem Mund, das beim Ausatmen nur ganz leicht flatterte.

Ich weiß nicht, was mir unangenehmer ist: der Gedanke

daran, wie viele unschuldige Tiere ich in der letzten Woche abgeschlachtet habe, oder die Tatsache, dass ich Clancy beinahe *vermisst* habe.

Der Leiter der Insel-Einrichtung hatte irre Ideen und war von Gier getrieben, aber er war der Einzige, der mir je beibringen wollte, meine brutale Kraft für *andere* Dinge als das Verstümmeln und Töten einzusetzen. Ich würde viel lieber üben, wie man eine Kreatur festhält, ohne ihr wirklich zu schaden, als ihr so schnell wie möglich das Leben zu nehmen.

Hätten wir eine echte Wahl, würde ich natürlich gar nicht üben. Ich würde meinen Hunger so weit wie möglich in die Tiefen meines Wesens verdrängen.

Würden wir nicht von Wärtern und anderen Leuten gejagt werden, müsste ich meine Kraft nie wieder einsetzen.

Andreas weicht Sullys Frage nach der Verrücktheit mit seiner typischen lässigen Diplomatie aus. „Möglicherweise funktioniert es bei uns, weil sich unsere Fähigkeiten schon über einen längeren Zeitraum hinweg entwickeln konnten. Ich weiß nicht, inwiefern sich meine Fähigkeit für Erinnerungen weiterentwickeln könnte, aber …"

Er umklammert die Armlehnen seines Holzstuhls. Auf eine Bewegung seiner Finger hin verschwinden sowohl seine Hand als auch der Stuhl, sodass es aussieht, als würde er auf Luft sitzen.

Ich starre ihn an, und mir stockt der Atem. Ich habe zwar schon gesehen, wie Andreas sich komplett unsichtbar gemacht hat, aber nie nur teilweise. Und er hat auch noch nie einen größeren Gegenstand verschwinden lassen.

Als er den Stuhl loslässt, wird er sofort wieder sichtbar. Andreas zuckt die Achseln. „Ich habe keine Ahnung, ob Balthazar wollte, dass sich meine Kräfte in diese Richtung entwickeln, aber das ist nun passiert."

Booker runzelt die Stirn. „Ich sehe die Auren weder

klarer noch anders als vorher. Und Nadia hat gesagt, dass ihr Leuchten sich auch nicht verändert hat."

Seine Haltung spannt sich an. Vermutlich denkt er an seine Freundin, die vor wenigen Minuten von Matteo mitgenommen wurde, nachdem er Sully zurückgebracht hatte.

Booker blickt zu Ajax, der mürrisch dreinschaut. „Ich kann immer noch nicht kontrollieren, wann ich Gedanken aufnehme. Und sosehr ich es auch versuche, ich kann nicht tiefer vordringen als früher."

Das Zögern nach diesem Satz lässt mich vermuten, dass der jüngere Teenager noch etwas hinzufügen wollte, es jedoch nicht ausgesprochen hat. Wenn er gezielter und klarer Gedanken lesen könnte, wäre er möglicherweise in der Lage, Informationen zu finden, die uns aus Balthazars Griff befreien würden.

Es ist in Ordnung über die Dinge zu sprechen, die unser Entführer definitiv weiß oder leicht erraten könnte. Der Versuch, all unsere wahren Gedanken zu verschweigen, würde uns alle in den Wahnsinn treiben.

Allerdings ist uns klar, dass es nicht klug wäre, offen über eine Rebellion zu sprechen.

Ajax wendet sich Zian zu. Seine dunklen Augen sind nachdenklich und neugierig. „Hast du einen Unterschied bemerkt?"

Zian neigt seinen Kopf mit einem offensichtlichen Widerwillen, und ich drücke beruhigend seinen Arm. Ich wünschte, er würde diese Berührung begrüßen, anstatt Angst zu haben, dass sie sein Trauma auslösen könnte.

„Ich bin jetzt größer, wenn ich mich verwandle", antwortet er. „Und einige der wölfischen Merkmale treten deutlicher hervor. Matteo hat versucht, auch an meinem Röntgenblick zu arbeiten, doch bisher hat sich nichts verändert."

Seine Schultern sacken nach unten, während er einen Bissen von seinem Sandwich nimmt, und mein Magen verkrampft sich.

Zian hat seine Verwandlung und die monströse Wut, die damit einhergeht, schon immer gehasst. Und jetzt bemühen sich Balthazars Leute, diesen Teil von ihm sogar noch zu verstärken.

Auf wie viele Arten werden wir noch gequält werden, bevor wir Freiheit finden?

Ich ringe mich dazu durch, ebenfalls einen Bissen von meinem Sandwich zu nehmen, doch das frische Brot und das Fleisch schmecken wie Sägemehl. Meine Muskeln sind angespannt und betteln darum, etwas zu unternehmen.

Doch was könnte ich tun? Unsere tödlichen Fesseln klirren bei jeder Bewegung unserer Arme gegen den Tisch.

Bisher gab es kein Anzeichen dafür, dass jemand auf den Zettel reagiert hat, den ich dem Mann vor einer Woche auf der Gala zugesteckt habe. Hat er meinen Hilferuf womöglich gar nicht gefunden?

Oder hielt er es für einen Streich? Es wäre auch denkbar, dass er keine Ahnung hat, wer Mr. Balthazar ist.

Mein Kiefer verkrampft sich, und ich habe den Eindruck, als würden die Wände auf uns zu kommen.

Am anderen Ende des Tischs hebt Griffin ruckartig den Kopf. Sein Blick schweift in die Ferne, als würde er sich auf etwas jenseits dieses Raumes konzentrieren.

Wir sind so angespannt, dass wir seinen Stimmungsumschwung sofort bemerken. Jacob schiebt bereits seinen Stuhl zurück. „Was? Was ist los?"

Griffin schürzt konzentriert die Lippen, bevor er seine Aufmerksamkeit wieder auf uns richtet. Er hält inne, als wäre er sich nicht sicher, wie er antworten soll.

Dann steht er einfach auf. „Kommt mit. Ich möchte etwas überprüfen."

Etwas, das er nicht offen aussprechen will. Ich stehe auf, und mein Puls beschleunigt sich.

Wir eilen hinter Griffin her und lassen unser Mittagessen stehen. Er macht keine Andeutungen darüber, was ihm aufgefallen ist, als er den Flur entlangschreitet und die Tür auf der Rückseite der Villa aufstößt.

Die Außenanlage und Berglandschaft dahinter sehen nicht anders aus als sonst. Griffin geht ein Stück weiter über den Innenhof in Richtung eines Gartenbereichs mit grasbewachsenen Wegen, die sich zwischen niedrigen Hecken hindurchschlängeln.

Dann bleibt er stehen und legt den Kopf schief. Der Rest von uns versammelt sich schweigend hinter ihm.

Nach einer Minute wirft Griffin einen Blick über seine Schulter. „Jake, ich glaube, ich kann anfangen, aber vielleicht brauche ich dich … um ihn festzuhalten.“

Er drückt sich immer noch vage aus. Jacob, der völlig verwirrt aussieht, nickt ohne zu zögern. „Alles klar.“

Griffin schließt die Augen.

Wir stehen einige Atemzüge lang in fassungsloser Erwartung da. Dann materialisiert sich eine Gestalt zwischen zwei Hecken. Es ist der korpulente Schattenmann mit dem kastanienbraunen Haar, den wir vor einigen Tagen an der Außenmauer gesehen haben.

Er starrt uns an, und sein Gesichtsausdruck schwankt zwischen einem Lächeln und Verwirrung. Dann begreife ich.

Griffin muss gespürt haben, dass der Mann in der Villa war. Ich habe ihm erzählt, was wir gesehen haben. Ich wette, die Emotionen der Schattenwesen schmecken anders als die von Menschen.

Ich habe ihm auch erzählt, dass der Mann verschwunden ist, als wir versucht haben, mit ihm zu reden. Er hat seinen emotionalen Zwang eingesetzt, um dem Mann das Gefühl zu geben, dass er sich zeigen *will*.

Es ist offensichtlich, dass das übernatürliche Wesen sich gegen Griffins Macht wehrt. Jacobs Augen verengen sich, und die Gliedmaßen des Mannes erstarren.

Ohne seinen Blick von dem Mann abzuwenden, deutet Jake auf mich. „Ich glaube nicht, dass es ausreicht, wenn ich ihn festhalte, falls er beschließt zu verschwinden. Du hast doch schon einmal Schattenwesen mit deinem Schrei eingefroren."

Das habe ich. Mit einem Schaudern denke ich daran zurück. Damals habe ich einen von Rollicks Mitarbeitern getötet, der sich gegen uns gewandt hatte. Und beinahe auch Billy, den liebenswerten Faun, der nur helfen wollte.

Jacob hat allerdings recht. Wir konnten die Schattenwesen in der Vergangenheit nie mit physischer Gewalt davon abhalten, in den Schatten zu verschwinden.

Mein Schrei ist das Einzige, was sie jemals aufhalten konnte. Ich kann ihn benutzen, wenn es sein muss.

Griffins Fähigkeiten scheinen den Mann vorerst am Verschwinden zu hindern. Ich spreche die ersten Fragen aus, die mir in den Sinn kommen, bevor ich meine Stimme nicht mehr zum Sprechen benutzen kann. „Was machst du hier? Arbeitest du für Balthazar?"

„Arbeiten?" Die Lippen des Mannes verziehen sich spöttisch. „Oh ja, er lässt mich arbeiten."

Griffin blinzelt, und die Haltung des Mannes verändert sich. Er hebt trotzig das Kinn und ich spanne mich an, um einen Schrei auszustoßen, aber das Schattenwesen macht keine weitere Bewegung.

Griffin richtet den Trotz des Mannes nicht gegen uns.

„Was tust du für ihn?", fragt Andreas.

Die runde Gestalt des Mannes zuckt. „Nichts, worüber ich mit euch reden sollte."

Zian tritt vor. „Kennst du einen Dämon namens Rollick?

Oder einen Sukkubus, der mit ihm zusammenarbeitet? Pearl?"

Die ausdruckslose Miene des Mannes beantwortet die Frage. Ich schreite ein, bevor er antwortet. „Wenn du jemanden kennst, der uns helfen würde … Wir sind hier gefangen. Balthazar hat mit Leuten zusammengearbeitet, die Wesen wie dich *vernichten* wollen. Wir würden helfen …"

Der Schattenmann unterbricht mich mit einem verächtlichen Schnauben. „*Ihr* seid hier gefangen?"

Diese Worte sagen genug. Auf einmal bin ich mir sicher, dass dieses Wesen sich durch seine Verbindung mit Balthazar genauso gefangen fühlt wie wir.

Wie zum Teufel hat unser Entführer das geschafft?

„Bitte", sagt Ajax leise, doch ich habe die Veränderung in der Körperhaltung des Mannes bereits bemerkt. Er schüttelt Griffins emotionalen Griff langsam ab.

Und ich bin mir nicht sicher, ob es in unserem Interesse wäre, ihn zu zwingen, noch länger zu bleiben.

Meine Lippen öffnen sich, doch bevor ich mich entscheiden kann, ob ich ihn noch einmal anflehen oder ihn mit meinem Schrei gefügig machen soll, ertönt hinter mir ein fürchterliches Knacken und Reißen.

Sully stößt einen erstickten Schrei aus und Booker jault auf. Ich drehe mich um und sehe, wie Sully um sich schlägt, seine Hände baumeln an durchtrennten Handgelenken, Blut und Schatten-Essenz strömen aus seinen Unterarmen, wo seine Armbänder sie aufgeschlitzt haben.

Wie damals bei Lindsay. Oh, verdammt! Nein!

Ich stürme auf ihn zu, obwohl ich letztes Mal nichts tun konnte. Adrenalin rauscht durch meine Adern, und ich habe das Gefühl, mitten in einem Albtraum gelandet zu sein.

Blut tropft auf das Gras und färbt die Halme purpurrot. Ein fleischiger, metallischer Geruch erfüllt die Luft, und mir dreht sich der Magen um.

Gleichzeitig steigt schattenhafter Rauch auf.

Mit beiden Händen umfasse ich einen von Sullys Armen und versuche, sein Fleisch zusammenzuhalten, um die Blutung zu stoppen. Doch wie bei Lindsay ist die Wunde zu tief.

Auch Zian versucht, Sully zu helfen. Leider weiß ich bereits, dass selbst seine kräftigen Hände diese Wunden nicht schließen können. Sully schwankt auf seinen Füßen, sein Gesicht ist bleich, und seine Augen sind weit aufgerissen.

„Ich … Ich …", krächzt er, bevor seine Stimme in einem verzweifelten Schluchzen bricht.

Die anderen Schattenblüter haben sich um ihn geschart und das Schattenwesen völlig vergessen. „Legt ihn hin!", schreit Jacob. „Vielleicht wird das die Blutung verlangsamen."

„Zerreißt sein Shirt", befiehlt Andreas mit ruhigerer, aber ebenso besorgter Stimme. „Wenn wir ihn verbinden können …"

Zian reißt an dem Stoff, und Jacob kniet sich neben uns. Sein Gesicht ist konzentriert und angespannt.

Egal, wie sehr ich das Fleisch zusammenpresse, Blut und Rauch sickern unablässig aus Sullys Handgelenk unter der Fessel. Jacob kneift die Augen zusammen, und seine angestrengten Atemzüge verraten, wie viel Mühe es ihn kostet, seine Kraft so präzise einzusetzen.

„Ich kann nicht … Ich kann mich nicht genug konzentrieren …"

Ich schaue mich durch den Dunst der Essenz hektisch um, und mein Blick fällt auf eine vertraute Gestalt, die uns vom Haus aus beobachtet. Ich habe nicht bemerkt, dass Toni herausgekommen ist.

„Bitte!", schreie ich sie an. „Lass nicht zu, dass Balthazar das tut! Sully hat nichts falsch gemacht. Er war einfach nur *da*."

„Euch wurde verboten, euch diesem Mann zu nähern", erwidert Toni mit fester Stimme. „Ich hoffe, ihr braucht keine weitere Warnung."

Ich starre sie an. „Er ist doch nur ein *Junge*. Du kannst doch nicht wirklich finden, dass das in Ordnung ist."

Anscheinend tut sie das. Ohne ein weiteres Wort dreht sie sich einfach um.

In diesem Moment brennt eine Sicherung in mir durch.

Wut durchzuckt mich und bringt meine Lungen zum Vibrieren. Wieder steigt der Schrei in meiner Kehle auf.

Das Schattenwesen wird uns nicht helfen. Ebenso wenig wie die Menschen hier.

Sie lassen uns alle im Stich. Es ist ihnen scheißegal, was Balthazar mit uns macht.

Es gibt niemanden da draußen, an den wir uns wenden können. Wir haben nur uns.

Wut kriecht meine Kehle hinauf. Ich glaube, ich hätte Toni alles entgegengeschrien und sie von Kopf bis Fuß auf die schmerzhafteste Art und Weise getötet, wenn Sully nicht in diesem Moment gegen mich getaumelt wäre.

Wir haben ihn auf den Boden gelegt, aber er hat es geschafft, sich ein wenig aufzurichten. Mein Blick huscht zu ihm, als er sich neben mir windet.

„Hilfe", murmelt er. „Hilfe. Hilfe."

Mir ist klar, dass es zu spät ist. Blut tränkt seine Kleidung und das Gras unter ihm. Seine Stimme wird mit jeder Wiederholung seines Flehens schwächer.

Das ist Balthazars Schuld. Seine und die aller, die ihn weiter herrschen lassen.

Wut lodert in mir auf und verbrennt all meine Hoffnungslosigkeit und Angst.

Ich werde keiner dieser Leute sein. Bisher habe ich jeden vernichtet, der versucht hat, uns einzusperren und zu foltern.

Ich werde nicht eher ruhen, bis ich sämtliche Organe dieses Psychopathen zerfetzt und diesem Wahnsinn ein für alle Mal ein Ende gesetzt habe.

ZEHN

Jacob

Matteo richtet die Zielscheibe mit einem Knopfdruck hinter der durchsichtigen Trennscheibe seiner Kabine aus. Der Kreis auf dem Holzbrett verschiebt sich nach links und dreht sich um einige Grad.

„Also gut", sagt er mit seiner unausstehlich penetranten Stimme. „Mal sehen, was du damit anstellen kannst."

Zähneknirschend winkle ich meinen Unterarm auf der Armlehne an und konzentriere mich auf die Stacheln, die ich unter meiner Haut bilden kann. Ein Kribbeln zieht sich durch meine Nerven bis zu meiner Schulter.

Als diese Giftstacheln bei den Tests der Wärter vor ein paar Jahren zum ersten Mal an der Seite meines Arms auftauchten, dachte ich, sie wären nun ein fester Bestandteil von mir und mit meinen Knochen verbunden. Ich nahm an, dass ich sie ausfahren und einziehen könnte, so wie Riva und Zian es mit ihren Krallen tun.

Es stellte sich heraus, dass sie noch viel beweglicher sind. Vor ein paar Wochen, bei unserer letzten Mission, auf die Clancy uns geschickt hat, habe ich sie direkt aus meinem Arm auf einen Mann abgefeuert, der gerade auf Riva schießen wollte.

Ich habe Matteo nichts davon erzählt. Er glaubt, dass seine speziellen Methoden mir diese neue Dimension meiner übernatürlichen Fähigkeiten eröffnet haben.

Seit er die Veränderung entdeckt hat, testet er mich immer wieder. Er prüft, wie weit und wie stark ich die Stachel ausstoßen kann, wie schnell mein Körper neue produziert und wie genau ich damit zielen kann.

Ich kann keine Schwäche oder Ungeschicklichkeit vortäuschen, da mich diese beschissene Chemikalie, die er mir zu Beginn dieser Sitzungen injiziert, auf widerliche Weise gefügig macht.

Nachdem meine Versuche, mich zu wehren in den Trainingseinheiten gescheitert sind, habe ich eine Art inneren Frieden gefunden. Ich akzeptiere, dass ich keinen Widerstand leisten kann, und konzentriere mich darauf, *selbst* so viele Informationen wie möglich über meine Fähigkeiten zu sammeln.

Denn Gott weiß, wie sehr ich mich auf den Tag freue, an dem ich den Mann auf der anderen Seite der dicken Scheibe mit meinen Giftstacheln aufspießen kann.

Ich richte meinen Blick auf das Ziel und konzentriere mich darauf, meine Stacheln hervorzubringen. Als ich sie das erste Mal einsetzte, geschah es aus reinem Schutzinstinkt.

Inzwischen weiß ich, wie ich sie kontrollieren kann. Ich passe den Winkel meines Arms an und führe einen Stoß aus einer Kombination aus Willens- und Muskelkraft aus.

Die Stachelreihe durchdringt meine Haut und schießt

auf das Ziel zu. Einer streift nur die Kante und prallt gegen die Wand, die anderen schlagen tief in die Holzoberfläche ein.

Ich verziehe das Gesicht wegen des kleinen Fehlers, doch Matteo lächelt hinter der Scheibe. „Jetzt benutze deine telekinetische Kraft, um sie herauszuziehen und sie in entgegengesetzte Richtungen zu schleudern. Eine Hälfte nach links, die andere nach rechts.“

Während ich automatisch gehorche, ohne ein wirkliches Mitspracherecht zu haben, macht sich ein mulmiges Gefühl in meinem Bauch breit.

Ein Teil von mir ist stolz auf die Fortschritte, die ich unter dem wachsamen Blick meines ungewollten Lehrers gemacht habe. Ich habe nicht nur meine Fähigkeiten im Umgang mit den Stacheln verfeinert, sondern auch die unsichtbare Kraft, mit der ich meine Umgebung manipulieren kann.

Allerdings bin ich mir nicht sicher, ob es *gut* ist, diese Kräfte noch weiter auszubauen.

Während es mich früher enorme Anstrengung kostete, schleudere ich die Stacheln jetzt vollkommen mühelos in entgegengesetzte Richtungen.

Vor nicht einmal zwei Wochen habe ich noch gezögert, Riva durch ein Fenster im zweiten Stock zu hieven. Jetzt könnte ich sie oder einen der Jungs wahrscheinlich über eine größere Distanz hinweg transportieren, ohne Angst zu haben, mein Ziel zu verfehlen.

Kurz davor habe ich mithilfe von Dominics Kraft einen Berghang erschüttert. Jetzt … könnte ich womöglich sogar das gesamte Plateau, auf dem Balthazars Villa steht, zum Beben bringen. Und zwar allein.

Das wäre fantastisch, wenn ich mich darauf verlassen könnte, dass ich die Kraft nur dann einsetze, wenn ich es will. Leider hat mein Temperament nach wie vor mindestens genauso viel Kontrolle über meine Fähigkeiten wie mein rationaler Verstand.

Ich habe schon ungewollt Dinge zerstört. Mir gefällt der Gedanke nicht, dass ich noch mehr Mist bauen könnte.

Denn es gibt definitiv nicht wenige Dinge, die mich an unserer jetzigen Situation nerven.

Trotzdem konnte ich Sully nicht vor dem Verbluten retten. Ich konnte keinen konstanten Druck an den Stellen ausüben, wo es nötig gewesen wäre, ohne meinen Einfluss an anderer Stelle zu verlieren.

Komisch, dass Matteo mir nie beibringen will, Dinge zu reparieren, anstatt zu zerstören.

Nach ein paar weiteren Übungen lässt die dämpfende Wirkung von Matteos Mittel langsam nach. Er tippt einige Notizen in seinen Computer ein und drückt dann auf einen Knopf, der die Klammern um meine Knöchel löst. „Gute Arbeit. Du kannst jetzt gehen."

Er sieht nicht einmal in meine Richtung, als er mich entlässt. Meine Hände verkrampfen sich, und die Zielscheibe zerbricht in der Mitte, bevor ich das Aufflackern der Wut unterdrücken kann.

Verdammt.

Beschämt verlasse ich den Raum, bevor ich mir anhören muss, was Matteo zu diesem Ausrutscher sagen wird, wenn er ihn bemerkt.

Das Schlimmste an meiner fehlenden Selbstbeherrschung ist, dass ich uns in den Ruin treiben könnte, selbst wenn ich nur unsere Feinde schädige. Wenn ich mit meiner Kraft etwas oder jemanden treffe, der Balthazar wichtig ist, wird er dann einem anderen Schattenblüter die Adern aufreißen und ihn verbluten lassen?

Das Bild von Sullys zitterndem, blutüberströmtem Körper schießt mir durch den Kopf. Ich beschleunige mein

Tempo und laufe in den Flur, in dem sich unsere Zimmer befinden. Als könnte ich davonlaufen.

Riva ist da. Die einzige übernatürliche Fähigkeit, auf die ich mich hundertprozentig verlassen kann, ist das Kribbeln in dem Mal auf meinem Brustbein, das mir immer genau verrät, wo sie sich befindet.

Sie ist in der Nähe. Es geht ihr gut.

Dieses Wissen durchströmt mich mit jedem Herzschlag und lindert meinen Ärger.

Je näher ich komme, desto stärker vibriert unser Band. Die zitternde Erregung fühlt sich an wie Stiche einer heißen Nadel.

Ich erreiche die Schlafzimmer, gerade als Riva aus einem der Zimmer tritt. In ihren hellbraunen Augen liegt ein kalter Schimmer, den ich nicht gewohnt bin.

„Hier." Sie wirft mir ein Handtuch zu, das ich automatisch auffange. „Wir gehen schwimmen."

Ihre Haltung und ihr Gesicht sind angespannt. Mit einem mulmigen Gefühl umklammere ich das Handtuch. „Was? Warum?"

Unsere Freunde kommen aus ihren Zimmern. Allem Anschein nach hat Riva sie bereits über diesen Plan informiert. Sie streicht sich den zerzausten Zopf über die Schulter und fährt mit den Fingern über ihren Arm, fast bis zu der silbernen Fessel an ihrem Handgelenk. „Ich denke, ein Bad könnte uns helfen, uns zu entspannen."

Es ist nicht schwer, zu verstehen, was sie meint. Darauf hätte ich auch selbst kommen können.

Wir sind uns immer noch nicht sicher, wie viele Informationen Balthazars Armbänder übermitteln. Falls seine Mitarbeiter und er uns darüber abhören, wird das Audiosignal unterbrochen werden, wenn das Armband im Wasser ist.

Dann können wir freier reden, nur dieses eine Mal.

Der Plan ist gut, aber als ich mich umdrehe, um mit Riva zu einer der Außentüren zu gehen, hält das mulmige Gefühl an.

Seit Sullys Tod gestern ist sie völlig aufgekratzt. Sie hat zwar nicht wirklich etwas *getan*, aber ich kann ihre Wut spüren.

Zum ersten Mal, seit wir die Missverständnisse zwischen uns ausgeräumt haben, bin ich mir nicht sicher, wie weit sie gehen würde. Und ich weiß, dass sie zu einer ganzen Menge fähig ist.

Ich habe nicht die geringste Angst, dass sie mir oder einem der anderen Schattenblüter etwas antun könnte. Allerdings bin ich mir nicht sicher, ob sie sich selbst verletzen würde, wenn sie es zu weit treibt.

Mein Blick schweift zu meinem Bruder, der vor mir herläuft. Griffin hat nicht gesagt, dass ihm etwas an Rivas emotionalem Zustand aufgefallen ist.

Allerdings würde er wahrscheinlich nicht darauf hinweisen, wenn Balthazar es hören könnte.

Er könnte sie mithilfe seiner Fähigkeiten beruhigen. Aber für wie lange? Und sobald sie es merkt, wäre sie doppelt so wütend.

Oder sie könnte zu selbstgefällig werden, um sich zu wehren, wenn es nötig wäre. Nein, das ist definitiv nicht die richtige Taktik.

Vielleicht hat mein Zwilling dank seiner emotionalen Intelligenz einen anderen Geistesblitz. Er tut ihr gut, seit er wieder mehr er selbst ist.

Ich wusste immer, dass das der Fall sein würde.

Wir treten durch die Tür und gehen über die Terrasse zum beheizten Pool. Riva marschiert direkt zum Beckenrand und zieht sich mit schnellen, ruckartigen Bewegungen bis auf ihren BH und ihr Höschen aus.

Ich werfe Andreas einen Blick zu und sehe die gleiche

Sorge in seinem Gesicht, die auch mich quält. Dieses Verhalten ist untypisch für die Frau, die wir lieben.

Hat dieser Mistkerl Balthazar ihr schon das Hirn vernebelt? Wie sollen wir dafür sorgen, dass sie wieder normal wird?

Wieder steigt Wut in mir auf. Meine Kraft kommt an die Oberfläche, doch ich dränge sie zurück, bevor ich einen Pflanzkübel zerschmettere.

Ich versuche, den Ärger wegzuatmen … und die Schuld.

Ich verstehe, wie zermürbend Rivas Wut ist, weil mir das Gefühl vertraut ist. Verdammt, haben sich meine Freunde die ganzen letzten vier Jahre so gefühlt, während ich innerlich wegen eines Mordes und Verrats gekocht habe, der nie stattgefunden hat?

Ich habe das selbst erlebt. *Ich* sollte wissen, wie ich sie beruhigen kann, anstatt darauf zu hoffen, dass Griffin sich darum kümmert.

Ich möchte keine unbeständige Präsenz in ihrem Leben sein, wie ein Vulkan, der ständig auszubrechen droht. Ich möchte ihr Fels in der Brandung sein, auf den sie immer zählen kann.

Leider habe ich meine eigenen bösartigen Impulse nie ganz unter Kontrolle bekommen. Wie kann ich ihre Wut zügeln, wenn ich kaum weiß, wie ich es mit meiner eigenen tun soll?

Diese Fragen quälen mich, während ich mich größtenteils entkleide. Balthazar hat uns keine Badesachen gegeben, aber Boxershorts funktionieren genauso gut.

Die kühle Herbstluft streicht über meine nackte Haut, bevor ich mich ins Wasser gleiten lasse. Die Wärme verschafft mir mehr Erleichterung, als mir lieb ist.

Ich bleibe dicht bei Riva. Ich will sie in meiner Nähe haben, auch wenn ich nicht weiß, ob ich sie im Moment aufhalten könnte, falls sie etwas Unüberlegtes tut. Um mich herum steigen die anderen Schattenblüter ins Wasser.

Ein erneuter Anflug von Entsetzen durchzuckt mich, als ich die Jüngeren betrachte. Sie waren zu fünft, als wir hier ankamen. Jetzt sind nur noch drei von ihnen übrig.

Booker bleibt neben Nadia und legt seinen Arm um sie. Seine sonst so gelassene Miene ist ernst. Er ist nicht mehr von ihrer Seite gewichen, seit Nadia gestern von ihrem Training mit Matteo zurückgekommen ist.

Vermutlich ist ihm klar, dass Balthazar sie anstelle von Sully getötet hätte, wenn sie gestern bei uns gewesen wäre, als wir das Schattenwesen hier draußen konfrontiert haben. Er hielt sie von Anfang an für entbehrlich.

Offenbar war auch Sully verzichtbar genug für unseren Entführer. Es wäre keine so große Strafe gewesen, wenn das Gemetzel nicht direkt vor unseren Augen stattgefunden hätte.

Ich gleite bis zu den Schultern ins Wasser und halte meine Handgelenke tief unter der Oberfläche. Die anderen tun das Gleiche.

Riva gibt uns mit einer ruckartigen Bewegung ihres Kinns zu verstehen, dass wir näher kommen sollen. Das Becken ist an dieser Stelle so flach, dass sogar sie stehen kann, wenn auch auf Zehenspitzen.

Wir drängen uns zusammen, als wollten wir uns gegenseitig wärmen und entfernen uns vom Beckenrand, wo Überwachungsgeräte versteckt sein könnten.

Riva senkt ihre Stimme auf ein Flüstern. Doch selbst in dieser Lautstärke schwingt ein Hauch von Aufregung mit.

„Ich muss alles wissen, was ihr über Balthazar und diese Villa herausgefunden habt. Selbst wenn es euch nicht wichtig vorkam. Es *muss* einen Weg geben, an ihn heranzukommen.“

Zian legt die Stirn in Falten. „Was hast du vor, Shrimp?“,

fragt er ebenso leise. Es gelingt ihm nicht, dem Spitznamen die übliche Leichtigkeit zu verleihen.

Riva zuckt mit den Schultern. „Das spielt noch keine Rolle. Ich will nur wissen, womit wir es zu tun haben. Lasst uns jedes kleine Detail durchgehen, das uns einfällt."

Als sie sich Booker zu ihrer Linken zuwendet, der seinen Arm immer noch um Nadia gelegt hat, wird mir flau im Magen. Auch wenn sie eben behauptet hat, dass es keine Rolle spielt, merke ich, dass sie ein Ziel vor Augen hat.

Wenn sie auch nur annähernd so wütend ist wie ich, dann will sie diesen Ort und jeden hier dem Erdboden gleichmachen. Vor allem den Mann, der uns hierhergebracht hat.

Doch wie viel von der Frau, die ich liebe, wird sie opfern, um ihr Ziel zu erreichen?

zusammenzusitzen und eine Schallplatte in deinem Zimmer zu hören?"

Ich weiß nicht, ob ich etwas tun kann, um ihr zu helfen, aber es ist besser, als ziellos durch die Villa zu laufen. „Natürlich."

Auf dem Weg zu meinem Zimmer schweigt sie. Ich wähle eine Platte aus dem kleinen Vorrat aus, den Andreas mir mitgebracht hat, und fummle an den Reglern herum, bis ich sie zum Laufen gebracht habe. Ich muss mich selbst noch mit dem Plattenspieler vertraut machen.

Die beschwingte Melodie eines alten Popsongs erfüllt die Luft und bildet einen scharfen Kontrast zur Atmosphäre im Raum. Zu einer anderen Zeit, an einem anderen Ort, hätte ich Lust gehabt, zu tanzen.

Jetzt erinnert es mich nur daran, dass ich Musik nicht mehr so genießen kann wie früher.

Nadia lässt sich auf mein Bett sinken, ganz in der Nähe des Waschbeckens, auf dem ich den Plattenspieler aufgestellt habe. Sie tätschelt den Platz neben sich, und ich setze mich.

Als ich mich niederlasse, hebt sie ihre Arme und zieht demonstrativ die Ärmel über ihre Hände. Über ihre Armbänder. Hofft sie, dass dadurch unsere Stimmen gedämpft werden?

Ich tue es ihr gleich und schiebe meine Hände in die Kängurutasche meines Kapuzenpullis, um eine zusätzliche Lage Stoff zu haben. Deswegen wollte sie bestimmt auch die Musik. Um unser Gespräch zu übertönen.

Nadia schenkt mir ein angespanntes Lächeln. Sie neigt ihren Kopf nahe zu meinem und flüstert vorsichtshalber. „Ich glaube, ich habe etwas gesehen, das dich interessieren könnte."

Ich nicke, um ihr zu signalisieren, dass ich zuhöre.

Sie deutet auf das hintere Ende der Villa. „Als ich vor einer Weile mit Booker draußen spazieren war, habe ich hinten in der Nähe des Westflügels ein Fenster gesehen. Zweiter Stock, klein und quadratisch. Ich habe es definitiv in keinem der Räume gesehen, in die wir hinein dürfen."

Ich durchforste meine Erinnerungen. „So ein Fenster habe ich auch noch nie gesehen." Die meisten Fenster der Villa sind hoch und gewölbt.

„Es muss ein Raum sein, zu dem wir normalerweise keinen Zutritt haben", fährt Nadia fort. „Wahrscheinlich befindet sich darin etwas, das wir nicht sehen sollen. Während ich es betrachtet habe, ist jemand am Fenster vorbeigegangen. Der Raum wird also genutzt."

Sie hält inne und zieht ihre Ärmel weiter runter. „Außerdem ist mir aufgefallen, dass das Fenster einen Spalt offen stand. Ich bin mir nicht sicher, wie man da hinaufkommt, aber es ist so klein, dass ich nicht glaube, dass jemand durchpasst, außer dir oder vielleicht Ajax."

Ich schaue auf meine Hände hinunter, die sich in meiner Tasche ausbeulen. Ich bin schon öfter an Gebäuden hochgeklettert.

Ein erwartungsvolles Kribbeln durchzuckt meine Nerven. „Danke. Ich werde es mir heute Abend ansehen."

Nadia seufzt, als wäre sie erleichtert, die Information unbeschadet herausbekommen zu haben. Als sie sich wieder aufrichtet, hängen ihre Schultern immer noch herunter, und sie sieht bedrückt aus.

Ein Kloß bildet sich in meinem Hals. „Wie geht es dir?"

Sie reibt sich den Mund und schüttelt sich, aber die Anspannung weicht nicht aus ihrem Gesicht. „Es geht so. Ehrlich gesagt, mache ich mir im Moment mehr Sorgen um Booker als um mich. Matteo hat unseren Spaziergang unterbrochen, um ihn zu einem Training mitzunehmen, und er wollte mich nicht allein lassen. Ich glaube, er hätte versucht, sich mit dem Kerl zu prügeln, wenn ich ihm nicht klargemacht hätte, dass ich das *auf keinen Fall* will."

Ich habe mitbekommen, dass Booker Nadia seit Sullys Tod nicht von der Seite weicht, deswegen wundert mich das nicht. Aber sie hat recht. Es hätte nicht gut für ihn geendet.

„Du bist ihm sehr wichtig", sage ich.

Nadia verzieht den Mund. „Ja. Vielleicht zu wichtig. Jeder weiß, dass ich nutzlos bin. Die Maßnahmen bringen nichts. Ich *leuchte* nur."

Der Schmerz in ihrer Stimme entfacht meine Wut erneut. „Du bist nicht *nutzlos*." Und scheiß auf Balthazar, dass er sie dazu gebracht hat, so zu denken.

Nadia hebt ihren Kopf und begegnet meinem Blick wieder, ohne mit der Wimper zu zucken. „Das ist der einzige Grund, warum ich hier bin. Wie eine verdammte Geisel. Eine Jungfrau in Nöten." Sie stößt ein raues Lachen aus.

Ich schüttle eifrig den Kopf. „Nein. Der Psychopath, der uns hier festhält, weiß gar nichts. Es bedeutet nur, dass er keine Möglichkeit sieht, dich für sein Vorhaben zu benutzen. Wenn er versuchen würde, dunkle Orte zu erforschen, wärst du die Einzige, die von Bedeutung wäre."

Nadia klingt, als hätte sie sich an einem echten Kichern verschluckt. „Okay, das stimmt wohl."

Ich drehe mich zu ihr um und ziehe meine Beine an die Brust. „Und wenn mir eines auf der Insel klar geworden ist, dann, dass wir unsere Kräfte nicht benutzen müssen. Wir haben die Wärter nicht darum gebeten, uns so zu machen, und wir schulden weder ihnen noch sonst jemandem etwas. Wir sind immer noch Menschen. Wir sollten nicht nützlich sein müssen, um unser Leben zu verdienen. Wenn du keine Schattenblüterin wärst, würde das auch niemand erwarten."

Das Lied verstummt, und ein leises Knistern ertönt, bevor das nächste einsetzt.

Nadia senkt ihren Blick wieder. „Aber wir sind Schattenblüter. Das ist nun mal so."

Meine Hände verkrampfen sich. Ich möchte die Leute in Stücke reißen, die sie dazu gebracht haben, so zu denken.

Möglicherweise habe ich das bereits.

Wenn auch offenbar nicht genug von ihnen.

„Wir sind auch Menschen", beharre ich. „Wir sind *in erster Linie* Menschen. Egal, wofür die Wärter oder sonst jemand uns halten. Ich sehe viel mehr in dir als nur deine Kraft zu leuchten."

Nadia schweigt einen Moment lang. „Was macht es schon, wenn wir nie die Chance bekommen, mehr zu sein?"

Die ungeduldige Wut lodert in meinem Bauch, und ich spüre einen brennenden Schmerz. „Das werden wir."

Ich schlucke schwer und überlege, was ich sagen könnte, damit sie sich besser fühlt. „Was würdest du in einem normalen Leben tun wollen, als normale Siebzehnjährige?"

Diese Frage habe ich auf der Insel schon einigen der anderen Schattenblüter gestellt. Wie sie zögert auch Nadia und sieht fast verwirrt aus bei dem Gedanken.

Doch während sie darüber nachdenkt, erhellt sich ihre Miene auf einmal, was meine Wut ein wenig lindert.

Mit einem verträumten Blick in den Augen wirft sie den Kopf zurück. „Es klingt vielleicht albern, aber ich möchte auf eine richtige Schule gehen. Das ganze Drama erleben und so … Wahrscheinlich ist es nicht so wie in den Fernsehsendungen und Filmen, aber trotzdem. Ich möchte Leute kennenlernen. Normale Sachen lernen. Jeden Tag andere Klamotten anziehen, nach dem Unterricht meine Freizeit genießen, ohne in eine Zelle gesteckt oder zum Training geschleift zu werden."

Ein schiefes Lächeln umspielt meine Lippen. „Ja, das hört sich gut an."

Nadia fummelt am Saum ihres Pullovers herum, bevor sie fortfährt. „Auch die Polizeiserien haben mir immer gefallen. Vor allem die, in der eine Frau in Uniform die Ganoven aufspürt und sie vor Gericht bringt. Ich glaube, dass ich darin gut sein könnte. ‚Bleiben Sie sofort stehen. Nehmen Sie die Hände hoch!'"

Sie lacht, allerdings sehr leise. Mein Herz zieht sich vor Zuneigung zusammen.

Ich möchte, dass sich ihre Träume erfüllen. Ich möchte, dass all die Jugendlichen, die wie meine Jungs und ich aufgewachsen sind, die Chance auf eine normale Zukunft haben.

„Es könnte wahr werden", sage ich, obwohl ich nicht weiß, wie. „Es ist noch nicht vorbei."

Als ich mich aus der Villa schleiche, um mir das Fenster anzusehen, von dem Nadia mir erzählt hat, hüllt mich die Nacht wie ein Mantel aus Dunkelheit ein. Obwohl ich es vor Ungeduld kaum aushielt, habe ich gewartet, bis es völlig dunkel war, so wie immer bei meinen heimlichen Streifzügen.

Ein paar Sicherheitsleuchten stehen in großen Abständen entlang der Mauer am Rande des Geländes. Ich bleibe in der Nähe der Villa, wo es am dunkelsten ist.

Als ich um die Rückseite des massiven Gebäudes herumgehe, halte ich nach einem kleinen, quadratischen Fenster im zweiten Stock Ausschau. In der Nähe des westlichen Flügels, hat Nadia gesagt.

Die Fensterscheiben reflektieren den Schimmer des fernen Lichts. Ich bin etwas mehr als die Hälfte des Weges entlang der Rückseite der Villa gegangen, als ich das richtige Haus entdecke.

Ich habe es bestimmt schon einmal gesehen, denn ich habe das Gebäude seit unserer Ankunft oft umrundet. Ich habe ihm nur nie viel Aufmerksamkeit geschenkt.

Und Nadia hat recht. Ich war noch nie in einem Raum mit einem solchen Fenster.

Wenn jemand von Balthazars Mitarbeitern oder er selbst sich in diesem Zimmer aufhält, könnte es wichtig sein. Und genau wie Nadia gesagt hat, ist zwischen dem Rahmen und der Schiebescheibe ein etwa zwei Zentimeter großer Spalt.

Ich habe ein paar der Fenster im ersten Stock des Westflügels so heimlich wie möglich getestet, und keines von ihnen hat sich bewegt. Ich müsste das Glas einschlagen, um hineinzukommen. Und dann würde ich sofort entdeckt werden.

Jetzt kann ich jemandes Unvorsichtigkeit ausnutzen.

Ich fahre meine Krallen aus und strecke meine Hände in Richtung der alten Ziegelsteine aus. In den letzten Tagen hat Matteo mich dazu gebracht, meine Schnelligkeit und Kraft sowie meinen Schrei zu trainieren.

Dank des Trainings, das ich von den Wichsern erhalten habe, gegen die ich arbeite, wird diese Kletterpartie ein Kinderspiel.

Mit einem kleinen Sprung erklimme ich die Wand und bewege meine Hände schnell und präzise, wobei meine Klauen nur ein leises klickendes Geräusch erzeugen.

Nach wenigen Augenblicken habe ich den Sims erreicht. Ich schiebe meine Hand in den Spalt unter der Scheibe und drücke sie nach oben.

Sie öffnet sich mit einem Knirschen, bei dem ich den Atem anhalte. Doch es folgt nur Stille.

Trotz meiner zierlichen Statur ist es eine knappe Angelegenheit, mich durch die kleine Öffnung zu zwängen. Mit eingezogenen Schultern und einer Drehung meiner Hüften lande ich schließlich mit gespreizten Fingern auf einem Fliesenboden.

Vielleicht waren sie deshalb so unvorsichtig mit dem

Fenster. Bestimmt haben sie angenommen, dass ohnehin niemand von uns da einsteigen könnte.

Ich gehe in die Hocke, schaue mich um und reibe mir die wunden Stellen an den Schultern, wo ich morgen vermutlich blaue Flecken haben werde.

Nicht nur das Fenster, sondern auch das Zimmer ist klein. Vielleicht drei Meter lang und breit, fernab von den prächtigen Gemächern im Rest der Villa.

Der erste Eindruck trübt meine Laune. Es sieht nicht aus wie ein Büro oder ein Arbeitszimmer oder etwas, in dem ich Informationen über Balthazars Geschäfte vermuten würde.

In einer Ecke steht ein Doppelbett, in dessen Kopfteil eine Bergkette geschnitzt ist, die aussieht wie die vor der Villa. Das Holz ist blassgelb gestrichen, wie die Kommode an der gegenüberliegenden Wand und das Bücherregal neben dem Fenster.

Nach diesem ersten Blick gehe ich zur Tür. Vielleicht kann ich von diesem Zimmer in einen anderen Bereich der Villa gelangen, zu dem wir keinen Zutritt haben …

Meine Gedanken überschlagen sich mit einem Anflug von rachsüchtiger Entschlossenheit. Ich könnte durch die Gänge flitzen, in Balthazars Zimmer stürmen und meine Krallen in seine lebenswichtigen Organe schlagen, noch bevor er aufwacht.

Doch so viel Glück habe ich nicht. Als ich versuche, den Türknauf vorsichtig zu drehen, muss ich feststellen, dass sie verschlossen ist. Ich glaube nicht, dass ich den Riegel aufbrechen kann, ohne dabei so viel Lärm zu machen, dass es jemand mitbekommt.

Ach, Mist. Dann muss ich eben sehen, was ich aus dem machen kann, zu dem ich Zugang habe.

Ich schleiche durch den Raum, während Verwirrung meine unerschütterliche Entschlossenheit durchdringt.

Das Bett ist ein wenig kürzer als das, in dem ich bisher

geschlafen habe, und auch schmaler – ein Kinderbett. Darunter finde ich eine Schachtel voller Sammelkarten für irgendein Spiel, das ich nie gespielt habe.

In einem Regal befinden sich Bilderbücher und Romane mit bunten Einbänden und großer Schrift. In dem daneben steht ein Modellboot.

Als ich zu der Kommode gehe, erstarre ich. In der Dunkelheit konnte ich die rechteckigen Gegenstände darauf kaum erkennen, bis ich direkt davorstehe.

Es sind gerahmte Fotos.

Ich nehme das erste der drei in die Hand und neige es so, dass es von dem schwachen Licht, das durch das Fenster dringt, beleuchtet wird. Drei kleine Jungen grinsen mich an. Sie haben die Arme um die Schultern des jeweils anderen geschlungen, und ihre Gesichter sind wie Zeichentrick-Tiere geschminkt.

Das nächste zeigt den Jungen aus der Mitte der ersten Gruppe. Ich erkenne ihn sofort an seinem hellbraunen Haar und den abstehenden Ohren. Er sitzt auf dem Schoß eines Mannes in einem Weihnachtsmannkostüm.

Und das dritte …

Während ich das dritte betrachte, vergesse ich alles um mich herum.

Auf diesem Bild ist wieder derselbe Junge zu sehen. Er scheint etwas älter zu sein als auf den ersten beiden Fotos, etwa sieben oder acht, soweit ich das einschätzen kann. Er steht zwischen einem Mann und einer Frau, von denen ich annehme, dass es sich um seine Eltern handelt. Ihre Arme sind ineinander verschränkt und sie haben jeweils eine Hand liebevoll auf seine Schultern gelegt, während sie alle drei in die Kamera strahlen.

Der Mann ist Balthazar.

Das Foto muss vor einer ganzen Weile aufgenommen worden sein, denn sein Haar ist auf dem Bild hellbraun und noch nicht grau. Er ist genauso breit und imposant wie der Mann, mit dem ich gesprochen habe, aber das Glitzern in seinen Augen wirkt nicht ganz so wild.

Er sieht tatsächlich … glücklich aus.

Hat er eine Familie? Ermordet er aus einer Laune heraus Kinder und geht dann zu seiner Frau und seinem Sohn zurück, wie nach einem normalen Tag im Büro?

Ich betrachte die Frau. Ihr rötliches Haar hat offensichtlich zu dem kastanienbraunen ihres Sohnes beigetragen.

Sie ist schlank und wirkt neben Balthazars kräftiger Statur beinahe zerbrechlich. Ihr liebevolles Lächeln versetzt mir einen merkwürdigen Stich ins Herz.

Ich habe das Gefühl, dass ich sie gerne kennenlernen würde. Wie kann sie mit einem solchen Monster von Mann zusammen sein?

Möglicherweise ist sie es nicht mehr. Vielleicht hat sie herausgefunden, wie er ist, und ihn verlassen.

Ich glaube nicht, dass die Familie hier wohnt, und Balthazar würde sich doch nicht wochenlang von ihnen trennen, oder?

Allerdings weiß ich auch nicht, ob *er* überhaupt die ganze Zeit hier war. Er könnte zwischendurch in sein richtiges Zuhause zurückgekehrt sein, ohne dass wir es mitbekommen haben.

Ich denke an all die unbedeutenden Beobachtungen, die meine Schattenblüter-Kollegen in den letzten Tagen gemacht haben. Haben sie etwas gesehen oder gehört, das mit Balthazars Privatleben zu tun hat?

Nichts passt richtig zusammen. Stirnrunzelnd sehe ich mir das Foto genauer an.

Und da bemerke ich, dass vier Personen auf dem Bild zu sehen sind.

Die Familie steht vor einem üppigen Waldstück,

wahrscheinlich ein Park. Im Hintergrund, leicht verschwommen, aber immer noch erkennbar, steht eine große, drahtige Frau mit glattem schwarzem Haar und einem kantigen Kiefer.

Tonis Haar ist auf dem Bild etwas länger. Es reicht ihr bis zu den Schultern, statt wie jetzt bis zum Kinn, und ihre Gesichtszüge sind jugendlicher und weicher. Aber sie ist es definitiv.

Sie arbeitet also schon eine ganze Weile mit ihm zusammen. Mindestens seit der Aufnahme dieses Fotos. Sie hat seine Familie kennengelernt.

Ich stelle das Bild zurück auf die Kommode, während sich in meinem Kopf die Räder drehen. Das ist etwas, das wir bisher nicht wussten.

Wie kann ich dieses Wissen nutzen, um Balthazar zu Fall zu bringen?

ZWÖLF

Riva

Als ich mich am nächsten Morgen auf den Weg zum Frühstück mache, steht Toni vor meiner Tür, als hätte sie auf mich gewartet.

Ich bleibe ruckartig stehen, und mein Puls beschleunigt sich. Hat sie mitbekommen, was ich letzte Nacht getan habe?

Ist sie gekommen, um mir eine neue, schreckliche Strafe zu verpassen?

Doch sie neigt nur den Kopf in Richtung des Flurendes und schwingt ihr gewelltes Haar. „Mr. Balthazar möchte dich sprechen."

Ich schätze, es wäre zu viel verlangt, von einer seiner engsten Mitarbeiterinnen ein „Guten Morgen" zu erwarten.

Ich fummle an den tödlichen Fesseln um meine Handgelenke, und Nervosität steigt in mir auf, während ich ihr widerwillig folge.

Was will der Psychopath jetzt von mir? Kann ich etwas aus ihm herausbekommen, das *meinen* Zielen dienlich ist?

Wie lange wird es noch dauern, bis ich die Wände der Villa mit seinem Blut bespritzen kann?

Während die vertraute Wut durch meine Glieder fährt, blicke ich zu der Frau neben mir. Ihr kantiger Kiefer und ihre zusammengepressten Lippen erinnern mich an das Foto, das ich gestern Abend entdeckt habe.

Was könnte ich von *ihr* erfahren? Bestimmt weiß sie alles Mögliche über ihren Chef.

Sie arbeitet schon lange mit ihm zusammen. Sie hat all seine Gräueltaten miterlebt. Das kann sie doch nicht völlig kalt lassen, oder?

Selbst wenn sie seine Methoden befürwortet.

„Ist es das wirklich wert, dein Leben für diesen Idioten zu riskieren?", frage ich abrupt, weil ich glaube, dass ich eher eine Reaktion von ihr bekomme, wenn ich sie überrumple.

Toni bleibt stehen und dreht sich mit einer leicht hochgezogenen Augenbraue zu mir um. „Mein Leben riskieren?"

Ich verschränke die Arme vor der Brust und schaue sie unverwandt an. „Ich könnte dich auf der Stelle umbringen, wenn ich es wollte. Bevor diese Armbänder mich aufhalten könnten. Er hat mich darauf *trainiert*, so schnell wie möglich zu töten. Und ich bin nicht die Einzige hier, die das könnte." Oder die es wollen würde, auch wenn es unklug wäre, unsere Rachegelüste auszusprechen.

Toni verzieht keine Miene. Ihre Stimme bleibt sanft. „Ich glaube nicht, dass du das tun wirst. Du weißt, dass die anderen darunter leiden würden. Balthazar wäre furchtbar wütend. Wer weiß, ob sie überleben würden?"

Mein Kiefer verkrampft sich, obwohl ich mir vorgenommen habe, gelassen zu bleiben. Ich bemühe mich um einen ruhigen Tonfall. „Bist du dir sicher, dass er sich so viel Mühe gibt? Er wird vielleicht sauer sein, dass wir eines seiner Werkzeuge zerstört haben, aber ich denke nicht, dass du ihm wichtiger bist als wir."

Tonis Mundwinkel zuckt. Nur ganz leicht, aber genug, um es zu bemerken. Sie findet das, was ich gerade gesagt habe, verdammt *amüsant*.

„Du weißt nicht viel, Mädchen", erwidert sie trocken. „Ich an deiner Stelle würde mich mehr auf meine eigene Sicherheit konzentrieren, als darauf, mir zu drohen."

Bevor sie weitergehen kann, greife ich zu einer anderen Taktik. „Und wie viel weiß seine Frau? Oder sein Sohn? Sind sie damit einverstanden, dass ihr …"

Ich habe die Fragen noch nicht einmal zu Ende gestellt, als eine Emotion in ihren Augen aufflammt, die ich nicht zuordnen kann. „Davon verstehst du auch nichts", unterbricht sie mich schnippisch. „Du hast keine Ahnung, was Familie überhaupt bedeutet, du Laborratte."

Ich habe einen wunden Punkt getroffen. Aber sie hat es auch geschafft, einen bei mir zu treffen.

Meine Schultern versteifen sich in einem Anflug von Wut, die ich nicht unterdrücken kann. „Dann weißt du wohl auch nicht viel. Die Jungs, mit denen ich aufgewachsen bin, und ich stehen uns näher als eine Familie. Näher, als du oder dein Boss verstehen könnt. Wir hatten *nur* einander. Und jetzt versuchst du, uns auseinanderzureißen. Was sagt das über dich aus?"

Toni starrt mich einen Moment lang an, bevor sie ihren Ärger zügelt. „Schluss jetzt. Lass uns weitergehen. Es wird ihm nicht gefallen, wenn du ihn warten lässt."

Ich folge ihr über den Flur und die große Treppe hinunter. „Was kümmert es mich, ob er glücklich ist? Er schert sich einen Dreck darum, was ich will. Will er etwa meine ,Familie' wegen einer Verspätung von fünf Minuten umbringen? Und du unterstützt diesen Verrückten?"

Diesmal antwortet Toni nicht einmal. Ihr Schweigen nagt an mir.

Irgendetwas von dem, was ich gesagt habe, hat sie berührt. Ich habe an ihrer professionellen Fassade gekratzt.

Wie kann ich das noch einmal tun?

„Seine Familie weiß nichts davon, oder?", sage ich schnell, um so viel wie möglich loszuwerden, bevor sie mich wieder unterbricht. „Du hilfst ihm, es vor ihnen zu verheimlichen, während sie …"

Toni stößt ein dunkles Lachen aus, das mir einen Schauer über den Rücken jagt. „Du hast wirklich keine Ahnung."

Ich recke das Kinn. „Wie wäre es dann, wenn du mich aufklärst? Erkläre mir, wie dieser Job, den du machst, etwas anderes als schrecklich ist."

„Ich muss mich vor dir nicht rechtfertigen."

Sie führt mich ins Wohnzimmer. In ein paar Sekunden wird sie Balthazar Bescheid geben, dass ich angekommen bin, und ich werde nicht mehr weitermachen können.

Ich mache eine ausladende Geste zu dem Bett, in dem Dominic liegt. Die medizinischen Geräte, die ihn in seinem Koma stabilisieren, sorgen dafür, dass er so ruhig wie immer daliegt.

„Das hat Balthazar mit meiner Familie gemacht. Mit einem der Menschen, die ich mehr liebe als alles andere auf der Welt. Und du hast ihm dabei geholfen. Vielleicht musst du dich nicht vor mir rechtfertigen, aber wenn du nicht dumm bist, wirst du dich eines Tages vor dir selbst rechtfertigen müssen."

Tonis Mundwinkel zucken, als sie Dominic ansieht. Bereitet ihr der Anblick vielleicht sogar Unbehagen? Auch wenn der Moment nur ein paar Herzschläge anhält, bevor sie ihren finsteren Blick wieder auf mich richtet, hat ihr Tonfall an Schärfe verloren.

„Ich weiß, wem ich etwas schulde und was sie

verdienen", erklärt sie. „Wir haben unsere eigenen Loyalitäten. Es ist das Beste, wenn du das akzeptierst."

Sie scheint ein Signal zu geben, denn der Bildschirm auf der anderen Seite des Raumes beginnt zu summen. Dann geht Toni aus dem Raum.

Ich starre ihr hinterher, während ihre Worte in meinem Kopf nachhallen. Wem sie etwas schuldet ... Ihre eigene Loyalität ...

Etwas an ihrer Formulierung hinterlässt bei mir das seltsame Gefühl, dass sie nicht Balthazar gemeint hat. Aber wen könnte sie sonst meinen?

Könnte sie das, was er uns antut, wirklich als ein notwendiges Übel betrachten? Ich habe schon viele Menschen abgeschlachtet, um die Männer zu schützen, denen meine Loyalität gilt.

Natürlich haben diese Leute uns in den meisten Fällen direkt *angegriffen*. Wenn Balthazar uns nicht gefangen genommen hätte, hätten wir ihm nichts getan.

Das haben wir immer noch nicht, sosehr ich auch darauf brenne.

Der Bildschirm rastet ein, und ich speichere meine Gedanken über Toni für später ab, falls sie irgendwann nützlich sind, und konzentriere mich auf den Mann auf dem Bildschirm vor mir.

Balthazar legt seine dicken Hände auf den Schreibtisch vor ihm. Mein Blick wandert von seinem Gesicht zu den Wänden hinter ihm, auf der Suche nach einem Hinweis darauf, wo in der Villa er sich befindet.

Kann ich anhand des Lichteinfalls die Form des Fensters im Zimmer erkennen? Kann ich anhand des Winkels der Balken erraten, in welchem Stockwerk er sich befindet?

Dringen Geräusche neben seiner Stimme aus den Lautsprechern, die mir einen Anhaltspunkt liefern könnten?

Wenn ich genau wüsste, wo er ist, könnte ich warten, bis

er mit einem der anderen Schattenblüter sprechen will, und dann dorthin rennen. Es wäre egal, dass ich das Fenster einschlagen muss, wenn ich ihn einen Augenblick später ausweiden kann.

Oder ich könnte seinen Tod herbeischreien, ohne auch nur das Gelände zu verlassen.

„Hallo, Riva", begrüßt mich Balthazar mit seinem kehligen Bariton. „Wie ich gehört habe, machst du Fortschritte in deinem Training mit Matteo. Das freut mich."

Meine Hände ballen sich zu Fäusten, und ich muss den Drang unterdrücken, zu einem tödlichen Schlag gegen ihn auszuholen. Es ist mir scheißegal, ob er sich darüber freut. „Ich tue, was ich tun muss."

„Es ist beeindruckend, deine Kräfte wachsen zu sehen. Findest du nicht? Ist es nicht befriedigend, zu wissen, wie viel du erreichen kannst?"

Eine neue Welle der Wut steigt in mir auf. Meine Stimme ist angespannt. „Mir wäre es lieber, wenn ich Dinge erreichen könnte, die ich will, anstatt die Befehle von jemandem befolgen zu müssen."

Mein Entführer schmunzelt leise, aber das grimmige, beunruhigende Funkeln tanzt weiter in seinen durchdringenden Augen. „Manchmal ist es in deinem Interesse, jemandem zu folgen, der eine bessere Vorstellung von der Welt hat als du selbst. Wenn wir fertig sind und du dir einen vollständigen Überblick verschafft hast, kannst du dich vielleicht anderen Dingen widmen."

„Fertig *womit*?", frage ich, während ich meine Aufmerksamkeit von ihm ablenke und versuche, den Raum um ihn herum weiter zu studieren. „Warum gibst du mir nicht gleich einen vollständigen Überblick, falls mich das umstimmen sollte?"

„Oh, ich bin sicher, du wirst im Laufe unserer Zusammenarbeit alles verstehen. Wenn wir fertig sind, werden die Entscheidungen in unseren Händen liegen. Was musst du noch wissen?"

Sein zuversichtlicher Tonfall verunsichert mich. Ich kann mich nicht auf die Details in seiner Umgebung konzentrieren. Mir fällt sowieso nichts auf, was mir einen Anhaltspunkt für seinen Aufenthaltsort liefern könnte.

Ich funkle ihn böse an. „Ich habe keine Ahnung, wovon du redest."

Er mustert mich aufmerksam. „Du bist nicht begeistert von dieser Welt, in der du gezwungen wurdest, zu leben, nicht wahr, Riva? Die Wärter haben sich zwar immer wieder beschwert, aber sie waren nie bereit, weit genug zu gehen, um das große Ganze wirklich zu verbessern. Gibt es nicht eine ganze Menge Dinge, die du in Ordnung bringen willst?"

Das große Ganze? Die Dinge in Ordnung bringen?

Er klingt jetzt fast wie Clancy, nur mit hundertmal mehr Ehrgeiz.

„Willst du mir sagen, dass unsere Missionen darin bestanden, ‚böse' Menschen zu vernichten?", frage ich. „Clancy hat auch schon versucht, uns davon zu überzeugen, dass wir Heldentaten vollbringen werden. Allerdings haben wir die Wahrheit herausgefunden."

„James Clancy war ein unbedeutender Mann, der sich von Geld und der Meinung seinesgleichen beeinflussen ließ. Ich habe eine größere Vision. Mir schwebt eine Welt vor, in der alles an seinem richtigen Platz ist. Aber das braucht Zeit." Balthazar legt den Kopf schief. „Und Hilfe. Ich tue nur, was notwendig ist, um die Zukunft zu schaffen, die wir alle brauchen."

Sollen all diese vagen Behauptungen dafür sorgen, dass ich mich wegen der Morde, die er begangen hat, besser fühle?

Meine Miene verfinstert sich, und ein Schrei vibriert in meiner Kehle. Leider würde er ohnehin nicht zu ihm durchdringen. „Warum erzählst du mir das? Es ist mir scheißegal, worauf du hinarbeitest, wenn du mich und die anderen zwingst, mitzumachen."

Er brummt vor sich hin. „Du bist immer noch wütend auf mich. Das ist verständlich. Ich kann dir nicht mehr sagen, wenn du diese Informationen dazu verwenden könntest, mich zu untergraben. Aber ich möchte, dass du weißt, dass ich deine Fortschritte und deine bisherige Unterstützung zu schätzen weiß."

Hat er mich hierhergerufen, nur um mir zu *danken*? Um mir unter die Nase zu reiben, dass ich gezwungen wurde, seine Drecksarbeit für ihn zu erledigen?

Ich beiße die Zähne zusammen, und ein Dutzend bissiger Antworten sammeln sich in meinem Mund, aber Balthazar kommt mir zuvor.

Ein leichtes Lächeln huscht über sein Gesicht. Ich habe das Gefühl, dass es entschuldigend sein soll, doch leider verfehlt es seine Wirkung.

„Ich werde auch deine Ablenkungen einschränken. Von nun an wirst du nicht mehr so viele Aufgaben haben."

Mein Herz setzt einen Schlag aus. „Wovon redest du?"

Er richtet sich auf, und aus Erfahrung weiß ich, dass diese Geste bedeutet, dass er das Gespräch beenden will. „Die jüngeren Schattenblüter haben keine Fortschritte gemacht. Es ist sinnlos, diese vergeblichen Bemühungen fortzusetzen. Ich habe veranlasst, dass sie weggeschickt werden."

Damit wird der Bildschirm schwarz, und seine letzten Worte hallen in meinen Ohren nach.

Panik rauscht durch meine Adern. Ich habe seit gestern keinen der anderen Schattenblüter mehr gesehen.

Ich drehe mich zur Tür und sprinte den Flur entlang und auf die Treppe zu.

„Nadia? Booker? Ajax?", schreie ich verzweifelt.

Keiner antwortet.

DREIZEHN

Zian

Riva läuft auf der Terrasse auf und ab. Ihre Turnschuhe quietschen auf den Steinfliesen. Ein Schauer durchzuckt ihren zierlichen Körper.

Dann stürzt sie sich mit einem plötzlichen Knurren auf einen Blumenkübel. Mit der übernatürlichen Kraft, die wir beide besitzen, tritt sie dagegen, dass ein Riss in dem polierten Stein entsteht.

Angesichts ihrer verzweifelten Wut überkommt mich ein Gefühl der Hilflosigkeit. Ich möchte sie vor ihrem Frust schützen. Leider habe ich keine Ahnung, wie ich das anstellen soll.

Die anderen Jungs sehen genauso besorgt aus.

„Vielleicht ist es besser so", sagt Andreas zaghaft, seine dunkelgrauen Augen sind so trüb wie der Himmel. „Wenn die Kinder nicht hier sind, kann Balthazar sie nicht benutzen, um uns zu bestrafen."

Riva verzieht das Gesicht. „Woher wissen wir, dass er sie nicht schon umgebracht hat? Er hielt sie ohnehin nicht für nützlich. Warum sollte er sie am Leben lassen?"

Einen Moment lang sagt keiner von uns etwas. Wir können ohnehin nicht beweisen, was passiert ist, und sie hat nicht unrecht.

Schließlich schnaubt Jacob. „Das würde er nicht tun. Er könnte sie zu einem späteren Zeitpunkt noch als Druckmittel einsetzen. Dieses Arschloch scheint nicht der Typ zu sein, der etwas *wegwirft*, das er später vielleicht noch gebrauchen kann."

Ich nicke und bin froh, ein Argument gegen die Annahme zu haben, dass die drei ermordet wurden. „Das ist wahr. Er hat gesagt, dass er die anderen Jugendlichen woanders untergebracht hat, also warum nicht auch sie?"

„Möglicherweise war das alles gelogen." Riva beginnt wieder, auf und ab zu laufen. Ihre Hände sind zu Fäusten geballt. „Er hat uns nicht einmal die Chance gegeben, mit ihnen zu reden, bevor er sie weggebracht hat. Er hat sie mitten in der Nacht verschleppt …"

Griffin meldet sich mit sanfter Stimme zu Wort. „Ich kannte die drei nicht so gut, dass ich ihre Anwesenheit aus der Ferne wahrnehmen kann, aber ich habe mich ein wenig mit ihnen angefreundet. Ich denke, wenn Balthazars Leute ihnen hier in der Villa etwas Schreckliches angetan hätten, wäre ich wach geworden, wenn ich ihre Emotionen gespürt hätte."

Riva fuchtelt mit den Händen durch die Luft, und die Fesseln blitzen unter den Ärmeln ihres Sweatshirts hervor. „Sie waren also nicht vollkommen verängstigt, als sie dieses Anwesen verlassen haben. Aber wer weiß, was danach passiert ist? Oder was noch passieren könnte?"

Der Schmerz breitet sich bis in meine Eingeweide aus. Sie versucht nicht einmal, ihre Wut auf Balthazar zu verbergen, obwohl sie weiß, dass er das ganze Gespräch mithören könnte.

Die Aggression in ihrer Stimme und ihren Bewegungen deckt sich mit meiner eigenen Stimmung. Der Gedanke, dass dieses Arschloch unsere Freunde herumschubst, nachdem er zwei von ihnen vollkommen grundlos hingerichtet hat …

Meine Reißzähne jucken in meinem Kiefer, und ein wütendes, wölfisches Knurren dringt aus meiner Kehle.

Doch ich mag meine bestialische Seite nicht. So sehr ich mich auch danach sehne, alle in der Villa in Stücke zu reißen, weiß ich, dass ein Amoklauf gegen unsere Entführer nicht die Lösung ist.

Ich habe Dinge getan, die ich verabscheue, wenn ich den Wolfsmenschen die Kontrolle übernehmen lasse. Die letzten vier Jahre meines Lebens waren deswegen von Schrecken und Schuldgefühlen überschattet.

Wenn Riva den gleichen Weg einschlägt … Das ist das Letzte, was ich der Frau, die ich liebe, wünsche.

„Wir werden sie finden", versichert Andreas ihr. „Ich habe einmal in die Erinnerungen eines Mannes gesehen, der seine besten Freunde aus der Highschool wiedergefunden hat, nachdem er dreißig Jahre keinen Kontakt zu ihnen hatte und um die halbe Welt gezogen war. Wenn er es geschafft hat, werden wir es auch schaffen."

Riva schnaubt. „Ich glaube nicht, dass seine Freunde auch von einem Wahnsinnigen gefangen gehalten wurden."

„Wir haben uns schon öfter aus dem Griff von Wahnsinnigen befreit. Es gibt immer eine Lösung. Wir müssen sie nur finden", meint Jacob.

„Du bist sehr aufgebracht", fügt Griffin in demselben beruhigenden Tonfall wie zuvor hinzu. „Das ist verständlich. Du wirst klarer denken können, wenn du dich ein wenig beruhigst."

Riva dreht sich mit blitzenden Augen zu ihm um.

„Scheiß auf Beruhigung. Keiner von uns sollte in dieser Situation ruhig bleiben!"

Ihre Stimme ist so wutentbrannt, dass ich innerlich zusammenzucke.

Ich mache mir Sorgen um Riva. Ich kenne sie. Ich weiß, wer sie ist, wenn sie nicht wie eine verwundete Kreatur in einer Schlinge gefangen ist.

Sie hatte alles Mitgefühl der Welt für mich und die furchtbaren Dinge, die ich getan habe. Genauso wie für Jake und seine schrecklichen Fehler.

Sie berücksichtigt jeden Aspekt und versucht, Lösungen zu finden, bei denen möglichst wenige Menschen verletzt werden.

Aber nicht in diesem Zustand. Nicht, wenn sie praktisch vor Wut vibriert.

Seit Sullys Tod ist sie am Limit. Wie lange kann sie sich noch zusammenreißen, bevor sie *wirklich* ausrastet?

Die anderen Jungs verlagern unruhig ihr Gewicht von einem Fuß auf den anderen, während wir Blicke austauschen. Ich merke, dass niemand den Grund all unserer Vorschläge und Zusicherungen aussprechen will.

Mit einem Gefühl der Entschlossenheit versteife ich mich. Was soll's. Ich kann genauso gut das Wort ergreifen.

Wenn sie es nicht gut aufnimmt, bin ich derjenige, der am besten dafür gerüstet ist, ihren Zorn zu empfangen. Wie auch immer er sich entladen wird.

Ich schlucke den Kloß in meinem Hals herunter, doch meine Stimme klingt immer noch rau. „Wir haben einfach Angst um dich, Riva. Ich möchte nicht, dass du vor Wut etwas tust, was du später bereust. Verdammt, ich habe sogar ein bisschen Angst *vor* dir."

Riva starrt mich ein paar Sekunden lang an. Ihre Miene ist angespannt, aber ihre Schultern lockern sich ein wenig. „Ich würde nie einen von euch verletzen."

„Nicht absichtlich natürlich", sage ich schnell. „Leider weiß ich aus eigener Erfahrung, dass man manchmal die Entscheidungen nicht selbst trifft, wenn man sich von Wut leiten lässt."

Die Jungs und sie wissen, wie wahr das in meinem Fall ist. Doch ihr Zusammenzucken beruhigt mich in keiner Weise.

Vielleicht … Vielleicht braucht sie mich im Moment mehr als die anderen Jungs, *denn* ich kann aus Erfahrung sprechen.

Ich zögere nur den Bruchteil einer Sekunde, bevor ich meine Hand nach ihr ausstrecke. Die Geste kostet mich enorme Anstrengung, denn meine Nerven zittern bei der Vorstellung, sie zu berühren. „Läufst du ein Stück mit mir?"

Riva schluckt, und ihre Miene entspannt sich. Auch ihr ist die Bedeutung dieser einfachen Geste bewusst.

Als sie zaghaft nach meiner Hand greift, schweift mein Blick wieder zu den anderen Jungs. Jacobs Augen glühen, aber er neigt den Kopf, als würde er mich ermutigen. Andreas schenkt mir ein schiefes Lächeln, und auch Griffins Mundwinkel zucken leicht.

Sie sind einverstanden, dass ich hier die Führung übernehme. Ich hoffe, ich vermassle es nicht, denn ich habe keine Ahnung, was ich sagen soll, als Riva und ich losgehen.

Riva achtet darauf, mir etwas Freiraum zu lassen, als sie neben mir herläuft und meine Hand hält. Ihr Mitgefühl ist ungebrochen.

Zuneigung steigt in mir auf und dämpft den nagenden Schmerz in mir. Ich drücke ihre Hand etwas fester und werde mit dem Hauch eines Lächelns belohnt.

Schweigend schlendern wir über die Terrasse und durch einen der grasbewachsenen Bereiche des Gartens. Ich schaue auf unsere verschränkten Hände hinunter und atme langsam und gleichmäßig, um mich zu beruhigen.

„Du warst noch nie so durch den Wind. Nicht einmal, als wir auf der Flucht waren oder bei Clancy."

„Ich weiß." Riva streicht mit der freien Hand über ihr Gesicht. „Aber es nimmt einfach kein Ende. Ich bin es leid, zu kämpfen, doch ich weiß nicht, wie wir sonst aus dieser Sache herauskommen sollen. Ich will, dass es endlich vorbei ist."

„Was, wenn es noch nicht vorbei sein kann?"

Sie lässt den Kopf hängen. „Dann muss ich wohl damit leben, was?"

Auf einmal verspüre ich den Drang, meinen Arm um sie zu legen und sie an sich zu ziehen. Doch meine Angst, in Panik zu verfallen ist zu groß, und ich will nicht alle Fortschritte zunichtemachen.

Mein Blick fällt auf eine Reihe kleinerer Tontöpfe an der Außenmauer des Geländes. Die Blumen, die einst aus der Erde sprossen, sind in der kühlen Witterung verwelkt.

Mir kommt ein Geistesblitz, und ich ziehe Riva zu den Töpfen.

Mit einem vorsichtigen Grinsen hebe ich einen hoch. „Wenn wir jetzt ein paar Dinge zertrümmern, fällt es uns vielleicht leichter, später nichts zu zerstören, wenn wir uns zusammenreißen sollten."

Riva lacht überrascht auf. Sie betrachtet die Töpfe einen Moment lang, bevor sie auch einen hochhebt. „Ich habe definitiv Lust, etwas kaputtzumachen."

Ich werfe meinen zuerst und schleudere ihn über die Mauer. Er fliegt durch die Luft und stürzt über die Klippe.

Mein übernatürlich empfindliches Gehör nimmt das leise Zerbersten des Tons tief unten auf dem Boden wahr.

Riva könnte genauso weit werfen wie ich, aber ich bezweifle, dass es ihr Genugtuung verschaffen würde, das Ergebnis aus weiter Ferne zu hören. Mit einem leichten

Grinsen schleudert sie den Topf gegen den Felsvorsprung hinter der Mauer.

Der Knall löst ein seltsames Gefühl der Zufriedenheit in mir aus. Verdammt, vielleicht habe ich diese Befreiung genauso gebraucht.

Wir schnappen uns beide jeweils einen weiteren Topf und schleudern sie an den Rand der Klippe. Diesmal klingt Rivas Lachen etwas aufrichtiger, und ihre Augen leuchten wieder.

Eine strenge Stimme schallt über das Gelände. „Was macht ihr da?"

Wir drehen uns um und sehen Toni auf uns zumarschieren. Sie bleibt einige Meter entfernt stehen und betrachtet uns und die fehlenden Töpfe.

„Ich verstehe nicht, was ihr glaubt, auf diese Weise zu erreichen", schnauzt sie.

Riva legt den Kopf schief, und wieder flackert Wut in ihr auf, wenn auch nicht mehr so stark wie zuvor. „Wir lassen unseren Frust raus. Du solltest dich darüber freuen, dass wir eine Methode gefunden haben, die kein Blutvergießen beinhaltet."

Ich nehme einen weiteren Topf und mustere die Frau. „Du kannst es auch versuchen, wenn du möchtest. Es gibt genug Blumentöpfe für alle."

Ich denke, jeder, der unter einem Chef wie Balthazar arbeitet, hat ein wenig Dampf abzulassen. Trotzdem bin ich nicht wirklich überrascht, als Toni die Lippen aufeinanderpresst und auf dem Absatz kehrtmacht, ohne auf mein Angebot einzugehen.

Sie schreitet davon, ohne uns noch einmal zu befehlen, dass wir aufhören sollen. Vermutlich hält auch sie es für besser, wenn wir nur ein paar Blumentöpfe zertrümmern und nichts Wichtigeres.

„Mehr für uns!", ruft Riva und schnappt sich einen der verbliebenen Töpfe.

Wir arbeiten uns durch die ganze Reihe und zerschmettern einige direkt an der Mauer, während wir ein paar weiter weg werfen. Als keine mehr übrig sind, betrachtet Riva den braunen Rasenstreifen, auf dem sie standen.

Dann richtet sie ihren Blick auf ihre leeren Hände, und ihre Schultern sacken nach unten.

Ich bin nicht auf die Tränen vorbereitet, die ihr über die Wangen laufen.

„Scheiße", murmelt sie sofort und wischt sie mit ihrem Ärmel weg. „Tut mir leid." Ihr Atem stockt.

Ich weiß nicht, was ich tun soll. *Ich* bin dafür verantwortlich. Ich habe angefangen, Blumentöpfe zu zertrümmern, und irgendwie hat das etwas in ihr ausgelöst.

Mein Körper bewegt sich instinktiv. Ich trete auf sie zu und erstarre. Meine Nerven kribbeln vor Panik.

Die Situation erinnert mich jedoch nicht im Geringsten an den schrecklichen Moment vor Jahren, als ich die Frau in Stücke riss, die die Wärter angeheuert hatten. Alles, was ich will, ist, Riva zu trösten, so gut ich kann.

Ich spüre ihre Überraschung, als ich meine Arme um sie lege. Dann entspannt sie sich und schmiegt ihren Kopf an meine Schulter.

„Ich will ihn tot sehen", murmelt sie mit tränenerfüllter Stimme, so leise, dass ich nicht glaube, dass irgendjemand außer mir sie hört. „Ich will, dass dieser Psychopath stirbt, damit das hier aufhört."

Ich drücke sie an meine Brust. Die Liebe und Sorge, die mich durchströmen, verdrängen jeden anderen Gedanken. „Ich weiß. Ich verstehe dich."

Ich weiß nicht, was ich noch sagen soll, doch es scheint zu genügen, denn Rivas Atemzüge werden ruhiger.

Zögerlich umarmt sie mich erneut. Ganz sanft, und mein

Puls stottert nur ein wenig. Ihr süßer Duft steigt mir in die Nase, und der Moment beginnt, sich gefährlich anzufühlen.

Riva weicht zurück, bevor ich es tun muss, und schenkt mir ein zittriges Lächeln. „Danke. Für alles."

Es ist offensichtlich, dass es ihr nicht *gut* geht, aber ich habe das Gefühl, dass es mir gelungen ist, den Sturm in ihr ein wenig zu besänftigen.

Ich erwidere ihr Lächeln. „Jederzeit, Shrimp."

Neben Rivas Glucksen ertönt ein weiteres Kichern, das meine Aufmerksamkeit erregt. Als ich den Kopf hebe, stelle ich fest, dass die anderen Jungs uns gefolgt sind und uns vom Rand des Gartens aus beobachten.

Andreas hat ein breites Grinsen im Gesicht, und Jacob sieht beinahe zufrieden aus. Zumindest soweit das in letzter Zeit möglich ist. Wir schlendern zu ihnen hinüber, und meine Stimmung hebt sich mit einem seltsamen Anflug von Erleichterung.

Ich schätze, ich bin mehr als ein wütender Rohling. Ich habe auch Mitgefühl. So viel, dass ich sogar zu Riva durchdringen konnte, obwohl sie wütend war.

Muss ich womöglich doch nicht so viel Angst vor mir selbst haben?

Griffin neigt seinen Kopf nachdenklich zur Villa. „Sie wollte es, weißt du. Wenn auch nur einen Moment lang."

Es dauert einen Moment, bis ich begreife, wovon er spricht. Er deutet auf die Richtung, in die Toni verschwunden ist.

Hat er bei ihr also den Wunsch wahrgenommen, sich uns anzuschließen und auch einen Topf zu werfen?

Ich schaue auf meine Handgelenke und überlege, was ich darauf antworten kann, ohne eine Strafe zu riskieren. Ich erschaudere, und das liegt nicht an der kühlen Brise.

Riva will Balthazar umbringen. Doch die Fesseln funktionieren auch, wenn er weg ist.

Wir werden die Villa nicht verlassen können. Wenn wir nicht herausfinden, wie wir in sein Sicherheitssystem eindringen und es manipulieren können, werden wir trotzdem noch Gefangene sein.

Das bedeutet, dass wir hier noch jemanden auf unserer Seite brauchen. Jemanden, der uns von den Armbändern befreien kann.

Dafür braucht es mehr als ein kurzes Interesse am Zerstören von Blumentöpfen.

Aber irgendwo müssen wir wohl anfangen.

Ich bin mir nicht sicher, wie ich diese Gedanken den anderen gegenüber ausdrücken soll. Wir müssen noch einmal schwimmen gehen, um uns richtig in der Gruppe unterhalten zu können.

Bevor ich das vorschlagen kann, kommt Balthazars anderer Liebling auf uns zugeschritten. Matteo reibt sich die Hände und schaut mich mit seinem durchdringenden Blick an.

„Zian. Du hast jetzt Training.“

Mein Körper will sich wehren, aber ich zwinge mich, mich zu entspannen. „In Ordnung.“

Während ich auf ihn zugehe, überlege ich, wie ich ihn für mich gewinnen könnte. Er ist nicht nur ein Feind, sondern auch eine Chance, oder?

Als ich ihn erreiche, rolle ich meine Schultern zurück, als ob ich es kaum erwarten könnte, loszulegen. „Woran arbeiten wir heute?“

VIERZEHN

Riva

Auch wenn die silbernen Fesseln nicht schwer sind, fangen sie an, an meinen Handgelenken zu scheuern.

Immer wieder fummle ich daran herum, obwohl sie sich kaum drehen lassen. Trotz des Schweißes, der sich auf meinen Armen bildet, bewegen sie sich kaum einen Millimeter.

Ich wende meinen Blick nicht von dem verspiegelten Hochhaus am Ende der Straße ab, das durch die Windschutzscheibe des Vans zu sehen ist.

Wir haben vor ein paar Minuten in Sichtweite des flachen Innenhofs vor dem glänzenden Bürogebäude geparkt. Leider mussten wir den Motor abstellen, um nicht aufzufallen.

Die Klimaanlage könnte die Batterie erschöpfen, und wir

wissen nicht, wie lange wir auf das Ereignis warten müssen, mit dem Balthazar rechnet.

Sonnenlicht dringt durch die Gebäude in der Innenstadt, und es ist schwül. Ich befeuchte meine Lippen und nehme einen Schluck Wasser, das ebenfalls warm ist.

Anschließend schaue ich mich nach den Jungs um. Jacob sitzt auf dem Fahrersitz neben mir, Andreas und Zian sind hinter uns. „Habt ihr eine Ahnung, welche Stadt das ist?"

Andreas beugt sich vor. „Ich habe keines der Gebäude wiedererkannt. Und ich bin mir auch nicht sicher, was das für eine Schrift auf den Schildern ist."

Zians Miene verfinstert sich. „Wenn Drey keine Ahnung hat, weiß ich es erst recht nicht."

Jacob tritt unruhig gegen die Unterseite des Armaturenbretts und berührt eine seiner Fesseln. „Wir können auch nicht aussteigen und jemanden fragen."

In seiner Aussage schwingen mehrere unausgesprochene Aspekte mit. Er möchte es herausfinden. Doch wenn wir so weit von der Aufgabe abweichen, die Balthazar uns gestellt hat, wird es die Konsequenzen nicht wert sein.

Es ist unwahrscheinlich, dass wir jemanden finden, der uns versteht und uns klar und deutlich antwortet, bevor unser Wärter dafür sorgen wird, dass wir es bereuen.

Hat Balthazar ein Team in der Nähe stationiert, das uns überwacht? Mitarbeiter, die nicht über unsere Fähigkeiten verfügen, uns aber abholen könnten, wenn wir von seinen Anweisungen abweichen und er uns außer Gefecht setzen muss?

Ich bin mir mittlerweile nicht mehr sicher, wie wertvoll wir für ihn sind. Bei unseren früheren Entführern habe ich darauf vertraut, dass sie unser Leben nicht riskieren würden, aber Balthazar …

Balthazar ist möglicherweise nicht zurechnungsfähig genug, um sich darüber Gedanken zu machen, wie viele

Werkzeuge er auf dem Weg zum Erreichen seiner Ziele zerstört. Was auch immer das für Ziele sein mögen.

Ich beiße die Zähne zusammen, aber die rasende Verzweiflung, die in den letzten Tagen immer mehr an mir nagt, ist zu einem leisen Köcheln der Wut abgeklungen. Je länger sie in meinem Bauch brennt, desto mehr habe ich das Gefühl, dass sie alle anderen potenziellen Empfindungen wegbrennt.

Neugierde.

Trotz.

Hoffnung.

Ist es wirklich wichtig, warum wir hier sind oder was Balthazar vorhat, wenn wir sowieso nichts dagegen tun können? Wenn er uns immer wieder benutzen wird, bis er sein Ziel erreicht hat oder wir sterben?

Das dumpfe Köcheln der Wut verbrennt auch das Unbehagen, das diese Fragen auslösen. Es höhlt mich aus.

Doch mit der Leere kommt auch eine gewisse Klarheit. Ich behalte die Straße im Blick, während ich über die Anweisungen unseres Entführers nachdenke. Und trotzdem verspüre ich einen Anflug von Trotz.

„Balthazar hatte recht", sage ich vorsichtig. „Es wird schwer werden. Wir haben nur ein winziges Zeitfenster, in dem wir eine Chance haben. Und wir wissen nicht, wie schnell die Leute drinnen merken, dass etwas nicht stimmt."

Jacob mustert mich, und ein scharfer Blick liegt in seinen hellblauen Augen. „Er kann nicht erwarten, dass wir mehr als unser Bestes tun. Wir können keine Wunder vollbringen."

Ein kleines, angespanntes Lächeln umspielt meine Lippen. Ich bin erleichtert, dass er mich versteht. Mein Blick gleitet zu den anderen. „Genau, mehr können wir nicht tun. Wir müssen unser Bestes geben."

Während ich spreche, schüttle ich langsam und nachdrücklich den Kopf.

Andreas lächelt ebenso angespannt.

Zian starrt uns der Reihe nach an und presst den Kiefer zusammen. „Hoffentlich ist er nicht verärgert, wenn er uns eine zu schwierige Aufgabe gegeben hat", murmelt er.

Ohne dass jemand ein weiteres Wort spricht, bin ich mir sicher, dass wir uns alle verstehen. Die Mission *ist* kompliziert. Deshalb hat Balthazar uns alle vier geschickt.

Für den ersten Schritt braucht er nur Jake und mich. Allerdings wollte er auch Drey und Zee dabeihaben, falls wir versagen.

Und wenn selbst er zugeben kann, dass Scheitern eine Option ist, warum sollten wir dann nicht dafür sorgen, dass es gelingt? Warum zum Teufel sollten wir ihm helfen, wenn wir mit dem Gegenteil durchkommen können?

Wir müssen nur den Anschein erwecken, dass wir unser Bestes gegeben haben, damit er keinen Verdacht schöpft, dass wir die Mission absichtlich sabotieren.

Ich hebe erst ein Bein und dann das andere von dem zunehmend klebrigen Ledersitz und zügle meine Ungeduld, so gut ich kann. Ich habe es satt, unter Balthazars Herrschaft zu leben und das Gefühl zu haben, dass er mich jeden Moment bestrafen könnte.

Nichts, was ich getan habe, hat uns der Flucht näher gebracht. Diese kleine Rebellion ist das Beste, was ich meinen Jungs bieten kann.

Andreas legt seine Hand auf meinen Hinterkopf und fährt mir sanft durch die Haare. „Wir werden das durchstehen, Tinkerbell."

Sein sanfter Tonfall versetzt mir einen Stich ins Herz, der innerhalb von Sekunden von der schwelenden Glut verschluckt wird.

Er meint unsere Gefangenschaft, nicht nur die bevorstehende Aufgabe. Er macht sich Sorgen um mich.

Ich suche nach einer Antwort, die seine Sorge zumindest

ein wenig lindern könnte. Das Piepen des Bildschirms auf dem Armaturenbrett des Vans unterbricht mich, und Nervosität steigt in mir auf.

Zusammen mit dem Ton erscheint eine Nachricht. *Die Zielperson ist fünf Minuten entfernt. Geht auf Position.*

Ja, jemand aus Balthazars Team ist definitiv in der Nähe stationiert, wenn sie den Mann, auf den wir warten, so genau verfolgen können.

Instinktiv drücke ich Dreys Hand. Er erwidert die Geste und beugt sich vor, um mir einen Kuss auf den Kopf zu geben. „Bis bald."

Ich sehe Zian in die Augen, und er nickt mir zu, bevor er sich eine dünne Stoffmaske über das Gesicht zieht. Dann steigen Andreas und er aus den Hintertüren des Wagens.

Ihnen droht die größte Gefahr, da sie sich unserem Ziel tatsächlich nähern müssen, falls Jacob und ich scheitern.

Nicht falls. *Wenn.*

Ich schlucke schwer und schlage die Beine übereinander. Jacob drückt schnaubend ein paar Knöpfe. „Wir können uns ein paar Minuten Klimaanlage gönnen. Wer kann schon klar denken, wenn es so stickig ist?"

Ich protestiere nicht, als ein kühler Lufthauch über meine Haut streicht. Ich muss mich konzentrieren. Vielleicht sogar mehr darauf, die Mission zu vermasseln, als sie erfolgreich zu Ende zu bringen.

Heute will Balthazar nicht, dass ich jemanden töte. Ich soll ihn mit meinem Schrei festhalten, ohne dem Hunger nach Schmerz nachzugeben.

Ich habe das noch nie bei einem Menschen versucht, nur mit den Tieren, an denen Matteo mich üben ließ. Allerdings nehme ich an, dass es Balthazar nicht allzu sehr stören wird, wenn ich aus Versehen einen oder zwei Sicherheitsbeamte zerfetze.

Hauptsache wir besorgen ihm den Inhalt des verdammten Aktenkoffers, den er unbedingt will.

Schade. Das wird nicht passieren. Wir müssen nicht auf jede erdenkliche Weise nach seiner Pfeife tanzen.

Ein Schrei kriecht meine Kehle hinauf. Die Wut, die ihn speist, richtet sich jedoch gegen unseren Entführer, nicht gegen die Fremden, gegen die er uns aufhetzt. Doch ich kann meine Kraft gezielt lenken.

Ich lege meine Hände in den Schoß und balle sie zu Fäusten. Jacob beobachtet mich, und sein Blick ist so durchdringend, dass ich ihn selbst dann noch spüre, als ich meinen Kopf zur Straße drehe.

„Unsere Kräfte werden immer stärker", bemerkt er. „Wer weiß, wozu wir in ein oder zwei Wochen fähig sein werden."

Er versucht, mich zu beruhigen. Er will meine Hoffnungen schüren.

Ausgerechnet Jacob spielt den Optimisten. Diese Erkenntnis beunruhigt mich mehr als Andreas' Zärtlichkeit.

Ich nicke, ohne ihn anzuschauen. „Ich weiß. Wir werden einfach abwarten müssen."

Wie schon die ganze Zeit. Während Dominic in seinem durchsichtigen Sarg liegt, Balthazar weitere Schrecken inszeniert und wir einfach nur hilflos dasitzen, bereit zu springen, wenn er ruft.

Das Dröhnen eines Motors durchbricht meine bitteren Grübeleien. Als eine schwarze Limousine in Sicht kommt, richte ich mich in meinem Sitz auf.

Das muss er sein. Der Mann mit dem Aktenkoffer. Sein Name wurde uns nicht mitgeteilt.

Jacob versteift sich ebenfalls. Wir folgen der Limousine, die vor dem verspiegelten Gebäude abbremst und rollt in den Innenhof.

Mein Herz schlägt schnell, aber gleichmäßig. Es geht los.

Schließlich kommt die Limousine zum Stehen.

Eine Tür öffnet sich, dann die nächste. Drei breitschultrige Männer in schlichten Anzügen steigen aus und bilden einen schützenden Ring um den vierten Mann, der aus dem Wagen steigt.

In der Hand des vierten Mannes befindet sich ein Aktenkoffer, der mit einer Manschette an seinem Handgelenk befestigt ist. Vermutlich will er dadurch sicherstellen, dass der Koffer seinen Besitzer nie verlässt.

Die schwelende Wut in mir lodert erneut auf. Meine Lippen öffnen sich, als der Schrei in meiner Kehle vibriert.

Inzwischen fällt es mir nicht mehr schwer, dafür zu sorgen, dass der Schrei beinahe geräuschlos ist. Wie ein gehauchter Atemzug. Der Trick besteht darin, die Wirkung abzumildern.

Ich ziele auf alle vier Männer und den Fahrer im Auto, um zu zeigen, dass ich gründlich vorgegangen bin. Meine Zunge zittert, als meine Kraft die Männer trifft und sie festhält.

Der Drang, Knochen zu brechen, Fleisch zu zerreißen und den Schmerz hervorzurufen, nach dem sich ein Teil von mir sehnt, ist stark. Mein Körper spannt sich an, während ich dagegen ankämpfe.

Die Männer taumeln und versteifen sich. Im nächsten Moment stürmen ein paar bewaffnete Wachen aus dem Gebäude auf sie zu.

Mein Puls beschleunigt sich, und ich verliere beinahe die Selbstbeherrschung. Niemand im Haus hätte so schnell merken dürfen, dass etwas nicht stimmt.

Es sei denn, sie wurden gewarnt. Das schwache Kribbeln an meinem Schlüsselbein verrät mir, dass Andreas sich weiter als geplant in das Gebäude hineingewagt hat.

Bestimmt hat er sich wie abgesprochen unsichtbar gemacht und dann irgendwie die Leute alarmiert.

Als Jacob in seinem Sitz nach vorn rutscht, um seinen

Teil der Mission auszuführen, verziehen sich meine Lippen zu einem echten Lächeln. Eine Sache ist bereits auf unerwartete Weise schiefgelaufen.

Balthazar kann jetzt definitiv nicht erwarten, dass wir diesen Job erfolgreich absolvieren.

Jacob tut so, als würde er es trotzdem versuchen. Sein Arm schießt vor, und seine Kraft zerrt an der Aktentasche und der Manschette.

Ein Schmerz durchfährt mich, als die Hand des Mannes bricht. Ich sauge ihn in mich auf und beobachte, wie sich das Metall von der zerquetschten Masse löst.

Die Aktentasche wird in die Luft geschleudert, doch einer der Wachleute, die herbeieilen, fängt sie auf. Der stämmige Mann knallt den Koffer samt Inhalt auf den Boden.

Jacob fletscht die Zähne und stößt ein Grunzen aus, doch wir wollen den Mann nicht direkt zu uns locken.

Gut so. Es ist alles gut.

Ich halte meine Ziele weiterhin mit meinem nahezu lautlosen Schrei fest. Ich darf nicht zu früh loslassen … oder zu spät.

Zian stürmt in den Hof, sein massiger Körper bewegt sich unfassbar schnell für seine Größe. Wäre er ein normaler Mensch, wäre diese Geschwindigkeit nicht möglich. Er prallt gegen den Wachmann, der den Aktenkoffer festhält, und wirft sowohl den Mann als auch den Koffer auf den Boden.

Das ist Andreas' Signal. Er soll sich ihnen unsichtbar nähern und den Koffer an sich nehmen.

Doch die anderen Wachen ziehen ihre Waffen. Zian springt zur Seite, als Schüsse dröhnen.

Meine Lunge zieht sich zusammen. Jetzt?

Ja, jetzt, bevor sie ihn verletzen. Bevor sie …

Ich schließe meinen Mund, um den Schrei zu unterbrechen. Der Mann, der den Aktenkoffer zuvor getragen hat, bricht wimmernd zusammen, während er seine zerschmetterte Hand hochhält.

Seine Sicherheitsleute wirbeln herum und ziehen ebenfalls ihre Waffen. Zian rennt zu der geparkten Limousine und geht dahinter in Deckung.

Kugeln donnern hinter ihm her. Es ist unmöglich, dass Andreas jetzt noch in den Kampf eingreift, nicht ohne, dass sein unsichtbarer Körper von einem der Geschosse getroffen wird.

Der Wachmann, der sich den Aktenkoffer geschnappt hat, hebt ihn auf und rennt zur Tür des Gebäudes. Ein paar weitere Männer folgen ihm, während einige andere Zian hinterherlaufen. Zee bleibt geduckt, rennt um die Limousine herum und dann weiter zum Van.

Sofort greife ich nach der Tür. Was, wenn wir zu weit gegangen sind? Was, wenn sie ihn oder den Rest von uns erwischen, bevor wir wegfahren können?

Dominic kann uns nicht heilen.

Wird der Auftrag so enden? Wir rasen los, während Kugeln auf uns einprasseln, und wissen nicht mehr als vorher?

Entmutigt reiße ich die Tür auf. Es sind nur zwei Männer. Ich kann sie sogar ohne meinen Schrei überwältigen, Waffen hin oder her.

Ich kann behaupten, dass ich Zian verteidigt habe. Möglicherweise kann ich ein Abzeichen oder ein Namensschild finden, irgendetwas mit einem Logo oder einer Information, die mir zumindest verrät, für wen sie arbeiten oder warum sie wichtig sind … Wenn ich Andreas genug Zeit verschaffen kann, um ihre Erinnerungen zu durchforsten …

Vielleicht hat sich der ganze Aufwand dann doch gelohnt.

Die Männer sehen mich. Einer hebt seine Waffe, um sie auf mich zu richten, anstatt auf Zian.

Als ich mich auf ihn stürze, bin ich mir nicht sicher, ob es mich überhaupt interessiert, ob er mich erschießt oder nicht. Zumindest müsste ich mir keine Sorgen machen, dass ich auf alle möglichen anderen Arten versagen könnte, wenn meine Reise hier endet.

Ich schlage die Hand weg, in der er die Waffe hält. Meine krallenbewehrten Finger kratzen über seinen Anzug auf der Suche nach einer Tasche mit Inhalt.

In der Ferne ertönen Schreie. Schritte poltern über die Fliesen im Innenhof.

Ich drücke den Arm des Mannes auf den Boden und knurre ihn an. „Wer *bist* du?"

Irgendwo in nicht allzu weiter Ferne klickt die Sicherung einer Waffe. Scheiß auf sie. Scheiß auf sie alle.

Ich brauche Antworten, sonst ist es sinnlos, ums Überleben zu kämpfen.

Der Mann starrt mich verständnislos an. Dann legen sich kräftige Arme von hinten um mich.

Ich werde in eine feste Umarmung gerissen. Drey. Meine Glieder beginnen zu strampeln, doch er reißt mich von meinem Ziel weg, meiner einzigen Chance, dafür zu sorgen, dass sich das alles lohnt.

Seine leise, raue Stimme dringt an mein Ohr. „Bitte. Riva, bitte."

Sein verzweifeltes Flehen reißt mich aus meinem Bann. Ich lasse mich von seiner unsichtbaren Gestalt in den Wagen ziehen, gerade als die nächsten Schüsse ertönen.

„Los!", schreit Zian, und Jacob gibt Gas.

Als der Van die Straße hinunterrast, wird Andreas wieder sichtbar. Mit angespannter Miene umfasst er mein Gesicht. Ein Hauch von Angst-Pheromonen kitzelt meine Nase, und ein dazu passendes Gefühl durchzuckt unsere Verbindung.

Es scheint, als hätte er jetzt, nachdem wir von der Bedrohung weggerast sind, mehr Angst als währenddessen.

„Mach das nie wieder", murmelt er heiser. „Das war nicht … Du hättest nicht …"

Mein Körper verkrampft sich, und ohne meine Krallen einzuziehen, verschränke ich meine Arme vor der Brust. Meine Stimme ist fast so tonlos wie mein Schrei. „Ich wollte nicht, dass das alles umsonst war."

„Das war es nicht. Das wird es nie sein. Nicht, solange wir bei dir sind."

Ich bin mir nicht sicher, ob er versteht, was ich vorhatte oder warum. Doch als der Wagen um eine Kurve fährt, kocht die Wut in mir hoch und verschlingt jeden Glauben daran, dass er recht hat.

Wir haben gewonnen, aber wir haben auch verloren. Schon wieder.

Wie oft kann ich das noch machen, bevor mir alles egal ist?

FÜNFZEHN

Riva

Ich dachte, wir hätten überzeugend demonstriert, dass wir uns den Arsch aufgerissen und es nicht geschafft haben. Doch als wir aus dem Auto steigen und das Gelände der Villa betreten, erwartet uns Toni in der einsetzenden Dämmerung mit dem Gesichtsausdruck einer missbilligenden Schulleiterin aus einer Internatsgeschichte.

„Ihr vier habt es nicht geschafft, einen Aktenkoffer zu besorgen?", fragt sie säuerlich.

Ich mustere sie wachsam. „Sie haben zu schnell reagiert. Ich musste meine Kräfte noch nie auf diese Weise einsetzen."

Jacob legt schützend seine Hand auf meine Schulter. Toni stößt nur ein ungehaltenes Schnauben aus. „Ihr könnt euch bei Mr. Balthazar entschuldigen. Lasst uns gehen."

Sie bedeutet uns, ihr in die Villa zu folgen. Auf dem Weg durch den breiten Flur in Richtung Salon wirft Zian einen sehnsüchtigen Blick in die Küche. „Können wir nicht erst etwas essen? Wir haben nichts …“

„Ihr werdet zuerst mit Mr. Balthazar sprechen. Er wird entscheiden, wie es mit euch weitergeht.“

Trotz meiner Bemühung, möglichst ungerührt zu wirken, knurrt mein Magen. Auf der Fahrt haben wir ein paar belegte Brote gegessen, aber auf dem Rückweg hatten wir nur noch ein paar Wasserflaschen.

Hätten wir ein Festmahl vorgefunden, wenn wir unseren Entführer zufriedengestellt hätten? Ich kann mir nur allzu gut vorstellen, dass Balthazars Mitarbeiter alle möglichen köstlichen Delikatessen verderben lassen, anstatt sie uns nach unserem Misserfolg anzubieten.

Er macht sich nichts aus Verschwendung. Er hat sogar Unschuldige getötet, nur um seinen Standpunkt zu verdeutlichen.

Meine Kehle ist wie zugeschnürt, doch als wir den Salon betreten, überwältigt meine aufwallende Wut jede Angst oder Trauer. Ich bin es leid, mich von ihm verletzen zu lassen.

Das Wohnzimmer ist leer. Nur Dominic liegt wie immer regungslos in seinem Bett. Der Bildschirm hat sich nicht vom Tisch erhoben.

Andreas lässt sich auf einen der Sessel sinken und streckt die Beine aus, um lässig zu wirken. Auch wenn er versucht, seine Nervosität zu verbergen, spüre ich das Kribbeln seiner Besorgnis in dem Mal, durch das wir miteinander verbunden sind.

„Wir sind da“, sagt er lässig. „Wo ist der Chef?“

Toni dreht sich zu ihm um. „Er wird nach seinem eigenen Zeitplan mit euch sprechen.“

Jacob dreht ruckartig den Kopf, als sie auf die Tür zusteuert. „Wo ist mein Bruder?“

„Griffin hatte mit dem Auftrag nichts zu tun. Er muss nicht dafür geradestehen.“

Sie geht ohne ein weiteres Wort. Das Klappern ihrer Schuhe auf dem gefliesten Boden verklingt auf dem Flur.

Die Jungs und ich schauen uns an. Zian legt seine Hand auf den Bauch und verzieht den Mund.

Eigentlich könnten wir zurück in die Küche gehen und etwas essen. Es ist niemand hier, der uns aufhalten könnte.

Abgesehen von demjenigen, der uns über die Metallbänder und die anderen Überwachungsgeräte kontrolliert, die Balthazar installiert hat.

Keiner von uns bewegt sich in Richtung Tür. Sosehr hat er uns eingeschüchtert.

Ich versuche, meinen Kiefer nicht zu verkrampfen, und erhebe meine Stimme etwas mehr als sonst, um deutlich zu machen, dass ich mit niemandem im Raum spreche. „Wir sind hier. Wenn du willst, dass wir dir erzählen, was da draußen passiert ist, dann lass uns loslegen."

Wir warten in angespannter Stille. Doch niemand zeigt sich. Weder auf dem Bildschirm noch persönlich.

Jacob beginnt, im Zimmer auf und ab zu laufen. „Er kann uns doch nicht unmögliche Aufträge erteilen und dann sauer sein, dass wir sie nicht perfekt ausführen."

„Vielleicht ist er nicht sauer?", gibt Zian zu bedenken. Sein Tonfall ist trotz seines hoffnungsvollen Tonfalls zweifelnd. „Vielleicht ist er nur sehr beschäftigt."

Andreas richtet sich im Stuhl auf. „Toni war verärgert. Ich glaube nicht, dass das ein gutes Zeichen ist."

Ich schlucke schwer. Wir waren uns alle einig, und keiner der Jungs hat gezögert, aber letztendlich war es *meine* Idee, Balthazar die Stirn zu bieten.

Wir hätten den Aktenkoffer wahrscheinlich in die Finger bekommen können, wenn wir alles gegeben hätten. Wenn Drey nicht noch mehr Wachen nach draußen gelockt hätte, als wir den Angriff gestartet haben.

Balthazar darf das auf keinen Fall erfahren. Doch wenn er

bereits einen Verdacht hat, macht es dann einen Unterschied, ob er seine Theorie beweisen kann?

Wünsche ich mir, ich könnte zurückgehen und den Auftrag richtig ausführen?

Nein. Ich weiß nicht, ob diese Erkenntnis es besser oder schlechter macht, doch bei dem Gedanken, seine Mission erfüllt zu haben und ihm seine Beute zu präsentieren, lodert die Wut in meinem Inneren doppelt so heiß auf.

Wir müssen kämpfen. Wir müssen mehr sein als seine Sklaven.

Ich gehe zu Dominics Bett und lege meine Hände auf die durchsichtige Hülle. Die Maschinen surren und piepen. Sein Brustkorb hebt und senkt sich mit stockenden Atemzügen.

Wie lange kann Balthazar seinen Zustand aufrechterhalten? In den Seifenopern, die ich früher mit großer Begeisterung angesehen habe, lagen die Leute jahrelang – teilweise sogar jahrzehntelang – im Koma und wachten dann auf, als wären sie nie krank gewesen. Abgesehen davon, dass sie manchmal ihr Gedächtnis verloren hatten.

Diese albernen Geschichten hatten jedoch nur einen losen Bezug zur Realität. Ich habe keine Ahnung, ob ein Mensch in diesem Zustand wirklich so lange überleben kann.

Bekommt Dom in dem Käfig, den Balthazar aus seinem Körper gemacht hat, überhaupt etwas mit? Kann er uns hören oder an uns denken?

Meine Lippen öffnen sich. Ich möchte etwas sagen, ich habe mich nur noch nicht entschieden, was.

Plötzlich ertönt ein lauterer Piepton von einer der Maschinen. Ich zucke zusammen, und Dominics Körper scheint vor meinen Augen noch mehr zu erschlaffen als zuvor.

Mein Herz rast. „Dom!"

Ich schlage mit den Fäusten gegen die Hülle, bevor ich

darüber nachdenken kann, was ich tue. Als könnte ich ihn dadurch aufwecken.

Natürlich geschieht das nicht. Er liegt einfach nur da, und noch mehr Farbe entweicht seiner hellbraunen Haut, während der schrille Alarm der Maschine die Luft erfüllt.

Die anderen Jungs eilen zu mir. Jacob starrt auf Dominic hinunter und presst ebenfalls seine Hände gegen die Hülle. „Was ist passiert?"

Zians Augen sind groß. „Geht es ihm gut?"

„Ich weiß es nicht", flüstere ich entsetzt.

Ich drehe mich um und lasse meinen Blick durch den Raum schweifen, obwohl ich bereits weiß, dass er leer ist. „Hilfe! Hier muss doch irgendwo ein Arzt sein, oder? Jemand muss sich um Dominic kümmern!"

Mein verzweifelter Hilferuf durchschneidet die Luft … und wird nur von dem Surren des Bildschirms beantwortet, der sich endlich vom Tisch in der Mitte des Raumes erhebt.

Ich eile hinüber, die Hände zu Fäusten geballt, meine Krallen bohren sich in meine Haut. Balthazar kontrolliert alles hier. Wenn Dominics Zustand sich verschlechtert, kann unser Entführer jemanden anweisen, ihm zu helfen.

Doch als der Bildschirm aufflackert und Balthazars massige Gestalt erscheint, ist sein Blick völlig abwesend.

Weiß er noch gar nicht, dass etwas passiert ist? Sicherlich hat er Zugang zu den medizinischen Geräten. Und bestimmt ist das schrille Piepen durch die Übertragung zu hören.

„Irgendetwas ist mit Dominic", stoße ich hervor, bevor er etwas sagen kann. „Du musst einen Arzt schicken. Sofort!"

Balthazar blinzelt mich langsam und ohne einen Hauch von Besorgnis an. „Ich muss gar nichts tun, nur weil du es sagst. Ist dir das immer noch nicht klar?"

„Er könnte sterben", schnauzt Jacob, der sich neben mich gedrängt hat. „Inwiefern wäre das förderlich für deinen Masterplan?"

Balthazar legt seine breiten Hände auf den Schreibtisch vor sich und verschränkt seine dicken Finger. „Soweit ich das beurteilen kann, erweist sich im Moment keiner von euch als besonders nützlich für meine Pläne. Sonst wärt ihr nicht mit leeren Händen zurückgekommen."

Ich erschaudere. „Wir haben es versucht. Wir wären beinahe erschossen worden. Es waren zu viele. Und du wolltest nicht, dass wir sie alle abschlachten."

„Oh, ich glaube, ihr habt euch etwas mehr zurückgehalten, als nötig gewesen wäre. Damit hätte ich wohl rechnen müssen. Aber ich kann meine Fehler korrigieren. Es ist nicht schwer, dafür zu sorgen, dass ihr ausreichend motiviert seid."

Ausreichend motiviert. Mein Blick huscht zu Dominic, und ich glaube, ich würde mich übergeben, wenn ich etwas im Magen hätte.

Andreas tritt vor, und seine Miene ist härter, als ich es je bei ihm gesehen habe. „Was hast du mit ihm gemacht?"

Balthazar zuckt leicht mit den Schultern. „Ich habe ihm etwas von meiner Unterstützung entzogen. Sein Körper wird weiter um sein Leben kämpfen, aber es ist aussichtslos. Ich würde ihm eine Woche oder so geben."

Nein. Meine Krallen graben sich tiefer in meine Haut, doch ich spüre den Schmerz kaum. „Warum? Was willst du von uns?"

Ein unheimliches Lächeln umspielt Balthazars Lippen. „Ah. Jetzt interessiert es euch, mir zu geben, was ich will. Perfekt."

Eine Vase wird von einem Beistelltisch geschleudert und zerschellt an der Wand. Das Zucken eines Muskels in Jacobs Wange ist das einzige Anzeichen dafür, dass er für einen Moment die Kontrolle über seine Kraft verloren hat.

Er starrt auf den Bildschirm. „Sag uns, was wir tun müssen, damit du ihn rettest, verdammt."

„Und jetzt so ungeduldig." Unser Entführer stößt ein leichtes Kichern aus, woraufhin ein Schrei meine Kehle hinaufkriecht.

Allerdings will ich ihn nicht mit meinem Schrei töten. Am liebsten würde ich ihm mit eigenen Händen die Kehle aufschlitzen und in seinem spritzenden Blut tanzen.

Wenn ich ihn erreichen könnte. Aber das kann ich nicht.

Es tut mir so leid, Dom. Es ist meine Schuld.

Andreas' Stimme zittert nur ganz leicht. „Du hast unsere Aufmerksamkeit. Wirst du etwas von uns verlangen oder nicht?"

Balthazar hebt sein Kinn, und ein triumphierender Glanz tritt in seine Augen. „Es gibt da etwas, das ich sehr gerne hätte. Etwas, das ihr nur sehr schwer bekommen werdet. Ihr könntet bei dem Versuch sterben. Ich erwarte, dass ihr euer Leben riskiert, wenn es nötig ist. Wenn ihr mit leeren Händen zurückkommt, ist unser Handel geplatzt."

Ein Hoffnungsschimmer flackert in mir auf, nur um eine Sekunde später wieder zu verpuffen. „Und was dann?", frage ich. „Dann heilst du Dom gerade genug, dass er wieder im Koma liegt wie vorher?"

Ist das wirklich besser? Wir wissen nicht einmal, ob er noch bei uns ist.

Er könnte nichts weiter sein als die Hülle eines Körpers. Eines von Balthazars Werkzeugen, um uns zu manipulieren.

Das Gefühl des Fatalismus, das mich bei unserem letzten Auftrag überkam, steigt erneut in mir auf. Was immer Balthazar vorhat, wir konnten ihn nicht aufhalten. Ich weiß, dass seine Absichten nicht gut sein können.

Vielleicht wäre es besser für uns und den Rest der Welt, wenn wir alle sterben würden, anstatt seinen Willen zu erfüllen.

Zumindest wäre das eine Möglichkeit, ihm eins auszuwischen.

Die Augen unseres Entführers blitzen. „Ich biete euch etwas viel Besseres. Wenn ihr mir beschafft, was ich will, werde ich ihn wieder vollständig ins Leben zurückholen."

Mein Herz bleibt für ein paar Sekunden stehen, bevor es weiterschlägt. „Er wird ... Er wird wieder bei Bewusstsein sein? Sprechen, gehen, alles?"

Ich hasse das selbstgefällige Grinsen, das Balthazars Lippen jetzt umspielt. „Alles. Ist das als Belohnung ausreichend für euch?"

Die Woge der Emotionen, die über mich hereinbricht, raubt mir den Atem. Ich will nicht, dass der Mann vor mir die Tränen sieht, die mir in die Augen steigen. Schmerz, Hoffnung und Trauer tosen in mir wie ein Orkan.

Er überflutet die Leere, die meine Wut in mein Inneres gebrannt hat. Nachdem ich tagelang keines dieser Gefühle verspürt habe, ertrinke ich nun regelrecht darin.

In einem entfernten Teil meines Geistes erinnere ich mich daran, was Jacob in jener Nacht auf dem Boot in Havanna zu mir gesagt hat. Damals, als er mir die abgetrennten Hände der Männer brachte, die versucht hatten, mich zu töten. Als er sich zur Buße seinen Arm abschneiden wollte.

Er erzählte mir, wie leer er sich nach Griffins angeblichem Tod fühlte, und dass er außer Leere ausschließlich Wut spürte. Dass er sich umbringen wollte und es nur deswegen nicht getan hatte, weil er seinen Bruder rächen wollte.

Dann sah er, wie ich auf einen Zug zurannte, der mir zum Verhängnis hätte werden können. Und auf einmal kamen viele andere Gefühle in ihm hoch. *Ich habe mir solche Sorgen gemacht.*

Die Wut, die in mir brennt, hat sich von einem Köcheln zu einem rasenden Kochen gesteigert. Wie kann dieses

Arschloch es *wagen*, den Mann, den ich so sehr liebe, wie eine verdammte Karotte vor uns baumeln zu lassen?

Doch das ist nicht das einzige Gefühl, das mich im Moment umtreibt. Es ist nicht einmal das stärkste.

Balthazar hat mich wie der Aufprall einer rasenden Lokomotive in mein volles Bewusstsein zurückgeschleudert.

Ich liebe Dom, mit jeder Faser meines Seins. Ich würde alles dafür geben, das Leben in seinem Gesicht aufleuchten zu sehen, seine Stimme zu hören, sein Lächeln zu erwidern.

Es ist mehr Liebe in mir als Wut, auch wenn die Wut sie für eine Weile überschattet hat.

Hat Jacob sich so gefühlt, als er den Zug auf mich zurasen sah?

Hat er diese hohle Leere mit dem ätzenden Köcheln vier ganze Jahre lang gefühlt? Ich habe schon nach wenigen Tagen Schmerzen am ganzen Körper.

Ich hebe den Kopf und wische die Tränen von meinen Wangen. Balthazar sieht mich erwartungsvoll an, was meine Wut erneut aufflammen lässt.

Allerdings nicht genug, um die Antwort zu ändern, die ich ihm geben werde.

Ich erwidere seinen Blick. „Gut. Ich bin dabei. Was sollen wir für dich stehlen?"

SECHZEHN

Riva

Die ratternde Fahrt über die Gleise erschüttert meine Nerven und weckt Erinnerungen, mit denen ich mich lieber nicht auseinandersetzen möchte. Vor meinem geistigen Auge rollt nachts ein anderer Zug auf mich zu.

Ich bin mir nicht sicher, ob das Echo dieser alten Hoffnungslosigkeit das Schlimmste an der Erinnerung ist. Weitere Fragmente von den ersten Tagen unserer Flucht kommen an die Oberfläche. Die Zeit, bevor meine Jungs anfingen, mir wieder zu vertrauen, als jedes meiner Worte und jede meiner Handlungen mit misstrauischen Blicken oder feindseligen Bemerkungen bekundet wurde.

Wir befinden uns wieder in einem Güterwaggon. Genau wie damals kauern wir in der Dunkelheit zwischen Kistenstapeln. Gegenüber von mir, kaum sichtbar in dem schwachen Licht, das durch die teilweise geöffnete Tür fällt, sind Jacobs Lippen zu einer dünnen Linie zusammengepresst.

Denkt er auch an diese vergangenen Fahrten?

Neben mir hockt Andreas. Er nimmt meine Hand und fährt mit den Fingern leicht über meine Knöchel.

Diese liebevolle Geste versetzt mir einen Stich ins Herz. Seit Balthazar uns sein Angebot unterbreitet hat, toben alle möglichen Emotionen in mir. Es gibt so viel, was ich sagen muss, doch ich fürchte, wenn ich damit anfange, wird alles zu schnell und zu unbeholfen heraussprudeln.

Griffin beobachtet uns. Er lehnt mit dem Rücken an einer Kiste neben der Tür und obwohl er den Strudel der Emotionen spüren muss, der in mir tost, sagt er nichts dazu.

So etwas tut er nicht. Er hat mir immer den Freiraum gelassen, zu entscheiden, wie viel ich wann sagen will.

Zian geht von einem Ende des Waggons zum anderen, während der Boden unter seiner massigen Gestalt knarrt. „Sollen wir näher ran und uns einen Überblick verschaffen? Wir wissen nicht einmal genau, womit wir es zu tun haben."

Jacob hebt den Kopf. „Balthazar schien sich ziemlich sicher zu sein, dass der Sicherheitswagen gut bewacht wird. Ich glaube nicht, dass wir es riskieren sollten, uns ihm zu nähern, bevor es Zeit ist, zu handeln."

Andreas beugt sich vor und blickt durch den Spalt auf die Landschaft, die draußen vorbeizieht. Wir fahren an einer Reihe von Lagerhäusern vorbei, deren Sicherheitslampen einen schwachen gelben Schein auf die Gleise werfen.

„Ein Stückchen hinter dieser Stadt sollten wir an diesem kleineren Ort vorbeikommen", sagt er. „Ungefähr eine halbe Stunde danach sind wir in der idealen Position, um den Wagen zu erreichen, mit dem wir zurückfahren."

Ich richte meine ganze Aufmerksamkeit auf die Aufgabe, die vor uns liegt. „Eine halbe Stunde klingt nach einer guten

Zeitspanne, um die Lage zu checken und dann zu handeln. Sobald wir angreifen, müssen wir schnell sein."

Jake nickt. „Nach der Stadt legen wir los. Der Sicherheitswagen ist nur ein paar Waggons weiter. Wir können schnell dort sein."

Solange wir nicht vorher entdeckt werden oder auf Schutzvorkehrungen stoßen, auf die wir nicht vorbereitet sind.

Balthazar war sich nicht sicher, ob wir die Mission alle lebend überstehen würden.

Die letzten Gebäude am Stadtrand weichen offenen Feldern. Es ist nur noch eine Frage von Minuten, bis wir die Ortschaft erreichen.

Wenn ich etwas sagen will, muss ich es bald tun.

Ich schließe die Augen und wühle mich durch das Chaos in meinem Inneren zu dem einen Gefühl, das mir in den letzten Tagen Kraft gegeben hat. Die Liebe, die in mir anschwillt und die Angst und Wut überwältigt, wenn ich mir vorstelle, wie Dominic die Augen öffnet und sein ruhiges Lächeln seine Lippen umspielt.

Wir werden es zurück zu ihm schaffen. Und zwar wir alle. Wir werden Balthazar bringen, was er will, und dafür sorgen, dass unser Freund wieder aufwacht.

Meine Jungs müssen das auch glauben.

Ich schaue mich noch einmal im Waggon um und sammle mich. Obwohl ich nicht glaube, dass ich mich gerührt habe, hört Zian auf, hin und her zu laufen, als hätte er gespürt, dass etwas kommt.

Eigentlich wollte ich eine wohlüberlegte Rede halten, doch als sich meine Lippen öffnen, ist das Erste, was aus mir heraussprudelt: „Entschuldigung."

Drey nimmt meine Hand, und Griffin hebt überrascht den Kopf.

Jacob runzelt die Stirn. „Entschuldigung? Wofür zum Teufel willst du dich entschuldigen?"

Mein Kopf sinkt ein wenig nach unten, aber ich halte die Schultern gerade. „Ich weiß, dass ich ein wenig neben der Spur war, seit Balthazar uns gefangen genommen hat. Es fiel mir schwer, zu glauben, dass wir jemals wieder glücklich werden könnten, und ich habe angefangen, mich zu verschließen. Ich habe mich selbst dafür gehasst, dabei wollte ich nur …"

Ich weiß nicht, wie ich fortfahren soll. Doch wie sich herausstellt, muss ich das gar nicht.

Andreas schlingt seine Arme um mich. Jacob stößt sich von den Kisten ab, kniet sich neben mich und legt eine Hand auf meine Wange.

Als ich Jakes Blick erwidere, schimmert eine unbändige Leidenschaft in seinen Augen. „Ist schon gut, Wildkatze. Ich habe dir doch gesagt, dass du nicht immer stark sein musst. Keiner von uns erwartet, dass du den ganzen Mist hinnimmst, ohne dabei je ins Schwanken zu geraten."

Meine Kehle ist wie zugeschnürt. „Aber ich war nicht vorsichtig genug. Ich bin Risiken eingegangen, die ich nicht hätte eingehen sollen, weil mir alles egal war. Was, wenn Balthazar Dominic deswegen *getötet* hätte?"

„Das hat er nicht", antwortet Griffin leise. „Und wer weiß, ob er uns diesen Deal angeboten hätte, wenn er nicht gemerkt hätte, dass du seine Befehle nicht jedes Mal perfekt befolgst."

Zian stößt ein angestrengtes Grunzen aus und macht ein paar Schritte auf mich zu, bevor er mit angespannter Miene hinter Jacob stehen bleibt. „Ich weiß auch nicht, wie wir unsere Situation verbessern könnten, Riva. Aber wir sind immer noch zusammen. Wir stehen zu dir, egal was passiert."

Andreas umarmt mich und drückt mir einen kurzen Kuss

auf die Wange. „Immer. Auch wenn es schwer ist. Auch wenn du stolperst."

Ihre Zuneigung hüllt mich genauso ein wie Dreys Umarmung und verdrängt all die unangenehmen Emotionen, die noch in meiner Brust brodeln. Mein nächster Atemzug fällt mir ein wenig leichter.

Ich lege meine Hand um Andreas' Unterarm, während ich mit der anderen nach Jacobs Arm greife. Dann wandert mein Blick von ihnen zu den beiden Jungs, die neben mir stehen. „Wir müssen diesen Auftrag zu Ende bringen, holen, was er will, und es zu ihm zurückbringen. Für uns. Und für Dominic."

„Wir werden es schaffen", sagt Andreas entschlossen. „Denn wir sind zusammen. Keiner hat es je geschafft, uns lange aufzuhalten."

Damit meint er nicht nur die Wachen, die sich uns bei dieser Mission in den Weg stellen werden, sondern auch Balthazar. Uns ist klar, dass wir unsere Hoffnungen auf eine Rebellion nicht offen aussprechen können. Ich atme tief ein und sauge die Wärme der Liebe meiner Männer in mich auf.

Zian ringt sich ein kleines Lächeln ab. „Wir haben schon mal einen Laptop gestohlen. Diesmal geht es nur um eine Festplatte. Wir haben Übung."

Ich stoße ein Lachen aus. „Der Laptop war nicht von einer Unmenge von Schlössern und lebenden Wachen geschützt, die wir nicht umbringen sollten."

Jacob zuckt mit den Schultern. „Es gibt viele Möglichkeiten, Menschen außer Gefecht zu setzen, ohne sie zu töten. Balthazar hat nie gesagt, dass sie *unversehrt* bleiben müssen."

Meine Mundwinkel zucken. Das stimmt. Unser Entführer hat uns sogar die Erlaubnis gegeben, „kreativ" zu werden.

Ich bin mir nicht sicher, warum Balthazar nicht will, dass

wir die Wachen töten, aber ich kann nicht sagen, dass es mich stört. Wir haben keine Ahnung, ob sie etwas Schlimmeres getan haben, als sich einem Mann in den Weg zu stellen, der eindeutig ein sadistischer Psychopath ist.

Es ist offensichtlich, dass wir im Moment nicht auf der Seite der Gerechtigkeit stehen.

„Wir sollten sie trotzdem nicht allzu schlimm verletzen", betone ich.

Griffin nickt. „Nicht mehr als nötig, um den Job zu erledigen. Ich werde sie so gut wie möglich in Schach halten."

„Ich weiß." Ich lehne mich einen kurzen Moment an Andreas' Brust, bevor ich aufstehe und zur Tür gehe.

Hohes Gras wiegt sich auf den Feldern jenseits der Gleise. Wenn ich meinen Hals recke, kann ich die Lichter der Zivilisation vor mir erkennen.

Ich drehe mich wieder zu den Jungs um. „Die Stadt ist in Sicht. Es ist gleich so weit."

Ich schiebe die Tür fast komplett zu, damit wir nicht zu sehen sind. Die Jungs versammeln sich um mich, und wir alle spähen durch den schmalen Spalt, während der Zug an mehreren Industriegebäuden, Wohnkomplexen, Häusern und Fabriken vorbeifährt.

Nachdem wir die letzten Gebäude hinter uns gelassen haben und nur noch Wald vor dem Fenster zu sehen ist, beginnt mein Herz schneller zu schlagen. Ich konzentriere mich auf diesen Rhythmus und auf die Liebe, die mir Kraft gibt.

„Los geht's."

Wir ziehen uns dünne Masken über. Sogar Andreas, falls er vor den Augen unserer Gegner sichtbar werden muss.

Wir haben den Sicherheitswagen in der Reihe der Güterwaggons identifiziert, bevor wir in den Zug gestiegen sind. Als wir einer nach dem anderen im Schutz der Nacht hinaus auf das Dach unseres Waggons klettern, kann ich die dunklere, flachere gepanzerte Oberfläche drei Wagen weiter vorn erkennen.

Wir wissen allerdings nicht, wie viel Personal im Inneren und darum herum stationiert ist. Oder welche Vorkehrungen die Besitzer der offenbar unglaublich wertvollen Festplatte noch getroffen haben, um sicherzustellen, dass sie nicht gestohlen wird.

Neugierde steigt in mir auf. Warum will Balthazar diese Festplatte unbedingt haben? Doch ich kann den Auftrag und Dominics Genesung nicht durch die Suche nach Antworten gefährden.

Wir schleichen uns auf dem Dach des Waggons entlang und springen von unserem auf den nächsten. Für Zian und mich ist das kein Problem. Zee streckt seine Arme aus, um sicherzustellen, dass niemand das Gleichgewicht verliert.

Wir wiederholen den Vorgang beim nächsten Waggon. Griffin legt den Kopf schief, und sein Blick schweift in die Ferne, während er sich auf die Menschen in der Nähe konzentriert.

„Sie sind alle in einer ähnlichen Stimmung", sagt er nach einem Moment. „Ein wenig gelangweilt, aber trotzdem wachsam und entschlossen, ihren Auftrag zu erfüllen. Es ist schwer, sie zu unterscheiden. Ich glaube, es sind sechs. Leider kann ich nicht genau sagen, wo sie sich befinden."

Jacob klopft seinem Bruder auf die Schulter. „Das ist genug. Zian, du kannst später mehr herausfinden."

Zee geht in die Hocke und kriecht auf allen vieren auf den Sicherheitswagen zu. Er bleibt geduckt, sodass seine Gestalt mit dem Dach verschmilzt, und mustert die Rückwand mit zusammengekniffenen Augen.

Da es weder eine Tür noch ein Fenster gibt, nutzt Zian seine Kraft, um hindurchzusehen. Er verzieht konzentriert das Gesicht und krabbelt dann zu uns zurück.

„Es gibt auch Innenwände", sagt er. „Es war schwer, durch alle durchzuschauen. Es sieht so aus, als gäbe es einen äußeren Bereich und dann einen kleineren Raum im Inneren des Wagens, der ebenfalls gesichert ist. Vier Männer im Außenbereich: zwei direkt an der Tür und die anderen beiden etwas weiter seitlich. Zwei weitere in dem kleineren Raum."

Ich verziehe das Gesicht. „Bewaffnet?"

Er nickt. „Sie haben halbautomatische Gewehre. Wir sollten auf keinen Fall ins Schussfeuer geraten."

Nicht ohne Dominics Heilkräfte.

Andreas blickt mich an. „Du kannst sie mit einem Schrei einfrieren, ohne sie zu sehen, oder? Falls wir alle im Waggon lähmen wollen."

„Ich denke schon." Ich reibe mir nervös den Mund. „Ich habe es noch nie versucht. Und ich weiß nicht, was passiert, wenn auch einer von euch da drin ist."

Jacob knackt mit den Fingerknöcheln. „Wir werden es wohl herausfinden müssen. Du frierst sie ein, Zee und ich brechen die Außentür auf, und dann übernehmen wir."

Ich unterdrücke einen Schauer. „Ich komme mit. Falls ich meine Kraft anpassen muss, würde ich unsere Ziele lieber im Blick haben."

„Ich auch", fügt Andreas mit einem schiefen Grinsen hinzu. „Es kann nie schaden, einen unsichtbaren Verbündeten auf seiner Seite zu haben. Ich wünschte, ich könnte diese Fähigkeit an euch weitergeben."

Vor dem Antritt unserer Mission haben wir darüber gesprochen, ob Dreys Kraft, Objekte unsichtbar zu machen, sich auch auf Menschen anwenden lässt. Allerdings bleiben die Gegenstände nur so lange unsichtbar, wie er sie berührt, und wir können unsere Manövrierfähigkeit nicht so stark einschränken.

Außerdem würden uns die Wachen so oder so bemerken,

wenn wir durch die Tür kommen, egal, was sie von unseren Körpern sehen können.

Es liegt an mir, den Weg freizumachen. Ich krieche zum vorderen Ende des Daches, wie Zian vorhin, und umklammere die Kante.

In der kastenförmigen Form direkt vor mir befinden sich sechs menschliche Gestalten. Sie alle muss ich mit meinem Schrei festnageln.

Ich fixiere den dunklen Umriss des Waggons und lasse einen Hauch meines Zorns durch die sanfteren Emotionen schwappen, die mich geerdet haben. Meine Lippen öffnen sich automatisch.

Der fast lautlose Schrei steigt in meiner Kehle auf und durchdringt die Luft und die Stahlwände des Sicherheitswagens.

Meine geschärften Sinne nehmen erst drei, dann fünf und schließlich sechs Körper wahr, an denen sich meine Kraft festhält. Ein Anflug von Schmerz durchzuckt mich, bevor ich meine Selbstbeherrschung wiedererlange.

Ich habe einen von ihnen verletzt. Sein Schienbein ist gebrochen, und Schuldgefühle steigen in mir auf. Ich erinnere mich daran, dass es schlimmer hätte sein können.

Da ich nicht mit den Jungs reden kann, während ich meinen Todesschrei ausstoße, neige ich den Kopf, um sie wissen zu lassen, dass es erledigt ist. Sie gehen alle an mir vorbei, bis auf Griffin, der sich neben mich hockt.

Der nächste Teil erschien uns bei der Besprechung unseres Vorhabens relativ einfach. Das ist er eigentlich auch, wenn man bedenkt, wie *unkompliziert* der Akt ist, aber es ist definitiv nicht *leicht*.

Jacob, Zian und Andreas, der mittlerweile unsichtbar ist, klettern vorsichtig an der Seite unseres Waggons hinunter. Einer nach dem anderen überwinden sie die große Lücke zum Sicherheitswagen.

Leider gibt es keinen Vorsprung an der Seitenwand, der zu der Tür führt. Und aufgrund der hohen Geschwindigkeit können sie sich nicht kurz auf dem Boden abstützen.

Wie sollen sie überhaupt hineingelangen, solange der Zug fährt?

Als Jacob und Zian ihre Köpfe zusammenstecken und miteinander tuscheln, beginnt meine Kehle zu kribbeln. Der Hunger nagt an mir und verlangt nach mehr Schmerz.

Nein. Noch nicht. Nicht heute.

Ich würde gerne sagen: *Niemals.* Leider glaube ich nicht, dass ich das bösartige Bedürfnis in mir für immer loswerden kann.

Mit seiner Kraft hebt Zian Jacob auf das Dach des Sicherheitswagens. Ganz langsam, um einen Aufprall zu vermeiden, der unsere Anwesenheit verraten könnte. Anschließend wiederholt er die Prozedur mit Andreas' unsichtbarer Gestalt, bevor er sich unter Einsatz seiner übernatürlichen Kraft zu ihnen gesellt.

Sie kriechen bis zur Kante, von der aus sie die Tür im Blick haben. Zee legt sich auf den Bauch und schafft es, sich weit genug nach unten zu beugen, um die Klinke zu ergreifen.

Ich hoffe, dass Andreas seine Beine festhält, damit er nicht abrutscht. Wir könnten hier sterben, mit zerschmetterten Schädeln auf dem Boden, der unter uns vorbei peitscht. Dazu müssten wir noch nicht einmal eine Kugel abbekommen.

Jacob macht eine flüchtige Geste und blickt auf die Tür hinunter. Das Metall beginnt zu ächzen.

Er rüttelt mit seinen telekinetischen Kräften daran, während Zian dasselbe mit seinen Wolfskräften tut. Ich verstärke meinen Schrei noch ein wenig und erschaudere bei dem Gedanken an die Waffen.

Doch mein Schrei hält an. Jake ist stärker geworden, seit er einen ganzen Berg erschüttert hat.

Ich weiß nicht, ob er das Schloss knackt oder einfach aufbricht, aber die stählerne Bramme der Tür bricht. Als wäre sie aus Pappe, bildet sich seitlich eine Delle.

Zian weicht ein paar Zentimeter zurück, um das Gleichgewicht nicht zu verlieren, und ergreift Jacobs Hände. Dann stößt er Jake ohne Umschweife durch die Öffnung hinein.

Griffin legt sanft eine Hand auf meinen Rücken. Ich hätte fast vergessen, dass er da ist.

„Ich sorge dafür, dass sie möglichst ruhig bleiben", flüstert er, gerade laut genug, dass ich ihn über das Rattern des Zuges hinweg hören kann. „Gehst du auch rüber?"

Das war der Plan. Bei dem Gedanken, meinen Schrei während des Sprungs aufrechtzuerhalten, durchfährt mich ein plötzlicher Anflug von Panik.

Allerdings habe ich den Jungs versprochen, dass ich bei ihnen sein würde. Und das muss ich wohl auch, wenn sie diese Mission überleben wollen.

Ich riskiere einen flachen Atemzug, wobei mein Schrei nur leicht schwankt. Dann springe ich auf den Nachbarwaggon.

Zian ist Jacob bereits nach drinnen gefolgt. Ich nehme an, dass auch Andreas bei ihnen ist.

Ich halte mich an der Türöffnung fest und schwinge mich hastig nach unten.

Mit einem flauen Gefühl im Magen lande ich auf den Füßen, wobei mein Schrei für den Bruchteil einer Sekunde zu hören ist. Eine der Wachen zuckt mit der Waffe in Jacobs Richtung.

Verdammt. Ich zügle meine Stimme und gebe den Jungs, die ich sehe, hastig ein Zeichen. Zian streckt die Hand nach dem Griff der Innentür aus, während Jacob sich anspannt, um seine Kräfte zu mobilisieren.

In diesem Moment holpert der Waggon über einen kaputten Gleisabschnitt.

Der Boden wackelt unter meinen Füßen, und ich lande auf dem Hintern. Mein Schrei verstummt.

Als ich nach Luft schnappe, reißt mich einer der Wachmänner zu Boden.

Er knallt meinen Kopf mit dem Gesicht voran auf den Boden, sodass mein Mund gegen die Metalloberfläche gepresst wird.

So kann ich nicht mehr schreien, selbst wenn ich es wollte.

Zumindest nicht auf die übliche Weise.

Panik erfüllt meine Gedanken, gefolgt von einem allumfassenden Trotz. In meinem Hinterkopf steigen Bilder von Dominic in seinem Krankenhausbett auf.

Dominic, der mich geheilt hat, obwohl er dachte, er müsste mich hassen. Der erste Junge, der mich geküsst und mir gezeigt hat, dass ich geliebt werden kann, ohne dass alles, was mir wichtig ist, zusammenbricht.

Ich werde ihn nicht verlieren. Ich werde *keinen* von ihnen verlieren.

In meinem Schädel bricht ein Feuer aus. Es fühlt sich an, als würde mein Gehirn selbst schreien. Als würden sich Hunger, Wut und Verzweiflung zu einem stummen Heulen der Rache vereinen.

Der Mann, der mich festhält, bricht mit einem schmerzhaften Grunzen zusammen. Ich schmecke das Brechen von zwei Rippen und das Durchstoßen der Milz, bevor mich die Erkenntnis einholt, dass ich das hier gerade tue.

Ich schreie, ohne auch nur den Mund zu öffnen.

Dann drehe ich mich ruckartig um. Ich presse die Lippen

fest zusammen, während mein mentaler Schrei die anderen vier Wachen auf dieser Seite der Tür trifft.

Einer von ihnen hält seine Waffe unter Zians Kinn. Ich breche ihm die Hand.

Die anderen beiden haben sich auf Jacob gestürzt. Als ich dem einen das Becken breche, sodass er zu Boden fällt, dreht Jake seine Hand, und die Knie des anderen Mannes geben unter ihm nach.

Es war kein tödlicher Angriff. Wir haben unsere Befehle nicht missachtet.

Zwei der Gewehre fliegen durch die Tür in die Nacht hinaus. Dadurch stellt Andreas sicher, dass die Wachen sie nicht erneut gegen uns richten können.

Ich will nach einem weiteren Gewehr greifen, zögere aber, weil ich nicht sicher bin, wie leicht ich unsere Gegner mit dieser neuen Dimension meiner Macht in Schach halten kann.

Jacob und Zian kicken die anderen Waffen aus dem Zug. Zee hält inne und starrt auf mich herab. „Riva?"

Ich muss auch die Männer in dem kleineren Raum kontrollieren. Ich schließe die Augen und lenke meinen mentalen Schrei auf den Bereich hinter der Wand.

Die Wachen erstarren unter dem Einfluss meiner Macht, und Schmerz durchflutet mich allein durch ihre Verwirrung und Angst.

Ich deute in die Richtung der Tür und die Jungs machen sich auf den Weg.

Jacob und Zian öffnen die ächzende Tür Zentimeter für Zentimeter. Anschließend packt jeder von ihnen eine der Wachen im Inneren und verpasst ihnen einen kräftigen Schlag auf die richtigen Stellen, sodass sie das Bewusstsein verlieren.

Das ist auch gut so, denn durch die Anstrengung, die

mich der telepathische Schrei kostet, beginnt mein Kopf zu schmerzen.

„Scheiße!", schnauzt Jacob von drinnen. „Hier sind zu viele verdammte Safes. In welchem ist die Festplatte?"

Ich nehme an, dass Zee sie mit seinem Röntgenblick scannt. „Hier", ruft er. „Aber die Tür ist zu klein und dick."

Er zögert, und ich kann nicht anders, als aufzublicken, während ich die verbleibenden verletzten Männer mit meiner Kraft festhalte.

Zian blinzelt. Dann funkeln seine Augen, und ein glühender Riss entsteht in einer der Platten, die in die Innenwand eingelassen sind.

Auch die Kräfte unseres Wolfsmannes sind stärker geworden. Nachdem Jacob ein grobes Rechteck in das Metall geschnitten hat, reißt er es mit seinen telekinetischen Fähigkeiten heraus.

Andreas taucht wieder auf. „Kommt schon. Wir sind gerade an dem Ortsschild vorbeigekommen. Lasst uns verschwinden!"

Zian drückt die glatte Metallbox mit der Festplatte an seine Brust und legt schützend seine Arme darum.

Jacob dreht sich in der Tür um und blickt zu dem Waggon hinter uns. „Griffin! Wir gehen!"

Zian erstarrt für einen Moment und legt dann ebenfalls einen Arm um mich. Er drückt mich genauso vorsichtig an sich wie unsere Beute, dann springt er in das Gebüsch am Schienenrand.

Er landet mit der Schulter voran in den Sträuchern und federt meinen Aufprall mit seinem muskulösen Körper ab. Als ich mich aufrapple, ertönen drei weitere Schläge in schneller Folge.

Der stumme Schrei verschwindet aus meinem Geist, als der Zug die Wachen von uns wegbringt.

Ich räuspere mich, damit ich sprechen kann. „Geht es allen gut?"

Jacob murmelt einen Fluch. „Ich glaube, Griffin hat sich den Knöchel verstaucht."

„Mir geht's gut", antwortet sein Bruder. „Das Schlimmste ist vorbei, oder?"

Ja. Wir müssen nur zum vereinbarten Treffpunkt, Balthazar die Festplatte übergeben und …

Und welche Garantie haben wir, dass er seinen Teil der Abmachung einhalten wird? Wir haben uns auf ein Geschäft mit einem Verrückten eingelassen.

Als sich die anderen Jungs um uns versammeln und ich sehe, dass Griffin humpelt, rutscht mir das Herz in die Hose. Mein Blick bleibt an dem glänzenden Gegenstand in Zians Armen hängen.

Balthazar will ihn. So sehr, dass er seinen Trumpf ausgespielt hat, damit wir ihm das Ding besorgen.

Warum sollten wir die Festplatte nicht als *unseren* Trumpf benutzen?

Ich befeuchte meine Lippen, und eine seltsame Mischung aus Hoffnung und Beklemmung kribbelt in meinen Adern. „Bevor wir zurückgehen … Ich habe eine Idee."

SIEBZEHN

Riva

Ich rechne mit einer unangenehmen Begrüßung, als wir in der Villa ankommen. Bestimmt ahnt Balthazar, dass er die Festplatte nicht so leicht bekommen wird, wie er gehofft hat.

Doch niemand steht bereit, um uns einzuschüchtern. Als die Zugbrücke am höchsten Punkt ihres hochgezogenen Zustandes zum Stillstand kommt, ist es gespenstisch still im Hof.

Irgendwie ist das schlimmer, als wenn uns eine Brigade von Schlägern entgegenmarschiert wäre. Als würde unser Wärter entspannt darauf warten, dass wir zu ihm kommen.

Als wäre nichts, was wir getan haben, wirklich von Bedeutung.

Auf dem Weg zur Villa nimmt Jacob meine eine Hand und Griffin die andere, während Andreas mir einen beruhigenden Blick zuwirft und Zian ein Knurren ausstößt.

Was auch immer uns erwartet, wir werden es gemeinsam durchstehen. Wir haben es alle in einem Stück zurückgeschafft, das ist das Wichtigste.

Auf dem Flug und der Fahrt zur Villa habe ich nur gedöst. Meine erschöpften Beine würden mich am liebsten direkt in mein Schlafzimmer tragen und sich auf dem Bett ausstrecken.

Aber ich werde keine Ruhe finden, bevor Dominic wieder bei uns ist. Und das bedeutet, den Mann zu konfrontieren, der ihn in seinem eigenen Körper gefangen hält.

Wir schreiten gemeinsam durch die von der Morgendämmerung erhellten Flure, und ein mulmiges Gefühl macht sich in meinem Bauch breit, während wir an den zarten Fresken der Wände vorbeigehen. So wunderschön dieses Anwesen auch ist, für uns ist es mit jedem Tag schrecklicher geworden.

Balthazar weiß, dass wir hier sind. Als wir den Salon betreten, ist der Bildschirm bereits hochgefahren, aber noch dunkel.

Die Maschine an Dominics Bett piept immer schriller und schneller. Sieht seine Haut noch blasser aus als zuvor?

Ich will ihn eine Weile beobachten, um zu zählen, wie viel Zeit zwischen seinen Atemzügen vergeht, doch in diesem Moment erscheint unser Entführer auf dem Bildschirm.

Balthazar sieht uns an. Seine Ähnlichkeit mit einem Löwen ist heute noch auffallender als sonst. Ein paar Locken seines ergrauten, gelbbraunen Haares verdecken seine durchdringenden Augen. „Sieht so aus, als hättet ihr eure Mission nicht erfüllt.“

Mein Rückgrat versteift sich. Ich funkle ihn an. „Wir haben nicht versagt. Wir haben die Festplatte, die du wolltest.“

„Wo ist sie?“

Die Zwillinge drücken meine Hände. Jacob ergreift das Wort, bevor ich es tun kann, obwohl dieser Schachzug meine Idee war. „Du bekommst sie erst, wenn Dominic wach ist. Wie sollen wir sonst glauben, dass du dich auch wirklich an die Abmachung hältst?"

Balthazar stößt ein leises Schnauben aus. „Wenn ihr das Ding irgendwo gelassen habt, wo es beschädigt werden kann, ist es den Schweiß auf eurer Haut nicht wert."

Ich widerstehe dem Drang, meine Zähne zusammenzubeißen. „Sie ist in Sicherheit. Und zwar an einem Ort, wo du sie niemals finden würdest. Es war ein langer Weg zwischen den Gleisen und dem Wagen, mit dem wir zurückgefahren sind."

Ein leichtes Grinsen umspielt Andreas' Lippen. „Und so etwas Kleines ist sehr leicht zu verstecken, wenn man einen ganzen Wald zur Verfügung hat."

Ein Knurren schwingt in Balthazars sonst so ruhiger Stimme mit. „Sie nützt mir auch nichts, wenn ihr sie nicht wiederfinden könnt."

„Darüber musst du dir keine Sorgen machen", beharrt Zian. „Wir sind nicht dumm."

„Ich wüsste nicht, wieso ich *euch* einen Vertrauensvorschuss geben sollte."

Ich winde meine Hände aus dem Griff der Jungs und gehe entschlossen auf den Bildschirm zu. „Warum gibst du uns nicht einfach, was du uns versprochen hast? Wenn wir deinen Leuten nicht sagen können, wo du die Festplatte finden kannst, dann kannst du Dom auch wieder ins Koma versetzen – oder Schlimmeres. Meinst du, nach allem, was du bereits getan hast, ist *uns* das nicht klar? Wir werden es auf keinen Fall riskieren, ihn zu verlieren, gleich nachdem wir ihn zurückbekommen haben!"

Balthazar mustert mich mit einem unleserlichen Ausdruck, der mir einen Schauer über den Rücken jagt. „Ich könnte einfach damit beginnen, eure verbleibenden Gefährten zu eliminieren, bis ihr mit den Informationen herausrückt."

Trotz meines rasenden Pulses bleibe ich ruhig und funkle ihn böse an. „Ach ja? Wenn du das tust, dann wissen wir, dass du niemals dein Wort halten wirst. Es hat keinen Sinn, dass wir dir irgendetwas geben, wenn wir sowieso bald alle als Wurmfutter enden werden."

Vor ein paar Tagen hätte ich diese Worte noch ernst gemeint. Jetzt, wo das Versprechen von Dominics Wiederherstellung über mir schwebt und die Wärme der Zuneigung den schlimmsten Teil meiner hoffnungslosen Wut besänftigt, versetzt mir der Gedanke aufzugeben, einen Stich ins Herz.

Was ich gesagt habe, ist trotzdem wahr. Ich will leben und lieben, wie ich kann.

Wenn dieser Mann mir das *unmöglich* macht, dann wäre es besser, nach unseren eigenen Bedingungen zu sterben.

Sosehr meine Haut unter seinem aufmerksamen Blick kribbelt, ich wende meine Augen nicht von unserem Entführer ab. Einen Moment später zucken seine Mundwinkel. Ist das etwa der Anflug eines *Lächelns*?

Es verschwindet so schnell, dass ich nicht sicher bin, ob ich es mir nur eingebildet habe. Er greift nach etwas auf seinem Schreibtisch, das ich nicht sehen kann. „Du bist schon eine Nummer, Riva. Mal sehen, ob es eine Möglichkeit gibt, wie beide Seiten zufriedengestellt werden können und niemand enttäuscht wird."

Meine Laune hebt sich. Meint er wirklich …?

Ich glaube es erst, als zwei Gestalten ins Zimmer eilen. Eine mollige Frau und ihr dürrer Assistent schreiten direkt an uns vorbei zu Dominics Bett. Sie würdigen uns keines Blickes.

Als die Frau die Abdeckung über Dominics schlaffem

Körper öffnet, macht Zian eine Bewegung, als wolle er hinstürmen. Ich greife nach seinem Arm, bevor ich ihn schnell wieder loslasse.

Als er mich anschaut, schüttle ich den Kopf. Wir können es nicht riskieren, sie zu stören.

Sie *sollen* sich voll und ganz auf Dom konzentrieren.

Nachdem sie die Abdeckung geöffnet hat, dreht die Frau an ein paar Reglern an den Maschinen, während ihr Assistent Spritzen vorbereitet. Mein Magen verkrampft sich beim Anblick der Nadeln, doch ich unterdrücke meinen Abwehrmechanismus.

Unsere Abmachung steht. Jetzt müssen wir ihm die Chance geben, sie einzuhalten.

Die Frau nimmt eine Spritze, injiziert sie in Dominics Hals und beobachtet eine endlose Minute lang die Anzeige der Geräte, bevor sie ihre Hand nach der zweiten Nadel ausstreckt. Diese setzt sie an seinem Handgelenk an.

Die Maschine piept jetzt wieder in ihrem normalen Rhythmus. Behutsam entfernt die Frau die Schläuche und Drähte an Dominics Körper, bevor sie die Maschinen komplett abschaltet.

Sie wirft uns einen kurzen Blick zu. „Gebt ihm noch ein paar Minuten."

Dann verschwinden die beiden so schnell aus dem Zimmer, dass ich beinahe denken könnte, sie wären nie da gewesen.

Zu fünft treten wir an Dominics Bett heran. Sein Atem scheint jetzt regelmäßig zu sein.

Doch seine Augen sind weiterhin geschlossen, und seine Miene ist unverändert.

Was, wenn es nicht klappt? Was, wenn Balthazar sich verkalkuliert hat und Dom nicht mehr aus dem Koma erweckt werden kann?

Noch während Angst in mir aufsteigt, zucken Dominics

Wimpern. Ich schnappe nach Luft, als sich seine Augenlider heben.

Er blinzelt ein paar Mal und starrt an die Decke. Dann durchfährt ein Zucken seinen Körper. Womöglich durch eine Erinnerung, die in seinem Kopf aufblitzt.

Als ich mich nicht länger zurückhalten kann, stürze ich nach vorne, lege sanft eine Hand auf seinen Arm und beuge mich über ihn.

Dom blickt zu mir auf. Seine Lippen öffnen sich, und für einen kurzen Moment glaube ich, dass er verwirrt die Stirn runzeln wird.

„Riva?", krächzt er.

Ein breites Lächeln umspielt meine Lippen, und ich beuge mich nach unten, um ihn zu umarmen, genauso vorsichtig wie bei meiner ersten Berührung. „Wie geht es dir? Du warst eine ganze Weile weggetreten."

Er hustet und spannt seine Muskeln an. In der nächsten Sekunde ist Zian an seiner anderen Seite und schiebt eine starke Hand unter Doms Schultern, um ihm beim Aufsetzen zu helfen.

Auch die anderen Jungs drängen sich um das Krankenhausbett, während Dominic sich in eine sitzende Position bringt. Er schlingt einen zittrigen Arm um mich und schenkt mir ein ebenso wackeliges Lächeln.

„Keine Sorge, Süße", murmelt er mit leiser, heiserer Stimme. „Es gibt nicht viel, was mich und meine Tentakel umhauen könnte."

Ich unterdrücke ein verblüfftes Lachen, als er einen der besagten Tentakel um meine Taille schlingt. Dann wandert sein Blick von mir zu den anderen Jungs und in den Raum hinter uns.

Stirnrunzelnd mustert er unsere Umgebung, bevor er sich wieder uns zuwendet. „Wo zum Teufel sind wir denn jetzt gelandet?"

In dem Lachen, das ich auf seine Frage hin ausstoße, schwingt keine Belustigung mit. „Das ist eine lange Geschichte. Und keine besonders gute. Ich bin nur froh, dass du wieder bei uns bist."

Froh ist die Untertreibung des Jahres. Die unbändige Freude, die mich bei seiner Umarmung und seinen Worten erhellt, könnte eine ganze Stadt mit Strom versorgen.

„Komm, wir heben dich hoch", sagt Jacob etwas unwirsch und streckt seinen Arm aus. „Ich weiß nicht, wie gut diese Arschlöcher dich tatsächlich geheilt haben. Wenn du von jemandem Energie ziehen musst …"

Andreas stößt Jacob mit dem Ellbogen in die Rippen. „Du musst nicht auf aufopferungsvoll machen, Jake. Draußen gibt es genug Sträucher und Hecken, die den Zweck erfüllen."

Jacob verzieht das Gesicht, als hätte er sich darauf gefreut, sich zu opfern. Wie ich ihn kenne, hat er das vielleicht auch, aber er widerspricht nicht.

Ich helfe Dominic aus dem Bett. Zian eilt uns schnell zur Hilfe, aber Dom schafft es, mit nur wenig Unterstützung selbst zu gehen.

Er dreht seinen Kopf, während wir den Flur hinunter zu einer der Außentüren gehen. Schließlich stößt er einen schwachen Pfiff aus. „Das ist definitiv unser schickstes Gefängnis."

Er hat schnell erkannt, dass wir hier nicht wirklich frei sind. Vermutlich ist seine Erkenntnis sowohl unserem Verhalten als auch den Metallbändern an seinen Handgelenken geschuldet.

Ich drücke ihm einen Kuss auf die Schulter. „Das kann man wohl sagen. Hier werden wir mit einer anderen Art von Ketten festgehalten."

Zu meiner Überraschung eilt keiner von Balthazars Untergebenen herbei, um nach dem Verbleib der Festplatte zu fragen. Ungehindert treten wir in die kühle Morgenluft hinaus.

Dominic betrachtet die Aussicht auf die Berge um uns herum. „Nun, das ist … schon eine Nummer", murmelt er.

Wir helfen ihm zu einer Steinbank neben ein paar besonders üppigen Sträuchern, die möglicherweise nicht mehr lange so bleiben werden.

Jacob nickt zu einem der Büsche. „Heile alles, was noch nicht ganz in Ordnung ist. Wer weiß, wie viel Schaden der Mistkerl, der uns hier festhält, dir zugefügt hat."

Dom streckt seinen Rücken durch und schlängelt einen seiner Tentakel zu einem Strauch. „Ich fühle mich nicht wirklich schlecht. Nur erschöpft und ein wenig wund."

„Du solltest tun, was du kannst, nur um sicherzugehen", sage ich mit einem Kloß im Hals.

Was ist, wenn Balthazars Ärzte ihn nur genug geheilt haben, dass er okay aussieht, und er morgen wieder zusammenbricht?

Dominics Tentakel windet sich um die dürren Äste des Strauchs. Er schließt die Augen und lässt sich gegen die Rückenlehne der Bank sinken.

Die dünnen, immergrünen Blätter des Strauches werden braun, wo Dominics Tentakel sie berühren. Die Äste daneben verdorren und knicken ab.

Doch als er die Pflanze loslässt, hat er nur einen Fleck hinterlassen. Soweit ich das ohne botanische Fachkenntnisse beurteilen kann, sollte sie mit ein wenig Beschneiden überleben.

Doms Gesichtsfarbe sieht wieder gesünder aus, und seine Augen leuchten heller. Als er uns anlächelt, geht mir das Herz auf.

„Ich glaube, das reicht", verkündet er. „Wie wäre es, wenn ihr mich jetzt herumführt und mich aufklärt?"

Ich hebe einen Arm und deute auf meine Fessel. „Soweit es uns möglich ist."

Dominics Mund verzieht sich. Er hat genug mit uns durchgemacht, um meine Andeutung zu verstehen.

„Lasst uns in die Küche gehen", schlägt Zian vor. „Du hast seit über einer Woche nichts gegessen. Du musst am Verhungern sein!"

Dom gluckst zustimmend und schlendert mit uns zurück zur Villa, ohne dass wir ihn stützen müssen. Ich kann meinen Blick nicht von ihm abwenden, als würde sich seine Genesung rückgängig machen, wenn ich nur eine Sekunde wegschaue.

Wir haben es wirklich geschafft. Wir haben mit Balthazar verhandelt … und bekommen, was wir wollten.

Natürlich muss er jetzt noch bekommen, was er wollte. Kaum sind wir eingetreten, erscheint Toni in dem dunklen Korridor.

„Der Chef ist bereit, eure Anweisungen zu erhalten", verkündet sie schroff.

Andreas tritt vor. „Ich kann meine Erinnerung an die Orientierungspunkte, nach denen ihr suchen müsst, auf denjenigen projizieren, den ihr damit beauftragen wollt. Oder ich kann selbst mitkommen."

Sie stößt ein Grunzen aus, das nicht gerade erfreut klingt, bedeutet ihm aber, ihr zu folgen. Obwohl das immer Teil des Plans war, bricht es mir das Herz, als ich ihn weggehen sehe.

Ich muss darauf vertrauen, dass Drey zu uns zurückkehren wird, so wie Dominic. Ich muss daran glauben, dass wir einen Ausweg aus diesem Schlamassel finden werden, ohne alles in Stücke zu sprengen.

Die Wut, die mich zuvor angetrieben hat, hat nur dazu geführt, dass ich selbst beinahe zerfetzt worden wäre … Hätte ich diesem Impuls nachgegeben, würde Dominic jetzt nicht neben mir stehen.

Wir müssen Balthazar nicht umbringen. Wir brauchen keine Rache für die Morde, die er begangen hat, oder die Qualen, die er uns zugefügt hat, sosehr ich mir das auch wünsche.

Alles, was zählt, ist zu entkommen. Und die jüngeren Schattenblüter zu retten, die auf uns zählen.

Und dann mit den Männern, die ich liebe, in Freiheit zu leben, so wie ich es mir immer erträumt habe.

Wir haben gerade festgestellt, dass wir zumindest einen Teil unseres Fortschritts auf dieser Reise aushandeln können. Es muss einen intelligenten Weg durch dieses Gefängnis geben, der besser funktioniert als die brutale Methode, die ich mir vorgestellt habe, aber nicht umsetzen konnte.

Entschlossen und voller Freude und Liebe, die Dom in mir auslöst, nehme ich seine Hand und gehe weiter.

ACHTZEHN

Dominic

Riva blickt von meinem Teller in mein Gesicht. Ihr Blick ist besorgt und freudig zugleich. „Bist du sicher, dass du genug gegessen hast?"

Ich betrachte das Sandwich, von dem ich etwa ein Viertel gegessen habe, aber mein Magen rebelliert. Auch wenn mich der Besitzer dieser Villa nicht verhungern lassen hat, habe ich seit Wochen keine feste Nahrung mehr zu mir genommen.

Ich schüttle den Kopf und schenke ihr ein hoffentlich beruhigendes Lächeln. „Ich glaube, ich muss mich erst wieder an regelmäßige Mahlzeiten gewöhnen. Mein Magen ist wahrscheinlich geschrumpft, während ich im Koma lag. Ich bin satt."

Auch Zian mustert mich mit offensichtlicher Besorgnis. Er hat sein Mittagessen längst verputzt. „Fühlst du dich noch angeschlagen oder schwach?"

Ich lächle ihn an. „Keineswegs. Ich scheine mich ohne

Probleme selbst geheilt zu haben. Ich muss mich nur wieder daran gewöhnen, wach zu sein.“

Mittlerweile fühle ich mich nicht mehr so unsicher oder wund wie direkt nach dem Aufwachen. Mit meiner Kraft kann ich weder Bakterien in meinem Körper spüren, die es zu vernichten gilt, noch Verletzungen, die geheilt werden müssten.

Allerdings kann ich auch nicht behaupten, dass ich mich schon wieder völlig normal fühle. Ein diffuses Gefühl der Müdigkeit hüllt meine Sinne ein.

Es ist nicht so, dass ich der Stärkste in unserer Gruppe gewesen wäre, nicht einmal zu meinen besten Zeiten.

Als ich aufstehe, schauen mich *alle* meine Freunde an. Angesichts ihrer besorgten Mienen steigen Schuldgefühle in mir auf.

Ich war der Schwächste von uns sechs. Ich war derjenige, den dieser Balthazar für entbehrlich genug hielt, um ihn als Druckmittel gegen die anderen zu benutzen.

Auch wenn sie mir keine Details darüber erzählt haben, was passiert ist, während ich im Koma lag, habe ich das Wesentliche mitbekommen. Selbst bei den kurzen Berichten wurde mir mulmig zumute.

Ich weiß nicht, wie ich mich für das revanchieren soll, was sie aus Angst um mich getan haben. Im Austausch dafür, dass unser neuer Entführer mich aufgeweckt hat.

Ich weiß nicht, wie ich sicherstellen soll, dass er mich nicht wieder in eine bewusstlose Geisel verwandelt.

Riva ist ebenfalls aufgestanden und nimmt sich meinen Teller, um ihn in die Küche zu tragen, als wollte sie mir nicht einmal diese kleine Aufgabe zumuten. „Hier gibt es nicht viel zu tun, wenn wir uns selbst überlassen sind“, sagt sie, „aber in einem der Wohnzimmer sind ein paar gut gefüllte Bücherregale. Vielleicht ist ja etwas dabei, das dich interessiert.“

Ich senke dankbar den Kopf und will sie gerade fragen, ob sie mir Gesellschaft leistet, als ein Mann mittleren Alters in der Tür zum Speisesaal erscheint. Mit seiner knochigen Statur und dem Spitzbart würde er auch dann bedrohlich wirken, wenn ich ihm am Strand und nicht in einer abgelegenen Bergvilla begegnen würde.

„Dominic", sagt er schroff. „Du warst bisher notgedrungen von unseren Verfahren ausgenommen. Es ist an der Zeit, deine Kräfte zu verbessern."

Mein Körper spannt sich automatisch an und meine Tentakel drücken gegen den Stoff des Shirts, gegen das ich mein Krankenhaushemd eingetauscht habe. Zian hat den Kragen für mich aufgerissen, damit meine Tentakel Bewegungsfreiheit haben.

Die anderen haben mir erzählt, wie sich ihre Kräfte durch die Maßnahmen weiterentwickelt haben. Aus ihren subtilen Andeutungen habe ich den Eindruck gewonnen, dass sie etwas entdeckt haben, was unsere Entführer nicht wissen. Dinge, die sie gern geheim halten möchten, wenn sie können.

Vor den Wärtern in der alten Einrichtung konnten wir unsere wahre Macht verbergen. Es kommt mir vor, als wäre das Jahre her. Doch die Situation unter dem wahnsinnigen Diktator, den sie beschrieben haben, scheint deutlich prekärer zu sein.

Und ich bin mir nicht sicher, ob ich meine Fähigkeiten überhaupt weiterentwickeln *möchte*. Ich kann bereits jede Krankheit und Wunde heilen. Ich habe es geschafft, Riva wieder zusammenzuflicken, nachdem der Zug sie beinahe in den Tod gerissen hätte.

Die andere Seite meiner Fähigkeiten – die berauschende Kraft, die ich absorbieren kann, indem ich anderen Lebewesen mehr Lebensenergie entziehe, als ich zur

Erhaltung meiner Gesundheit brauche – macht mir schon genug Angst.

Als ich zögere, erheben sich meine Freunde. Während sie sich schützend um mich herum aufbauen, verengen sich Matteos kalte Augen.

Ich trete vor, bevor er eine Drohung aussprechen muss. Es ist ja nicht so, dass wir eine Wahl hätten. Und ich will nicht, dass die anderen meinetwegen leiden, genauso wenig wie sie es für mich wollten.

Ich glaube, ich weiß, was mich erwartet. Der kahle, moderne Raum, in den Matteo mich führt, der Stahlstuhl und die Spritze, mit der er den Eingriff beginnt, überraschen mich nicht.

Er lässt mich aufstehen und deutet auf einen Tisch neben dem Stuhl, auf dem eine Reihe nicht allzu furchteinflößender Gegenstände liegen: Ziegelsteine, Steinplatten und geflochtene Schnüre. „Mal sehen, wie weit du mit deiner Kraft kommen kannst.“

In diesem Moment wird mir unbehaglich zumute. Und das Unbehagen wird sogar noch stärker, als er hinter die Trennwand an einem Ende des Raumes geht und einen Schalter betätigt. Ein Käfig mit einem halben Dutzend weißer Kaninchen wird vor meine Füße geschoben.

Matteo fixiert mich durch das Glas. „Eins nach dem anderen. Halte dich genau an meine Anweisungen. Du kannst das erste jetzt töten.“

Ich will das nicht tun. Ein Anflug von Trotz durchzuckt mich.

Doch die Chemikalie, die er mir injiziert hat, hat meinen Widerstand gebrochen, genau wie die anderen es beschrieben haben. Mit einem flauen Gefühl im Magen knie ich vor einem der Käfige nieder und schiebe einen Tentakel durch die Gitterstäbe.

Während der Nachmittag in den Abend übergeht, liege ich auf meinem Bett in dem Zimmer, das Balthazar mir zugewiesen hat, und versuche festzustellen, ob Matteos Medikament nachgelassen hat. Ist die Schwere in meinen Muskeln eine Nachwirkung davon oder einfach nur der Schrecken, der mich belastet?

Von dem Rausch, den meine Kraft ausgelöst hat, ist nichts mehr übrig, so viel ist sicher. Bei dem Gedanken an die Lebenskraft, die ich den hilflosen Tieren entzogen habe, wird mir schlecht.

Ich höre Stimmengemurmel auf dem Flur. Wahrscheinlich machen sich die anderen noch mehr Sorgen um mich, weil ich mich hier verkrochen habe, aber ich bringe es nicht über mich, ihnen gegenüberzutreten. Noch nicht.

In den ersten paar Stunden, seit Matteo mich aus seinen Tests entlassen hat, haben sie meine geschlossene Tür respektiert. Ich fahre mir mit der Hand übers Gesicht, als sie geöffnet wird.

Riva tritt ein und schließt die Tür hinter sich. Dann bleibt sie stehen, als wäre sie nicht sicher, ob ich ihr schreiend befehlen werde, zu gehen.

„Ich wollte nach dir sehen", sagt sie.

Ihre Stimme und ihre Augen sind so angsterfüllt, dass ich sie nicht abweisen kann. Sie hat schon zu lange um mein Wohlergehen gebangt.

Stumm strecke ich meine Hand nach ihr aus. Sie huscht über den gefliesten Boden und legt sich zu mir ins Bett.

Unsere Körper schmiegen sich perfekt aneinander, als wären sie dafür bestimmt. Ich lege mein Kinn auf ihrem Kopf, und wir schlingen die Arme umeinander. Ihre Beine verschlingen sich mit meinen, und ich drücke sie fest an mich und nehme ihre Wärme in mich auf. Auch ohne übernatürliche Kräfte gibt sie mir Kraft.

Riva drückt mir einen sanften Kuss auf das Brustbein, direkt unterhalb des Mals, das uns verbindet. „Willst du darüber reden?"

„Nicht wirklich." Es gibt nicht viel zu sagen. Matteo hat mich ein Kaninchen umbringen lassen, dann zwei, dann drei auf einmal. Zwischen den einzelnen Tötungen befahl er mir, meine körperliche Kraft zu testen.

Nach den letzten Kaninchen habe ich die dickste Steinplatte mit bloßen Händen zerbrochen. Matteo sah zufrieden aus.

Er sagte mir, er sei froh, dass wir eine „Ausgangsbasis" schaffen konnten. Allein bei der Erinnerung an dieses Wort steigt eine neue Welle der Übelkeit in mir auf.

„Wie oft müsst ihr euch diesen Maßnahmen unterziehen?" Ich kann mir die Frage nicht verkneifen.

„Ich glaube, im Durchschnitt alle paar Tage." Riva hält inne. „Aber so wie Matteo geredet hat, holt er dich vielleicht öfter ab, weil er glaubt, dass du im Rückstand bist."

Verdammt. Ich versuche, nicht zusammenzuzucken, doch Riva scheint mein Unbehagen zu bemerken und umarmt mich fester.

Ihre Stimme klingt angestrengt. „Es tut mir leid … Wir wollten dich wieder bei uns haben. Ich habe nicht einmal an die Nachteile gedacht, die es mit sich bringt, wenn du wach bist."

Ein Kloß bildet sich in meiner Kehle, und ich drücke sie genauso fest an mich. „Ist schon okay. Ich mache lieber das hier durch und bin bei den Jungs und dir, als halb tot zu sein und als Druckmittel benutzt zu werden."

„Ich wünschte, es gäbe eine bessere Alternative."

„Du hast in Anbetracht der Situation die bestmögliche Entscheidung getroffen", erkläre ich ehrlich. „Ich verspreche dir, dass ich in keiner Weise darüber verärgert bin, wieder aufgewacht zu sein."

„Okay." Riva kuschelt sich an mich. „Ich habe dich so vermisst. Ihr habt immer gesagt, dass es nicht dasselbe war, als ich weg war … Es war auch nicht dasselbe ohne dich, Dom."

Obwohl ich bezweifle, dass meine Abwesenheit auf unsere Gruppe dieselben Auswirkungen hatte wie ihre, steigen mir die Tränen in die Augen. Ihr Tonfall verrät, wie sehr mein Zustand sie getroffen hat.

Wir bleiben eine Weile so liegen, und unsere Körper entspannen sich allmählich. Rivas Anwesenheit lässt meine schlimmste Angst verschwinden. Stattdessen regen sich andere Triebe unter meiner Haut.

Ihre Brüste bewegen sich mit ihren Atemzügen an meinem Oberkörper. Einer meiner Tentakel liegt auf ihrem Oberschenkel.

Ich atme ihren süßen Duft ein. Ich kann sie fast auf meinen Lippen schmecken, doch ich habe eine seltsame Angst, mich zu bewegen, um es real werden zu lassen. Als könnte dies ein Traum sein. Als wäre es möglich, dass ich immer noch in einem Koma liege und sie mir nur einbilde.

Riva scheint mein Verlangen mit ihren geschärften Sinnen wahrzunehmen. Sie hebt ihren Kopf und fährt mit ihren Lippen über meinen Hals und meinen Kiefer.

Mein Puls beschleunigt sich. Als sie ihren Kopf höher hebt, hätte es einen eisernen Willen gebraucht, den ich ganz sicher nicht habe, um ihren Mund nicht mit meinem zu erobern.

Riva stößt mich auf den Rücken und setzt sich rittlings auf mich. Sobald mein Schwanz zwischen ihren Schenkeln ist, wird er steif, obwohl wir beide noch angezogen sind.

Sie beugt sich über mich und küsst mich wieder, während ich meine Hände unter ihr Shirt schiebe. Meine

Tentakel gleiten um ihre Taille und zwischen ihre Schenkel, um ihr noch mehr Lust zu bereiten.

Der Saum ihres Oberteils verfängt sich an den schmalen Armbändern an meinen Handgelenken. Die anderen haben die silbernen Bänder als „Fesseln" bezeichnet. Ich zögere kurz.

Damals in der Insel-Einrichtung wäre Riva nie so weit gegangen. Nicht, solange die Gefahr bestand, dass die Wärter mithörten.

Ich glaube nicht, dass der Gedanke, dass Balthazar und seine Leute uns überwachen, ihr weniger Unbehagen bereitet als bei unseren vorherigen Entführern. Ist es ihr mittlerweile einfach egal?

Es könnte Rebellion sein. Oder Verzweiflung aufgrund der quälenden Ungewissheit, ob wir jemals wieder die Gelegenheit bekommen werden, das zu tun.

Riva zieht sich zurück und blickt mich mit ihren strahlenden Augen an. „Geht es dir gut?"

Die Sehnsucht in ihrem Blick ist mehr als nur Hunger. Und ich würde lügen, wenn ich behaupten würde, dass ich sie nicht genauso sehr begehre.

Scheiß auf diese Villa. Scheiß auf die Leute, die uns hier festhalten.

Was auch immer ihre Gründe sind, wir können unsere Verbindung festigen und ihnen später in den Arsch treten.

Ich nicke und ziehe sie wieder an mich.

Riva fängt an, sich an mir zu bewegen, macht aber keine Anstalten mich auszuziehen. Womöglich ist das ihr Zugeständnis an das bisschen Privatsphäre, das wir haben.

Ich folge ihrem Beispiel und streichle so viel Glückseligkeit in ihren Körper, wie ich kann.

Meine Atemzüge werden rau, während ihr Atem stockt. Sie öffnet den Reißverschluss meiner Jeans und befreit meinen Schwanz, bevor sie ihre Leggings und ihren Slip so weit wie nötig hinunterschiebt.

Als sie sich über mich beugt und mich in die glitschige Hitze ihrer Muschi zieht, verblassen alle Gedanken in meinem Kopf. Da ist nur noch die berauschende Freude, wieder mit ihr vereint zu sein.

Ich stoße nach oben, um ihr entgegenzukommen, und ein wohliger Schauer läuft mir den Rücken hinunter. Ich werde nicht lange durchhalten, aber ich will verdammt sein, wenn ich sie nicht mit mir reiße.

Mit den Saugnäpfen eines Tentakels massiere ich ihren Kitzler, die des anderen setze ich an ihrem Nippel an, während ich ihre zweite Brustwarze mit meinem Daumen bearbeite.

Riva stöhnt, und ihre Bewegungen werden schneller. Mit zusammengebissenen Zähnen zögere ich den Schwall der Erlösung hinaus. Ich klammere mich an das brodelnde Bedürfnis, bis sie über mir erschaudert und meine Kontrolle in einem Feuerwerk der Ekstase zerbricht.

Wir reiben uns noch ein paar Mal aneinander, bevor wir in einer lockeren Umarmung erschlaffen. Ich habe das Gefühl, dass ich Riva nicht fest genug umarmen kann.

Es muss doch mehr geben, was ich für die Frau, die ich liebe, tun kann, als ein vorübergehendes körperliches Vergnügen.

Doch ich wüsste nicht, was das sein könnte. Ohne ein Wort zu wechseln, kuscheln wir uns aneinander. Die Stille ist jedoch alles andere als unangenehm.

Dann klopft es zaghaft an die Tür, und Zians Stimme ertönt. „Dominic? Riva? Es gibt Essen, falls ihr Hunger habt.“

Langsam setze ich mich mit Riva in meinen Armen auf. Meine Stimmung ist noch immer gedrückt, aber nicht mehr so schlimm wie vorhin.

Außerdem knurrt mein Magen.

„Das wäre toll", antworte ich. „Danke."

Riva gibt mir noch einen Kuss und schlüpft wieder in ihre Leggings. Als wir die Tür öffnen, wartet Zian bereits im Flur.

Sein Blick wandert von ihr zu mir, nicht wertend, aber mit einem Hauch von Neid, der mir verrät, dass er weiß, dass wir uns nicht nur nett unterhalten haben.

Mein Magen verkrampft sich. Ich wünschte, ich könnte auch etwas für meinen Freund tun.

Leider kann ich die Wunden, die ihm im Weg stehen, nicht mit meinen Kräften heilen.

Als wir den Flur entlanggehen, bleibt Zian hinter mir zurück. Da ich spüre, dass er etwas auf dem Herzen hat, lasse ich Riva an uns vorbeigehen.

Er wirft mir einen Seitenblick zu, und seine Mundwinkel zucken trotz seiner ernsten Miene. „Du hast dein Mojo wiedergefunden, was?"

Eine leichte Röte kriecht in meine Wangen, obwohl ich mich nicht wirklich schäme. Schließlich haben meine Freunde und ich Riva schon einmal gemeinsam vernascht. „Es ist nicht schwer, wenn ich sie als Inspiration habe."

„Ja." Zian hält inne und scheint sich zu sammeln. „Ich … Dom … Ich habe über etwas nachgedacht. Ich weiß nicht, wann ich bereit sein werde, es zu versuchen. Aber ich glaube, ich könnte deine Hilfe gebrauchen."

Ein Hoffnungsschimmer flackert in meiner Brust auf. Ich berühre seinen Arm mit meinen Fingerknöcheln. „Wenn ich kann, werde ich es tun. Warum erzählst du mir nicht nach dem Essen davon?"

NEUNZEHN

Riva

Es ist schwer zu sagen, wie genau ich auf den Geheimgang gestoßen bin. Vielleicht war es Glück oder Zufall. Tatsächlich fühlt es sich so an, als hätte sich eine höhere Macht endlich unserer Probleme erbarmt und mir den Weg gezeigt.

In der Nacht, nachdem Dominic aufgewacht ist, bin ich noch unruhiger als sonst. Leise schleiche ich in der Dunkelheit von Raum zu Raum.

Ich war schon einmal in all diesen Zimmern. Ich habe jeden Zentimeter durchforstet. Allerdings werden sie auch von Balthazars Mitarbeitern genutzt, deswegen könnte es durchaus sein, dass sie einen nützlichen Hinweis hinterlassen haben.

Zumindest rede ich mir das Nacht für Nacht ein. Als ich mich in das Wohnzimmer schleiche, in dem die Bücherregale stehen, erscheint mir der Gedanke ungefähr so plausibel wie die Möglichkeit, dass sich Marsmenschen aus dem Weltraum herabbeamen und uns retten.

Und dann sehe ich das Buch auf dem Boden.

Es liegt ein paar Meter vom nächsten Bücherregal entfernt, gleich hinter dem Tisch neben einem Sessel. Als ob jemand dort gesessen und es gelesen hätte und es dann so unachtsam zurückgelegt hätte, dass es heruntergefallen ist, nachdem er gegangen war.

Ich könnte schwören, dass es nicht da war, als Dominic, Griffin und ich nach dem Abendessen hier drin waren. Dom und Griffin nahmen sich jeder ein Buch, um sich die Zeit zu vertreiben. Doch sie haben die Bücher mit in ihre Zimmer genommen.

Ist einer der Jungs später noch mal zurückgekommen? Eigentlich kann ich mir nicht vorstellen, dass einer von ihnen allein hierherkommt, um ein Buch zu lesen.

Ich bücke mich, um den Band aufzuheben. Das Gewicht und der fade Titel – *Theorien zur geografischen Migration* – überzeugen mich, dass keiner von uns das Buch zum Spaß gelesen hat.

Wer war es dann? Und spielt es überhaupt eine Rolle?

Während ich auf dem Boden hocke, schweift mein Blick erneut durch die Dunkelheit und bleibt an einer schiefen Fliese hängen, genau dort, wo der dünne Streifen des Sicherheitslichts durch das hintere Fenster fällt.

An den beiden Wänden, an denen sich keine Bücherregale befinden, reichen die Fliesen vom Boden bis etwa auf Kniehöhe. Die oberen Kacheln sind gelblich, vielleicht dreißig Zentimeter hoch und breit und mit einem verschlungenen Blatt- und Blumenmuster versehen.

Sie sind in einer geraden Reihe angeordnet, doch jetzt fällt mir auf, dass eine etwas zur Seite geneigt ist wie ein etwas schiefer Zahn.

Seltsam.

Ich bleibe dicht am Boden, während ich mich vorsichtig darauf zubewege. Meine schlanken Finger tasten die Kante der Fliese ab.

Sie verschiebt sich – und schwingt an einem versteckten Scharnier.

Auf der anderen Seite klafft ein schwarzes Quadrat. Als ich hineingreife, ertasten meine Finger glatte, kühle Wände, die in die Dunkelheit abfallen.

Es ist eine Art Geheimgang. Wohin führt er wohl?

Was mache ich hier überhaupt, wenn ich es nicht herausfinde?

Meine Hand wandert zu meiner Brust, auf der Suche nach der Halskette, die mich immer beruhigt. Durch meine Wut wegen all seiner anderen Verbrechen hätte ich beinahe vergessen, dass Balthazar sie mir weggenommen hat.

Vielleicht kann ich sie nicht zurückbekommen, aber ich muss jede Chance nutzen, die uns den Weg in die Freiheit weisen könnte. Ich klettere durch das Loch in der Wand.

Wie bei dem Fenster im Westflügel oder bei den Luftschächten, durch die ich mich vor einer gefühlten Ewigkeit gezwängt habe, um eine alte Einrichtung zu erkunden, bin ich die Einzige, die überhaupt in diesen Gang hineingelangen kann. Die Jungs sind zu groß dafür.

Nach den ersten paar Zentimetern, als meine Hüften noch in dem Zimmer sind, tasten meine Hände den Durchgang ab, der weiter hinten etwas breiter wird. Nicht breit genug, dass jemand außer mir hindurchpassen könnte, aber zumindest breit genug, um sicher zu sein, dass ich nicht steckenbleibe.

Allerdings könnte selbst ich in dem Gang nicht umdrehen. Wenn ich in einer Sackgasse lande, muss ich mich darauf verlassen, dass ich mithilfe meiner übernatürlichen Muskelkraft rückwärts herauskriechen kann.

Oder ich muss hoffen, dass ich laut genug schreien kann, um Balthazars Leute herbeizurufen, damit sie mich befreien.

Ich konzentriere mich auf diese Möglichkeiten, um mich zu beruhigen, doch ich bin nach wie vor nervös, als ich mich weiter in den Gang hineinwinde. Übelkeit steigt in mir auf.

Ich kann diese Enge nicht ausstehen. Sie erinnert mich zu sehr an die schweren Fesseln, die ich getragen habe, und an die Zeiten, in denen meine Jungs mich für ihre Feindin hielten.

Der Gang führt nur ein kurzes Stück vorwärts, bevor er sich nach unten neigt. Flach atmend krieche ich weiter, während das Pochen meines Pulses in meinem Kopf widerhallt.

Meine Kleidung scheuert an den Wänden um mich herum, während ich weiterkrieche. Ich kann nicht sagen, ob sie aus Stein oder aus Gips sind.

Dann stößt meine ausgestreckte Hand gegen eine Wand direkt vor mir. Mein Herzschlag beschleunigt sich für den Bruchteil einer Sekunde, bevor ich die Ränder eines weiteren Quadrats vor mir im Boden ertaste.

Ich fahre meine Krallen aus, um die Platte herauszuhebeln, und lehne sie auf die schmale Kante zwischen der Öffnung und dem Ende des Ganges. Vorsichtig lasse ich mich in den Raum darunter gleiten – notgedrungen mit dem Kopf voran.

Ich war im Erdgeschoss, als ich den geheimen Tunnel fand, also muss ich mich jetzt in einer Art Keller befinden, zu dem wir keinen direkten Zugang gefunden haben.

Es gibt kein Fenster, durch das Licht dringen könnte. Es ist, als würde ich in einen Pool aus völliger Schwärze steigen.

Ich hake meine Füße ein, um nicht direkt auf den Boden zu stürzen, und strecke meine Arme in alle Richtungen aus. Meine Finger streifen eine Wand zu meiner Linken.

Sie gleiten daran entlang und ertasten einen Lichtschalter.

Ich zögere ein paar Sekunden, doch in der Stille um mich herum ist kein Geräusch zu hören. Kein Atemzug oder Knarren.

Ich werde das Risiko eingehen.

Sobald ich den Schalter betätige, erhellt ein fahles Licht den Raum, in den ich hinabsteige.

Ich baumle nur ein paar Meter über dem Zementboden. In dem Raum gibt es keine Möbel, nur stapelweise Pappkartons. Der dicken Staubschicht nach zu urteilen, stehen die meisten wohl schon eine Weile hier.

Aber nicht alle. Meine Aufmerksamkeit fällt sofort auf die beiden Kartons ganz oben, die erst kürzlich geöffnet worden sein müssen. Und vermutlich auch regelmäßig, da sie nicht so viele Staubreste aufweisen.

Neben dem Lichtschalter befindet sich eine Tür. Vermutlich ist das der übliche Zugang zu diesem Raum. Sie ist verschlossen. Kein Licht dringt durch den Spalt darunter und es stürmt auch niemand herein.

Ich rolle mich ein und springe auf den Boden.

Zuerst überprüfe ich die Tür. Der Knauf lässt sich nicht drehen. Sie ist verriegelt.

Also kein einfacher Vorratsraum.

Während ich auf sich nähernde Geräusche lausche, gehe ich zu den Kisten und klappe die erste auf.

Ich starre auf einen Haufen gefalteter Kleidung. Zögernd ziehe ich das oberste Stück heraus.

Es ist ein leichtes, schlichtes blaues Baumwollkleid, das für eine Frau gemacht ist, die ein paar Zentimeter größer ist als ich.

Ein schwacher, kleeartiger Duft haftet daran. Vielleicht Reste des Parfüms der Besitzerin?

Die nächsten beiden Kleidungsstücke – eine Bluse und

ein weiteres Kleid – scheinen zur selben Garderobe zu gehören. Das nächste Stück, das ich hochhebe, ist ein Band-T-Shirt, ein ganz anderes Modestatement.

Es ist auch größer. Ich glaube nicht, dass es derselben Person passen würde, die die Kleider und die Bluse getragen hat. Auch die Cargoshorts und die abgewetzten Jeans, die ich als Nächstes entdecke, sehen eher aus, als würden sie einem Mann gehören.

Meine Gedanken schweifen zurück zu dem Foto, das ich im Westflügel gesehen habe. Balthazar mit der Frau und dem kleinen Jungen.

Da sowohl Balthazar als auch Toni darauf deutlich jünger aussehen, nehme ich an, dass es schon vor einer Weile aufgenommen wurde. Der Junge müsste inzwischen fast erwachsen sein.

Aber warum sollte unser Entführer Kleidungsstücke seiner Frau und seines Sohnes in einem verschlossenen Lagerraum aufbewahren … Und die Kiste regelmäßig öffnen?

Mein Unbehagen wächst, als ich weiter darin herumwühle. Im Boden der Kiste finde ich ein hölzernes Schmuckkästchen mit ein paar Halsketten, Ringen und einem Armband, die nicht so aussehen, als würde man sie einfach wegwerfen.

Es sei denn, die Besitzerin ist nicht mehr in der Lage, sie zu tragen.

Balthazars Frau muss nicht gutheißen, was er dieser Tage tut, wenn sie nicht mehr da ist, um es mitzubekommen.

Ich schlucke schwer und lege die Klamotten möglichst ordentlich in die Schachtel zurück. Nachdem ich den Karton verschlossen habe, gehe ich zu der anderen, kürzlich geöffneten Kiste.

Die zweite Schachtel bestärkt meinen Verdacht. Die Bücher, das Kartenspiel, der zerschlissene Baseball und die anderen Gegenstände darin kommen mir alle wie Andenken vor. Erinnerungsstücke an vergangene Zeiten.

Das Zimmer im Westflügel könnte zu einem ähnlichen Zweck entstanden sein. Das Kinderzimmer seines Sohnes, aufbewahrt wie in einem Museum.

Wie lange hat Balthazar in dieser Villa gelebt? Was hat er hier gemacht, während seine Familie bei ihm war?

Eine Ecke von etwas, das wie ein Foto aussieht, ragt aus dem größten der Bücher heraus. Ich ziehe an dem Kunstledereinband und stelle fest, dass es ein Album ist.

Als ich das Buch aufschlage, steigt mir erneut der Geruch von süßem Klee in die Nase. Hat Balthazars Frau es zusammengestellt?

Das Album scheint ihr Leben nach der Geburt ihres Sohnes zu dokumentieren. Es beginnt mit Fotos der zierlichen Frau, die ich auf Bildern mit dem jüngeren Balthazar gesehen habe. Nur dass sie auf diesen hier schwanger ist.

Es folgen ein paar Seiten des Paares mit ihrem neugeborenen Baby, und weitere, in denen ihr Sohn vom Kleinkind zum Teenager heranwächst. Familienausflüge, Geburtstagsfeiern, zufällige Schnappschüsse …

Mein Blick bleibt an einer Geburtstagstorte hängen. Der Zuckerguss-Schriftzug ist gerade so zu erkennen: *Happy Birthday Peter!*

Peter. Hat Andreas diesen Namen nicht erwähnt, als wir unsere Beobachtungen im Pool austauschten?

Ajax hatte ihn vor Jahren in Balthazars Gedanken gehört. In einer Erinnerung, die Drey sich angesehen hat. Er dachte, unser Entführer hätte an einen Kollegen gedacht.

Doch das hat er nicht. Selbst in der Einrichtung hatte er nur seine Familie im Kopf.

Ich blättere weiter durch das Album und halte bei ein paar Bildern inne, die Hinweise auf Balthazars Interessen jenseits seines Familienlebens geben könnten. Auf einem ist ein etwas älterer Mann zu sehen, der ein Kollege sein könnte. Der Mann kommt mir nicht bekannt vor.

Auf einem anderen stehen Balthazar und seine Frau vor einem Gebäude mit einer polierten Marmorwand. An der Wand neben der Tür ist ein stilisiertes Metallsymbol angebracht, das wie eine Welle aussieht, die auf eine Wolke zurollt. Vielleicht eine Art Firmenlogo?

Balthazar hat seine Hand mit besitzergreifender Miene darauf gestützt. Ich habe das Symbol noch nie gesehen, weder in einer der Einrichtungen noch sonst irgendwo.

Jedes Foto ist sorgfältig mit Aufklebern und dekorativem Klebeband auf den themenbezogenen Seiten befestigt. Als ich mit meinen Fingern über die strukturierte Oberfläche streiche, kann ich beinahe schmecken, wie viel Liebe und Sorgfalt die Frau in ihre Kreation gesteckt hat.

Auf einigen Fotos sieht der Sohn ungefähr so alt aus wie Nadia und Booker – spätes Teenageralter. Ich blättere die Seite um und mein Herz setzt einen Schlag aus.

Die nächsten Seiten sind leer … Zumindest sind da keine Fotos oder Aufkleber. Stattdessen sind Wörter mit Filzstift auf das beigefarbene Papier gekritzelt.

IN EINER BESSEREN WELT WÜRDEN SIE LEBEN. UM EINE BESSERE WELT ZU SCHAFFEN, WERDE ICH SIE ALLE ZERSTÖREN. UM SIE ALLE ZU ZERSTÖREN, MUSS ICH ALLE KONTROLLIEREN.

Das war's. Die wenigen Seiten danach sind komplett leer.

Ich blättere zurück zu dem Gekritzel und unterdrücke den Schauer, der mir über den Rücken läuft.

Irgendwie glaube ich nicht, dass die Frau das geschrieben hat. Wen will Balthazar vernichten?

Beunruhigt lege ich das Album in die Schachtel zurück. Nichts anderes darin verrät etwas. Der Rest des Inhalts liefert mir keine neuen Informationen.

Ich schließe die Schachtel und durchstöbere den Raum nach weiteren Anzeichen von Aktivität. Alle übrigen Kisten sehen unter ihrem Staubmantel unberührt aus.

Ich kann nicht in sie hineinschauen, ohne meine Anwesenheit zu verraten.

Als ich den Hals recke, um zwischen die Stapel zu spähen, fällt mir ein Glitzern an der hinteren Wand auf. Vorsichtig gehe ich darauf zu, wobei ich darauf achte, so wenig Staub wie möglich aufzuwirbeln.

Ein dünnes Glasröhrchen liegt auf dem Boden neben der Fußleiste. Ein Ende davon sieht etwas angesengt aus.

Ich habe keine Ahnung, was es damit auf sich hat. Ich vermute, es ist nur ein Stück Müll, das zurückgelassen wurde.

Mich überkommt der Drang, in mein Zimmer zurückzukehren, um den Fragen zu entkommen, die mir jetzt durch den Kopf gehen. Ich klettere auf die staubfreie Kiste, die dem Zugang zum Geheimgang am nächsten ist, schwinge meine Füße, um das Licht auszuschalten, und klettere zurück in den Tunnel.

Das Bild des kurzen, aber eindringlichen Manifests geht mir noch lange durch den Kopf, nachdem ich in mein Bett gekrochen bin.

☽

Ich bin gerade auf dem Weg zum Frühstück, als ich das Summen der Zugbrücke höre und zu einem Fenster gehe. Eine Limousine parkt jenseits der Brücke, und Toni steigt vom Fahrersitz.

Meine Füße bewegen sich wie von selbst, und mein Hunger ist auf einmal verschwunden.

Als ich sie erreiche, ist Toni schon fast an der Villa angekommen. Sie wird langsamer und schaut mich an. „Brauchst du etwas?"

Ich muss ein Lachen unterdrücken bei dem Gedanken an all die Dinge, die ich brauche und die ich nie von ihr bekommen werde. Doch vielleicht ist da etwas, das sie mir geben kann.

Ich recke das Kinn und schaue ihr direkt in die Augen. „War er schon immer so verrückt? Oder erst seit dem Tod seiner Frau und seines Sohnes?"

Toni erstarrt – kurz, aber merklich genug, dass ich weiß, dass ich ins Schwarze getroffen habe. Dann setzt sie ihren Weg fort und bedeutet mir, dass ich beiseitetreten soll. „Ich habe keine Zeit für solche Gespräche."

„Dann solltest du sie dir nehmen", beharre ich. „Du arbeitest für ihn. Du führst seine verrückten Aufträge aus. *Du* scheinst nicht wahnsinnig zu sein, also musst du doch erkennen, wie schrecklich er uns behandelt."

„Balthazar hat größere Ziele." Toni richtet ihren Blick wieder auf mich, als sie an mir vorbeigeht. „Das solltest du dir merken. Gerechtigkeit ist nicht immer schmerzfrei."

Mit einem Schnauben laufe ich hinter ihr her und halte Schritt. „Ach, ja? Wenn es *seine* Gerechtigkeit ist, sollte es dann nicht auch *sein* Schmerz sein?"

Als Toni mich ignoriert, erhebe ich meine Stimme ein wenig. „Er kann die Toten nicht zurückbringen. Das weißt du. Stattdessen erhöht er die Zahl der Toten. Er tötet Menschen, die es nicht verdient haben, zu sterben und die nie etwas falsch gemacht haben."

„Dann solltest du seine Befehle befolgen, damit du nicht an deine eigene Sterblichkeit erinnert werden musst, meinst du nicht?"

Mein Kiefer verkrampft sich. „Du weißt, wohin diese Logik führt, oder? Wenn es in Ordnung ist, uns zu quälen und zu töten, damit er *seine* Gerechtigkeit bekommt, dann wäre es natürlich auch gerechtfertigt, dass wir Menschen foltern und ermorden, um uns an ihm für das zu rächen, was er *uns* genommen hat. Warum ist seine Gerechtigkeit wichtiger als die der anderen?"

Toni wirbelt herum und sieht mich mit blitzenden Augen an. „Du hast nicht das Recht, seine Handlungen infrage zu stellen", schnauzt sie.

Dann schreitet sie durch eine Tür, und das Schloss rastet ein.

Meine Schultern sacken nach unten, als der Adrenalinrausch meiner Trotzreaktion nachlässt. Hat sie mir überhaupt zugehört?

Vielleicht war es dumm, es zu versuchen. Aber ich weiß, dass Matteo sich einen Dreck darum schert, was mit uns passiert, solange er seine Experimente durchführen und seine Daten sammeln kann.

Toni hat zumindest Anflüge von normalen emotionalen Reaktionen gezeigt. Sie kann es nicht leiden, wenn an ihr Gewissen appelliert wird.

Ich nehme so viel von meiner gestrigen Entschlossenheit zusammen, wie ich kann, und mache mich auf den Weg zur Küche. Als ich nur noch ein paar Meter entfernt bin, treffe ich auf Griffin.

Er schenkt mir ein sanftes Lächeln und neigt seinen Kopf. „Ich habe gute Neuigkeiten. Und du siehst aus, als könntest du sie gebrauchen."

Seine Worte und sein Lächeln umhüllen mich mit Wärme. „Ja, allerdings. Was gibt's?"

„Ich habe es geschafft, Balthazar dazu zu bringen, sich heute Morgen mit mir zu unterhalten – über den Bildschirm." Griffin deutet in Richtung Wohnzimmer. „Ich habe ihn auf Dinge wie emotionale Belastbarkeit hingewiesen und … Der Punkt ist, dass er zugestimmt hat, dass du eine Pause brauchst, bevor er dir noch mehr Verantwortung aufbürdet."

Ich blinzle Griffin an. „Eine Pause?" Und wie viel von

seiner Fähigkeit, Emotionen zu beeinflussen, hat er Balthazar aufgezwungen, damit er dem zugestimmt hat?

Ein breites Grinsen breitet sich in Griffins Gesicht aus. „Du darfst zu einem Date in die Stadt fahren. Einer von uns darf dich begleiten. Du musst dich entscheiden, aber das ist besser als nichts. Ein paar Stunden lang kannst du dich erholen, ein wenig Freiheit genießen und tun, wonach dir der Sinn steht."

ZWANZIG

Andreas

Während wir durch die ersten Straßen mit mehr Häusern in Richtung der Innenstadt von Florenz fahren, werfe ich einen Blick auf Riva, die neben mir auf dem Rücksitz sitzt.

Es ist seltsam, sie in einem Kleid zu sehen, selbst in diesem schlichten Strickkleid mit Rundhalsausschnitt und langen Ärmeln. Der Rock reicht ihr bis knapp unter die Knie, und darüber trägt sie eine Wildlederjacke. Das einzige andere Mal, dass ich sie in einem Kleid gesehen habe, war die Seifenopern-Party, die ich auf Rollicks Jacht organisiert habe.

Als sie vorhin auf dem Anwesen neben dem Auto stand, hatte sie ein verlegenes Lächeln im Gesicht. „Da dies ein Date sein soll, dachte ich mir, ich sollte mich ein wenig schick machen."

Ich kann nicht anders, als an all die möglichen Leben zu denken, die sie führen könnte, und daran, was sie in diesen

Leben tun könnte, wenn wir nicht den strengen Regeln der Wärter unterworfen wären.

Kleid hin oder her, sie ist immer noch Riva. Immer noch wachsam, immer noch auf der Hut, als wäre sie auf Gefahr gefasst.

Sie schaut aus dem Fenster, und ihre Augen huschen hin und her, während sie die erste halbwegs ortstypische Landschaft außerhalb des Villengeländes in Augenschein nimmt. Ihre Hand umschließt fest die meine, als wolle sie sicherstellen, dass ich nicht verschwinde.

Ich finde es schön, außerhalb der beengten Grenzen der Villa mit ihr zusammen zu sein, und bin gespannt, was wir erreichen könnten, wenn unsere Leinen gelockert sind. Das Gefühl der Freude wird jedoch von einem Hauch von Schuld begleitet.

Ich räuspere mich, weil ich mir die Frage nicht verkneifen kann. „Bist du sicher, dass du nicht lieber Dominic mitgenommen hättest?"

Riva sieht mich an. „Was?"

Ich zucke unbeholfen mit den Schultern. „Ich meine, er ist gerade erst aufgewacht. Du hattest viel weniger Zeit mit ihm als mit dem Rest von uns."

Sie mustert mich einen Moment lang, bevor sie ein wenig näher an mich heranrückt. Ihre Finger verschränken sich mit meinen.

„Ich habe darüber nachgedacht", gibt sie zu. „Aber dann dachte ich … Du bist unser Geschichtenerzähler. Niemand wäre besser geeignet, um die anderen an diesem Freiheitsgefühl teilhaben zu lassen."

Ihr eindringlicher Blick verrät mir, dass sie mir mehr mitteilen will als die Worte, die sie sagt. Sie glaubt, dass meine Fähigkeit, Erinnerungen zu lesen, während unseres Ausflugs von Bedeutung sein wird. Darüber wäre Balthazar gar nicht glücklich.

Ich nicke mit einem schiefen Lächeln. „Das ergibt Sinn.“

Was mehr Sinn als alles andere ergibt, ist, dass sie überlegt, wie sie meine Fähigkeit zu unserem Vorteil nutzen kann, egal wie gut wir bewacht werden. Ich bin mir nicht sicher, ob wir hier draußen tatsächlich etwas erreichen können, was uns weiterhilft, während die anderen in der Villa gefangen sind, aber ich bin offen für jede Idee.

Außerdem will ich dafür sorgen, dass Riva dieses hypothetische Date auf jede erdenkliche Weise genießt.

Seit Dominic zu uns zurückgekehrt ist, wirkt sie ruhiger. Ihre ständige Aufregung hat sich gelegt und ihre Verzweiflung hat nachgelassen. Doch die Anzeichen von Anspannung sind nicht verschwunden. Ihre Besorgnis zeigt sich in ihrem verkrampften Kiefer und daran, wie sie meine Finger mit ihren umklammert.

Wie könnte sie angesichts unserer Situation auch *nicht* besorgt sein?

Ich kann uns nicht dauerhaft von Balthazar befreien, während wir zu zweit unterwegs sind, aber ich kann sie zumindest daran erinnern, wie unser Leben aussehen könnte, wenn wir es schaffen, unserer Freiheit zu erlangen. An all die guten Dinge, die diese Welt trotz des Bösen, dem wir in ihr begegnet sind, zu bieten hat.

Der Ausflug hat uns ein wenig mehr darüber verraten, womit wir es zu tun haben. Wir wissen, dass Balthazars Villa in Italien liegt. Auch wenn das angesichts des Aussehens keine Überraschung ist, ist es gut, eine Bestätigung zu haben. Das Anwesen befindet sich nur wenige Stunden von Florenz entfernt.

Leider spreche ich kein Italienisch, aber es gibt einige Überschneidungen mit Spanisch. Ich würde wahrscheinlich viel verstehen, wenn ich müsste.

Nicht, dass es gut ankommt, wenn man auf jemanden zugeht und versucht zu vermitteln, dass wir auf einem

Berggipfel von einem Verrückten festgehalten werden. Irgendwie glaube ich nicht, dass die florentinische Polizei in der Lage wäre, gegen Balthazar vorzugehen, selbst wenn sie uns glauben würden.

Und selbst wenn wir es schaffen würden, die ganze Geschichte zu erzählen, bevor er uns ausknockt.

Während der Wagen durch den sich verdichtenden Verkehr langsamer wird, betrachte ich die Gebäude vor dem Fenster. Wahrscheinlich wäre ich von den hoch aufragenden gelb und weiß getünchten Fassaden und den kunstvoll geschnitzten Fensterrahmen mehr beeindruckt, wenn ich in den letzten zwei Wochen in unserem schicken Gefängnis nicht von einer ähnlichen Architektur umgeben gewesen wäre.

Trotzdem ist es eine seltsame Erleichterung, so viele normale Menschen durch die Straßen laufen zu sehen: Einheimische, die zügig voranschreiten oder lässig dahinschlendern, Touristen, die auf ihre Telefone oder Karten schauen. Die Schaufenster und Restaurants, an denen wir vorbeikommen, erinnern mich an das dünne Geldbündel, das Toni mir für diesen Ausflug gegeben hat.

Mit fünfzig Euro werden wir nicht weit kommen, aber es sollte für ein anständiges Date reichen.

Unser Fahrer parkt am Rande eines breiten, mit Steinplatten ausgelegten Platzes, der von mittelalterlich anmutenden Gebäuden in Grautönen umgeben ist. Mit einem Grunzen bedeutet er uns, auszusteigen.

Riva und ich wechseln einen Blick und steigen auf der gleichen Seite aus. Ich nehme an, dass mindestens ein paar weitere Fahrzeuge von Balthazar in der Nähe stehen und seine Mitarbeiter uns überwachen, um sicherzugehen, dass wir nicht abhauen. Vermutlich werden auch unsere Gespräche auf Anzeichen von Rebellion überprüft.

Als Riva und ich uns vom Auto entfernen, fällt mir

trotzdem eine Last von den Schultern, der ich mir bis dahin nicht bewusst war.

Riva reckt ihren Hals in Richtung der Straße, die wir hochgefahren sind. „Ich glaube, ich habe eine Touristeninformation gesehen. Wir sollten uns eine Karte besorgen, wenn wir die Zeit, die wir hier haben, optimal nutzen wollen.“

Ich stoße ein trockenes Glucksen aus. „Und um sicherzugehen, dass wir rechtzeitig wieder hierher zurückfinden.“

Balthazar sagte, er würde uns „ein paar Stunden“ geben und dass unsere Armbänder uns signalisieren würden, wenn es Zeit sei, zurückzufahren. Ich vermute, er genießt es, uns im Ungewissen zu lassen, weil wir nicht genau wissen, wann das Signal kommen wird.

Wir machen uns in schnellem Tempo auf den Weg die Straße hinunter. Riva zeigt auf ein Schild mit der Aufschrift *Informazioni Turistiche* und einem *i* daneben, das ich als universelles Informations-Symbol erkenne.

Drinnen schnappt sich Riva einen der kostenlosen Stadtpläne und klaut mit ihrer übernatürlichen Schnelligkeit einen der Stifte vom Tresen, als die Angestellte nicht hinsieht.

„Weißt du, wo du hinwillst?“, frage ich, als wir wieder auf die Straße treten. Die Brise ist frisch, aber die helle Mittagssonne wärmt die Luft.

Riva betrachtet die Karte, und ihr Blick verfinstert sich. „Ich bin mir nicht sicher.“

Ich hasse es, wenn ihre Laune vor meinen Augen sinkt. Auch wenn sie noch nicht weiß, wie sie am besten vorgehen soll, können wir unsere Zeit hier zumindest ein wenig genießen, anstatt nur nachzugrübeln.

Ich fass sie am Ellbogen. „Dann lass uns mit etwas Einfachem anfangen. Ich könnte etwas zu essen vertragen.“

Riva nickt zögerlich. „Ich möchte mich erst einmal umsehen … Vielleicht können wir einfach spazieren gehen und uns einen Eindruck von der Gegend verschaffen."

Ist sie auf der Suche nach etwas Bestimmtem? Wenn ja, fühlt sie sich offensichtlich nicht wohl dabei, es laut auszusprechen.

Es könnte allerdings auch sein, dass sie einfach auf Inspiration hofft.

Beruhigend drücke ich ihren Arm. „Natürlich. Lass uns die Umgebung erkunden."

Rivas dankbares Lächeln verwandelt meine vorgetäuschte Heiterkeit in eine etwas aufrichtigere gute Laune.

Wir schlendern durch die Straßen und über einige Plätze. Ab und zu halten wir an, um besonders spektakuläre Gebäude zu bestaunen. Ich kann nicht sagen, woher Rivas Sinneswandel kommt, als sie scheinbar willkürlich erklärt: „Also gut, lass uns Mittagessen gehen."

Ich suche ein Café aus, das mich anspricht, und bestelle, da ich die Speisekarte besser verstehe. Riva belohnt mich mit einem Grinsen, als der Kellner ihr ein großes Glas Limonade bringt.

Ich strahle sie an. „Sie ist bestimmt nicht so sauer wie deine eigene Kreation, aber es ist schon eine Weile her, dass du Limonade getrunken hast."

Auch wenn unsere Gefangenschaft unausgesprochen in unseren Hinterköpfen präsent ist, freue ich mich über ihr anerkennendes, wortloses Gemurmel, als sie sich über die Pasta hermacht, die ich für sie ausgesucht habe – Spaghetti Carbonara mit viel Speck. Es ist fast schon ein Wunder, dass ich diese Frau mittlerweile gut genug kenne, um *ihr* so einfach eine Freude zu machen.

Sie isst schnell, und auch ich schlinge meine Penne in Marinara-Soße hinunter, um mit ihr mitzuhalten. Nachdem sie mich gefragt hat, wie viel Geld ich noch habe, bestellt sie noch eine Limonade zum Mitnehmen.

Riva wirkt angespannt, als wir, wie von ihr gewünscht, die Straße zurückgehen. Sie nippt an ihrer Limonade, und ihr kleines Lächeln verblasst zu einem nachdenklichen Ausdruck.

Dann tritt eine sichtbare Entschlossenheit in ihr Gesicht. Sie ergreift meine Hand und zieht mich zu einer Bank.

Uns ist klar, dass das Stimmengewirr in einer uns unbekannten Sprache um uns herum nicht ausreicht, um unsere Worte zu übertönen. Riva holt den Stadtplan und den Stift heraus und schreibt etwas auf die Rückseite.

„Ich würde mir gern ein paar Dinge ansehen", sagt sie und schiebt die Karte so, dass ich lesen kann, was sie geschrieben hat. *Deine Erinnerungen an Rollick. Jedes Mal, wenn er davon sprach, uns zu helfen. Ich weiß nicht, ob wir ihm hätten trauen sollen.*

Ich bin mir nicht sicher, inwiefern das im Moment eine Rolle spielt, doch ich antworte, ohne zu zögern. „Natürlich. Wo immer du hin möchtest."

Falls uns jemand abhört, wird er annehmen, dass wir über Sehenswürdigkeiten sprechen, die wir uns ansehen wollen.

Ich lege meine Hand auf Rivas Wange, als hätten wir gerade einen romantischen Moment, während in meinem Hinterkopf Erinnerungen an den Dämon auftauchen, der uns in seine Obhut genommen hat. Ich blicke ihr in die Augen und lasse die Bilder von meinem Geist in ihren fließen.

Einige dieser Momente hat Riva miterlebt. Als wir Rollick zum ersten Mal in seinem Hotel in Miami begegneten, als er seine Untergebenen aus der Schattenwelt damit beauftragte, uns beim Üben unserer Kräfte zu helfen, als er zustimmte, uns die Mittel zur Verfügung zu stellen, die wir brauchten, um einige der jüngeren Schattenblüter aus einer abgelegenen Einrichtung zu befreien.

Andere kennt sie noch nicht. Da war der Moment, als ich ihn um Erlaubnis und die Möglichkeit bat, eine Party für Riva zur Wiedergutmachung zu organisieren, womit der Dämon sofort einverstanden war. Ein Gespräch, während sie sich versteckte, nachdem sie versehentlich einen unserer Schattenwesen-Freunde verletzt hatte, und Rollick mir versicherte, dass er keine Vergeltung üben würde.

Ich habe ihm geglaubt. Ich kann nicht mit Sicherheit sagen, was geschah, nachdem wir die Jugendlichen aus der Einrichtung befreit hatten, was sich als Falle für uns herausstellte. Allerdings kann ich mir nicht vorstellen, dass Rollick die jüngeren Schattenblüter absichtlich abschlachten ließ.

Falls sie durch die Hand von Schattenwesen starben, dann trotz ihm, nicht wegen ihm.

Ich kann keine Gefühle mit den Erinnerungen übermitteln, aber vielleicht ist das auch gar nicht nötig. Riva will eine objektive Perspektive, um ihre eigenen Erinnerungen zu ergänzen.

Dabei kann ich ihr helfen. Ich kann ihr eine umfassendere Sicht der Realität zeigen.

Während ich von einer Erinnerung zur nächsten springe, steigt eine andere Art von Zufriedenheit in mir auf.

Riva nannte mich den Geschichtenerzähler der Schattenblüter. Das beinhaltet weitaus mehr, als die anderen nur zu unterhalten. Mit den Einblicken in die Vergangenheit, die ich in meinem Kopf habe, kann ich die Wahrheit zeigen – Wahrheiten, die uns sonst vielleicht entgehen würden.

Das habe ich schon einmal getan. Damals habe ich Riva gezeigt, wie die Wärter uns über ihre Rolle bei Griffins vermeintlichem Tod getäuscht hatten. Ich habe sie meine

Sichtweise meines Streits mit Jacob sehen lassen, nachdem ich zum ersten Mal mit ihr geschlafen hatte. Bisher war mir das nicht klar.

Das erneute Durchleben der Erinnerungen, während ich sie auf Rivas Geist projiziere, bestärkt mich in meiner Überzeugung. Rollick war kein Mensch, und sein Sinn für Moral mag dadurch etwas verzerrt sein, aber nicht viel mehr als unsere Moral als Schattenblüter.

Wenn es darauf ankam, war er für uns da. Ich habe nie mitbekommen, dass er unnötig grausam war.

Als ich die mentale Verbindung unterbreche, blinzelt Riva ein paar Mal und reibt sich die Stirn. Sie schenkt mir ein schiefes Lächeln, das eher unbehaglich als glücklich wirkt.

„Ich will nur sichergehen, dass wir uns nicht verlaufen", sagt sie leise. „Dass wir nicht in die falsche Richtung gehen. Aber ich denke, egal, was wir tun, wird im großen Ganzen richtig sein."

Richtiger als das, was wir in der Villa erleben? Ich kichere leise. „Ja, das denke ich auch."

Ich halte inne, als ich Rivas Unsicherheit bemerke, auch wenn ich nicht ganz verstehe, was in ihrem Kopf vorgeht. Fragt sie sich, ob sie unseren Eindrücken von Rollick glauben soll ... oder dem, was die Wärter uns gezeigt haben?

Zu diesem Thema kann ich noch mehr sagen. Oder vielmehr zeigen.

Ich streiche mit meinen Fingern über ihre Schläfe. „Da ist noch etwas."

In einem flüchtigen Strom rufe ich die Erinnerungen daran wach, wie die Wärter uns auf verschiedenen Arten hintergangen haben. Wie sie uns in die Irre geführt und manipuliert haben. Nur flüchtige Blicke auf die verschiedenen Situationen, genug, um Rivas eigene unangenehme Erinnerungen wachzurufen, ohne sie zu zwingen, länger als nötig darin zu verweilen.

Ich befeuchte meine Lippen und sehe ihr in die Augen. „Wir wissen, dass es oft nicht richtig war, in diese Richtung zu gehen."

Wir haben keinen direkten Beweis dafür, dass Rollick uns jemals belogen hat. Die Wärter hingegen haben das ständig getan.

Rivas Finger krümmen sich um die Karte. Dann nickt sie scharf.

„Gut. Ich weiß, wo wir anfangen sollten. Wir haben keinen Nachtisch gegessen."

Sie zieht mich weiter die Straße hinunter, um ein paar Ecken und zu einer Konditorei, die ihr wohl bei unserem früheren Rundgang aufgefallen ist.

Eine Konditorei mit einem kleinen Schild, das auf ein Internetcafé verweist.

EINUNDZWANZIG

Riva

Es fühlt sich seltsam an, die gewagteste Auflehnung zu starten, seit Balthazar uns entführt hat, während wir über die vorzüglichen Cannoli plaudern, die wir gerade verspeisen. Ich nehme einen Bissen und schmecke die süße Füllung auf meiner Zunge, während ich mit der freien Hand heimlich auf der Tastatur unseres gemieteten Computers tippe.

Andreas sieht mit einem lässigen Lächeln und wachsamen Augen zu. Er hat uns zu dem Computer direkt neben dem Lautsprecher geführt, aus dem fröhliche italienische Popmusik dudelt, um das leise Klicken der Tasten zu überdecken.

Seit Griffin mir erzählt hat, dass er grünes Licht für dieses „Date" bekommen hat, zerbrach ich mir den Kopf darüber, wie ich den Dämon, der uns unter seine Fittiche genommen hatte, erreichen könnte. Die Frage war nicht, wie, sondern ob ich es tun sollte.

Ich rufe die Website des Beach Bliss Hotels in Miami auf. Das Design ist auffällig, aber auf eine raffinierte Art und Weise, genau wie das Gebäude – und der Dämon selbst.

Ganz unten finde ich den Link zur Kontaktseite. Als ich darauf klicke, gelange ich zu einer schmucklosen Seite mit einem Formular.

Es wäre besser gewesen, wenn dort separate E-Mail-Adressen für die verschiedenen Abteilungen des Unternehmens gelistet wären. Dann wäre es sicherer, dass die Nachricht Rollick schnell erreicht. Oder überhaupt.

Trotzdem ist dies bei weitem die beste Strategie, die mir eingefallen ist. Selbst wenn ich Zugang zu einem Telefon hätte, wüsste ich seine Nummer nicht auswendig. Und ich habe keine Ahnung, wie seine persönliche E-Mail-Adresse lautet.

Das Hotel war sein Hauptgeschäft und, soweit ich das beurteilen kann, auch sein Zuhause. Ein großer Teil der Angestellten, wenn nicht sogar alle, waren Schattenwesen.

Bitte, lass denjenigen, der die E-Mails des Hotels überprüft, einer von ihnen sein. Oder zumindest ein Mensch, der gehorsam genug ist, meine Anweisungen zu befolgen, egal wie seltsam er die Nachricht findet.

Ich schiebe mir den letzten Cannolo in den Mund, damit ich mit beiden Händen tippen kann, und bin so konzentriert, dass ich das Knacken des Teigs und die Süße des letzten Bissens kaum wahrnehme.

Dies ist eine wichtige Nachricht für den Inhaber des Hotels. Auch wenn sie für Sie möglicherweise komisch klingt – er wird mein Anliegen verstehen.

Hier ist Riva. Die Jungs und ich werden von einem abtrünnigen Wärter festgehalten. Er zwingt uns, ihm zu helfen, und hat bereits mindestens zwei der jüngeren Schattenblüter getötet. Wir haben noch keine Möglichkeit gefunden, ohne Hilfe zu entkommen. Wir hoffen, dass ihr zu uns gelangen könnt oder Schattenwesen schickt, die uns befreien können. Sein Nachname ist Balthazar, und er hält uns in einer Villa auf einem steilen Hügel in einem abgelegenen Teil Italiens gefangen, nur ein paar Stunden von Florenz entfernt.

„Südlich", murmelt Andreas, als würde er einen Kommentar zu unserer Karte abgeben.

Ich ändere meinen letzten Satz. *Ein paar Stunden südlich von Florenz. Mindestens ein Schattenwesen wurde gezwungen, mit ihm zusammenzuarbeiten. Vielleicht kannst du über deine Verbindungen mehr herausfinden. Zu seinen Mitarbeitern gehören auch eine Frau namens Toni und ein Mann namens Matteo. Das ist leider alles, was wir wissen.*

Wenn du kommst, sei bitte vorsichtig. Er hält uns mit speziellen Fesseln in Schach, die uns im Handumdrehen töten können, wenn er will. Und ich glaube, er würde uns lieber tot sehen, als uns entkommen zu lassen.

Ich lehne mich erschöpft zurück, damit Drey lesen kann, was ich geschrieben habe. Er nickt zustimmend und drückt meine Schulter.

Ich habe keine eigene E-Mail-Adresse, die ich in das Formular eintragen könnte. Allerdings bezweifle ich ohnehin, dass ich die Gelegenheit haben werde, eine Antwort zu lesen. Ich tippe *riva@schattenblüter.com* in das Feld ein, als ob meine Erklärung, wer ich bin, in der Nachricht selbst nicht schon deutlich genug wäre.

Dann klicke ich mit angehaltenem Atem auf Senden.

Mein Körper versteift sich und halb rechne ich mit einer Bestrafung durch meine Fesseln. Oder damit, dass ein Haufen Wärter hereinstürmt. Stattdessen dudelt die Popmusik fröhlich weiter, und wir verlassen das Café vollkommen unbehelligt.

Ich atme langsam aus und schaffe es trotz meines Unwohlseins, Andreas anzugrinsen.

Ich habe es getan. Es war das Einzige, was mir eingefallen ist, und möglicherweise wird sich der Schachzug nicht so bald auszahlen, wenn überhaupt.

Doch es ist ein weiteres Fünkchen Hoffnung, das uns die bevorstehenden Verrücktheiten unseres Entführers durchhalten lässt.

Andreas nimmt meine Hand und zieht mich auf die Beine. Er steckt die Karte in seine Tasche. „Ich habe mir eine gute Route von hier aus ausgesucht. Vertraust du mir?"

Diesmal fällt mir das Lächeln ein wenig leichter. „Natürlich."

Während wir die Straße entlanggehen, streicht Drey mit dem Daumen über meinen Handrücken. „Wir haben schon eine Menge durchgestanden. Heute geht es darum, dass du dich ein wenig entspannst. Meinst du, du kannst die Sorgen für einen Moment vergessen und es genießen, hier zu sein?"

Ich weiß, dass er mit „eine Menge" die E-Mail meint, die ich gerade geschickt habe, sowie alles, was wir bisher durchgemacht haben. Ich bin immer noch angespannt, aber er hat recht. Im Moment kann ich nichts tun, um unsere Situation zu verbessern.

„Ja", antworte ich. „Zumindest kann ich es versuchen."

Andreas grinst mich an. „Dann werde ich mein Bestes tun, um den Rest des Tages so angenehm wie möglich zu gestalten."

Er führt mich an einigen historischen Gebäuden vorbei, denen ich vorher kaum Beachtung geschenkt habe, und weist mich auf architektonische Details hin. Wir halten an, um Tafeln zu lesen, auf denen die Bedeutung der Gebäude beschrieben wird.

Nach den ersten Tafeln schaut Andreas mich an. „Das ist irgendwie tröstlich, findest du nicht? Dass diese Gebäude und die damit verbundenen Erinnerungen Hunderte von Jahre überdauert haben.“

Ich glaube, ich verstehe, was er meint. „Es ist schön, zu wissen, dass es möglich ist.“

Die Schrecken, mit denen wir jetzt konfrontiert sind, sind nur ein Staubkorn in der Weltgeschichte. Balthazars Einfluss könnte am Ende nicht mehr sein als ein aufflackernder Funke.

Die schönen Dinge, die Menschen geschaffen haben, können eine Menge Ärger überdauern.

Andreas führt uns von den Straßen mit den hoch aufragenden Gebäuden zu einem weitläufigen Park. In der herbstlichen Kälte blühen keine Blumen in den Gärten, aber beeindruckende Statuen blicken auf die perfekt geformten Hecken, die sich durch das Grün schlängeln.

An einem imposanten Springbrunnen bleiben wir stehen und betrachten das Wasser, das über den gemeißelten Stein fließt. Das rhythmische Plätschern beruhigt meine angespannten Nerven.

Zu dieser Jahreszeit tummeln sich nicht viele Touristen im Park. Das Geräusch der Stimmen verstummt, als wir tiefer in die Hecken vordringen.

Dreys Gesicht erhellt sich, als er eine Nische entdeckt, die wie eine Sackgasse in einem Labyrinth aussieht. An der begrünten Wand steht eine Steinbank.

Er zieht mich auf die Bank und nimmt auch meine andere Hand in seine. Seine Augen blitzen verschmitzt.

„Ich habe gerade gedacht … Unsere Kräfte fühlen sich manchmal wie eine Last an. Wir haben nicht darum gebeten. Die Wärter haben sie uns einfach aufgezwungen.“

„Und viele Leute würden sie gerne benutzen oder zerstören“, murmle ich.

„Ja. Aber unsere Kräfte sind mehr als das. Sie sind ein Teil von *uns*. Es gibt so viele Dinge, die wir nicht hätten tun können, wenn wir nicht zu dem gemacht worden wären, was wir sind."

Ich kann mich nicht wirklich über die Zerstörung freuen, die ich mit meinem Hunger nach Schmerz verursacht habe. Andererseits bin ich froh, dass ich meinen Schrei ausstoßen konnte, um uns zu retten, als es nötig war.

Und meine Stärke und Schnelligkeit haben mir Momente des Hochgefühls beschert, die ich sonst nicht erlebt hätte. Ich mag die Kraft, die durch meine Muskeln fließt, wenn ich sie anspanne.

Während ich schweigend darüber nachdenke, drückt Andreas sanft meine Hände. „Wie würde es dir gefallen, noch eine Sache zu erleben, die niemand sonst in dieser Stadt gemacht hat?"

Ich ziehe eine Augenbraue hoch. „Woran hast du gedacht?"

Statt mir mit Worten zu antworten, spüre ich ein Kribbeln auf meiner Haut. Erst kriecht es meine Arme hinauf und breitet sich dann rasend schnell an meinem ganzen Körper aus.

Vor meinen Augen verschwindet Andreas. Aber nicht nur er. Als ich meinen Blick auf unsere verschränkten Hände richte, wo ich noch den Druck seines Griffs spüre, bin auch ich verschwunden.

Statt unserer Hände sehe ich nur die Bank.

Andreas lässt eine meiner Hände los, und ich deute auf die Hecke neben uns. Ich kann nichts sehen außer den dichten Blättern, die über meinen Arm streichen, als ich daran vorbeigehe.

Ein älteres Ehepaar schlendert an unserer Nische vorbei und betrachtet sie mit ausdrucksloser Miene, die verrät, dass sie uns nicht sehen. Mein Herzschlag beschleunigt sich vor Nervosität.

„Es ist keine große Sache", erklärt Andreas mit leiser

Stimme. „Wir sind nur vorübergehend unsichtbar. Das bedeutet, dass ich das hier tun kann, und niemand wird uns aufhalten."

Seine Finger zeichnen meinen Kiefer nach, bevor er meinen Mund auf seinen zieht.

Als ich die Augen schließe, fühlt es sich nicht anders an als sonst. Andreas ist hier bei mir, in jeder Hinsicht, die zählt.

Der einzige Unterschied ist, dass wir uns keine Sorgen machen müssen, dass uns jemand sieht und uns wegen unseres unzüchtigen Verhaltens verurteilt.

Denn wir sind Schattenblüter. Wir sind etwas *Besonderes*.

Auch wenn ich hasse, was die Wärter uns angetan haben und was sie aus uns gemacht haben … unsere Natur bringt Erstaunliches mit sich. Es gibt nur sechs von uns deren Kräfte stark genug sind, um es mit echten Monstern aufzunehmen.

Und wir müssen sie nicht ausschließlich zum Kämpfen einsetzen.

Die Schatten in meinen Adern zittern und flackern. Meine Sehnsucht nach dem Mann in meinen Armen wächst mit jeder Sekunde unseres Kusses, mit jeder Berührung seiner Hand, die von meiner Schulter zu meiner Hüfte und wieder zurück streicht.

Das Verlangen war nie wieder so stark wie damals, als wir zum ersten Mal miteinander schliefen und sich unsere rauchige Essenz miteinander vereinte. Doch mir ist klar, dass ich mich immer nach ihm sehnen werde. Er ist ein Teil von mir.

Wir sind vom gleichen Blut.

Ich vertiefe unseren Kuss und lege meinen Arm um seinen Hals. Lust flackert zwischen meinen Schenkeln auf.

Ich muss mich daran erinnern, was wirklich wichtig ist, egal was für eine Scheiße wir gerade durchmachen. Ich *brauche* diese körperliche Verbindung genauso wie alles andere, was wir teilen. Und zwar mit allen meinen Jungs, oder zumindest mit allen, die dazu bereit sind.

Balthazar mag uns in Handschellen halten und bedrohen, aber nicht einmal er kann uns besitzen. Nicht ganz.

Als ich nach dem Saum von Andreas' Shirt greife und meine Hand darunter schiebe, stockt ihm der Atem. Sein Mund gleitet an meinem Kiefer entlang bis zur Kieferbeuge.

„Riva, wir müssen nicht …", murmelt er leise, und ich spüre seinen heißen Atem auf meiner Haut.

Das Verlangen, das die Luft erfüllt, verrät mir, dass er trotz seiner Worte genauso erregt ist wie ich.

Ich fahre mit den Fingern über seine muskulöse Brust. „Ich weiß. Aber ich möchte es. Weil wir es können. Weil ich dich immer will."

Er gibt einen angestrengten Laut von sich und knabbert an meinem Ohrläppchen. „Ich will dich auch immer, Tinkerbell. Aber wir müssen leise sein. Ich kann uns vor Blicken verstecken, aber nicht vor Ohren."

Ich gluckse leise an seinen dichten Locken. „Darin habe ich Übung."

Meine Hand gleitet tiefer, und Andreas schluckt ein Knurren hinunter. Dann drückt er mich auf die Bank und beugt sich über mich.

Sein Mund streift meinen Kiefer, meinen Hals und den oberen Teil meiner Schulter. „Eines Tages wird es nicht mehr so sein. Ich freue mich schon darauf, zu hören, wie du alles rauslässt."

Er umfasst meine Brüste durch den Stoff meines Kleides, und ich wölbe mich unter seiner Berührung. Als er mit seinem Daumen über die empfindlichen Spitzen streicht und mir ein leises Wimmern entweicht, ziehe ich seine Lippen schnell auf meine, um den Laut zu dämpfen.

Sosehr ich auch jedes bisschen Leidenschaft, das Drey

mir bieten kann, in mich aufsaugen möchte, ist mir klar, dass dieses Zwischenspiel nicht lange dauern darf. Was ist, wenn einer der wenigen anderen Parkbesucher beschließt, dass diese Bank ein schöner Platz zum Sitzen ist?

Was ist, wenn Balthazar uns zurückruft?

Ohne unseren Kuss zu unterbrechen, greife ich nach dem Bund von Andreas' Jeans. Mit einem leisen Stöhnen streiche ich über seine heiße Erektion.

Er reißt den Rock meines Kleides hoch und streicht mit seinen Fingern über mein bereits feuchtes Höschen. Ich winde mich bei seiner Berührung und dämpfe mein Keuchen, indem ich ihn erneut küsse.

Es ist nicht nur besonders oder berauschend, mit diesem Mann zusammen zu sein. Es fühlt sich wie eine Art Wunder an.

Obwohl wir mehr als einmal auseinandergerissen wurden, haben wir zueinander zurückgefunden. Und jetzt brennen eine Liebe und ein Vertrauen zwischen uns, das ich nicht für möglich gehalten hätte, als ich damals als unsicherer Teenager für ihn schwärmte.

Ich schaffe es, Andreas' Reißverschluss zu öffnen. Während ich seinen steifen Schwanz aus seiner Boxershorts ziehe, zieht er mir mein Höschen über die Beine.

Meine Knie spreizen sich um seine Hüften, und er dringt in mich ein, während unsere Lippen erneut aufeinanderprallen.

Meine Schatten singen, und ich stemme mich ihm entgegen. Meine Wirbelsäule stößt gegen den glatten Stein unter mir, doch mich kümmert weder der Schmerz noch die blauen Flecken, die dadurch möglicherweise entstehen werden.

Wir sind mitten in einer Stadt voller Menschen und doch gleichzeitig allein in unserer eigenen unsichtbaren Welt. Egal, was als Nächstes passiert, Balthazar kann uns diesen Moment nicht stehlen.

Trotzdem versucht er es. Als Andreas mit einem röchelnden Atemzug tiefer in mich eindringt, geben die Bänder an unseren Handgelenken einen schwachen Alarmton von sich.

Bevor ich mich auch nur ansatzweise verkrampfen kann, packt Drey meine Oberschenkel und stößt tiefer zu. Seine Lippen brennen auf meinen.

Er braucht nichts zu sagen, damit ich verstehe, dass er diesen gestohlenen Moment der Intimität nicht einfach so aufgeben wird. Und dieser Trotz entfacht ein noch heißeres Feuer in mir.

Ich begegne seinen Stößen und grabe meine Finger in seine Schultern. Er beschleunigt sein Tempo und jagt die begierigen Atemzüge, die ich jetzt gegen seine Wange ausstoße.

Dann trifft sein Schwanz die perfekte Stelle tief in mir, und die Fesseln vibrieren erneut.

„Auf keinen Fall", stöhnt Andreas. „Nicht bevor ich mit dir fertig bin."

Das Verlangen in seiner Stimme und der pulsierende Druck in mir geben mir den Rest. Ich kann mir ein Stöhnen nicht verkneifen, als ich komme. Lust durchflutet jeden Zentimeter meines Körpers.

Drey folgt mir ebenfalls mit einem Stöhnen und schmiegt sein Gesicht an meinen Hals. Er hält mich mehrere Herzschläge lang fest, bevor er seinen Kopf hebt, um einen weiteren Kuss einzufordern. Dann setzt er sich auf und hilft mir, meine Klamotten glatt zu streichen.

„Wir sind auf dem Weg", teilt er unseren Armbändern leise mit. „Ich musste nur noch eine Kleinigkeit erledigen."

Nachdem Andreas sich vergewissert hat, dass niemand in

der Nähe ist, macht er uns wieder sichtbar und taucht mit einem triumphierenden Grinsen vor meinen Augen auf.

Diese kleine Schlacht haben wir gewonnen. Balthazar hat uns nicht bewusstlos werden lassen oder uns anderweitig geschädigt, weil wir eine Minute länger gebraucht haben.

Soweit er wusste, hätten wir möglicherweise wirklich nicht sofort zurückkehren können Schließlich kannte er die genauen Umstände nicht.

Ein kleines Schlupfloch in dem Wirrwarr, in das er uns verwickelt hat.

Ich weiß nicht, ob er uns noch einmal einen Ausflug gewähren wird, nachdem wir seine Geduld überstrapaziert haben, doch das scheint ohnehin unwahrscheinlich. Alles, was zählt, ist die Leichtigkeit, die mich durchströmt, als Andreas und ich uns auf den Weg zurück zum Auto machen.

Das vorübergehende Freiheitsgefühl hält auf der Fahrt zur Villa an, während ich mich auf dem Rücksitz an Drey schmiege. Und auch noch, als das Auto über die Zugbrücke auf das Gelände fährt, wo wir von Toni erwartet werden.

„Ihr hattet euren Spaß", sagt sie. „Jetzt hat Mr. Balthazar eine andere Aufgabe für euch."

ZWEIUNDZWANZIG

Riva

Es fühlt sich seltsam an, als ich die Schilder mit den englischen Wörtern auf den Straßen sehe. Viele von ihnen kann ich im schummrigen Licht der Straßenlaternen nicht richtig erkennen, aber es verleiht der Gegend ein Gefühl von Heimat, von dem ich nicht wusste, dass ich es vermisst habe.

Es ist nicht das erste Mal, dass wir von unseren neusten Wärtern auf eine Mission in einen englischsprachigen Ort geschickt werden. Die Gala, auf der ich mein politisches Attentat verübt habe, muss ebenfalls in den USA stattgefunden haben.

Damals wurden wir jedoch direkt am Einsatzort abgesetzt und hatten keine Gelegenheit, uns umzusehen, geschweige denn herumzustreifen.

Jeder andere Ort, an den Balthazar oder Clancy uns geschickt haben, war irgendwo jenseits des Kontinents, auf dem wir aufgewachsen sind. Oft wussten wir nicht einmal, in welchem Land wir waren.

Es gibt mir ein Gefühl der Sicherheit, dass ich die Sprache verstehe, die in den Schaufenstern, über den Türen und auf den Anzeigen in einem Bushäuschen zu lesen ist. Balthazar und seine Leute haben uns nicht verraten, in welche Stadt wir fahren, aber es ist warm für Spätherbst. Natürlich könnten wir auch in Australien sein, aber das Erscheinungsbild des Ortes, die Geräusche und Gerüche und die allgemeine Atmosphäre kommen mir bekannt vor.

Wahrscheinlich sind wir irgendwo im Süden der USA. Vielleicht kann ich an einem der Gebäude, an denen wir vorbeifahren, einen Hinweis auf einen Bundesstaat oder die Stadt selbst entdecken.

Das wird uns zwar nicht verraten, warum wir hier sind oder welche Rolle es für Balthazar spielt, doch ich nehme, was wir kriegen können.

Sein Fahrer hat unseren Haltepunkt gut gewählt, um Zian, Andreas und mich sowohl im metaphorischen als auch im wörtlichen Sinne im Dunkeln zu lassen. Die meisten Gebäude, an denen wir auf dem kurzen Weg zu unserem Ziel vorbeikommen, sind langweilige Bürogebäude mit Firmennamen, die nicht verraten, welche Dienstleistungen oder Produkte sie anbieten. Wenn auf den wenigen Straßenschildern, die am Wegesrand stehen, der Name der Stadt steht, wie ich es mancherorts gesehen habe, dann ist er zu klein gedruckt, als dass ich ihn in der Nacht erkennen könnte.

Vor uns kommt ein weiteres Bürogebäude in Sicht, das aus Betonplatten und horizontalen Glasrechtecken besteht. Unseren Anweisungen zufolge sollte es sich an der Ecke befinden, mit einem großen Logo in Form eines halbierten roten Gänseblümchens an der Wand neben der Eingangstür.

Als ich auf der gegenüberliegenden Straßenseite stehen

bleibe, greife ich nach hinten und berühre die kleine Tasche, die ich auf dem Rücken trage. Ich vergewissere mich, dass ich meine Fracht dabeihabe.

Heute werden wir nichts stehlen, sondern etwas abliefern. Irgendwie erscheint das noch bedrohlicher, da ich mir nicht vorstellen kann, dass Balthazar erfreuliche Geschenke macht.

Ich könnte mir vorstellen, ich würde allein an der Straßenecke stehen. Wir sind nur zu dritt von der Villa aus zu diesem letzten Job aufgebrochen, und Andreas' einzige Aufgabe bestand darin, seine erweiterten Kräfte zu nutzen, um Zian, meine Fracht und mich unsichtbar zu machen. Zee und ich haben ihn im Wagen zurückgelassen.

Der schwache Hauch eines Atemzugs verrät mir, dass Zee immer noch neben mir ist. Ich verspüre den Drang, nach ihm zu greifen, um mich zu vergewissern, doch es erscheint mir riskant, wenn er meine Hand nicht einmal kommen sehen kann.

„Bereit?", flüstere ich. Obwohl ich niemanden in der Umgebung sehe, verspüre ich automatisch den Drang zur Vorsicht.

Zian antwortet mit einer Wiederholung des nächsten Teils unserer Anweisungen. „Mitte der Südseite, zwölfter Stock." Er atmet hörbar ein. „Bringen wir es hinter uns."

Wegen unserer übernatürlichen körperlichen Kräfte hat Balthazar uns beide für den Hauptteil dieses Auftrags ausgewählt. Keiner der anderen Schattenblüter hätte an den kleinen Rillen im Beton Halt gefunden und zwölf Stockwerke hinaufklettern können, ohne Angst haben zu müssen, abzustürzen.

Wenn ich allerdings die Wahl hätte, wäre ich lieber mit einem Seil gesichert.

Zian und ich klettern schweigend nach oben. Nur unsere keuchenden Atemzüge sind zu hören. Da ich spüre, wenn er sich bewegt, weiß ich, dass er nur einen halben Meter von mir entfernt ist.

Ich halte meinen Blick nach oben gerichtet und stelle mir vor, wie er neben mir her klettert.

Der Aufstieg fällt mir leichter, als ich es gewohnt bin. Matteos Training hat nicht nur meinen Todesschrei, sondern auch meine Kraft und meine Geschwindigkeit verbessert.

Ich habe immer noch das Gespräch mit Andreas im Hinterkopf, als er darüber sprach, wie unsere Kräfte sowohl für uns als auch für andere Menschen wirken können, und ein Hochgefühl durchströmt mich. Es gefällt mir nicht, dass ich dieses Kunststück für Balthazar vollbringe … Aber es ist berauschend, dass ich den Aufstieg überhaupt bewältigen kann.

In jedem Stockwerk befindet sich eine Fensterreihe. Ich beschleunige mein Tempo ein wenig und freue mich über meine Geschwindigkeit, während ich die Stockwerke im Kopf mitzähle, bis ich bei zwölf angelangt bin.

Dann hake ich meine Krallen so tief wie möglich in die kleine Betonlippe ein und stelle mich darauf ein, dass ich mindestens ein paar Minuten lang dort hängen werde. „Mach weiter.“

Diesen Teil kann nur Zian übernehmen. Balthazar will, dass wir keine offensichtlichen Spuren hinterlassen.

Ich spüre einen warmen Lufthauch, und ein dünner rötlicher Schimmer erscheint am Fensterrahmen. Zee hat die Schärfe seines Röntgenstrahls so verfeinert, dass er ihn gleichmäßig ausrichten kann.

Als die glühende Linie an der letzten Seite entlangläuft, beginnt das zugeschnittene Glas zu wackeln. Ich halte sie mit den Fingern fest, damit sie nicht herausfällt und auf dem Boden zerbricht.

Als Zian mit dem Schneiden fertig ist, hält er die andere

Seite. Dann lassen wir das Glas gemeinsam nach drinnen auf den Boden fallen.

Es klirrt an den vertikalen Jalousien, die über dem Fenster geschlossen sind. Sie rascheln, als wir nacheinander durch die Öffnung in den dahinter liegenden Raum klettern.

Das großzügige Büro ist dunkel. Ich traue mich nicht, eine Lampe einzuschalten, aber ich stelle die Jalousien so ein, dass sie etwas von dem Licht der Stadt und dem Mondlicht von draußen hereinlassen.

Die schwache Beleuchtung erhellt einen breiten Mahagonischreibtisch, dahinter mehrere Bücherregale und am anderen Ende des Raums eine Gruppe moderner Sessel und einen Zweisitzer mit einem eleganten Couchtisch in der Mitte. Das Arbeitszimmer dieses Typen – oder dieser Typin – ist so groß wie der Salon in der Villa.

Ich schätze, es gehört jemand ziemlich Wichtigem. Womöglich dem Chef oder der Chefin des Unternehmens, in das wir eingedrungen sind.

Natürlich interessiert Balthazar sich nicht für irgendwelche unbedeutenden Untergebenen.

Wir müssen einen Platz für sein „Geschenk" finden. Als ich mich aufmerksam in dem Raum umsehe, streifen Fingerspitzen meinen Arm.

Zian hat nach *mir* gegriffen. Ich halte still, und er lässt seine Hand auf meinem Ellbogen.

Er kommt ein wenig näher, bevor er spricht. Er berührt mich nirgendwo sonst, doch die Wärme, die sein unsichtbarer Körper ausstrahlt, streift meine Haut.

„Was denkst du?", haucht er.

Ich lege den Kopf schief und konzentriere mich auf den Raum statt auf meinen Herzschlag, der sich bei Zees Berührung beschleunigt. Wir sollen den unbekannten Gegenstand in seiner mit Klebeband umwickelten Verpackung irgendwo zurücklassen, wo er gefunden werden *kann*, aber nicht auffällt. Es sei denn, jemand weiß, wonach er Ausschau hält.

Vorsichtig gebe ich Zee einen Schubs in Richtung der Bücherregale. Als wir uns hinüberschleichen, löst er seine Finger von meinem Arm, bleibt aber nah genug, dass ich seine Anwesenheit spüre.

Ich halte inne und betrachte die gerahmten Urkunden an der Wand neben den Regalen. Meine erste Vermutung war also richtig. Dieses Büro scheint jemandem namens Rodney Milner zu gehören. Einem Rodney Milner, der einen Master-Abschluss und einige andere Preise und Auszeichnungen erhalten hat, auf die er stolz genug ist, um sie zur Schau zu stellen.

Die meisten der Auszeichnungen oder Organisationen sagen mir nichts, aber eine davon ist die International Clean Energy Federation. Nicht, dass ich diese Organisation bis zu diesem Moment gekannt hätte, doch ich betrachte den Namen mit gerunzelter Stirn.

Der Politiker, den ich für Balthazar ermordet habe, hatte etwas mit fossilen Brennstoffen zu tun. Steht dieser Typ also auf der Gegenseite einer Energiedebatte?

Versucht Balthazar nur, alle in ein totales Chaos zu stürzen, oder gibt es ein Muster, das ich nicht erkenne?

Zian tippt mir auf die Schulter und lenkt meine Aufmerksamkeit wieder auf unsere Aufgabe. Ich trete näher an ihn heran, und wir inspizieren gemeinsam die Bücherregale.

„Hier?", murmelt Zian und führt meine Hand zaghaft zu einem Bereich mit einigen kleineren Büchern. „Oder wäre es zu auffällig, wenn wir es einfach obendrauf legen?"

Ich brumme leise. „Ich denke, wir sollten es hinter irgendeinem Gegenstand verstecken. Ist in den höheren Regalen etwas, hinter dem wir es ablegen können?"

Zee antwortet nach einer kurzen Pause. „Hauptsächlich

Bücher, aber auch ein paar Schnapsflaschen und eine Zigarrenkiste."

„Wie groß ist die Kiste?"

„Ungefähr …" Er zögert und nimmt dann meine beiden Hände. Sanft bringt er sie auf einen Abstand von etwa zwanzig Zentimetern.

Meine Haut kribbelt bei der Berührung, aber ich dränge nicht auf mehr. „Ich denke, das ist zu klein. Und wir wissen nicht, wie oft er sie herausnimmt."

Ich schubse Zian weiter die Regalreihe hinunter. Er zieht meine Hand zu einem Regal auf Kinnhöhe. „Könnten wir diese Bücher ein wenig weiter herausziehen?"

Er hat einen Platz mit einer Reihe passender Bände gefunden, die trotz ihrer Höhe alle relativ schmal sind.

Ich lächle. „Gute Idee. Das ist perfekt."

Während ich das Paket aus meiner Tasche hole, zieht Zian ein paar Bücher heraus, um Platz zu schaffen. Nachdem ich es hinter den Rest der Reihe geschoben habe, stellt er die herausgenommenen Bände zurück, und ich fahre mit den Fingern über die oberen Kanten, um mich zu vergewissern, dass es nicht zu sehen ist.

Im Moment ist das Paket im wahrsten Sinne des Wortes so unsichtbar wie wir selbst. Bei den jüngsten Experimenten mit Andreas' Kräften hat Matteo allerdings festgestellt, dass die Unsichtbarkeit nach einigen Stunden automatisch nachlässt.

Ich trete zurück und hebe eines meiner Handgelenke zum Mund. „Erstes Bücherregal links, viertes Fach", flüstere ich der Fessel zu.

Balthazar wollte wissen, wo genau wir sein kleines Geschenk gelassen haben.

Der Auftrag ist erledigt. Wir können jetzt gehen. Doch als ich mich umdrehe, bleibt mein Blick auf dem Schreibtisch hängen. Papiere und Ordner stapeln sich in den

Ablagefächern auf der einen Seite, der Laptop liegt geschlossen auf der dünnen Unterlage in der Mitte.

Es besteht nicht die geringste Hoffnung, dass ich das Passwort für den Computer dieses Mannes hacken kann, aber vielleicht können uns die Unterlagen Aufschluss über seine jüngsten Aktivitäten geben. Aktivitäten, die Balthazars Feindseligkeit hervorgerufen haben könnten.

Ich darf diese Gelegenheit nicht ungenutzt verstreichen lassen.

Zian sagt nichts, während ich ein paar Dokumente aus dem obersten Fach nehme. Ich blättere sie durch, wobei ich sorgsam darauf achte, die ursprüngliche Reihenfolge nicht durcheinanderzubringen.

Nichts davon ist aufschlussreich für unsere Zwecke. Es sind Berichte voller Zahlen und Abkürzungen, die ich nicht kenne, gefolgt von ein paar Memos, die eher nach alltäglicher Geschäftssprache klingen, nicht nach etwas Brisantem.

Zähneknirschend lege ich sie zurück und greife nach dem Stapel auf dem nächsten Tablett. *Komm schon, da muss doch irgendetwas sein.*

Dann schlage ich einen Ordner auf und finde es. Wenn auch völlig anders als erwartet.

Die oberste Seite ist ein Farbausdruck eines Artikels über Innovationen im Bereich sauberer Energie. Direkt unter der Überschrift ist eine Grafik, die ich wiedererkenne.

Es ist das stilisierte Wellen- und Wolkensymbol, das ich auf einem der Fotos in dem Album gesehen habe, das vermutlich seine Frau zusammengestellt hat. Die Metallhalterung an der Fassade eines Gebäudes, auf die Balthazar so stolz zu sein schien.

Meine Augen huschen über die Seite und blinzeln gegen das Halbdunkel an. Es ist ein Firmenlogo: *StreamCycle Enterprises, der Tech-Gigant, der seit langem als Vorreiter der Energierevolution gilt ...*

Arbeitet Balthazar für diese Firma? *Gehört* sie ihm? Irgendwie muss er schließlich das Geld für den Unterhalt dieser Villa, seiner Fahrzeuge und Mitarbeiter verdienen.

Als ich mich vorbeuge, um den Artikel zu lesen, fasst mich Zian am Arm.

In dem Moment, als ich erstarre, erreicht das Geräusch, das seine scharfen Ohren wahrgenommen haben müssen, auch meine. Ein entferntes, aber stetiges Rascheln von Schritten auf dem Teppich.

In den wenigen Sekunden, in denen ich es höre, wird es sogar noch lauter. Und es kommt in diese Richtung.

Mein Herz klopft. Ich ducke mich neben dem Schreibtisch und spüre, wie Zian sich mit mir bewegt.

Die Schritte kommen näher. Ist es ein Wachmann? Oder ein Angestellter?

Was, wenn es Rodney Milner selbst ist, der spätnachts noch etwas Dringendes zu erledigen hat?

Uns wird er zwar nicht sehen können, aber ich habe die Papiere oben auf dem Schreibtisch liegen lassen. Wenn jemand hereinkommt, könnte er merken, dass wir hier waren.

Panik steigt in mir auf und kribbelt in meiner Kehle. Ich richte mich auf und schiebe die Papiere zurück an ihren Platz, doch im selben Moment knarrt der Boden vor der Bürotür.

Mein Körper spannt sich an, ein Schauer der Macht jagt meine Wirbelsäule hinauf und ein erstickter Aufschrei dringt durch die Tür.

Im selben Moment durchströmt mich ein Anflug von Schmerz.

Oh, Scheiße. Ich habe ihm wehgetan. Ich habe meine Macht mit meinem Geist benutzt, ohne es zu merken.

Ich ertrinke in einer Flut von eiskaltem Entsetzen und

unterdrücke meinen Hunger nach Schmerz mit all dem Willen, den ich aufbringen kann.

Was habe ich ihm angetan? Meine panische Reaktion hat mich zu sehr erschreckt, dass ich nicht erkennen kann, wie schlimm ich ihn verletzt habe.

Wir dürfen keine Spuren hinterlassen.

Ich wollte das nicht. In meiner Panik ist meine Kraft einfach aus mir herausgeplatzt. Die Gestalt draußen flucht in offensichtlicher Verzweiflung. Aber es geht ihm gut genug, um wegzueilen, auch wenn es sich anhört, als würde er ein wenig humpeln.

Ich fahre mit der Zunge über die Rückseite meiner Zähne und schmecke die kurze Qual, die ich in mich aufgesogen habe. Ich glaube, ich habe ihm ein oder zwei Knochen in den Füßen gebrochen.

Wird er annehmen, dass es nur ein Zufall war? Dass er falsch aufgetreten ist?

Bestimmt wird er nicht auf die Idee kommen, dass ihm ein monströses Mädchen aufgelauert und ihn angegriffen hat … oder?

Während ich mich durch meinen inneren Aufruhr kämpfe, streift Zians Schulter die meine. Er nimmt meine Hand.

„Ich habe meine Augen sofort geschlossen, als ich es gemerkt habe. Ich wollte das nicht tun.“

Ich schaue mich um. Auf dem Boden unter dem Schreibtisch hat ein kleiner Brandfleck das Holz geschwärzt.

Auch Zee sind seine Kräfte entglitten. Wir waren beide nervös.

Und dank Balthazars und Matteos Arbeit sind unsere Kräfte viel stärker als früher.

Deswegen geraten sie leicht außer Kontrolle. Wie Jacobs telekinetische Fähigkeit, mit der er beliebige Objekte zerschmettert, wenn er wütend ist.

Ich schließe kurz die Augen, um mich zu sammeln.

Wir haben uns beide noch rechtzeitig gefangen. Wir haben den Auftrag nicht ruiniert. Wir wurden nicht erwischt.

„Schon gut", murmle ich Zian zu. „Es wird niemandem auffallen … Und wenn doch, werden sie keine Ahnung haben, dass es heute Nacht passiert ist."

Ich spüre sein Nicken. Meine Nerven liegen blank, und der Drang, zu schreien, brennt noch immer in meiner Kehle, wo es mir schwerfällt, ihn zu unterdrücken.

Als keine Schritte mehr zu hören sind, rapple ich mich auf und bringe die Papiere wieder in ihre ursprüngliche Reihenfolge. Dann eilen wir so schnell wie möglich zum Fenster.

Wir klettern hinaus und hieven das Glas an seinen Platz. Zian erhitzt die Kanten, die er herausgeschnitten hat, um die Scheibe wieder zusammenzuschmelzen.

Wenn jemand die Stelle, an der das Glas auf den Rahmen trifft, genauer ansieht, könnte es ihm seltsam vorkommen. Doch er würde niemals auf die Idee kommen, dass ein Stück herausgeschnitten und wieder eingefügt wurde.

Als wir hinunterklettern, bleibt der Rausch aus, den der Aufstieg in mir ausgelöst hat. Stattdessen pocht mein Herz in einem schweren Rhythmus.

Ich dachte, ich hätte endlich Frieden mit meinen Kräften geschlossen. Ich dachte, ich hätte sie inzwischen unter Kontrolle.

Hat Balthazar uns sogar diesen Frieden geraubt?

DREIUNDZWANZIG

Jacob

Ich lasse mich auf einen der Polstersessel fallen, stehe jedoch nach wenigen Sekunden wieder auf. Ich bin viel zu unruhig, um sitzenzubleiben.

Dominic und Griffin spielen eine Partie Dame, auf die sich, wie ich glaube, keiner von ihnen so recht konzentrieren kann. „Sollte das Gespräch nicht langsam vorbei sein?"

Dominic verzieht den Mund. „Wir wissen nicht, worüber Balthazar mit ihnen reden wollte."

Riva, Andreas und Zian sind vor ein paar Stunden von ihrer nächtlichen Mission zurückgekehrt. Ich habe gehört, wie sich die Zugbrücke absenkte, um das Auto einzulassen.

Toni hat sie sofort ins Wohnzimmer geführt und uns weggescheucht, als wir fragen wollten, ob alles gut gelaufen sei. Bisher sind sie noch nicht herausgekommen.

Mein Blick fällt auf meinen Bruder. „Wie fühlen sie sich? Kannst du eine Veränderung feststellen?"

Ich habe Griffin eine ähnliche Frage gestellt, kurz nachdem sie zurückgekommen sind. In diesem Moment meinte er, dass sowohl Riva als auch Zian aufgeregt waren. Etwas unruhig und ein wenig ängstlich, aber nicht verletzt. Sie waren nicht in unmittelbarer Panik.

Hat dieses lange Gespräch mit Balthazar ihren Gefühlszustand verbessert oder verschlechtert?

Griffin lehnt sich in seinem Stuhl zurück und wendet sich von dem Spiel ab. Sein Blick ist in die Ferne gerichtet.

Da er sie so gut kennt, kann er sie einzeln lesen. Mit dieser Fähigkeit hat er den Wärtern einst geholfen, uns über den ganzen Kontinent und darüber hinaus zu verfolgen.

Er wird Rivas Innerstes immer kennen, auf eine Weise, wie es mir nie möglich sein wird. Das Mal, das mich mit ihr verbindet, vibriert auf meinem Brustbein und ich bin mir ihrer Anwesenheit im Haus bewusst. Obwohl er die Verbindung mit ihr nicht auf die gleiche Weise gefestigt hat, hat er einen viel direkteren Draht zu ihrem Herzen.

Es sollte mich nicht mehr kümmern. Es sollte mich nicht stören, dass Balthazar sie mit Drey und Zee losgeschickt hat, obwohl sie mit meinen Kräften besser geschützt wäre.

Also tue ich einfach so, als würde es mich nicht stören. Mit dieser Strategie bin ich bisher ganz gut gefahren.

„Ihre Aufregung hat nachgelassen, aber sie ist immer noch da", sagt Griffin nach einem Moment. „Das allgemeine Unbehagen hat sich auch auf Andreas übertragen. Zian und er sind verärgert, Riva ist fast schon wütend."

Dominic hört ebenso aufmerksam zu wie ich. Seine finstere Miene bleibt. „Was auch immer Balthazar ihnen erzählt, es hilft nicht."

Ich kann mir ein Schnauben nicht verkneifen. „Wann tut es das jemals?"

Doch mit dieser schnippischen Bemerkung ist niemandem geholfen. Ich schlendere durch den Raum. In einem Bereich befinden sich ein Kamin und Polstersessel, in dem anderen ein Spieltisch und ein Schrank mit Brettspielen. „Wenn er ihnen nicht hilft, sollte er sie vielleicht gehen lassen, damit *sie* uns erzählen können, was los ist."

Natürlich würde das eher unseren Zwecken dienen als denen des Arschlochs. Ihn interessieren nur seine eigenen Wünsche.

Wenn ich genau wüsste, in welchem der Zimmer auf der anderen Seite der Villa er sich aufhält … Wenn ich dort hineinplatzen und ihm mit meinen Kräften den Hals umdrehen könnte, bis ich das befriedigende Knacken seines Rückgrats höre …

Meine Hände verkrampfen sich, und eine der Schranktüren fliegt mit einer solchen Wucht auf, dass sie gegen einen Beistelltisch knallt.

Mit einem Hauch von Scham atme ich langsam ein. Dann stoße ich die Tür mit der gleichen Kraft wieder zu, mit der ich sie versehentlich aufgerissen habe.

Griffin und Dominic kommentieren meinen Ausrutscher nicht, obwohl sie ihn bemerkt haben. Sie sind einfach nur höflich.

Ich öffne den Mund und will etwas sagen, das so klingt, als hätte ich zumindest eine *gewisse* Selbstbeherrschung, doch in diesem Moment erscheint Toni in der Tür.

Sie mustert uns mit ausdrucksloser Miene und nickt dann in Richtung Flur. „Mr. Balthazar möchte euch drei jetzt sehen."

Mein Puls beschleunigt sich mit einer Mischung aus Erleichterung und Verärgerung. Endlich werden wir etwas erfahren. Natürlich hat uns der Bastard lange warten lassen, bevor er sich dazu herablässt, uns mit Informationen zu versorgen.

Toni begleitet uns durch den Flur in den Salon. Sie tritt zurück, während wir hineingehen, und schließt die Tür hinter uns. Ich weiß nicht, ob sie draußen wartet und Wache hält, oder ob sie etwas anderes zu tun hat.

Was auch immer hier drinnen vor sich geht, es scheint sie nicht zu betreffen.

In den letzten Tagen hat der Salon deutlich an Bedrohlichkeit verloren. Das liegt daran, dass unser halb toter Freund dort nicht mehr an Krankenhausgeräte angeschlossen ist.

Heute löst der Raum jedoch ein ähnliches Unbehagen aus wie früher. Sogar ich nehme die Spannung wahr, die in der Luft liegt.

Riva wirft uns einen Blick über ihre Schulter zu. Sie steht zwischen Andreas und Zian vor Balthazars Bildschirm. Ihre Schultern sind hochgezogen, und die Sehnen um ihren verkrampften Kiefer sind sichtbar.

Zian runzelt besorgt die Stirn. Andreas wahrt den Anschein seiner üblichen Gelassenheit, doch in seinen dunkelgrauen Augen liegt ein stürmischer Blick.

Zu meiner Überraschung hat sich auch Matteo in die Diskussion eingeschaltet.

Der hagere Mann mit dem verkniffenen Gesicht, der uns mit seinen Maßnahmen an unsere Grenzen bringt, steht zwischen meinen Freunden und dem Bildschirm und mustert uns Neuankömmlinge mit einem Eifer, der mir gar nicht gefällt.

Auf dem Bildschirm quittiert Balthazar unser Eintreten mit einem leichten Nicken. *Er* sieht nicht im Geringsten verstimmt aus, aber auch nicht besonders glücklich.

Das Schlimmste an diesem Arschloch ist, dass ich selten weiß, wie ich ihn einschätzen soll. Selbst wenn er ein paar Emotionen durchblicken lässt, scheinen sie nie wirklich im Einklang mit der Situation zu sein.

Ich gehe zu meinen Schattenblüter-Kollegen. Meine Muskeln sind angespannt. „Was ist los?"

Balthazar holt tief Luft, als wolle er antworten, aber Riva kommt ihm zuvor. Nervosität schwingt in ihrer Stimme mit. „Es wird immer schwieriger, unsere Kräfte zu kontrollieren. Ich habe auf unserer Mission aus Versehen jemanden verletzt, und Zian hat das Büro beschädigt, in dem wir waren."

Ihr Blick wandert zurück zu dem Mann auf dem Bildschirm. „Offenbar wusste er die ganze Zeit, dass das passieren würde, und es ist ihm egal."

„Er hat sich nicht einmal die Mühe gemacht, uns zu warnen", fügt Zian murrend hinzu.

Zorn lodert in mir auf. Ich weiß, wie sehr es Riva belastet, wenn sie die Kontrolle über ihre Kräfte verliert. Ich bin mir nicht sicher, ob es etwas gibt, das sie mehr hasst als die Vorstellung, jemandem wehzutun, der es nicht verdient hat.

Und dieser Trottel hat sie zurück in die Ketten von Schuldgefühlen und Selbstzweifeln gezwungen, aus denen sie sich so mühsam befreit hat.

Am liebsten würde ich den verdammten Fernsehbildschirm und sein dummes Gesicht zertrümmern. Doch ich weiß, dass das nichts bringen wird.

Irgendwo im Raum zerbricht ein Stuhlbein.

„Jetzt wisst ihr Bescheid", sagt Balthazar in einem so ruhigen Ton, dass ich ihm alle Knochen brechen möchte. „Es ist ein verständlicher Kompromiss für das Wachstum eurer Kräfte. Ich bin sicher, ihr werdet euch mit der Zeit daran gewöhnen."

Dominic verschränkt die Arme vor der Brust. „Wirst du uns dabei helfen oder erwartest du, dass wir selbst herausfinden, wie wir uns an die Veränderungen anpassen, die du uns aufgezwungen hast?"

„Ich sehe, dass ihr alle motiviert seid, euch eure Kräfte zunutze zu machen. Daher bezweifle ich, dass es euch große Probleme bereiten wird."

Ich funkle ihn böse an. „Das ist verdammter Schwachsinn.“

Unser Entführer mustert mich, und seine Mundwinkel zucken. Findet er unseren Ärger etwa *lustig*?

Dann richtet er seine Aufmerksamkeit auf Riva. „Wenn du so durch den Wind bist, solltest du vielleicht mehr Zeit mit Griffin verbringen. Soweit ich gesehen habe, hat er eine beruhigende Wirkung auf euch alle.“

Sein Blick kehrt zu mir zurück. „Und es wäre vielleicht das Beste, wenn Jacob sich von euch fernhält, bis er seine Kontrollprobleme in den Griff bekommt, denn damit hatte er schon vor Matteos Training zu kämpfen.“

Mein Kiefer verkrampft sich. „Wenn du nicht willst, dass ich deine Möbel zerstöre, solltest du vielleicht aufhören, uns wütend zu machen.“

Matteo legt nachdenklich den Kopf schief. „Von allen Schattenblütern, mit denen ich gearbeitet habe, hast du dich am meisten gewehrt.“

Balthazar brummt zustimmend. „Deine Gefährten müssen daran denken, was für sie selbst am besten ist, und nicht nur daran, was dich besänftigen wird. Warum sollten sie in der Nähe von jemandem sein wollen, der unsicher ist und dem es egal ist, ob er seine zerstörerischen Emotionen im Zaum halten kann?“

Eine Mischung aus Wut und Scham lodert in mir auf. Ich atme scharf ein, und Riva schüttelt den Kopf.

Sie richtet ihre zusammengekniffenen Augen auf den Bildschirm. „Jacob wehrt sich nur wegen der ganzen Scheiße, die die Organisation ihm angetan hat, die *du* mitgegründet hast. Wir haben keine Angst vor ihm.“

Ist sie Griffin schon etwas näher gekommen? Meint sie ihre Worte ernst? Oder verteidigt sie mich aus einer instinktiven Loyalität heraus?

Ist es möglich, dass sie sich auch für mich einsetzt, um

mein Temperament zu ihrem eigenen Schutz zu besänftigen? Schließlich habe ich sie vor nicht allzu langer Zeit verletzt – und zwar schwer.

Balthazar spricht meine widersprüchlichen Gedanken nahezu wortwörtlich aus. „Scheinbar hast du sie überzeugt, dass du verhätschelt werden musst. Bist du wirklich überrascht, dass sie sich zu deinem Bruder hingezogen fühlt, jetzt, wo er wieder bei euch ist?"

Griffin versteift sich, doch was immer er sagt, es geht in der brüllenden Wut unter, die meinen Kopf überflutet. Ich schließe die Augen und kämpfe gegen den ätzenden Zorn an, den die Angst, dass er recht haben könnte, in mir auslöst.

Ich denke an die Zeit, als mich die anderen mit Samthandschuhen angefasst haben. Was, wenn sie nur auf einen Vorwand gewartet haben, um mich loszuwerden, und damit die Probleme, die ich ihnen bereite?

Haben sie mich verdammt noch mal die ganze Zeit *angelogen*? Waren ihre Freundschaft und die Vergebung nur vorgetäuscht?

Die Dunkelheit hinter meinen Augenlidern bringt mich zurück zu den endlosen Nächten in meiner Zelle, in denen mich die Schuldgefühle wegen Griffins vermeintlichem Tod innerlich zerfraßen. Ich schlucke ein verzweifeltes Knurren hinunter und richte meinen Blick wieder auf den Bildschirm.

Balthazars Augen glitzern triumphierend, bevor der selbstgefällige Arsch schnell blinzelt.

Die Erkenntnis trifft mich wie eine Welle eiskalten Wassers, die meine ganze Wut überschwemmt.

Er will das. Er will, dass ich mich aufrege, dass ich meine Freunde infrage stelle, dass ich etwas tue, was ihr Vertrauen in mich erschüttern könnte.

Ich weiß nicht, warum er versucht, einen Keil in unsere Gruppe zu treiben, aber es kann kein *guter* Grund sein.

Ich atme durch die Nase ein und aus, damit es nicht so

offensichtlich ist, dass es mich enorme Anstrengung kostet, mich abzukühlen. So kann ich zumindest den Anschein wahren, dass ich nicht kurz vor der Explosion stehe.

Als ich sicher bin, dass ich ruhig sprechen kann, hebe ich den Kopf. „Wenn es das ist, was meine Freunde wollen, dann werde ich mich nicht dagegenstellen. Mir ist bewusst, dass ich schon mal Mist gebaut habe, und es ist nicht ihre Aufgabe, damit klarzukommen, sondern meine. Aber die Entscheidung liegt bei ihnen, nicht bei dir."

Ich riskiere es, mich umzuschauen, und die Blicke, die mir begegnen, könnten genauso gut ein weiterer Schlag in die Magengrube sein. Allerdings kann ich es ihnen nicht verübeln.

Griffin sieht nicht überrascht aus, aber er kennt mich mindestens so gut wie ich mich selbst. Bestimmt hat er jede Veränderung meiner Emotionen mitbekommen.

Die anderen Jungs … sehen erleichtert aus. Andreas schenkt mir sogar ein beruhigendes Lächeln, als wolle er sagen: *Gut gemacht.*

Sie waren sich nicht sicher, ob ich es schaffen würde, die Beherrschung nicht zu verlieren. Wahrscheinlich hatten sie Angst, ich würde explodieren, wie unser Entführer es sich erhofft hatte.

Nun, warum auch nicht? Wie oft bin ich über die Stränge geschlagen oder über meine Grenzen hinausgegangen und habe sie mit den Scherben meiner Verwüstung zurückgelassen?

Ich habe mich nie wirklich dafür entschuldigt, oder? Ich habe Wiedergutmachung bei Riva geleistet, weil ich ihr am meisten wehgetan habe, aber ich bin sicher, dass ich meinen Freunden im Laufe der Jahre eine Menge kleinerer Schmerzen zugefügt habe.

All die Male, als Dominic seine Tentakel wachsen spürte, als er mich heilte. All die scharfen Bemerkungen und schroffen Befehle, die ich den Dreien entgegengeschleudert habe.

Ich habe mich nicht nur Riva gegenüber wie ein Arschloch verhalten.

Sie macht einen Schritt auf den Bildschirm zu und funkelt Balthazar an. „Wenn das dein einziger Rat ist, kannst du ihn dir sonst wohin stecken. Wir werden es allein herausfinden."

Ich könnte immer noch explodieren, doch wenn ich das jetzt tue, dann aus Liebe zu dieser Frau, die sich aus irgendeinem Grund für mich entschieden hat.

Sie dreht sich um und verlässt den Raum, und wir folgen ihr ohne ein weiteres Wort. Weder Balthazar noch Matteo versuchen, uns aufzuhalten.

Auf dem Flur legt Zian seine Hand auf seinen Bauch. „Bin ich der Einzige, der Hunger hat?"

Die Frage ist typisch für Zee und passt so überhaupt nicht zu dem Gespräch, das wir gerade beendet haben, dass sie einen Ausbruch von Heiterkeit auslöst. Ich gluckse, Riva fängt an zu kichern, und dann lachen alle, sogar Zian.

Das Gelächter hält den ganzen Weg zur Küche über an. Andreas kramt im Kühlschrank herum, und Dominic holt automatisch Teller aus dem Schrank.

Mein Lachen verstummt, als mir klar wird, dass dieses Gespräch für *mich* noch nicht beendet ist.

„Leute", sage ich und fühle mich unheimlich unbeholfen.

Meine Freunde halten in den Essensvorbereitungen inne und schauen mich an.

Riva lehnt an der Theke und mustert mich. Ich bin mir sicher, dass sie mir helfen würde, wenn sie wüsste, worauf ich hinauswill.

Allerdings habe ich diese Fehler gemacht. Und ich muss dafür geradestehen.

Ich schaue von Drey zu Zee zu Dom. „Ich wollte nur

sagen … Eigentlich hätte ich es schon früher sagen sollen … Es tut mir leid, dass ich mich so oft wie ein Arsch verhalten habe. Nicht erst, seit wir auf der Flucht sind, sondern auch schon vorher in der Einrichtung. Egal, was ich durchgemacht habe, ich hätte es nicht an euch auslassen dürfen. Es wird nicht wieder vorkommen. Okay?"

Andreas schenkt mir ein weiteres Lächeln, diesmal ein leicht schiefes. Ich habe mich zum Teil schon bei ihm entschuldigt. „Ich glaube, keiner von uns gibt dir die Schuld, Jake. Es war für uns alle eine harte Zeit. Du bist nicht der Einzige, der Mist gebaut hat."

Ich zucke zusammen. „Aber mehr als ihr."

„Wir sind alle verschieden", wirft Zian vorsichtig ein. „Die Situation hat uns auf unterschiedliche Weise beeinflusst."

„Trotzdem hätte ich mich nicht wie ein Arschloch benehmen dürfen."

Dominics Lächeln ist sanft und bittersüß. „Nein. Aber hast du jemals absichtlich die Grenze überschritten? Gab es jemals einen Moment, in dem du das Gefühl hattest, dass du etwas anders oder besser hättest machen können und dich bewusst entschieden, es nicht zu tun?"

Die Erinnerung an die quälende Leere, die mich während dieser vier Jahre erfüllte, nagt an meinem Verstand, und ein Echo dieses Schreckens hallt in mir wider. Die meiste Zeit war es ein Wunder, dass ich überhaupt etwas getan habe.

„Nein", gebe ich heiser zu. „Aber das ist keine Entschuldigung. Ich hätte nachdenken *müssen*. Ich …"

Griffin tritt neben mich und legt seine Hand auf meinen Arm. Mein Blick huscht zu ihm, und meine Kehle schnürt sich noch mehr zu.

Dann sprudeln Worte aus mir heraus, bevor er sagen kann, was er wollte. „Dir gegenüber habe ich mich auch wie ein Arschloch verhalten. Damals auf der Insel. Am Anfang."

Mein Bruder stößt ein leises Lachen aus. „*Ich* hatte es verdient. Ich habe definitiv auch einiges vermasselt."

Er drückt meinen Arm. „Niemand ist böse auf dich. Wir stecken da gemeinsam drin."

Er lügt nicht. Ich wüsste es, wenn er es täte.

Der Kloß in meiner Kehle wird noch dicker.

Diese Jungs sind meine Familie. Meine Liebe zu Riva ist nicht das Einzige, was die Leere beseitigt hat, die mich zu verschlingen drohte, sondern auch die Bindung zu ihnen, die weit über eine normale Freundschaft hinausgeht.

Ich schlucke schwer, bevor ich mit heiserer Stimme sage: „Ich wollte nur, dass ihr alle wisst, dass es mir leidtut. Und dass es mir sehr wichtig ist, diesen Schlamassel mit euch zu überstehen. Ohne euch wäre ich nicht mehr am Leben, und ich werde verdammt noch mal mein Bestes geben, um euch zu unterstützen, wo ich kann."

Andreas grinst. „Daran habe ich keine Sekunde gezweifelt. Hilfst du uns jetzt, ein paar Brote zu schmieren?"

Ich werfe ihm einen gespielt bösen Blick zu, und wieder erfüllt Lachen den Raum. Als ich das Brot holen will, legt Riva ihren Arm um meine Taille und umarmt mich von der Seite.

Und ich weiß, dass, egal was Balthazar sagt, ich mich gebessert habe. Ich habe wieder gelernt, mich um andere zu sorgen.

Im Gegensatz zu früher *kann* ich ihnen jetzt ein richtiger Freund sein.

Ich weiß zwar noch nicht, wie, aber dieser Scheißkerl auf dem Bildschirm wird für seine Verbrechen bezahlen, einschließlich des Versuchs, die einzige Familie auseinanderzureißen, die ich je hatte.

VIERUNDZWANZIG

Riva

Es ist einfach. Und ich *hasse* es, wie einfach es ist.

Mehrere Mäuse, zwei Kaninchen, ein Eichhörnchen und ein Frettchen haben ihr Leben durch einen stummen Schrei in meinem Kopf verloren. Ich musste dazu nicht einmal den Mund öffnen. Als Matteo einen Käfig mit einem getigerten Tier vor den Stuhl stellt, an den ich gefesselt bin, wird mein Unbehagen sogar noch stärker.

Ich muss unweigerlich an Lua denken. Griffin musste seine süße Katze in einem unbekannten Dschungel in der Nähe von Clancys Insel zurücklassen. Ob sie überlebt hat? Ob sie ein neues Zuhause gefunden hat?

Diese Vorstellung der Realität gefällt mir besser als die Version, die mir naheliegender erscheint, nämlich, dass die Wärter sie ausgesetzt haben und sie als Abendessen eines Tigers geendet hat.

Ich möchte auf keinen Fall für den Tod dieser Katze verantwortlich sein. Sie schaut mich durch die Gitterstäbe ihres Käfigs an und lässt ein klägliches Miauen hören.

Ich hebe den Kopf und begegne Matteos Blick durch die durchsichtige Scheibe, die uns trennt. „Nein. Hast du nicht genug gesehen?"

Er lächelt, und seine Augen glänzen vor kaum unterdrückter Erregung. „Du hast dich so gut geschlagen! Du wolltest doch sichergehen, dass du deine Impulse kontrollieren kannst, nicht wahr? Übung ist der beste Weg, das zu gewährleisten."

Wie kann er nur so verdammt glücklich – fast schon *ausgelassen* – aussehen, während er reihenweise unschuldige Tiere abschlachtet?

Ärger steigt in mir auf, und mein Schrei vibriert in meiner Kehle. Ein Hauch der bösartigen Energie durchzuckt meinen Geist.

Ich habe mich genug unter Kontrolle, um meine Aufmerksamkeit von Balthazars Lakai abzulenken, bevor ich *ihn* verletze. Denn nur Gott weiß, welche Qualen er meinen Jungs zufügen würde, wenn ich einen solchen Fehler begehe.

Trotzdem entweicht mir ein lautloser Schrei und trifft auf das einzige andere Ziel in der Umgebung.

Die Katze zuckt mit einem lauten Kreischen zusammen. Ihr Bein verdreht sich in einem unnatürlichen Winkel.

Mein Magen verkrampft sich, und ich drehe mich auf dem Stuhl um und übergebe mich in den Eimer, den Matteo neben mich gestellt hat, nachdem ich das erste Mal während einer Trainingseinheit erbrechen musste.

Da ich nichts im Magen habe, was hochkommen könnte, spucke ich nur ein wenig Magensäure.

Matteo gibt einen verächtlichen Laut von sich, was mich zusätzlich zu meiner Wut auf mich selbst noch wütender macht. Diesmal hat er mir nicht einmal sein Spezialserum gespritzt, also kann ich es nicht auf eine chemische Fügsamkeit schieben.

Was ich hier tue, ist ganz allein meine Verantwortung. Das ist der Punkt. Er will sehen, wie weit er mich treiben kann.

Ich beiße meine Zähne so fest zusammen, dass mein Kiefer schmerzt, und will, dass mein Geist geschlossen bleibt. Aber die Katze zittert und wimmert, und Matteo sieht mich erwartungsvoll an.

Er wird ihr nicht helfen. Wahrscheinlich würde er mich noch stundenlang so dasitzen lassen, während die Katze leidet, und darauf warten, dass ich beende, was ich angefangen habe.

Tränen treten mir in die Augen. Ich weiß nicht, was ich sonst tun soll.

Ich spanne mich an und stoße die ganze Kraft meiner Wut in einem einzigen, scharfen mentalen Blitz aus.

Der Körper der Katze zuckt und ihre Wirbelsäule bricht, so wie Jacob seine Opfer oft tötet. Sie sackt auf dem Käfigboden zusammen. Zumindest habe ich sie von ihrem Elend erlöst.

Matteos Grinsen wird breiter, und ich muss mich beinahe wieder übergeben. „Gut, gut. Sehr beeindruckend. Ich werde mehr Tiere herbringen lassen müssen. Größere, intelligentere. Mal sehen, wie du mit ihnen zurechtkommst."

Mir läuft ein Schauer über den Rücken, und ich kann gerade noch einen Protest unterdrücken. Was bringt es, mich zu streiten?

Er weiß bereits, dass ich das nicht tun will. Je mehr ich mich beschwere, desto stärker wird womöglich sein Wunsch, meinen Widerstand auf die Probe zu stellen.

Was, wenn er mich eines Tages zwingt, meine Kräfte an *Menschen* zu testen?

Ich unterdrücke einen Schauer bei diesem Gedanken und

schweige, als Matteo aus seiner Kabine kommt. Mein Blick ist auf meinen Schoß gerichtet.

Ich will ihn nicht ansehen. Zu groß ist die Versuchung, meine Wut an dem Mann auszulassen, der mich zu diesen grausamen Taten zwingt.

Es wäre so einfach, sein Leben zu beenden, ohne auch nur einen Mucks von mir zu geben. Der Hunger in mir lodert allein bei der Vorstellung auf.

Aber nicht jetzt. Nicht, wenn ich uns alle dadurch zu noch mehr Elend verdammen würde.

Es bringt nichts, um mich zu schlagen, wenn wir immer noch keine Möglichkeit haben, zu entkommen.

Als ich aufstehe und an Matteo vorbei zur Tür gehe, kostet es mich große Anstrengung, meine Beine am Zittern zu hindern. Draußen auf dem Flur atme ich tief ein.

Mein Magen rumort immer noch. Obwohl ich mittags nichts gegessen habe und mein Magen vollkommen leer ist, kann ich im Moment nicht einmal an Essen denken.

Ich reibe mir die Arme und mache mich auf den Weg zu dem Bereich der Villa, in dem wir den Großteil unserer Freizeit verbringen. Wen wird Matteo als Nächstes für seine „Maßnahmen" zu sich rufen? Und wozu wird er *ihn* zwingen?

Wird er meine Jungs noch mehr traumatisieren, nach allem, was sie in der Vergangenheit durchgemacht haben?

Meine Finger krümmen sich, und die Spitzen meiner Krallen treten hervor. Im selben Moment stellt Toni sich mir in den Weg.

An ihrem strengen Blick erkenne ich sofort, dass sie hier ist, um Befehle zu erteilen. Es wäre definitiv das erste Mal, wenn sie sich danach erkundigen würde, wie es mir geht.

Ich bleibe etwa einen Meter von ihr entfernt stehen und fahre mit den Fingern über die Wand, wobei ich beinahe die blaue Farbe abkratze. „Was willst du?"

Toni neigt den Kopf in Richtung des Salons. „Mr. Balthazar hat einen neuen Auftrag, über den er mit dir sprechen muss.“

Ach, *muss* er das?

Mein Kiefer verkrampft sich. Er kann sich seine Erwartungen in den Arsch schieben.

Ich habe heute Nein zu Matteo gesagt, und er hat mich ignoriert. Gegen unseren Entführer habe ich jedoch ein kleines Druckmittel in der Hand.

Ihm ist bewusst, dass die Möglichkeit besteht, dass wir ihm nicht gehorchen, und dass er nicht unbedingt in der Lage sein wird, zwischen einem tatsächlichen und einem absichtlichen Versagen zu unterscheiden. Wenn wir nicht ausreichend motiviert sind, ist Versagen definitiv eine Option.

Ich ringe mir ein dünnes Lächeln ab. „Du kannst Balthazar sagen, dass ich auf seine Forderungen eingehe, wenn es tatsächlich ein Geschäft ist. Ich habe getan, was er verlangt hat. Wenn er will, dass ich weiter kooperiere, muss er etwas für mich tun.“

Toni sieht mich mit zusammengekniffenen Augen an. „Wovon redest du?“

Ich erwidere ihren Blick unerschrocken. „Er hat Dominic geheilt, wie er es versprochen hat. Was übrigens auch zu Balthazars Gunsten war. Ich denke, ich habe mehr als genug getan, um meinen Teil der Abmachung zu erfüllen. Jetzt möchte ich etwas über StreamCycle Enterprises erfahren und wie sein Geschäft mit den Aufträgen zusammenhängt, die er uns erteilt.“

Toni gibt einen spöttischen Laut von sich. „Er wird mit dir nicht über seine persönlichen Angelegenheiten sprechen.“

Ich ziehe die Augenbrauen hoch. „So persönlich können sie nicht sein, wenn er sechs Fremde losschickt, um sich darum zu kümmern, oder? Wenn er unsere Hilfe will, möchte ich wissen, was wir eigentlich tun. Jedenfalls mehr als das Nichts, das er uns bisher erzählt hat."

Toni schürzt die Lippen, als wäre sie regelrecht angewidert, dass ich diese Forderung überhaupt äußere. „Er hat Sicherheitsbedenken. Du hast kein Recht auf diese Informationen, also kannst du es vergessen, dass er sie dir gibt."

Meine Frustration kommt wieder mit aller Macht an die Oberfläche. Die Worte versengen mir die Zunge. „Ich habe nicht das *Recht*? Woher zum Teufel hat er das Recht, mich in ein noch größeres Monster zu verwandeln, als ich ohnehin schon war?"

Meine Erfahrung mit der Katze und meine Vorsicht, Balthazars Leute nicht zu bedrohen, halten mein Temperament weitgehend im Zaum, aber nicht ganz. Ein Schmerz pulsiert in der Mitte meiner Stirn.

„Du verstehst das große Ganze nicht", erwidert Toni.

„Genau deshalb möchte ich eine Erklärung!"

„Du würdest es *nicht* verstehen. Es ist zu groß. Du kennst kaum etwas anderes als die Käfige, in denen die Wärter dich gefangen gehalten haben."

„Und wessen Schuld ist das?", schnauze ich. „Und wer hält mich jetzt im Käfig, während du ihn verteidigst?"

Tonis Blick wird schärfer. „Mr. Balthazar hat seine Gründe, und es ist für alle das Beste, wenn er seine Ziele durchsetzt."

Noch bevor sie ihre Antwort beendet hat, lodert Wut hinter meinen Augen auf. Ich muss den Blick abwenden, die Hände zu Fäusten ballen und meine Krallen in meine Handflächen bohren, damit der stechende Schmerz mich beruhigt.

Meine Stimme klingt angestrengt. „Es ist nicht das Beste für mich. Es ist für keinen von uns Schattenblütern das Beste. Was er mir aufgezwungen hat ... Ich hätte dich fast umgebracht, ist dir das eigentlich klar? Ich könnte dich verletzen, ohne es zu wollen, wenn ich nicht alles daran setzen würde, meine Kräfte im Zaum zu halten."

„Ist das eine Drohung?"

„Nein", krächze ich. „Es ist einfach die Wahrheit. Ich möchte *niemanden* verletzen. Kannst du bitte einfach aufhören, dich wie meine Feindin zu verhalten, und ihm mein Anliegen ausrichten?"

Es herrscht Schweigen. Der Druck in meinem Schädel lässt langsam nach.

Ich riskiere einen Blick auf Toni und entspanne meine Finger. Sie mustert meine Hände. Blut sickert zwischen meinen Fingern hervor, wo sich meine Krallen in die Haut gegraben haben, und dünne Schwaden Schatten-Essenz steigen in die Luft.

Ihr Kiefer zuckt. Dann hebt sie ihren Blick, und ein seltsamer Ausdruck tritt in ihr Gesicht.

Der Geruch nervöser Pheromone steigt mir in die Nase, vermischt mit dem schwachen Hauch von … Sehnsucht?

Ich runzle die Stirn. „Was?"

Toni schüttelt den Kopf, „Für eine Sekunde sahst du fast so aus wie … Vergiss es."

Sie dreht sich ruckartig um. „Ich werde deine Nachricht weitergeben. Er wird nicht begeistert sein, geschweige denn auf deine Forderung eingehen."

„Gut", murmle ich. „Hauptsache, du sagst es ihm."

Als sie geht, stehe ich im Flur und fühle mich noch verstörter als zuvor. Die Anstrengung, meine Wut im Zaum zu halten, hat mich ausgelaugt, und ich habe keine Ahnung, was ich von Tonis Reaktion halten soll.

Meine Füße tragen mich wie von selbst zu einer der Außentüren. Ich will an die frische Luft, auch wenn draußen winterliche Temperaturen herrschen.

Ich will einen Blick auf die Welt jenseits unseres

Gefängnisses werfen, selbst wenn sie unerreichbar für mich ist.

Ich laufe über den Rasen und zwischen den Hecken hindurch. Meine aufgewühlten Emotionen beruhigen sich allmählich.

Dann dringt ein Geräusch wie eine ferne Stimme an meine Ohren.

Ich halte inne und lausche angestrengt. Vielleicht kam es aus dem Inneren der Villa.

Nein. Da ist es wieder. Ein eindringlicher Ruf, der von einer Stelle ein paar Meter weiter zu kommen scheint. Leider kann ich die Worte nicht verstehen.

Damit niemand, der mich zufällig beobachtet, etwas merkt, schlendere ich lässig auf das Geräusch zu. Als ich näher komme, wird es deutlich genug, um die leisen Worte zu verstehen.

„Schattenblüter. Oh, Schattenblüter.“

Die Härchen auf meinen Armen stellen sich auf. Ich gehe an der Wand in die Hocke und folge dem Ruf.

Da. Mitten im Gras liegt ein kleiner, glatter Stein. Er ist schwarz, kaum größer als ein Kieselstein und sieht aus, als wäre er achtlos über die Mauer geworfen worden.

Doch der Stein ist alles andere als achtlos hier gelandet. Als ich ihn aufhebe, spüre ich ein leichtes Kribbeln auf meiner Haut.

Dann ertönt eine Stimme aus dem Stein, die ich jetzt als die von Rollick erkenne.

„Hallo, kleine Todesfee und Co. Keine Sorge, niemand, der unsere Essenz nicht im Blut hat, wird diese Nachricht hören können. Ich wollte euch nur wissen lassen, dass ich eure Nachricht bekommen habe. Ich bin mir nicht sicher, wie lange es dauern wird, euer neuestes Chaos zu beseitigen, aber ich bin unterwegs.“

FÜNFUNDZWANZIG

Zian

Ich reibe mir mit der Hand über den Mund, als ob ich damit meine Nervosität wegwischen könnte, und schaue Dominic an, der mir in der Küchentür gegenübersteht. „Bist du sicher, dass du damit einverstanden bist?"

Sein sanftes Lächeln lindert meine Nervosität ein wenig. „Ich fühle mich geehrt, dass du meine Hilfe willst. Ich denke, dieser Schritt könnte für uns alle gut sein. Und ich möchte, dass du und Riva glücklich seid."

Wir richten unseren Blick auf die gegenüberliegende Seite des Raumes, wo Riva gerade das Geschirr abwäscht. Sie reicht Andreas einen Teller zum Abtrocknen und wirkt so entspannt wie schon lange nicht mehr.

Kurz vor dem Abendessen hat Andreas uns seine Erinnerung an die heimliche E-Mail gezeigt, die sie während ihres „Dates" in Florenz geschickt hat. Er teilte uns ihre

Hoffnungen auf eine Art und Weise mit, die niemand abhören kann.

Dann erzählte Riva uns mit ruhiger Stimme und aufgeregt blitzenden Augen, dass sie glaubt, dass sie bekommen wird, worum sie gebeten hat.

Ich bin mir nicht sicher, was für Wünsche sie noch geäußert hat, aber sie meinte eindeutig Rollicks Hilfe. Sie muss ein Zeichen gesehen haben, dass der Dämon zu unserer Rettung kommt.

Ich habe keine Ahnung, wie er uns hier rausholen will oder wann er kommen wird. Sie hat nicht angedeutet, dass wir ihn bald erwarten sollten. Trotzdem strahlt sie, wie nicht mehr seit … seit wir das letzte Mal frei waren, schätze ich.

Wäre es nicht schön, wenn sie sich immer so fühlen könnte? Wenn wir uns alle immer so fühlen könnten?

Ich hoffe, Rollick schwingt seinen Arsch hierher und weist Balthazar so schnell wie möglich in die Schranken.

Jetzt scheint ein guter Zeitpunkt zu sein, um ihr den Vorschlag zu machen, über den ich seit Tagen nachdenke. Sie ist gut gelaunt, und ich will es nicht so lange aufschieben, dass ich mein Zögern bereue.

Wer weiß, was Balthazar als Nächstes mit uns vorhat? Ob Rollick uns alle hier lebendig wegbringen wird?

Meine Gedanken sind düster, aber notwendig, wenn ich meinen Arsch in Bewegung setzen will.

Riva wischt sich die Hände an einem Handtuch ab und geht auf uns zu. Ich richte mich ein wenig auf, obwohl ich ohnehin zwei Köpfe größer bin als sie.

Mist. Wird das überhaupt funktionieren? Bin ich dumm, weil ich …

Ich verdränge meine Sorgen und ringe mir ein Lächeln ab, das nicht zu angespannt ist. „Hey. Kommst du mit? Ich hatte gehofft, wir könnten … etwas Zeit miteinander verbringen."

Riva legt den Kopf schief, und Neugierde huscht über ihr Gesicht. Als ihr Blick weicher wird, schlägt mein Herz doppelt so schnell wie normalerweise.

„Natürlich", antwortet sie. „An was hast du gedacht?"

„Das verrate ich dir gleich."

Kann sie meine Unbeholfenheit spüren? Meine Wangen brennen vor Verlegenheit.

Allerdings war ich noch nie besonders cool, wenn es um Riva ging.

Als sie bemerkt, dass Dominic mit uns den Flur entlangläuft, greift sie automatisch nach seiner Hand. Diese harmlose Geste versetzt mir einen Stich ins Herz.

Sie würde auch meine Hand nehmen, wenn sie denken würde, dass ich es will. Wenn sie nicht befürchten müsste, dass ich wie so oft zurückweiche.

Genau deshalb muss ich das tun.

Wenn Riva überrascht ist, dass wir die Treppe hinaufgehen und nicht nach draußen oder in einen der vielen Gemeinschaftsräume, zeigt sie es nicht. Ich führe sie direkt in mein Schlafzimmer und bleibe kurz hinter der Schwelle stehen, abrupt und doppelt so unsicher.

Dominic schließt die Tür hinter uns. Stimmt. Privatsphäre ist gut.

Auch wenn das nur eine Illusion ist, solange wir diese verdammten Handschellen tragen.

Zur Hölle mit Balthazar. Seine Handlanger und er sind in diesem Moment unwichtig.

Das Einzige, was zählt, ist die Frau, die vor mir steht.

Riva sieht nicht im Geringsten besorgt aus, als sie in Jeans und ihrem Fleecepullover vor mir steht. Fragend zieht sie eine Augenbraue hoch.

Selbst in ihrer Kleidung, die wir in der Villa vorgefunden haben, sieht sie hinreißend aus. Ich verspüre den Drang, eine

Strähne ihres silbernen Haares hinter ihr Ohr zu ihrem Zopf zu streichen.

Ich schlucke schwer und mache einen vorsichtigen Schritt auf sie zu. „Ich habe darüber nachgedacht, was du vor einer Weile gesagt hast. Auf der Insel. Dass wir vielleicht versuchen könnten, meine Probleme zu lösen."

Riva blinzelt. Dann blickt sie von mir zum Bett und wieder zurück, und ihre Augen weiten sich leicht.

Doch in ihre Überraschung mischt sich kein Entsetzen. Ihre Wangen erröten. „Und du dachtest, wir könnten jetzt damit anfangen?"

„Ich habe das Gefühl, ich habe zu lange nichts getan. Ich habe so viel Zeit mit dir verloren ..." Meine Kehle schnürt sich zu, und ich halte inne, um langsam durchzuatmen. „Es sei denn, du hältst es für keine gute Idee, es zu versuchen. Wegen dem, was beim letzten Mal passiert ist."

Beim letzten Mal, als unser damaliger Entführer uns in ein Zimmer gesteckt hat, in der Hoffnung, Daten über die Bindung zu sammeln, die zwischen uns entstehen könnte, wenn wir Sex haben. So wie es bei Riva und drei meiner Freunde bereits passiert ist.

Riva fährt automatisch mit den Fingern über eine ihrer Fesseln, aber sie schüttelt den Kopf. „Ich denke nicht, dass wir uns in unserer jetzigen Situation über solche Dinge Gedanken machen müssen."

Ich auch nicht, und ich bin erleichtert, dass sie das genauso sieht. Balthazar hat kein Interesse an unseren persönlichen Beziehungen gezeigt, abgesehen davon, wie er unsere Loyalität zueinander ausnutzen kann, um seinen Willen durchzusetzen.

Nach dem, was Clancy sagte, hat unser derzeitiger Entführer seit Jahren nichts mehr mit der Wärterschaft zu tun. Und selbst wenn er noch etwas mitbekommen hätte, denke ich, dass Clancy dieses spezielle Interesse für sich behalten hat.

Wie viele seiner Kollegen hätten es gebilligt, dass er sich wie eine Art übernatürlicher Zuhälter benimmt?

„Okay", sage ich und fühle mich beschwingt und gleichzeitig nervöser. „Ich dachte, wir könnten einfach anfangen und sehen, wie es läuft. Übrigens habe ich Dominic gebeten, dabei zu sein, falls ich in Panik gerate. Er kann mir genug Energie absaugen, bis ich umkippe, damit ich nichts tue, was ich bereuen würde."

Ich bin angespannt und erwarte fast, dass Riva sich gegen diese Vorsichtsmaßnahme sträuben wird. Sie spitzt die Lippen, und in ihre Augen tritt ein Schimmer, der eher traurig aussieht als alles andere.

Sie sieht Dom an. „Bist *du* mit all dem einverstanden?"

Ich hätte wissen müssen, dass sie das fragen würde. Sie will nicht, dass er über seine Grenzen hinausgeht. Und wir beide wissen, dass ihm seine eigenen Kräfte manchmal nicht ganz geheuer sind.

Bevor ich ein schlechtes Gewissen bekommen kann, weil ich ihn gefragt habe, schenkt Dominic ihr ein ebenso sanftes Lächeln wie mir. „Ich bin froh, dass ich dazu beitragen kann, euch das zu ermöglichen."

Sein Blick gleitet zurück zu mir. „Ich werde eingreifen, wenn es nötig ist, aber ich glaube nicht, dass das der Fall sein wird. Es geht vor allem darum, dass Zee weiß, dass er eine Art Absicherung hat, damit er sich mehr entspannen kann."

Riva denkt kurz über seine Worte nach. Dann schenkt sie mir ein schüchternes und zugleich schelmisches Grinsen. „Womit willst du anfangen?"

Heilige Scheiße. Das passiert wirklich.

Ein Anflug von Besorgnis steigt in mir auf, bevor ich mich daran erinnere, dass ich das will. Dass ich Riva nie etwas antun würde.

Dass diesmal alles anders ist als damals bei der Frau, die versucht hat, mich gegen meinen Willen zu verführen.

Und wenn ein idiotischer Teil meines Gehirns beschließt, um sich zu schlagen, dann ist Dominic hier, um die ganze bösartige Energie aus mir herauszuziehen.

Er kann mich später wieder heilen. Es wäre mir egal, selbst wenn ich im Koma landen würde.

Wenn ich versuche, Riva zu verletzen, habe ich nichts anderes verdient.

Ich widerstehe dem Drang, vor Überforderung herumzuzappeln. „Ich schätze, das Bett wäre am sinnvollsten?"

Ohne zu zögern, geht Riva zu meinem Bett und setzt sich auf die Decke. Sie zieht die Knie an die Brust und wartet ab, was ich tun werde.

Ich habe sie noch nicht einmal berührt und meine Beine zittern bereits. Ich folge ihr und setze mich neben sie auf die Decke, wobei ich etwa einen halben Meter Platz zwischen uns lasse.

Dominic gesellt sich schweigend zu uns. Er hockt auf dem Rand der Matratze in der Nähe des Kopfteils und hat seine Tentakel vor sich eingerollt. Unser schützender Zeuge ist bereit, aber nicht aufdringlich.

Vielleicht sollte es sich komisch anfühlen, dass er hier ist, aber meine Nerven beruhigen sich ein wenig, sobald er in Position ist.

Vor ein paar Wochen habe ich zugesehen, wie die anderen Jungs und er es auf meine Kommandos hin mit Riva getrieben haben. Damals fühlte es sich auch nicht falsch an.

Riva sitzt immer noch da und gibt mir den Raum, zu entscheiden, wie ich vorgehen möchte. Sie stellt sicher, dass ich mich nicht unter Druck gesetzt fühle.

Als ich sie ansehe, schwillt mein Herz an vor lauter Liebe.

Ich hebe meine Hand und führe sie behutsam an ihre

Wange. Ich fahre mit dem Daumen über ihre weiche Haut, bis das rasende Donnern meines Pulses nachlässt.

Mein Blick fällt auf ihren Mund, und das Pochen wird wieder lauter. Ich konzentriere mich auf meine Selbstbeherrschung. „Ich würde dich gerne küssen."

Riva strahlt mich an. „Das würde ich auch gerne."

Sie dreht ihre Schultern zu mir, beugt sich aber nicht vor. Sie lässt mich in meinem eigenen Tempo auf sie zukommen.

Ich habe noch nie jemanden geküsst. Nicht wirklich. Wahrscheinlich werde ich schrecklich darin sein.

Doch etwas an dieser Frau zieht mich geradezu magnetisch an. Als ich mich zu ihr beuge, scheint mich die rauchige Essenz in meinem Blut noch mehr zu ihr zu drängen.

Meine Lippen streifen ihre, und unter meiner Haut flammt Hitze auf. Ich kann nicht anders, als meinen Mund fester auf den ihren zu pressen und ihre Sanftheit und Wärme in mich aufzusaugen. Ein freudiger leiser Laut vibriert durch sie hindurch und in mich hinein.

Mir ist schwindlig, aber plötzlich fühlt es sich nicht mehr so schwierig an. Diese Situation ist vollkommen *anders*.

Es ist Riva. Meine Frau. Die Frau, die ich liebe. Die einzige Frau, die ich je wollte.

Meine Finger wandern hinunter zu ihrem Kiefer, als ich sie erneut küsse. Trotzdem sind meine Ängste noch da, und ein weiterer Schauer durchfährt meinen Körper.

Wie weit kann ich noch gehen? Was ist, wenn meine unterdrückte Panik auf einmal aufflackert und die Bestie zum Vorschein kommt?

Sobald ich das spüre, werde ich mich zurückziehen. Und wenn ich nicht schnell genug bin, dann ist Dom hier.

Ich schaffe das. Riva will mich.

Und Gott weiß, dass ich sie auch will.

Langsam lasse ich meine Finger weiter wandern. Über ihre Schulter, ihre Seite, ihre Hüfte.

Meine Erektion drückt gegen den Schritt meiner Hose, und wieder lodert Angst in mir auf.

Sie ist so klein, und ich bin so groß … überall. Sind wir überhaupt kompatibel?

Die Schatten in meinem Blut rufen: *Ja, ja, ja.* Mit einem ermutigenden Summen neigt Riva ihren Kopf, sodass unsere Münder noch mehr miteinander verschmelzen.

Ich will sie unbedingt berühren. Überall, Haut an Haut, ohne irgendetwas zwischen uns.

Ich will spüren, wie sehr wir zusammengehören.

Haben die anderen Jungs in dieser Situation das Gleiche empfunden? Ist es normal, dass dieser Akt so überwältigend ist?

Das spielt keine Rolle. Wichtig ist nur, wie es für sie und mich ist.

Ich weiche ein paar Zentimeter zurück. „Darf ich dir dein Shirt ausziehen?", frage ich mit heiserer Stimme.

Riva lächelt wieder und hebt ihre Arme. Mit rasendem Puls greife ich nach dem Saum ihres Shirts und ziehe es ihr über den Kopf.

Ihre Brüste heben und senken sich mit ihrem Atem unter dem schlichten rosa BH. Ich habe noch nie etwas Verlockenderes gesehen.

Oh, bitte, wenn es höhere Mächte gibt, dann lasst mich das hier überstehen, ohne dass ich in meiner Hose komme.

Während ich den Strudel der Gefühle in mir im Auge behalte, fahre ich mit meinen Fingern an ihrem Schlüsselbein entlang. Die drei daumenabdruckähnlichen Male, die sie mit den anderen Jungs teilt, heben sich von ihrer blassen Haut ab.

Als ich meine Hand nach unten gleiten lasse, zuckt ihre Brust ein wenig. Die Röte, die sich auf ihr ausbreitet, gibt mir die Gewissheit, dass der Laut eher zustimmend als ängstlich war.

Ich fahre mit dem Finger von ihrem Hals bis zu ihrem Bauchnabel, bevor ich über ihren straffen Bauch streiche. Schließlich wage ich es, meine Hand höher gleiten zu lassen, um eine Brust mit meiner breiten Handfläche zu umfassen.

Riva befeuchtet ihre Lippen. „Das fühlt sich gut an, Zee", raunt sie leise. „Wirklich gut."

Die Sehnsucht, die in diesen Worten mitschwingt, weckt ein Tier in mir. Allerdings nicht die Bestie, vor der ich Angst hatte, sondern eines, das sie auf den Rücken drücken und in sie eindringen will, ohne einen weiteren Augenblick zu verschwenden.

Nein. Das ist zu gefährlich.

Allerdings kann ich mich nicht völlig zurückhalten. Meine Kontrolle schwindet allmählich.

Ich zwirble ihren Nippel durch den Stoff. Riva zuckt zusammen und greift hinter sich an den Verschluss auf ihrem Rücken.

Sie fängt meinen Blick auf und wartet auf meine Zustimmung. Mein Mund wird trocken.

„Ja", krächze ich. „Bitte."

Sie lässt den BH von ihren Armen gleiten. Und etwas in mir brennt durch.

Ich presse meinen Mund auf ihren und schlinge meine Arme um sie. Mit einem begierigen Keuchen erwidert Riva meine Umarmung.

Unsere Zungen verknoten sich und tanzen umeinander wie Flammen. Ich verschlinge ihren Mund und bahne mir dann einen Weg an der Seite ihres Halses hinunter, über ihre Schulter und zu ihren Brüsten, denen ich nicht widerstehen kann.

Als ich einen Nippel in den Mund nehme, wölbt sie sich, um mir besseren Zugang zu gewähren. Ein bedürftiges

Wimmern entweicht ihren Lippen, und mein Schwanz wird so hart, dass es wehtut.

Die Schatten in mir hüpfen und zittern und stacheln mich an. Ich sehne mich nach allem, was sie mir bieten kann.

Das ist nicht genug. Ich brauche alles. Ich muss *in* ihr sein.

Irgendwo inmitten meiner Leidenschaft sind meine Krallen aus meinen Fingerspitzen hervorgetreten. Ich befreie mich aus meinem Shirt und zerfetze es beim Ausziehen.

Riva legt ihre Hände auf meine Brust. Ihre Berührung ist erst vorsichtig, bevor sie auf mein ermutigendes Knurren hin mit mehr Selbstvertrauen über meine Muskeln streicht. Ich drücke sie auf das Bett und reiße dabei an ihrer Jeans.

Sie ist so geistesgegenwärtig, den Hosenschlitz zu öffnen, damit sie sich aus den Hosenbeinen winden kann. Dann greift sie nach dem Bund meiner Hose.

Und auf einmal stockt mir vor Panik der Atem.

Die andere Frau. Der weißgetünchte Raum. Andreas' angewiderter Gesichtsausdruck, als er zurückkkam, nachdem sie ihn weggeführt hatte.

Das fordernde Streicheln ihrer Hände über meinen Körper …

Keuchend und zitternd erstarre ich über Riva, und ein gequältes Stöhnen kriecht meine Kehle hinauf.

Riva hält still. Ich spüre, wie Dominic uns aufmerksam beobachtet und beschließt, dass er nicht eingreifen muss.

Noch nicht.

Riva schaut zu mir auf, und ihre hellen Augen sind frei von jedem Urteil. „Wir müssen nicht mehr tun als das hier. Das war … Das war unglaublich. Wenn du aufhören musst …"

Nein, verdammt. Die Vorstellung, aufzuhören, wenn wir uns so nahe sind und mein Bedürfnis nach ihr durch jeden

Zentimeter meines Körpers pulsiert, löst ein unbändiges Gefühl des Widerstands in mir aus.

Sie gehört mir. Ich werde nicht zulassen, dass die verdammten Arschloch-Wärter und ihre perversen Tricks das zwischen uns ruinieren.

Ich atme ihren Duft ein, sauge ihre Wärme in mich auf und verdränge die aufflackernde Panik. Als ich meinen Kopf senke, um ihr einen weiteren Kuss zu geben, verbrennt die Hitze des Kusses jede verbleibende Kälte.

Ich zerre an meiner Hose, und Riva kommt mir wieder zu Hilfe. Sie streichelt meine nackten Oberschenkel, bis mir ein sehnsüchtiges Stöhnen entweicht.

Dann legt sie eine Hand auf meine Wange und sieht mir tief in die Augen. „Ich liebe dich."

Der letzte Rest meiner Kontrolle entgleitet mir. „Ich liebe dich auch. Ich will dich. Ich *brauche* dich."

Ihr Lächeln könnte die Sonne wieder zum Leuchten bringen. „Du hast mich."

Ich weiß nicht, was ich tue, aber meine Hüften bewegen sich instinktiv auf ihre zu. Sie spreizt die Beine, um mir Platz zu machen.

Mein Schwanz gleitet zwischen ihre Falten, und der Rest der Welt löst sich auf.

Falls ich sie mehr ausdehne, als sie erwartet hat, lässt sie sich das nicht anmerken. Ihr atemloser Schrei ist pure Ekstase.

Ich kann mich nicht davon abhalten, tiefer und schneller in sie zu stoßen. Ich genieße die brennende Reibung unserer Vereinigung.

Meine Eier pulsieren. Ich könnte schwören, dass mein Schwanz noch härter wird.

Ohne jede Zurückhaltung ramme ich mich in sie, während Riva meinen Stößen ebenso wild begegnet. Sie umklammert meine Schultern und presst ihre Stirn an meine Brust, während ihr Atem vor Glückseligkeit stockt.

Dieselbe Freude lodert durch meine Adern und entzündet die Schatten, die sich genauso nach diesem Moment sehnen wie jeder andere Teil von mir.

Ich fahre meine Krallen weiter aus und schlitze die Bettdecke auf. Meine Reißzähne brechen aus meinem Zahnfleisch, während sich mein Kiefer verlängert. Fell sprießt entlang meiner Schultern.

Bevor ich mehr als einen Anflug von Bestürzung über meine unerwartete Verwandlung empfinden kann, krallt Riva ihre Finger in die Fellbüschel, als würde sie mein Wolfspelz anmachen.

„Es ist gut", murmelt sie. „Alles in Ordnung."

Ihr Körper bebt unter meinem, Hitze durchflutet meine Leistengegend – und der Ansatz meines Schwanzes schwillt auf eine Weise an, wie ich es noch nie zuvor gespürt habe, nicht einmal, als ich mich heimlich in einigen privaten Momenten selbst befriedigt habe. Die Ausbuchtung verhakt sich in ihr, während die Schatten in mir an die Oberfläche drängen.

Ich komme so heftig wie noch nie zuvor, und der Rausch der Ekstase vertreibt alle anderen Gedanken aus meinem Kopf. Stöhnend umklammert Riva mich fester, und ich spüre, wie die Lust des Augenblicks auch sie durchströmt, als wären sowohl unsere Seelen als auch unsere Körper miteinander verschmolzen.

Schließlich kehre ich keuchend in die Realität zurück. Mein Schwanz, um den sich der verdickte Ring gebildet hat, steckt noch immer in ihr. Ich weiß nicht, ob ich ihn herausziehen kann, ohne sie zu verletzen.

Die Verdickung beginnt zu schrumpfen, während meine Wolfsmensch-Merkmale sich zurückbilden. „Es tut mir leid", murmle ich. „Ich wusste nicht …"

Riva legt ihre Hände in meinen Nacken. „Ist schon in Ordnung. Bestimmt hat es etwas mit deinen Kräften zu tun oder mit der Verwandlung. Das scheint beim ersten Mal immer zu passieren. Wir verlieren ein wenig die Kontrolle über unsere Fähigkeiten. Allerdings nicht auf eine schlechte Art."

Sie schenkt mir ein strahlendes Lächeln, und mir wird warm ums Herz.

Ich habe es geschafft. Ich war für sie da, als Liebhaber und als Freund. Und zwar ohne durchzudrehen. Ich bin nicht auf sie losgegangen.

Mein Trauma hat mich also doch nicht völlig ruiniert.

Auf Rivas Schlüsselbein sind jetzt zwei Male auf jeder Seite. Vier insgesamt.

Ich verlagere mein Gewicht und strecke meine Hand nach dem frischen Mal aus, das mit dem auf meiner Haut verbunden ist.

„Ich habe es wirklich getan", sage ich dümmlich.

Rivas Grinsen wird breiter. „Mit unbestreitbaren physischen Beweisen."

Ich kichere. Als ich meine Position anpasse, stelle ich fest, dass mein Schwanz endlich schlaffer geworden ist und die seltsame Schwellung vollständig zurückgegangen ist.

Als ich mich auf meine Fersen setze, richtet Riva sich auf. Sie schlingt ihre Arme um meinen Oberkörper und umarmt mich.

„Das Warten hat sich gelohnt."

Bei der Freude, die in ihrer Stimme mitschwingt, kommen mir beinahe die Tränen.

Blinzelnd schaue ich zu Dominic hinüber. Er grinst, als wäre er überglücklich darüber, dass ich mein Trauma überwunden und meine Verbindung mit Riva endlich gefestigt habe.

Ich schließe Riva in meine Arme, drücke ihr einen Kuss auf die Stirn und schenke ihm ein Lächeln. „Danke."

Er hebt eine Schulter. „Ich habe nichts getan. Das ist allein dein Verdienst."

Ich verweile noch ein paar Sekunden in Rivas Umarmung, bevor wir von einem lauten Klopfen an der Tür unterbrochen werden.

Matteos ruhige Stimme ertönt. „Ich möchte, dass ihr alle zu mir in den Garten kommt, sobald ihr euch angezogen habt."

Meine Wangen werden heiß, erst vor Verlegenheit, dann vor Wut, weil ich denke, dass Balthazar ihn geschickt haben könnte, um diese Momente des Glücks zu verderben. Riva beugt sich vor und gibt mir einen schnellen Kuss auf die Lippen. Diesmal verkrampfe ich mich nicht einmal, und ich beschließe, dass Balthazar mir scheißegal ist.

Egal, was für ein Arschloch er ist, ich habe schon gewonnen.

Wir schlüpfen in unsere Klamotten und machen uns auf den Weg zu den drei anderen Jungs, die sich bereits draußen versammelt haben. Andreas zieht eine Augenbraue hoch, und Griffin schenkt uns ein zufriedenes Lächeln – natürlich weiß er, was wir gerade getan haben.

Mit einem ungeduldigen Räuspern weist Matteo uns den Weg zur Mauer am Rande des Grundstücks. Er deutet auf die den steinernen Rand. „Setzt euch da hin. Weiter könnt ihr nicht gehen, ohne eure Armbänder auszulösen."

Stirnrunzelnd tue ich, was er sagt, und bleibe dicht bei Riva.

Der hagere Mann zückt ein Tablet und mustert uns. „Spürt ihr etwas, das ihr im Haus nicht gespürt habt? Ein Unbehagen oder Unwohlsein?"

„Abgesehen von der Angst, über die Kante ins Verderben zu stürzen?", fragt Andreas trocken.

Matteo ignoriert ihn und lässt seinen Blick über den Rest von uns schweifen. Ich fühle mich normal, also schüttle ich den Kopf.

Riva zieht die Stirn in Falten. „Ich habe nichts bemerkt. Warum?"

Er tippt sich an die Lippen. „Interessant. Sehr interessant. Nun, dann könnt ihr wieder runterkommen."

Wir befolgen seine Anweisung. Jacob stößt sich missmutig von der Mauer ab. „Was zum Teufel sollte das?"

Matteo dreht sich abwesend um. „Überall auf diesem Hügel befinden sich Schutzvorrichtungen gegen die Monster, deren Essenz auch durch eure Adern läuft. Ich dachte, wenn eure Kräfte stärker werden, würden sie euch in ähnlicher Weise beeinflussen. Offenbar ist das nicht der Fall. Ihr könnt wieder euren abendlichen Aktivitäten nachgehen."

„Aber da war doch dieses Schattenwesen …", beginne ich verwirrt.

Ich unterbreche mich, weil ich mir nicht sicher bin, ob es klug ist, das Wesen zu erwähnen, vor dem wir gewarnt wurden und wegen dem Balthazar Sully getötet hat.

Matteo zuckt mit den Schultern. „Wir haben eine mögliche Route, die wir vollständig kontrollieren. Sie können sie nur benutzen, wenn Balthazar sie hereinlässt."

Damit schreitet er davon, während wir ihm langsam zur Villa folgen. Keiner von uns will nach Sonnenuntergang in der frostigen Kälte bleiben.

Doch als ich Riva ansehe, sieht sie blass aus. Sie fängt meinen Blick auf und presst die Lippen zusammen.

Dann begreife ich.

Sie hat damit gerechnet, dass Rollick kommt, um uns aus unserem Gefängnis zu befreien. Doch wie soll uns ein Schattenwesen helfen, wenn der gesamte Hügel durch Schutzvorrichtungen abgesichert ist?

SECHSUNDZWANZIG

Riva

Ich wache viel zu früh auf. Ein schwacher Strahl Sonnenlicht dringt durch mein Fenster, während draußen die Morgendämmerung anbricht.

Eine seltsame Energie vibriert durch meinen Körper. Sie kribbelt in meinen Knochen.

Möglicherweise könnte Griffin mir sagen, was ich fühle, wenn er hier wäre und ich ihn fragen könnte. Er hat die Gefühle von Hunderten, wenn nicht Tausenden von Menschen erlebt, und ich habe nur meine eigenen als Referenz.

Ich kann nicht einmal sagen, ob die Energie ein Eindruck von etwas Gutem oder etwas Schlechtem ist. Sie hat den Beigeschmack von Vorfreude und Dringlichkeit, von Hoffnung und Schrecken zugleich.

Und sie nagt an mir, so schwach wie das fahle Licht der

Morgendämmerung, aber unbestreitbar, und besteht darauf, dass es etwas gibt, das ich tun muss.

Ich versuche, mich für die Idee zu öffnen, was das sein könnte. Leider ohne Ergebnis. Ich weiß nicht mehr über Rollicks Pläne als das Wenige, was ich vorher wusste. Dasselbe gilt für Balthazar.

Wir sind immer noch in unseren Fesseln gefangen, immer noch innerhalb der Grenzen des Geländes der Villa, bis wir zu einem anderen streng überwachten Auftrag geschickt werden.

Wenn ein Teil meines Gehirns einen Weg gefunden hat, mit dieser Situation besser umzugehen, wäre ich sehr dankbar, wenn es mir klar werden würde.

Ich richte diesen stummen Appell an das Universum. Weiterhin ohne Erfolg.

Seufzend drehe ich mich um und vergrabe mein Gesicht in meinem Kissen. Doch das nagende Empfinden lässt mich keine Ruhe finden.

Schließlich schiebe ich die Decke weg und gehe zum Schrank, um mich in der Morgendämmerung umzuschauen. Vielleicht läuft mir dabei etwas über den Weg, das mir Klarheit verschafft. Kurz nachdem ich in einen Kapuzenpulli und eine dazu passende Leggings geschlüpft bin, klopft es leise an der Tür.

Mein Körper spannt sich automatisch an, denn ich weiß, dass es keiner von meinen Jungs ist. Vier von ihnen sind in ihren eigenen Zimmern und schlafen tief und fest, und Griffin würde nicht klopfen, ohne mir zu sagen, dass er es ist.

Verwirrt öffne ich die Tür.

Draußen steht Toni, kühl und wachsam wie immer. „Da du schon wach bist, ist dieser Zeitpunkt so gut wie jeder andere. Mr. Balthazar hat sich bereit erklärt, dir weitere Informationen zu geben.“

Mein Herz setzt einen Schlag aus. Einfach so? Noch vor Tagesanbruch?

Sie wusste, dass ich wach war. Meine Finger streichen über eines der schmalen Metallarmbänder.

Es nervt mich, dass wir auf Schritt und Tritt überwacht werden. Aber vielleicht war Balthazars Zustimmung das, was mein Verstand wahrgenommen hat. Eine Chance, ihn besser zu verstehen, und damit auch, ihm zu entkommen.

Ich nicke und folge Toni den Flur hinunter. Dann kommt mir ein noch beängstigenderer Gedanke.

Was, wenn das Gegenteil der Fall ist? Was, wenn ich mich geirrt habe und er nur darauf gewartet hat, dass ich die unerklärliche Verbindung zu Zian oder Griffin herstelle?

Oder wenn er das ursprünglich zwar nicht vorhatte, aber die Daten, die von den Handschellen übermittelt wurden, ihn darauf aufmerksam gemacht haben, dass das, was gestern zwischen mir und Zee passiert ist, mehr war als normaler Sex?

Weder er noch ich haben über den übernatürlichen Aspekt dieses Intermezzos gesprochen. Ich habe vorsichtig darauf geachtet, was ich danach gesagt habe. Doch wer weiß, was er schon von den anderen Wärtern gehört hatte …

Mist. Hätte ich Zian zurückweisen sollen? Die Chance nicht ergreifen?

Mit Zee intim zu werden, während er die Barrieren in seinem Inneren niederriss und seiner Leidenschaft freien Lauf ließ, war eines der erstaunlichsten Dinge, die ich je erlebt habe. Ich kann mir nicht wünschen, dass es nicht passiert wäre, um unser beider willen … Doch dem Moment zu frönen, hätte auch ein epischer Fehler sein können.

Ich betrete den Salon mit einem mulmigen Gefühl. Als sich der Bildschirm vom Tisch am Eingang erhebt, habe ich einen sauren Geschmack im Mund.

Toni schließt die Tür und bleibt davor stehen. Ich lasse

mich auf einen der Sessel sinken, die im Halbkreis vor dem Bildschirm angeordnet sind, und bin froh, nicht mehr auf meinen zittrigen Beinen stehen zu müssen.

Vielleicht hat Balthazar nicht viel mitbekommen. Wenn er Fragen über die letzte Nacht stellt, muss ich sie überzeugend abwehren. Ich darf keine Anzeichen von Nervosität zeigen.

Der Bildschirm schaltet von Schwarz auf ein vertrautes Bild von Balthazar um, der hinter seinem Schreibtisch in seinem Büro sitzt. Instinktiv suche ich seine Umgebung nach neuen Hinweisen auf seinen genauen Aufenthaltsort in der Villa ab, aber ich kann nicht einmal sagen, ob er sich im ersten oder im zweiten Stock befindet.

Verdammt, womöglich ist das Licht künstlich, und er ist irgendwo unten im Keller.

Er scheint einen Takt länger als sonst zu warten, bevor er spricht, sein durchdringender Blick mustert mich so genau wie ich ihn. Mein Herz setzt erneut einen Schlag aus, was ich so gut wie möglich verberge.

Dann tritt ein Lächeln in sein Gesicht. Es ist seltsam sanft und irgendwie noch beunruhigender als das grausame Grinsen, das ich bereits von ihm kenne. „Wie ich höre, hast du etwas über meine Geschäfte herausgefunden und hättest gern eine Erklärung."

Ich zögere und wage es kaum, meiner Erleichterung zu trauen. Geht es bei diesem Treffen wirklich nur um die Forderung, die ich gestellt habe, und um nichts anderes?

Ich setze mich ein wenig aufrechter hin und hoffe, dass mein Erstaunen nicht zu offensichtlich ist. „Ja. Ich weiß, dass du etwas mit einem Unternehmen namens StreamCycle Enterprises zu tun hast und dass es Technologien zur Bereitstellung sauberer Energie entwickelt. Und ich weiß, dass zumindest zwei der Leute, die im Mittelpunkt deiner

Aufträge standen, auch auf die eine oder andere Weise in der Energiebranche tätig sind."

„Sehr schlau von dir." In Balthazars Stimme schwingt mehr Anerkennung als Ärger darüber mit, dass ich so viel herausgefunden habe. Seine ganze Ausstrahlung kommt mir heute seltsam optimistisch vor.

Hat er eine gute Nachricht erhalten. Hat etwas, das wir getan haben, seine Pläne in großem Maße vorangebracht?

Nur weil er sich nicht um Zian und mich zu kümmern scheint, heißt das nicht, dass es in diesem Gespräch nichts zu befürchten gibt.

Ich starre ihn mit meinem entschlossensten Blick an. „Bevor ich weitere Aufträge annehme, möchte ich wissen, wie das alles zusammenpasst. Was hast du mit StreamCycle Enterprises zu tun? Warum legst du dich mit Leuten aus der gleichen Branche an?"

Er hat diese Operation bestimmt nicht nur in Gang gesetzt, um sein Geschäft erfolgreicher zu machen und mehr Geld zu verdienen? Doch ich hätte auch nie gedacht, dass Clancys Rede darüber, die Welt zu verbessern, nur eine Tarnung für finanzielle Gier war.

Balthazar sieht fast amüsiert aus. Er scheint zu ahnen, was ich denke. „Es wäre schön, wenn du mir mehr zutrauen würdest, als anzunehmen, dass meine Ziele so unbedeutend sind, dass sie sich nur um ein Unternehmen drehen."

Ich runzle die Stirn. „In welcher Verbindung stehst du dann zu diesem Unternehmen?"

Er winkt mit seiner breiten Hand ab. „Durch StreamCycle Enterprises erhalte ich Informationen über die Aktivitäten anderer Leute, die in verschiedenen Bereichen das Sagen haben. Das ist also ein nützlicher Ansatzpunkt. Aber ich gehe inzwischen weit darüber hinaus."

„Inwiefern?" Ich kann mir die Frage nicht verkneifen. „Was genau ist dein Ziel? Du hast gesagt, dass du mit der aktuellen Situation nicht zufrieden bist. Aber welche Situation meinst du? Und was gedenkst du dagegen zu unternehmen?"

Inwiefern haben die Aufträge, die die Jungs und ich für ihn erledigt haben, ihm geholfen, diese Ziele zu erreichen?

Balthazar fixiert mich mit seinem durchdringenden Blick. „Du hast mit Ursula Engel gesprochen. Du weißt, worin der Zweck der Wärterschaft bestand. Und du hast die Monster in dieser Welt mit eigenen Augen gesehen, oder? Soweit ich weiß, haben sie dich mehr als einmal fast getötet."

Mir läuft ein Schauer über den Rücken. Offensichtlich meint er die Schattenwesen. Auch wenn ich die Wärter für monströser halte als sie.

Aber ja, einige von Rollicks Mitarbeitern haben tatsächlich versucht, mich zu töten. Mehrmals.

Ich verschränke die Arme vor der Brust und denke über seine Worte nach. „Aber du arbeitest nicht mehr für die Wärterschaft. Zumindest hast du es so klingen lassen."

Oh, verdammt, haben wir sie und ihre kranken Pläne etwa die ganze Zeit über unterstützt?

Balthazar schnaubt. „Diese Schwachköpfe könnten sich nicht einmal aus einer Papiertüte befreien. Ich habe es versucht. Ich dachte, es könnte etwas Gutes sein."

Er schüttelt den Kopf und wirft mir einen weiteren sanften Blick zu, der mich nervös macht. „Du wirst feststellen, dass die Bemühungen, ein Ziel zu erreichen, umso mehr durcheinandergeraten, je mehr Leute daran beteiligt sind. Allein arbeite ich effizienter und kann die schwierigen Entscheidungen treffen, die getroffen werden müssen."

Seine Antwort beruhigt mich nicht wirklich. „Aber du … Bei deiner Arbeit geht es also nach wie vor darum, die Scha… die Monster zu vernichten?"

Balthazar hebt seine Stimme. „Ich hatte auch mit ihnen zu tun. Und zwar häufiger als du. Sie haben mir mehr genommen, als du dir vorstellen kannst. Sie sind Gift für diese Welt. Jemand muss eingreifen und sie für immer beseitigen."

Ich unterdrücke einen Schauer. Ich kann mir vorstellen, dass er grausamen Schattenwesen begegnet ist. Die gibt es natürlich.

Aber es gibt auch Wesen wie das freche Sukkubus-Mädchen Pearl, mit dem ich mich angefreundet habe und die so neugierig auf die menschliche Welt ist. Oder wie ihren Freund Billy, der Faun, der bereit war, für mich und die anderen Schattenblüter gegen Wesen einzutreten, die viel stärker waren als er.

Außerdem passt Balthazars Aussage nicht zu dem, was ich während meiner Zeit in der Villa mitbekommen habe.

„Mindestens eines dieser ‚Monster' arbeitet für dich", sage ich.

„Ich nutze jede Ressource, die mir zur Verfügung steht. Das heißt aber nicht, dass ich die Unholde *mag*. Wenn ich sie als Waffen gegeneinander einsetzen kann, umso besser."

Ich unterdrücke ein Schaudern angesichts seines kühlen Tons. „Aber keiner der Aufträge, auf die du uns geschickt hast, hatte etwas mit Monstern zu tun. Das waren alles Menschen."

Balthazar stößt einen unwirschen Laut aus. „Es gibt zu viele von diesen Kreaturen. Sie sind überall, schlagen ihre Krallen in uns und manipulieren uns für ihre Zwecke. Es bedarf einer gemeinsamen Initiative, mehr als eine winzige Geheimorganisation erreichen kann, selbst mit Werkzeugen wie dir."

Meine Miene verfinstert sich, zum einen, weil seine Aussagen nach wie vor unglaublich vage sind, und zum anderen wegen der Art, wie er über mich gesprochen hat. „Du hast also die Wärterschaft verlassen, um deine Ziele auf eigene Faust zu verfolgen? So hast du doch noch weniger Leute!"

Ein raubtierhafter Schimmer blitzt in den Augen des Mannes auf dem Bildschirm auf. „Weniger Leute, mit denen ich direkt spreche. Am Ende werde ich die Macht aller Regierungen und Armeen hinter mir haben."

Ich starre ihn an. Die Teile fügen sich zusammen, aber mein Verstand ist zunächst nicht bereit, es zu akzeptieren. Dabei war mir eigentlich schon bei unserem ersten Gespräch klar, dass unser Entführer verrückt ist.

„Du glaubst, dass du die ganze Welt erobern wirst", sage ich ein wenig schroff. „Du verschaffst dir politischen Einfluss, mischst in Unternehmen mit …?"

Ich finde nicht einmal die richtigen Worte für all das. Die Idee ist völlig verrückt.

Und in mir steigt eine eisige Angst auf, weil ich nicht davon überzeugt bin, dass er scheitern wird.

Während er uns zur Erreichung seiner Ziele benutzt.

Würde selbst die Macht aller großen Regierungen und Armeen der Welt ausreichen, um die Schattenwesen aus der Welt der Sterblichen zu vertreiben? Sterbliche Waffen können ihnen nicht wirklich etwas anhaben.

Wenn Balthazar es tatsächlich schaffen würde, ganze Armeen dazu zu bewegen, Materialien zu verwenden, die die „Monster" schwächen oder sogar vernichten können und die Ressourcen aller Länder auf dieses Ziel konzentrieren würde …

Was würde dann mit dem Rest der Gesellschaft geschehen? Wie viele Menschenleben würde er bei der Verfolgung seines wahnsinnigen Ziels zerstören?

Kein Wunder, dass es ihm nichts ausmacht, es mir zu erzählen. Wer zum Teufel würde schon glauben, dass jemand tatsächlich nach dieser Art von Weltherrschaft strebt, wenn ich es schaffen würde, jemanden zu warnen?

Sie würden mich für verrückt halten. Außerdem wüssten sie nicht, dass Balthazars Wahnsinn beunruhigend effektiv sein kann.

Schweigend wartet Balthazar, während ich seine Worte auf mich wirken lasse.

Schließlich hebe ich meinen Blick und sehe ihn an. „Warum ist dir das so wichtig? Was haben die ‚Monster' getan, das so viel schlimmer ist als all der Mist, den sich die Menschen ständig gegenseitig antun?"

Aufgrund der Bücher und Filme, die uns in der Einrichtung zur Verfügung standen, weiß ich von den menschlichen Grausamkeiten. Und selbst wenn nicht, hätten Clancys Aufträge die Lücken reichlich gefüllt.

Balthazars Miene verhärtet sich so schlagartig, dass mein Puls in die Höhe schnellt, als ob er eine Waffe auf mich gerichtet hätte. „Es ist ihnen egal. Man kann nicht mit ihnen verhandeln oder sie zur Vernunft bringen. Sie kennen nur ihr krankes, monströses Verlangen. Und sie würden die schönsten Dinge zerstören, um ihren Willen durchzusetzen."

Ich beschließe, dass es besser ist, nicht zu erwähnen, dass diese Worte auch auf einige Menschen zutreffen, mit denen ich zu tun hatte. Einschließlich des Mannes, der sie gerade ausgesprochen hat.

Er lehnt sich zum Bildschirm, und die Intensität seines Blicks jagt mir einen Schauer über den Rücken. „Du kannst es spüren, nicht wahr? Dass du für diese Aufgabe bestimmt bist."

Meine Nackenhaare stellen sich auf. „Wofür Engel mich gemacht hat, meinst du? Selbst sie war der Meinung, dass sie einen Fehler gemacht hat."

„Sie hat zu schnell aufgegeben", knurrt Balthazar, bevor er sich zu sammeln scheint. „Du hast einige Dinge über meine Familie herausgefunden", fügt er mit ruhigerer Stimme hinzu.

Ich öffne den Mund und schließe ihn wieder, verwirrt über den abrupten Themenwechsel. Bestimmt weiß er, dass ich Toni mit meinen Beobachtungen und Vermutungen konfrontiert habe.

„Du hattest eine Frau und einen Sohn", sage ich. „Aber sie sind beide gestorben." Oh. „Wurden sie von ‚Monstern' getötet?"

War das der Auslöser für seine größenwahnsinnigen Ambitionen? Ich schätze, wenn er schon vorher ein wenig verrückt war, ist er nach diesem Verlust möglicherweise völlig durchgedreht …

Balthazar nickt grimmig, doch der Eifer in seinem Gesicht steht im Kontrast zu seiner angeblichen Trauer. „Sie sind tot, wegen zu viel Brutalität und Unfähigkeit. Aber ich habe immer noch … Du hast die Bilder gesehen. Du musst doch etwas geahnt haben."

Ich widerstehe dem Drang, mich zu umarmen. „Was geahnt? Ich weiß nicht, wovon du sprichst."

„Engel brauchte genetisches Material für ihre Arbeit. Menschliche Elemente, um sie mit den monströsen Aspekten zu vermischen. Sie hat ihre Arbeit streng überwacht, aber wir Gründer hatten Zugang zu allen Teilen der Einrichtung."

Ein flaues Gefühl breitet sich in meiner Magengegend aus. Die Worte bleiben mir in der Kehle stecken, bevor ich sie aussprechen kann. „Was willst du damit sagen?"

Balthazars Lippen verziehen sich erneut zu einem kleinen, sanften Lächeln. „Als mein Sohn geboren wurde, erfuhr Willa, dass sie kein weiteres Kind bekommen könnte. Sie hat sich immer eine Tochter gewünscht. Also tat ich das Einzige, was ich tun konnte, um ihr eine zu schenken. Ich dachte, dass sie sie irgendwann kennenlernen würde. Wenn sie nicht … Aber du bist noch hier. Du bist jetzt hier, wo du hingehörst. Du kannst deinen Platz in der Familie einnehmen."

Ein Keuchen ertönt von der Tür aus, wo Toni steht. Ich bin so starr vor Schreck, dass ich nicht über meine Schulter schauen kann, um ihre Reaktion zu sehen.

Ich bin wie gelähmt und habe das Gefühl, zu ersticken und gleichzeitig zu ertrinken.

Balthazar fährt fort, als hätte er mein Entsetzen über seine Ankündigung nicht registriert. „Du bist meine und ihre Tochter, ganz gleich, was noch zu deiner Entstehung beigetragen hat. Du kannst an meiner Seite stehen. Gemeinsam werden wir alles wieder in Ordnung bringen. Begreifst du das nicht?"

Übelkeit steigt in mir auf. Ich würde mich übergeben, wenn ich etwas im Magen hätte, das ich erbrechen könnte.

Nein, ich begreife das *nicht*. Mein Gehirn will die Möglichkeit, dass ich auf irgendeine Weise mit diesem psychotischen Mann verbunden sein könnte, von sich weisen.

Allerdings habe ich keinen Beweis, der seine Aussage widerlegen würde. Ich habe einen ähnlichen Teint wie seine Frau und er. Und auf den Fotos, die ich von ihr gesehen habe, wirkte sie zierlich und zart, sodass ich meinen Körperbau von ihr geerbt haben könnte.

Ich habe damals nicht darüber nachgedacht, aber sogar ihre Gesichtsform ähnelte der meinen. Runde Wangen und ein spitzes Kinn.

Und meine Augen … Wenn ich in die von Balthazar blicke, fällt mir auf, dass seine hellbraune Iris nur ein oder zwei Nuancen dunkler ist als meine.

„Nein", stottere ich. Ich bin aufgestanden, obwohl ich immer noch nicht das Gefühl habe, die volle Kontrolle über meine Beine zu haben. „Wenn du deine Familie so behandelst, wie du mich behandelt hast, dann will ich nichts damit zu tun haben. Ich bin nichts für dich."

Seine durchdringenden Augen verengen sich. Meine

Hände ballen sich zu Fäusten, und ein Schrei kriecht meine Kehle hinauf. Ich wünschte, er stünde tatsächlich vor mir, damit ich ihn auf ihn loslassen könnte.

„Du denkst nicht klar", sagt Balthazar mit kalter Schärfe. „Du bist einfach nur überrascht. Du bist dafür gemacht. Schon deine Großeltern haben gegen die Monster gekämpft, genauso wie ich. Und du wirst es auch tun. Du gehörst hierher."

Ein Schauer durchzuckt meinen Körper. Ich deute mit einem Finger auf den Bildschirm. „Ich werde nie zu dir gehören!"

Balthazar fletscht die Zähne, und ein Schmerz schießt von meinen Handgelenken in meine Arme.

Das Brennen, das die Fesseln durch meinen Körper schicken, raubt mir den Atem und lässt meine Knie einknicken. Ich kann einen Schrei nicht unterdrücken, als ich zu Boden sacke.

Aus meinen Handgelenken fließt kein Blut, aber er hat mich auf andere Weise verletzt, vielleicht mit einer anderen Chemikalie, von der er uns nie erzählt hat und die neben dem Beruhigungsmittel in den Handschellen steckt. Das Brennen ist so stark, dass ich die Tränen zurückblinzeln muss.

„Ich war nicht da, um dich zu erziehen", knurrt Balthazar. „Du hast noch viel zu lernen."

Dann ist er weg, und der Bildschirm wird schwarz.

Der Schmerz lässt allmählich nach. Nach ein paar Minuten schaffe ich es, mich in eine sitzende Position zu bringen. Mein Kopf dreht sich.

Ich habe keine Ahnung, was ich von dem halten soll, was unser Entführer mir gerade eröffnet hat. Was er mir angetan hat, obwohl ich angeblich seine Tochter bin.

Toni steht neben dem Sessel, auf dem ich gesessen habe.

Ihre Miene ist angespannt. „Ich kann dich in dein Zimmer bringen", bietet sie leise an.

Ich zucke instinktiv zurück und schüttle den Kopf. „Nein, ich schaffe das schon."

Nach ein paar weiteren vorsichtigen Atemzügen wische ich mir über die Augen und stehe auf. Ein stechender Schmerz durchzuckt meine Nerven, aber es gelingt mir, auf einigermaßen stabilen Beinen zu laufen.

Den Flur hinunter. Die Treppe hinauf. In mein Zimmer. Jeder Schritt fühlt sich an, als würde ich durch hart werdenden Zement waten.

Ich bin Balthazars Tochter. Er hat mich nach seinem Ebenbild geschaffen. Für seine Zwecke. Wie viel von seinem Wahnsinn steckt auch in mir?

Wie kann ich den Jungs, die ich liebe, helfen, aus dieser Horrorshow herauszukommen, an der ich aufgrund meiner DNA mitschuldig bin?

Siebenundzwanzig

Riva

Draußen weht ein heftiger Wind, passend zu meiner Stimmung. Ich ziehe mir die Kapuze meines Pullis tiefer ins Gesicht und halte den Kopf gesenkt, während ich um die Villa herumgehe.

Die Jungs folgen mir schweigend. Ihre Besorgnis drückt auf meine Stimmung, wenn auch nicht halb so sehr wie die Neuigkeiten, die ich ihnen mitteilen muss.

Auf der Rückseite des Gebäudes lässt der Wind nach. Die Herbstluft ist immer noch kühl, aber nicht ganz so beißend.

Am liebsten würde ich mir eine Bank suchen und mich darauf zusammenkauern. Dann müsste ich mich nicht mehr darauf konzentrieren, meine Beine am Einknicken zu hindern, während ich mich auf das Gespräch konzentriere.

Doch wenn ich mich hinsetze, werden die Jungs noch enger an mich heranrücken und sich an mich schmiegen, und der Gedanke daran jagt mir einen Schauer über den Rücken.

Ich wurde von unserem größten Feind erschaffen. Das geht weit über ihre Vorstellungskraft hinaus. Ich fühle mich, als würde ein ebenso starkes Gift, wie es in Jacobs verborgenen Stacheln enthalten ist, durch meine Adern fließen. Und als könnte es über die Schatten in die Jungs sickern, wenn ich nicht aufpasse.

Womöglich ist das sogar bereits passiert.

Wie werden sie mich ansehen, wenn ich es ihnen sage? Wird die Erkenntnis sie erschüttern, dass sie durch ihre Verbindung mit mir auch auf gewisse Weise mit Balthazar verbunden sind?

Er hat unsere Sechsergruppe vom ersten Moment meiner Empfängnis infiltriert, lange bevor ich überhaupt geboren wurde. Er war bei jedem Moment unserer Freundschaft und bei den allerersten Anzeichen von Liebe dabei.

Und ich kann nichts tun, um ihn aus mir – aus uns – herauszuschneiden, nicht vollständig. Genauso wenig wie ich die brutale, monströse Macht loswerden kann, die ich nie wollte.

Ich drehe mich zu den Jungs um. Sie stehen in einem engen Halbkreis um mich herum und mustern mich neugierig.

An ihrer Haltung erkenne ich, dass sie sich am liebsten an mich schmiegen und mich in Liebe und Geborgenheit einhüllen würden, doch sie scheinen zu merken, dass ich im Moment keinen Trost will.

Nicht, wenn sie nicht einmal wissen, wieso sie mich beruhigen sollten.

Jacob deutet mit seinem Kinn auf mich, sein Kiefer ist verkrampft. „Was ist los, Wildkatze?"

Das Funkeln in seinen hellblauen Augen sagt: *Sag mir, was dich bedrückt, damit ich es pulverisieren kann.*

Doch das kann er nicht. Nicht diesmal.

Ich öffne und schließe meinen Mund und versuche, den Kloß in meinem Hals hinunterzuschlucken. Ich habe ein frühes Frühstück zubereitet und bin durch die Villa gelaufen, während die Jungs aßen. Dabei spielte ich eine Weile mit dem Gedanken, es ihnen nicht zu sagen.

Vielleicht wäre es besser für sie, wenn sie es nicht wüssten. Vielleicht wäre es nicht einmal sicher, es zu versuchen, denn egal, was ich tue, um das Gespräch zu übertönen, unser Entführer wird mitbekommen, dass ich es ihnen sage.

In Wahrheit will ich mich durch diese Ausreden jedoch nur vor den Folgen schützen.

Bestimmt ahnt Balthazar, dass ich das Geheimnis lüften werde. Er würde mir nichts erzählen, wovon die Jungs nichts erfahren dürfen. Er hat mir nicht einmal *verboten*, es ihnen zu sagen.

Womöglich gefällt ihm der Gedanke sogar, dass sich unsere Beziehung verändern wird, wenn sie es erfahren. Ich bin mir nicht sicher, was genau er erreichen wollte, als er Jacob vor ein paar Tagen provoziert hat, aber er hatte definitiv nicht vor, die Gruppenharmonie zu fördern.

Und das Verheimlichen von Dingen voreinander hatte auf lange Sicht nie positive Auswirkungen. Ich bin keine gute Schauspielerin. Die Jungs würden merken, dass etwas nicht stimmt. Außerdem kann ich meine Gefühle *nicht* vor Griffin verbergen.

Nein, es für mich zu behalten, während sie sich Sorgen machen, wird zu mehr Spannungen führen, als die Wahrheit zu sagen.

Ich wünschte nur, ich wüsste, wie wir die Scherben aufsammeln können, nachdem ich ihr Bild von mir zerstört habe. Ich habe immer noch nicht herausgefunden, wie ich mein eigenes Selbstverständnis wieder zusammensetzen kann.

Ich befeuchte meine Lippen und verschränke nervös die Arme vor der Brust. „Balthazar hat mich heute Morgen in den Salon gerufen, um mit mir zu sprechen.“

Zian runzelt die Stirn. „Will er dich allein auf eine Mission schicken?“

„Nein. Darum ging es nicht.“

In meiner Brust schwillt ein hysterisches Lachen an. In gewisser Weise ist es die denkbar größte Mission, die unser Entführer mir hätte aufbürden können.

Ich gebe mir einen Ruck und konzentriere mich wieder auf das Gespräch. „Wir haben bereits festgestellt, dass er zu den Gründerfamilien gehört. Ich schätze, es waren Engel, die Clancys und die Balthazars.“

Er hat gesagt, dass seine Eltern – meine *Großeltern* – auch gegen die Schattenwesen gekämpft haben.

Andreas nickt. Seine Gedanken gehen in die gleiche Richtung, wie meine zuerst. „Arbeitet er doch noch mit den Wärtern zusammen?“

Ich schüttle den Kopf. „Nein. Er hält sie für nutzlos und ineffizient. Er hat allerdings dieselben Ziele. Er glaubt, dass er die Schattenwesen nur ausschalten kann, wenn er größere Schritte unternimmt. Dinge, mit denen die Wärterschaft nie einverstanden gewesen wäre.“

Dominic runzelt die Stirn. „Die Aufträge, die wir für ihn erledigen sollten, dienen also dazu, die Schattenwesen zu zerstören?“

„Ja. Auf eine umständliche, aber unglaublich ehrgeizige Weise.“ Mir entweicht ein trockenes, raues Lachen. „Er denkt, dass er die Kontrolle über die ganze Welt übernehmen wird. Oder zumindest über die wichtigen Regierungsorgane. Er will alle möglichen Länder zwingen, gegen die ‚Monster‘ in den Krieg zu ziehen.“

Jacob schnaubt. „Er ist noch verrückter, als wir dachten.“

Griffin hat bis jetzt geschwiegen und mich beobachtet.

Seine Stimme ist noch sanfter als sonst. „Das ist aber nicht das, was dich wirklich beunruhigt."

„Nein." Ich senke meinen Blick. Tränen brennen in meinen Augen.

„Wir wissen, dass wir zum Teil Mensch und zum Teil Schattenwesen sind", beginne ich. „Die menschlichen Komponenten sind offensichtlich irgendwoher gekommen. Nun, Balthazar hat mir erzählt, dass er bei mir das genetische Material, das Engel verwenden wollte, gegen seins und das seiner Frau ausgetauscht hat. Sie wollten ein weiteres Kind und konnten keins bekommen. Ich bin seine Tochter."

Nachdem ich den letzten Satz ausgesprochen habe, schnürt sich meine Kehle zu. Manchmal fühlt es sich wie eine Erlösung an, etwas zuzugeben, das man für sich behalten hat, aber nicht dieses Mal. Als ich die Worte laut ausspreche, wird das Gewicht, das auf meiner Brust lastet, schwerer, bis es mich fast erstickt.

Dominic unterbricht die erschrockene Stille als Erster. „Das bist du nicht. Nicht wirklich. Es gehört mehr dazu, als Gene zu spenden, um wirklich ein Elternteil zu sein."

Ich blinzle. „Aber er … Was auch immer er ist, etwas davon ist auch in mir. Ihr wisst doch, wie viel Einfluss unsere monströsen Seiten darauf haben, wer wir sind und was wir tun!"

Ich schlinge meine Arme fester um mich und schaue zu ihnen auf, um ihren Blicken wieder zu begegnen. Das ist das eigentliche Problem, oder?

Während sie eine monströse und eine menschliche Seite haben, ist in meinem Fall sogar die menschliche Seite furchteinflößend.

Andreas tritt vor und legt seine Arme um mich. „Du bist immer noch die Gleiche, Tinkerbell. Das ändert gar nichts."

Es bringt mich allerdings dazu, die Person, die ich war, zu überdenken. Hätte ich Billy verletzt, wenn ich nicht das biologische Erbe des Hasses auf Schattenwesen in mir tragen würde? Wäre es mir leichter gefallen, Rollick zu vertrauen und die Behauptungen der Wärter zu ignorieren?

Wie kann ich sicher sein, dass ich wirklich die besten Entscheidungen für uns treffe, wenn ich eine direkte Verbindung zu dem Mann habe, der alles vernichten will, was er für monströs hält?

Und selbst wenn mein Erbe keinen Einfluss auf mich hatte, was unwahrscheinlich ist, hätte er uns alle in seine Pläne hineingezogen, wenn er nicht mich gewollt hätte? Soweit ich weiß, hätten wir vor Clancy fliehen und einigermaßen frei leben können, wäre da nicht diese Blutsverwandtschaft gewesen, von der ich nichts wusste.

Jacob verlagert sein Gewicht von einem Fuß auf den anderen. Sein Gesichtsausdruck ist noch unheilvoller geworden. „Warum hat er es dir gesagt? Was will er von dir?"

Es wäre auch nicht gut, diese Information zu verheimlichen. „Er will, dass ich mich dem Familienunternehmen anschließe. Dass ich mich auf seine Seite stelle, anstatt ihn zu bekämpfen."

Jake schnaubt, und Andreas streicht mit einer Hand beruhigend über meinen Arm.

Zian legt die Stirn in Falten. „Was hast du gesagt?"

„Auf gar keinen Fall." Meine Miene verfinstert sich. „Aber vielleicht war das keine gute Idee."

Darüber habe ich nachgegrübelt, seit ich mich so weit beruhigt hatte, dass ich wieder klar denken konnte. Natürlich kann ich nicht alles laut aussprechen, was ich sagen möchte. Was wäre passiert, wenn ich so getan hätte, als würde ich Balthazars Angebot annehmen?

Hätte ich ihn überzeugen können, dass ich es ernst meine? Hätte er mir die Chance gegeben, ihn persönlich zu treffen? Womöglich hätte ich Zugang zu Bereichen der Villa bekommen, die uns weiterhelfen würden?

Jetzt ist es wahrscheinlich zu spät, meine Meinung zu ändern. Es wäre nicht glaubwürdig genug, dass er mir vertrauen würde.

Allerdings fällt es mir schwer zu glauben, dass er mir jemals so viel Vertrauen schenken würde, egal, wie ich in diesem Moment reagiert hätte. Selbst wenn ich seine Tochter bin, bin ich in seinen Augen ein Monster.

Jacob hebt sein Kinn. „Das Arschloch ist total irre. Es ist mir egal, ob er hört, dass ich das sage. Es ist die Wahrheit."

„Wissen wir überhaupt, ob es wahr ist, dass du seine Tochter bist?", fragt Dominic.

„Ja." Auch ohne Beweise bin ich mir diesbezüglich hundertprozentig sicher. Der Hoffnungsschimmer, den ich in Balthazar aufflackern sah, kurz bevor er es mir sagte, seine Wut, als ich ihn zurückgewiesen habe … Seine Reaktionen waren vollkommen anders als damals, als er uns seine Pläne dargelegt oder auf unseren Trotz reagiert hat.

Das war etwas Persönliches. *Er* ist auf jeden Fall überzeugt, dass ich seine Tochter bin. Und er muss es schließlich wissen.

Griffin legt eine Hand auf meine Schulter. „Drey hat recht. Es ändert weder etwas daran, wer du bist, noch sonst irgendetwas. Nicht, wenn du es nicht zulässt."

Ich wünschte, ich hätte eine Wahl in dieser Angelegenheit.

Zian scheint sich zu sammeln, und ein entschlossener Blick tritt in seine Augen. „Lass uns reingehen, wo es wärmer ist, und einfach zusammen abhängen. Wir werden auf dich aufpassen, während du dich an den Gedanken gewöhnst. Es ändert definitiv nichts an *unseren* Gefühlen für dich."

„Ganz und gar nicht", murmelt Andreas und küsst meine Schläfe.

Mein Herz schmerzt. Ich möchte mit ihnen gehen und

mich von ihrer Wärme einhüllen lassen, als könnte sie mich vor allem abschirmen.

Aber ist das der richtige Schritt? Wie werden sich meine nächsten Handlungen auf das auswirken, was Balthazar mit mir – und den Jungs, die ich liebe – vorhat?

Kann ich meinen Entscheidungen vertrauen?

Ich reibe mir die Stirn, während widersprüchliche Gedanken meinen Geist erfüllen, als Zian ruckartig den Kopf dreht. Stirnrunzelnd blickt er in Richtung Garten.

Ich verkrampfe mich automatisch. „Was?"

„Ich …" Er hält inne und presst die Lippen aufeinander, als hätte er gemerkt, dass er nicht sagen sollte, was er gerade sagen wollte. „Es ist nichts. Ich dachte nur, dass es vielleicht gut wäre, erst einmal an der frischen Luft zu bleiben und uns ein wenig zu bewegen."

Das ist nicht gerade die beste Ausrede, was meinen Verdacht verstärkt, dass er etwas bemerkt hat. Mit einem Nicken bedeutet er uns, ihm zu folgen.

Andreas bleibt neben mir und legt einen Arm um meine Taille. Jacob läuft auf der anderen Seite mit seiner üblichen mörderischen Miene neben mir her.

Ich denke, es wäre für alle das Beste, wenn Balthazars Angestellte uns in dieser Stimmung nicht begegnen.

Zian überquert den Rasen und geht zwischen den Hecken und Pflanzgefäßen hindurch. Auf halbem Weg zu unserem Ziel höre ich sie auch … Eine leise, säuselnde Stimme, wie die, die ich vor ein paar Tagen bemerkt habe.

„Schattenblüter, hier drüben."

Zian bleibt an der Außenmauer stehen. Er stützt seine Hände darauf ab, als würde er die Aussicht genießen, bevor er sich bückt, um einen Stein vom Boden aufzuheben.

Er ist genauso glatt wie der, den ich zuvor gefunden habe, aber eher grau als schwarz und mit Glimmerelementen gesprenkelt. Ich schätze, die genaue Art des Steins spielt für Rollicks Zwecke keine Rolle.

Zee betrachtet ihn nachdenklich und sieht uns dann mit hochgezogenen Augenbrauen an. Ich schüttle den Kopf. Sobald er ihn in die Hand nimmt, kann ich nichts mehr hören.

„Das sollte in Ordnung sein", sagt er und reicht ihn mir.

Sobald ich den warmen Stein mit meinen Fingern umschließe, durchdringt Rollicks Stimme meine Sinne. Letztes Mal hat er mir mitgeteilt, dass die Nachricht nur für Wesen mit Schattenwesen-Essenz zu hören ist. Offenbar müssen wir den Nachrichtenträger berühren, um sie zu hören.

„Kleine Todesfee und Co", sagt er zur Begrüßung. „Wir wollen, dass ihr schnell von dort wegkommt, aber wir überlegen noch, wie wir am besten vorgehen. Euer neuer Wärter hat seine Festung mit starken Sicherheitsvorkehrungen ausgestattet. Wenn ihr eine Idee habt, wie wir uns Zugang verschaffen könnten, lasst es uns wissen. Sonst bleibt uns womöglich keine andere Wahl, als alles niederzubrennen … Und ich bin mir sicher, dass es euch lieber wäre, wenn wir dabei nicht riskieren, einige von euch Schattenblütern zu grillen. Tippe den Stein fünfmal hintereinander an, und er wird alles absorbieren, was du danach sagst. Dann wirf ihn über die Mauer. Wir werden ihn finden. Ich werde warten."

Als seine Stimme verklingt, reiche ich den Stein an Andreas weiter, damit er sich die Nachricht anhören kann. Während die Jungs die Botschaft einer nach dem anderen anhören, kreisen meine Gedanken noch schneller.

Euer neuer Wärter hat seine Festung mit starken Sicherheitsvorkehrungen ausgestattet … Eine Idee, wie wir uns Zugang verschaffen können. Rollicks Leute müssen von den schützenden Metallen erfahren haben, die in den Berghang eingebaut sind, die Matteo erwähnt hat.

Matteo meinte auch, es gäbe einen Weg, den die Schattenwesen benutzen könnten und der von Balthazar kontrolliert wird. Leider haben wir keine Ahnung, welcher das ist. Wie sollte diese Information unseren Rettern nützen?

Wie zum Teufel glaubt er, dass sie alles niederbrennen werden, wenn sie nicht einmal bis hierherkommen können? Es müsste schon ein riesiges Feuer sein, und das würde ich lieber vermeiden.

Der Fluchtweg befindet sich gleich hinter dieser Mauer … Und ich habe keine Ahnung, wie wir das jemals schaffen sollen. Wir haben noch keine Antwort für Rollick, das steht fest.

Und selbst wenn mir etwas einfällt – sollten wir einer Idee trauen, die aus meinem Kopf kommt?

Aus dem Gehirn der Tochter unseres Entführers.

ACHTUNDZWANZIG

Griffin

Um mir meine Emotionen abzutrainieren, haben mich die Wärter auf unbeschreibliche Weise gequält. Doch selbst die schlimmste dieser Qualen verblasst im Vergleich zu dem Schmerz, der mich durchzuckt, als ich Riva vom Tisch wegschlurfen sehe, an dem wir gerade zu Mittag gegessen haben.

Ich spüre, wie viel Mühe es sie kostet, sich zusammenzureißen. Eine Mischung aus Hoffnung und Zweifel, Überzeugung und Unsicherheit lastet auf ihr. Jedes Mal, wenn eine klarere Emotion durchscheint und ich einen Blick auf die Frau erhasche, die ich kenne, schreckt etwas in ihr davor zurück. Als hätte sie Angst, sich zu weit in eine Richtung zu wagen.

Neben dem, was ich in ihrem Inneren spüre, zeigt sich ihr Kampf auch nach außen hin. Auch meinen Freunden entgehen weder ihre nachlassende Energie noch ihre zögerlichen Bewegungen. Ihre Mienen sind besorgt.

Es ist schlimmer als damals, als ihre Wut sie verzehrte. Damals war sie wenigstens konzentriert und entschlossen, wenn auch auf eine beunruhigend brutale Art und Weise.

Balthazars Eröffnung hat ein Loch in ihren Geist gerissen, wie nichts anderes, was uns angetan wurde.

Ich weiß, wie schwer es ihr gefallen ist, ihre bösartige Kraft zu akzeptieren. Früher hat ihr menschlicher Anteil sie davor bewahrt, sich selbst als Monster zu sehen.

Doch jetzt ist auch diese Seite von ihr befleckt. Sie traut der Richtigkeit ihrer eigenen Entscheidungen nicht mehr. Kein Teil von ihr ist rein und unverdorben.

Zumindest in ihren Augen. Ich finde, sie hat nichts von Balthazar an sich. Nichts, was den Glanz der Frau, zu der sie sich selbst gemacht hat, trüben könnte.

Und ich habe auch nicht das Gefühl, dass die anderen Jungs der Verbindung zwischen Balthazar und ihr allzu viel Bedeutung beimessen.

Aber wir sind nicht diejenigen, die diese Enthüllung verarbeiten müssen. Auch wenn ich ihre Gefühle wahrnehmen kann, verstehe ich nicht das ganze Ausmaß dessen, was sie durchmacht.

Ich kann sie auf keinen Fall dafür verurteilen, dass sie ins Wanken gerät. Die Wärter haben meinen Geist von außen manipuliert, bis ich mich freiwillig an ihren Plänen beteiligt habe. Sie hat gerade erfahren, dass der Feind schon vor ihrer Geburt in ihr war, eingewoben in die grundlegendste Essenz ihres Wesens.

Wir wissen nicht mit Sicherheit, wie sich ihr Erbe auf sie ausgewirkt hat, wer sie hätte sein können, wenn Engel das genetische Material verwendet hätte, das unsere Schöpferin ursprünglich vorgesehen hatte.

Ich habe keinen Zweifel daran, dass Riva genau die Frau ist, die wir immer gebraucht haben.

Wie können wir sie dazu bringen, das zu erkennen? Wir alle haben mehrmals versucht, mit ihr zu reden, seit sie uns gestern alles gestanden hat. Leider konnte nichts von dem, was wir gesagt haben, das Grauen lindern, das sie im Griff hat.

Es spielt keine Rolle, wie sehr wir ihr vertrauen, wenn sie selbst kein Vertrauen mehr in sich hat.

Während mir dieser Gedanke durch den Kopf geht, habe ich einen Geistesblitz. Ich denke darüber nach, während Dominic und ich uns um den Abwasch kümmern.

Ja, die Idee, die mir gerade gekommen ist, könnte ihr die nötige Perspektive geben, um aus dem Loch zu kommen, in das sie gefallen ist. Zumindest wüsste ich nicht, inwiefern es ihr schaden könnte.

Ich muss etwas versuchen. Sie hat mich aus meiner dunklen Höhle herausgeholt, in der ich schon viel länger verloren war als sie.

Wenn ich ihr nicht helfen kann, ihr Gleichgewicht wiederzufinden, wozu bin ich dann überhaupt hier?

Nachdem wir das Geschirr abgewaschen haben, schleiche ich mich hinaus in den Flur. Jacobs Blick folgt mir, als ich an ihm vorbeigehe, aber ich sage nichts zu meinem Bruder oder den anderen Jungs.

Das ist etwas, was nur ich tun kann. Sie lieben Riva, so sehr, dass mich das Gefühl vom Aufstehen am Morgen bis zum Einschlafen umgibt. Vielleicht mehr, als ich es jemals können werde. Doch ich will nicht, dass andere Faktoren von dem ablenken, was ich ihr bieten möchte.

Mein übernatürlicher Spürsinn, mit dem ich Riva anhand ihrer Gefühle lokalisieren kann, führt mich in das Zimmer mit dem Kartentisch und den Bücherregalen. Sie steht vor einem Regal und betrachtet die Buchrücken, ohne sie wirklich zu sehen. Ihre Finger stecken in den Ärmeln ihres Kapuzenpullis.

„Hey", sage ich. Obwohl ich extra leise spreche, zuckt sie zusammen, bevor sie sich zu mir umdreht.

Bei den anderen hätte sie es gespürt, wenn sie sich genähert hätten. Ihre Verbindung ist viel stärker als die zwischen Balthazar und ihr.

Ein gezwungenes Lächeln umspielt ihre Lippen. „Bist du auf der Suche nach mehr Lesestoff?"

„Ich bin auf der Suche nach dir." Ich gehe zu ihr und lege meine Arme um ihre schlanke Gestalt.

Mir fällt auf, dass sie sich nicht mehr so an mich schmiegt wie früher. Als hätte sie Angst, mich durch ihre Nähe zu verunreinigen.

Meine Kehle ist wie zugeschnürt. Ich möchte nicht, dass sie sich so fühlt. Wenn sie sich nicht einmal von uns unterstützen lässt …

Als ich ihr gerade sagen will, was ich tun will, fällt mir ein, dass es noch eine andere, viel unangenehmere Ablenkung gibt, um die wir uns kümmern müssen. Die silbernen Handschellen an unseren Handgelenken übermitteln wahrscheinlich jedes Wort, das wir sagen, an Balthazar oder seine Angestellten.

Er hat es nicht verdient, dieses Gespräch mitzubekommen. Und das Letzte, was ich brauche, ist, dass Riva sich fragt, was er darüber denkt, anstatt sich darauf zu konzentrieren, was ich zu vermitteln versuche.

Nun, wir haben schon eine einfache, wenn auch etwas seltsame Lösung für dieses Problem gefunden.

Ich kraule ihr Haar. „Ich weiß, dass es draußen kühl ist, aber möchtest du mit mir schwimmen gehen?"

Riva sieht mich fragend an. Bestimmt ist ihr klar, dass ich nicht nur frage, damit wir ein bisschen Bewegung bekommen. Sicherlich erinnert sie sich daran, warum wir das letzte Mal in den Pool gegangen sind.

Ein paar angespannte Augenblicke lang fürchte ich, dass sie ablehnen wird. Ich muss zugeben, dass ich nicht weiß, was ich dann tun soll.

Stattdessen nickt sie, wenn auch nicht mit allzu großer Begeisterung. „Sicher. Etwas Abwechslung wäre schön."

Wir holen uns ein paar Handtücher aus einem der Badezimmer und überqueren die Terrasse mit dem Pool. Balthazar hat uns keine Badesachen gegeben, sodass wir bisher einfach mit unserer Unterwäsche ins Wasser gegangen sind.

Es ist *tatsächlich* kühl. Eine frische Brise streift mein Gesicht und kündigt den kommenden Winter an. Ich unterdrücke einen Schauer und ziehe mich so schnell wie möglich bis auf meine Boxershorts aus.

Riva ist sogar noch schneller und springt in BH und Höschen ins warme Wasser, während ich noch an meinen Socken ziehe. Dann folge ich ihr in den Pool und stoße einen erleichterten Seufzer aus, als die Wärme mein Frösteln wegspült.

Rivas Zopf gleitet hinter ihr her, während sie sich von einem Ende des Beckens zum anderen treiben lässt und dann am Rand verweilt.

Als ich mich zu ihr geselle, dreht sie den Kopf zu mir. „Du wolltest über etwas reden?"

Unsere Metallbänder sind unter Wasser, aber sie spricht trotzdem leise. Ich passe mich ihrer Lautstärke an. „Ich wollte dir eher etwas *zeigen*. Aber ich muss es erst erklären."

Sie zieht eine Augenbraue hoch, um mir zu signalisieren, dass ich weitersprechen soll.

Ich kann nicht widerstehen und lege einen Arm um ihre nackte Taille. Ich habe mein Ziel immer noch vor Augen, doch wenn ich ihr so nahe bin – und das auch noch halbnackt – ist es unmöglich, das Verlangen zu ignorieren, das in mir aufwallt.

Diese berauschenden Empfindungen sind die einzigen Gefühle, die die Wärter mir nicht nehmen konnten. Und sie haben mir geholfen, die anderen Gefühle wiederzufinden, die sie mir ausgetrieben haben.

Allein dadurch, dass Riva hier ist, dass sie genug an mich glaubt, um mich so nah an sich heranzulassen, hat sie mich beruhigt. Sie hat mich zumindest teilweise zu dem Mann gemacht, der ich sein sollte.

Bitte, lass mich auch sie zurückführen.

„Du bist emotional aufgewühlt", sage ich leise. „Das ist vollkommen verständlich. Du weißt nicht, wie du diese neue Information einordnen sollst. Aber du bist immer noch die, die du warst, bevor Balthazar dir diese Hiobsbotschaft verkündet und dir diese Zweifel in den Kopf gesetzt hat. Egal, ob die genetische Verbindung dich geprägt hat und er dich schon vorher in irgendeiner Weise beeinflusst hat, es wäre in deine Reaktionen eingeflossen, ohne dass es dir bewusst war."

Riva mustert mich, die dunklen Wimpern um ihre hellen Augen sind feucht. „Worauf willst du hinaus?"

Meine Mundwinkel zucken nach oben. „In erster Linie möchte ich, dass du mir bestätigst, dass ich recht habe. Du konntest Balthazars Einfluss nicht unterdrücken, bevor du davon wusstest, oder?"

Sie zuckt mit den Schultern. „Ich denke nicht. Aber es ist nicht so, dass ich das rückblickend beurteilen kann. Damals dachte ich, dass ich meine eigenen Entscheidungen treffe. Unabhängig von irgendwelchen Einflüssen. Ich hatte keine Ahnung, dass ich mich selbst infrage stellen sollte."

„Okay. Und wir können dir sagen, wie es für uns aussah, Andreas kann es dich sogar von außen sehen lassen … Aber ich kann dich daran erinnern, wie du dich in dem Moment in dir selbst gefühlt hast."

Riva blinzelt mich an, und ihre Verwirrung weicht einem aufkommenden Verständnis. „Du willst die Emotionen in meinen Geist projizieren, die du in mir wahrgenommen hast, bevor ich erfahren habe, dass Balthazar mein Vater ist."

Ich lehne meinen Kopf näher an ihren. „Ja. Ich war mir deines inneren Zustands unglaublich bewusst, seit wir wieder zusammen im selben Gebäude waren. Und die meiste Zeit davon habe ich selbst *nichts* gefühlt, was meine Wahrnehmung getrübt hätte. Ich kann dir zeigen, was dich motiviert hat, dich gegen Clancy zu wehren, wie du auf uns und die jüngeren Schattenblüter reagiert hast ... Diese inhärenten Reaktionen, über die du keine Kontrolle hattest. Nichts könnte wahrhaftiger sein als das."

Riva schweigt einen Moment lang. Dann schluckt sie hörbar. „In Ordnung."

Neben ihrer Angst spüre ich Akzeptanz. Ich streiche im Wasser mit dem Daumen über ihre Haut. „Hast du Angst, dass du etwas bemerkst, das bedeutet, dass du von deiner Verbindung zu Balthazar beeinflusst wurdest?"

„Es wäre möglich. Vielleicht gab es Gefühle, derer ich mir nicht bewusst war und die mich gewissermaßen gelenkt haben." Sie hebt kurz die Hand, um sich die Stirn zu reiben, bevor sie sie wieder unter die Wasseroberfläche des Pools taucht. „Aber ich muss es so oder so wissen."

Das ist die Frau, die ich kenne. Die Frau, die selbst ihren tiefsten Ängsten trotzen würde, um sicherzugehen, dass sie das Richtige tut.

Mich überkommt der Drang, sie noch näher an mich heranzuziehen und sie zu küssen, doch *ich* sollte sie nicht von unserem eigentlichen Ziel hier ablenken.

Mit einem langsamen Atemzug denke ich an die Momente zurück, in denen ich Rivas Gefühle am stärksten wahrgenommen habe. All die Gefühlsausbrüche, die ich wie kleine Schätze in meinen Erinnerungen aufbewahrt habe, als Beweis dafür, dass sie wieder bei mir war, auch wenn ich nicht wusste, wie ich wirklich zu ihr durchdringen kann.

„Als du durch die Einrichtung gegangen bist, um die jüngeren Schattenblüter dort zu befreien", murmle ich und rufe die unerschrockene Entschlossenheit wach, die sie angespornt hat. Mit einem Ruck meines Geistes fließt sie von mir zu ihr.

Ich ändere sie nicht, um sie zu besänftigen. Ich übermittle ihr auch die Angst, die Unsicherheit und den Widerstand, bevor sie ihren Schrei ausstieß.

Sie soll die Chance haben, das ganze Bild zu bewerten und sich ihr eigenes Urteil zu bilden. Meiner Meinung nach betont das anfängliche Zögern ihre Entschlossenheit sogar noch.

Riva steht regungslos vor mir im Wasser und nimmt alles in sich auf. Ihr Brustkorb zuckt leicht, aber das ist ihre einzige äußere Reaktion.

Ich kann ihren aktuellen Gefühlszustand nicht wahrnehmen, während ich mich auf die Vergangenheit konzentriere. Sie ist die Einzige, die sich mit dem auseinandersetzen kann, was sie jetzt fühlt.

Ich wechsle zu einem anderen, etwas späteren Moment. „Als Clancy dir zum ersten Mal seine angeblichen Ziele erklärte und du erfuhrst, dass ich noch lebe."

Wut und Verzweiflung, Schock und Verwirrung, und durch all das hindurch ein winziger Hoffnungsschimmer, der beim Anblick der Insel immer heller leuchtete.

Einen Moment nach dem anderen führe ich sie durch ihre innere Reise. Die Wut und den Verrat, als sie Clancy konfrontierte, nachdem sie seine Hintergedanken für ihre erste Mission erkannt hatte. Den heftigen Beschützerinstinkt für Zian, der in ihr aufflammte, als unser Entführer sein

Trauma auslöste. Die Mischung aus Sorge und Stolz, die sie gegenüber den jüngeren Schattenblütern empfand.

Die Entschlossenheit, mit der sie unsere erste Flucht von der Insel in Angriff nahm. Das Mitgefühl, das sie mir entgegenbrachte, nachdem wir erneut gefangen genommen wurden. Ihr bittersüßer Abschied von den Träumen, die Clancy uns versprochen hatte, und die Erkaltung ihrer Gefühle, als sie ihn tötete.

Die Fragmente der Vergangenheit fügen sich zu der Frau zusammen, die ich immer in ihr gesehen habe: stark und widerstandsfähig, je nach dem, was die Situation erfordert, freundlich oder grausam, voller Liebe und bereit ihr eigenes Leben für die Menschen zu riskieren, die ihr wichtig sind.

Und es gibt viele, die ihr wichtig sind. Nicht nur ich und die anderen Jungs, sondern auch die, die nach uns kamen, die Schattenwesen, die uns helfen wollten, die Fremden, bei denen sie befürchtet, dass Balthazar ihnen wehtun könnte.

Sie hatte nie dieselben Ziele wie er.

Als mir die Gefühlsfragmente ausgehen, merke ich, dass Riva sich endlich in meiner Umarmung entspannt hat. Ihre Schläfe liegt an meinem Kiefer und ihr Kinn an meiner Brust, neben der Narbe von der Schusswunde, die mich fast getötet hätte.

Der Eindruck, den ich jetzt von ihr habe, ist ruhiger als zuvor, eher nachdenklich. Ich kann nicht sagen, ob diese Nachdenklichkeit sie in eine gute oder eine schlechte Richtung führt. Womöglich weiß sie das selbst auch noch nicht.

„Weißt du", füge ich hinzu, während ich meine Gedanken in Worte fasse, „ich kann dir auch versichern, dass das, was du fühlst und was du immer gefühlt hast, völlig anders ist als die Empfindungen der Leute, die uns gefangen gehalten haben. Die ersten Wärter, Clancy, Balthazar … Auch wenn sie unterschiedliche Ziele verfolgten oder sie auf verschiedene Wege erreichen wollten, sind sie letztlich alle gleich. Arrogant und verbittert und ignorant für jede Andeutung, dass sie sich irren könnten … Selbst wenn er dein Vater ist, hat Balthazar mehr mit Clancy oder unseren anderen Kerkermeistern gemeinsam als mit dir."

Riva stößt einen langen, zittrigen Seufzer aus. „Ich weiß nicht, wie … Ich habe fast vergessen, wie es war, das alles durchzumachen."

Ich streiche mit meiner Hand unter dem Wasser über ihren Rücken. „Wir wurden viel herumgeschubst. Es ist schwer, nicht zu vergessen, wer man wirklich ist, wenn man ständig so behandelt wird, als wäre man nichts weiter als ein Objekt, das andere Leute benutzen können."

„Ja. Aber *du* vergisst das nie."

Ich stoße ein raues Lachen aus. „Ich vergesse nicht, wer *ihr* seid. Bei mir selbst sieht die Sache anders aus."

Riva hebt ihren Kopf und blickt zu mir auf. Als ich die Tränen in ihren Augen sehe, setzt mein Herz einen Schlag aus. „Danke. Ich hatte das Gefühl, dass ich etwas brauche, aber ich konnte nicht genau sagen, was es war. Ich glaube, jetzt weiß ich es."

Ein erleichtertes Lächeln umspielt meine Lippen. „Was war es?"

Anstatt zu antworten, stellt sie sich auf die Zehenspitzen und küsst mich.

NEUNUNDZWANZIG

Riva

Griffins Mund brennt auf meinem. Der Kuss ist heißer als das Wasser um uns herum.

Und die Gewissheit in mir wächst. Genau das war es, was mir gefehlt hat. Dass der letzte meiner Jungs in jeder Hinsicht bei mir ist und sich der tiefen Bindung, die wir eingegangen sind, nicht mehr entzieht.

Ich weiß nicht, warum ich mich schon am frühen Morgen nach ihm gesehnt habe, obwohl Griffin noch gar nicht in der Nähe war. Überall, wo sich unsere Haut berührt, lodert Verlangen in mir auf.

Die Schatten in meinen Adern tanzen in freudiger Erwartung.

Ich küsse ihn fester und schlinge meine Arme um seinen Hals. Das Wasser tropft von meinen Handgelenken, aber es ist egal, ob Balthazar uns jetzt hört.

Vielleicht wäre es sogar besser, wenn er unseren intimen

Moment belauscht, sosehr mich der Gedanke auch anwidert. Er soll denken, dass es bei unserem Ausflug zum Pool nur um körperliche Befriedigung ging und nicht darum, dass Griffin mein Selbstvertrauen stärkt, damit ich mich gegen unseren Entführer auflehnen kann.

Mit einem Stöhnen stößt Griffin mich gegen die Wand des Pools. Meine Wirbelsäule drückt gegen die nassen Fliesen, die über der Wasserlinie kalt und darunter warm sind.

Der Kontrast jagt mir einen Schauer über den Rücken, der alles andere als unangenehm ist. Instinktiv schlinge ich meine Beine um seine Taille und ziehe ihn näher zu mir.

Wir waren schon einmal so ineinander verschlungen, am Wasserfall auf der Insel. Damals war natürlich mehr Kleidung zwischen uns.

Das Gefühl seiner nassen Haut an meiner steigert mein Verlangen. Das und die harte Beule in Griffins Boxershorts, die sich an mein Höschen schmiegt.

Ich wimmere an seinem Mund, und er atmet keuchend aus. Er legt eine Hand auf meinen Oberschenkel, während er mit der anderen durch mein Haar fährt und meinen Zopf löst.

Während er sich an mir reibt, durchzucken Impulse der Glückseligkeit mein Inneres. Ich kann mich nicht zurückhalten, meine Muschi an seiner Erektion zu reiben.

Die Reibung entlockt mir ein Keuchen und Griffin ein Stöhnen. Sein Kopf senkt sich neben meinen, und er presst seine Lippen auf meine Halsbeuge.

Das ist nicht genug. Ich will keine schnelle Erlösung, während wir noch angezogen sind.

Ich will ihn ganz und gar spüren; fühlen, wie er ein Teil von mir wird und ich ein Teil von ihm.

Ich *brauche* es mit jeder Faser meines Seins. Das

Verlangen ist so unbeschreiblich stark, dass ich keine Worte dafür finde.

Doch als ich eine Hand zum Bund seiner Boxershorts gleiten lasse, spannt sich Griffin an. Ich spüre die winzige Bewegung nur, weil ich so dicht an seinen Körper gepresst bin, dass sie sich von seinen Muskeln auf meinen Körper überträgt.

Ich kann meine Überraschung und Enttäuschung nicht verbergen. Nicht vor ihm. Griffin hält inne. „Es tut mir leid. Ich …“

„Ist schon gut“, sage ich, obwohl meine Augen bei seiner Zurückweisung brennen. Ich schließe sie und versuche, mich zu beruhigen, damit er sich nicht schuldig fühlt. „Wenn du nicht bereit bist …“

Er schüttelt den Kopf, bevor ich den Satz beenden kann. „Ich bin bereit. Ich glaube, ich war mein ganzes Leben lang bereit für dich, Mondstrahl. Ich weiß nur nicht, ob ich das sein kann, was *du* gerade brauchst.“

Stirnrunzelnd streiche ich ihm über die Wange und schaue ihm wieder in die Augen. „Wovon sprichst du? Ich liebe dich … Das weißt du. Ich vertraue dir. Ich hege keinen Groll wegen dem, was passiert ist. Das spielt keine Rolle mehr.“

„Für mich schon“, flüstert Griffin. „Ich bin immer noch nicht wieder normal … Ich habe immer noch die Albträume. Fast jedes Gefühl löst einen Schmerz in mir aus, und ich weiß nicht, ob sich das jemals ändern wird. Ich liebe dich sehr, aber ich kann dich nicht so lieben wie die anderen Jungs.“

„Griffin …“ Schmerz strahlt bis zu meinem Herzen aus, und die bittersüße Schärfe hat nichts mit Lust zu tun.

Dieser Mann hat mich gerade auf die lebendigste Art und Weise daran erinnert, wer ich bin. Er hat mein

Selbstvertrauen von Grund auf neu aufgebaut, wie es kein anderer hätte tun können.

Wie kann er denken, er sei meiner nicht würdig?

Das Wichtigste, woran er mich erinnert hat, hatte nichts mit meinen Gefühlen der letzten Wochen zu tun, sondern mit unserer gemeinsamen Vergangenheit.

Ich unterdrücke mein ungeduldiges Verlangen und schaue unverwandt in seine himmelblauen Augen. „Du könntest nie nicht genug für mich sein. Wir sind vom gleichen Blut. Egal, was passiert. Egal, wie tief wir in der Scheiße stecken, wir werden immer wieder zueinander zurückfinden. Mehr Liebe könnte ich mir nicht wünschen."

Mir wurde etwas bewusst, was ich nach Balthazars schrecklicher Enthüllung fast vergessen hätte: Ich habe schon eine Familie. Meine Verbindung zu den fünf Jungs, mit denen ich aufgewachsen bin, ist stärker als jede gemeinsame DNA.

Wir teilen etwas, was Balthazar nie verstehen könnte, sowohl was die Ausbildung angeht, die wir durchlaufen haben, als auch die übernatürliche Essenz, die durch unsere Adern fließt. Nichts könnte eine stärkere Verbindung schaffen.

Ich habe nicht nur eine Familie, sondern sogar eine riesige Familie. Zum einen die fünf Jungs, denen mein Herz gehört, aber auch die jüngeren Schattenblüter. Kein Einfluss, den Balthazar bewusst oder unbewusst auf mich ausübt, könnte auch nur annähernd so stark sein wie meine Verbindung zu ihnen.

Die Tatsache, dass er sich dessen nicht bewusst ist, beweist nur, wie wenig er mich kennt.

Ich bin mir nicht sicher, inwiefern Griffin Gedanken aus meinen Gefühlen herauslesen kann. Anscheinend genug, um ihm ein strahlendes Lächeln ins Gesicht zu zaubern.

„Du solltest immer mehr verlangen", sagt er. „Und wir werden dir alles geben, was wir können."

Eine seltsame Schüchternheit steigt in mir auf, als ich sein Lächeln erwidere. „Du könntest mir *alles* von dir zeigen. All die Liebe, die du in dir trägst. Dann wirst du feststellen, dass ich mit dem, was du zu bieten hast, mehr als zufrieden bin."

Griffin starrt mich einen Moment lang an. Hat er jemals seine wahren Gefühle auf jemand anderen projiziert und gezeigt, wie es in ihm aussieht, so wie er die Emotionen aller anderen wahrnehmen kann?

Dann erreichen mich die Empfindungen. Eine intensive, freudige Wärme steigt in meiner Brust auf, zuerst zaghaft, dann immer stärker, bis sie jede Zelle durchflutet.

Ein paar scharfe Stiche des Widerstands, von denen ich weiß, dass sie nicht wirklich von ihm stammen, sondern nur von seiner nachwirkenden Konditionierung, trüben das Glück. Doch da ist noch so viel mehr: Hoffnung, Dankbarkeit, Entschlossenheit und eine Sehnsucht, die so berauschend ist, dass mein Herz schneller klopft.

Ich ziehe ihn zu mir, und er presst seine Lippen auf meine. Wir küssen uns so leidenschaftlich, als würde uns die Zeit davonlaufen.

Was sie vielleicht auch tut.

Während sich mein Körper seinem entgegenstreckt, lässt Griffin eine Gefühlswelle nach der anderen in mich hineinströmen. Unser Verlangen hüllt uns ein, während sich unsere Zungen liebkosen.

Seine Liebe erfüllt mich mit so viel Licht, dass ich seine Hingabe nicht von meiner eigenen trennen kann. Alles verschmilzt zu einem Tsunami der Glückseligkeit.

Das Geschrei meiner Schatten schallt durch alles andere hindurch. Und von Griffin nehme ich eine ebenso starke Dringlichkeit wahr.

Als ich dieses Mal an seinen Boxershorts zerre, hilft er mir, sie über seine Hüften zu schieben. Unter dem Wasser zieht er mir mein durchnässtes Höschen aus.

Ich lege meine Finger um seinen harten Schwanz, und sein Stöhnen hallt in mir wider, als würde ich innerlich vor Verlangen stöhnen. Mir entweicht ebenfalls ein Wimmern.

Wenn ich zum ersten Mal mit einem meiner Jungs schlafe, erreicht die Anziehung Ausmaße, dass wir dem Drang kaum widerstehen können, der unsere Körper zueinander treibt.

Diesmal ist das Gefühl sogar noch stärker. Die Male auf meinem Schlüsselbein singen, und mein Blut pulsiert durch meine Adern, während mein Herz in meinen Ohren pocht. Ich könnte schwören, dass die ganze Welt uns zusammentreibt und darauf wartet, Zeuge der Macht unserer Vereinigung zu werden.

Griffin war der Erste, der mich geküsst hat. Und er wird der Letzte meiner Jungs sein, mit dem ich schlafe.

Irgendwie umschließt dieser Moment alles, was ich mit meinen fünf Männern gefunden und geformt habe.

Dann graben sich seine Finger so fest in meinen Hintern, dass es wehtut, wodurch meine Lust allerdings noch gesteigert wird. Er stößt in mich, und der Rest der Welt könnte genauso gut nicht mehr existieren.

Ich habe so lange auf diesen Moment gewartet und ihn mir so sehr gewünscht. Meine Schatten schreien nach mehr, und ich bewege mich mit Griffin und spüre kaum, wie das Wasser über meine Schultern spritzt.

Pure Glückseligkeit strömt in kräftigen Impulsen durch mich hindurch und aus mir heraus, während mich die Wärme seines Körpers einhüllt. Als würden wir tatsächlich miteinander verschmelzen, ohne dass eine Trennung möglich wäre.

Eigentlich ist das wirklich so, oder? Ich kann nie von

einem meiner Männer getrennt werden, solange wir durch unsere Male miteinander verbunden sind.

Ich fahre mit meinen Händen über seine vernarbte Brust, bevor ich sie um seinen Hals lege. Mein Körper bewegt sich so wild, dass er immer wieder gegen seinen prallt.

Griffins Atem stockt. Seine Stöße werden tiefer und schneller.

Seine berauschende Lust schwillt in mir an, hallt durch meine Nerven und treibt meine eigene Glückseligkeit in die Höhe. Wie im Rausch steuere ich auf meinen Höhepunkt zu, während ich meine Selbstbeherrschung zunehmend verliere.

Mein Kopf kippt nach hinten, als mein Orgasmus mich so gleißend hell durchströmt, dass meine Sicht weiß wird und jeder Zentimeter meiner Haut kribbelt. Ich schreie vor Lust, und die Schatten scheinen aus mir heraus zu explodieren.

Dann durchzuckt eine Vision meinen Geist. Die dunkle Macht strahlt aus meiner Brust, als wäre ich eine Schattenblütersonne, deren glühende Strahlen nicht nur auf Griffin, sondern auch auf meine anderen vier Männer übergreifen.

Jacob hat mir einmal gesagt, dass ich die Sonne bin, um die sie alle kreisen. Noch nie habe ich das so deutlich gespürt.

Als würde sich unsere Essenz zwischen uns sechs ausbreiten, mit mir als Mittelpunkt.

Griffin folgt mir mit einem erstickten Laut in die Erlösung. Ich spreize meine Finger, damit die Krallen, die aus den Spitzen geschossen sind, sich nicht in seine Haut bohren.

Eine weitere Welle seiner Gefühle überschwemmt mich und vermischt sich mit meinen eigenen. Ich empfinde Freude und Vergnügen und die intensivste Erfüllung, die ich mir vorstellen kann.

Dann werden seine Stöße langsamer, und er atmet

schwer. Schließlich senkt er seinen Kopf, um mich erneut zu küssen.

Ein schwaches Kribbeln geht von der Stelle in der Mitte meiner Brust aus, wo sich sein Mal gebildet hat. Es vervollständigt die Reihe, die sich über meine Haut zieht.

Diesmal verschwindet das Gefühl unserer verschmolzenen Schatten jedoch nicht. Die Intensität lässt nach und wird eher zu einem Flüstern als zu einem Feuer, doch ich werde den Eindruck nicht los, dass wir von innen heraus immer noch miteinander verschlungen sind. Dass ich etwas von Griffin in mich zurückholen könnte, wenn ich es versuchen würde.

Also tue ich es. Ich greife nach ihm und ziehe instinktiv, wobei ich die Schatten absorbiere, die zwischen uns summen.

Griffin hebt ruckartig den Kopf, und ich spüre einen Anflug von Panik, der von ihm ausgeht. Diesmal allerdings nicht, weil er das Gefühl in mich projiziert.

Nein, ich fühle so viel mehr. Ich schmecke die rastlose Verzweiflung, die von Jacob in der Villa ausgeht. Die unbehagliche Langeweile, die Dominic und Andreas mit einem Kartenspiel zu vertreiben versuchen. Zians Sorgen, die wie eine Wolke über ihm schweben.

Und mehr. Schimmern und Stechen von anderen Orten in der Villa, von weiter entfernten Quellen, die meine Sinne wie Nebelschwaden streifen.

Die unzähligen Eindrücke schwellen in mir an und überwältigen meine Gedanken.

Ich schleudere die Essenz, nach der ich gegriffen habe, zurück zu Griffin. Das erweiterte Bewusstsein strömt aus mir heraus, und er atmet erleichtert ein.

Dann komme ich wieder zu mir. Ich klammere mich im plätschernden Wasser an ihn und schaue in seine Augen.

„Was hast du getan?", flüstert er.

„Ich weiß es nicht."

Das stimmt nicht ganz. In meinem Hinterkopf kribbelt eine Ahnung.

Wenn das, was ich gerade erlebt habe, bedeutet, was ich denke, dass es bedeutet, dann ist unsere Verbindung viel stärker, als Clancy vermutet hat.

Viel stärker, als Balthazar sich vorstellen kann.

Ich ziehe Griffin für einen letzten Kuss zu mir und stütze mich dann mit dem Ellbogen auf dem Beckenrand ab. „Wir müssen die anderen Jungs holen."

DREISSIG

Riva

Als wir alle sechs im Garten stehen, so weit weg von der Villa, wie es nur geht, sehen mich die Jungs fragend an. Sie wissen, dass sie mir keine Fragen stellen können, da Balthazar uns hören könnte, aber ich muss ihnen irgendwie erklären, warum ich sie hierhergebracht habe.

„Ich hatte eine Idee, die vielleicht etwas seltsam klingt", beginne ich mit der improvisierten Ausrede, die ich mir ausgedacht habe, während Griffin und ich alle versammelt haben. „Wir sollten gemeinsam meditieren."

Die Meditation ist eine Tarnung für unser Schweigen. Jacob schnaubt amüsiert, aber alle nicken.

„Klar", sagt Andreas, und das Funkeln in seinen Augen verrät mir, dass er genau weiß, dass ich etwas anderes vorhabe. „Kann nicht schaden, es zu versuchen."

Das neue Bewusstsein für die Schatten-Bande zwischen uns bleibt bestehen, und das Flüstern der Energie kitzelt meine Sinne. Ob sie die Veränderung auch wahrnehmen?

Vermutlich. Auch wenn ich ihre Emotionen nicht mehr so deutlich spüre wie vorhin im Pool, nehme ich Neugierde und Erwartung über unsere Verbindung wahr.

Ich vermute, dass sie wissen, was der Auslöser für diese Veränderung war. Als Jacob Griffin und mich zusammen sah, trat ein wissendes Lächeln in sein Gesicht, das meine Sorgen verscheuchte, wie er auf unsere neue Nähe reagieren würde.

Wir sind alle zusammen, alle füreinander bestimmt. Es gibt keinen Grund für Wettbewerb oder Eifersucht.

Ich lasse mich im Schneidersitz auf die Wiese unterhalb einer Hecke sinken. So kann niemand von der Villa aus sehen, was wir tun. Außerdem wird Zian Schritte hören, bevor sich uns jemand nähern kann, um zu spionieren.

Nach dem, was ich mit Griffin erlebt habe, dachte ich, ich würde in der Mitte unserer Runde sitzen wollen. Doch jetzt, wo die Jungs hier bei mir sind, bilden wir ganz natürlich einen Kreis.

Die tiefere Verbindung mag von meinem Körper ausgegangen sein, aber sie kribbelt jetzt zwischen uns, nicht wie Speichen, sondern wie ein komplizierteres Netz, das uns alle miteinander verbindet. Die Essenz der Jungs erstreckt sich ebenso auf die anderen wie die meine.

Das ist gut. Wenn ich recht habe, bedeutet das, dass wir einen größeren Vorteil haben, als ich gehofft hatte.

Während wir die anderen zusammentrommelten, habe ich darüber nachgedacht, wie ich meine Demonstration beginnen würde. Ich brauche etwas Eindrückliches, das eindeutig nicht von mir stammt.

Ich befeuchte meine Lippen und strecke meine Hand nach Andreas aus, der mir gegenübersitzt.

Er bewegt sich auf mich zu, als erwarte er, dass ich seine Hand ergreife, doch ich schüttle den Kopf. Ich vermute, dass es auch ohne Körperkontakt funktioniert.

Es wäre nützlich, das sicher zu wissen.

Wenn mich jemand bitten würde, es zu beschreiben, müsste ich sagen, dass jeden von uns in etwa derselbe Eindruck der schattenhaften Energie durchströmt. Trotzdem hat jeder der Jungs eine eigene, *unverkennbare* Ausstrahlung.

So wie ich aufgrund der Male immer weiß, wo sich jeder von ihnen befindet und sie niemals verwechsle, spüre ich ganz eindeutig, dass ich mich mit Andreas' Essenz verbinde.

Ich schließe die Augen und konzentriere mich auf die Energie, die er ausstrahlt. Statt eines einzelnen Geräusches nehme ich zwei unterschiedliche Summlaute wahr. Ich erahne den Eindruck dessen, was sie vermitteln, auf einer Ebene unterhalb des bewussten Verstehens.

Ich greife nach der Kraft, die ich will, und ziehe sie in mich hinein.

Die Kraft fließt widerstandslos in mich. Sie schlängelt sich durch meine eigene Essenz und ätzt die Muster ihrer Funktion in meinen Schädel.

Sie sagt meinem Körper, wie er sie nutzen soll. Alles, was ich tun muss, ist, diese Energie in mir festzuhalten und mich zusammenzuziehen, um mich unsichtbar zu machen.

Zian stößt ein erschrockenes Grunzen aus. Ich reiße die Augen auf und sehe, dass mich alle fünf Jungs anstarren.

Oder nicht wirklich mich. Sie starren auf die Stelle, an der sie mich eben noch gesehen haben, bevor ich scheinbar verschwunden bin.

Dominic dreht sich zu Andreas um, aber Drey schüttelt energisch den Kopf, um zu signalisieren, dass er nichts mit meinem Verschwinden zu tun hat. Seine Augen sind weit aufgerissen.

Zian reckt seinen Hals und sieht sich suchend nach mir um, während Jacob auf die Stelle starrt, wo ich sitze.

Griffin weiß, dass ich noch da bin. Er scheint mich mit seinem empathischen Gespür so deutlich wahrzunehmen wie immer.

Er hebt seine Hand und legt sie mir auf die Schulter, um den anderen zu zeigen, dass ich mich nicht bewegt habe.

Ob er wusste, was ich vorhin im Pool getan habe, als ich ihm für einen kurzen Moment seine Fähigkeit gestohlen hatte? Oder ist ihm das erst jetzt klargeworden, als er das hier gesehen hat?

Ich mache mich sichtbar und lasse die Essenz zurück in Andreas fließen. Sprachlos blickt er auf seine Hände und dann wieder auf mich.

Wir dürfen nicht laut darüber sprechen. Wenn Balthazar herausfindet, dass wir unsere Fähigkeiten tauschen können …

Bevor ich diesen faszinierenden Gedanken weiterdenken kann, streckt Jacob seine Hand nach mir aus. Er bietet sich selbst an und wartet gespannt auf das Ergebnis.

Ich konzentriere mich auf seine Energie und ziehe die stärkere in meine Glieder.

Oh, diese Macht ist stark. Sie vibriert durch mich hindurch, fast so eindringlich wie mein Drang zu schreien.

Ich schaue mich nach einem geeigneten Testobjekt um. Mein Blick fällt auf einen länglichen Pflanzenkübel vor einer der Hecken. Die Blumen darin sind bereits welk.

Auf meine Handbewegung und einen Ruck der geliehenen Kraft hin hebt er einige Zentimeter vom Boden ab.

Ich spüre das Gewicht in meinem Körper, aber ich fühle auch, dass ich die Kraft habe, so viel mehr als diesen einen Gegenstand zu heben und zu schütteln.

Der Gedanke, so viel von Jacobs Kraft zu stehlen, bereitet mir Unbehagen. Ich lasse sie los und in ihn zurückfließen.

Eine schockierte Stille hat sich über unsere Gruppe gelegt. Damit hätte keiner von uns gerechnet.

Ich habe keine Ahnung, wie ich es erklären soll. Womöglich hat nicht einmal Engel geahnt, dass die Verbindung zwischen uns so stark werden könnte und wir in der Lage sein würden, unsere Kräfte auszutauschen.

Ich werfe einen Blick auf Dominic, der nachdenklich die Stirn runzelt. Ich weiß, dass er jedem Experiment, das ich ihm anbiete, mit Vorsicht begegnen wird.

Als ich seinen Blick auffange, berühre ich meine Brust und bewege meine Hand zu ihm hin. Nicht so, als würde ich ihn um etwas bitten, sondern als würde ich ihm etwas geben.

Überraschung und Verständnis leuchten in seinen haselnussbraunen Augen auf. Sein Blick wird gleichzeitig aufmerksamer und distanzierter, während er sich auf mich konzentriert.

Ein Rauschen durchströmt meine Adern, als hätte ich eine hauchdünne Schicht Stoff abgestreift. Dominic starrt auf seine Hände hinunter und krümmt seine Finger.

Aus den Spitzen schießen Krallen hervor.

Ein ehrfürchtiges Lachen entweicht ihm, bevor er sich wieder fängt. Während er die übernatürliche Geschwindigkeit, die mit meinen körperlichen Kräften einhergeht, testet und seine Hände nach einer Hecke ausstreckt, dreht sich Griffin zu Zian um.

Zian blinzelt verwirrt. Dann hebt er die Augenbrauen und nickt.

Griffin hält seine Handfläche über Zians Arm, und seine Miene verzieht sich vor Konzentration. Dann senkt er den Kopf.

Sein Körper zuckt, und Muskeln treten an seinen Armen hervor. Dunkles Fell sprießt aus seinem Nacken, und sein

Gesicht verlängert sich zu einer Wolfsschnauze, bevor er die Verwandlung rückgängig macht.

Die Verwirrung unserer Gruppe weicht einem Rausch. Mehrere Minuten lang tun wir nichts anderes, als unserer Kräfte untereinander auszutauschen: Jacob verbrennt ein paar Grasbüschel mit Zians Röntgenblick, Andreas haucht den Halmen mit Dominics heilender Berührung wieder grünes Leben ein, Zee nimmt Jakes Giftstacheln in sein Arsenal auf und so weiter und so fort.

Als der Nervenkitzel nachlässt, holt sich jeder seine eigene Kraft zurück. Die Fähigkeiten der anderen fühlen sich nicht ganz so natürlich an wie meine eigenen. Ich glaube nicht, dass ich mich jemals wohlfühlen würde, wenn ich versuchen würde, sie über einen längeren Zeitraum zu behalten.

Die vorübergehende Nutzung eröffnet uns jedoch endlose Möglichkeiten.

Dominic holt ein Papier und einen Stift hervor. Natürlich hat er an alternative Kommunikationsmethoden gedacht, als ich dieses Treffen einberief. Er kritzelt eine Frage auf das Blatt.

Wie können wir das für unsere Flucht nutzen?

Ich befeuchte meine Lippen. Das ist die große Frage und der Grund, warum ich testen wollte, was wir tun können.

Leider bin ich noch auf keine eindeutige Antwort gekommen.

Jacob nimmt ihm das Papier ab und fügt eine Bemerkung hinzu. *Was auch immer wir tun, sie werden versuchen, uns aufzuhalten. Wir können mitten im Kampf die Kräfte tauschen, um sie zu überrumpeln.*

Auf Zians Bewegung hin reicht er den Zettel weiter. Der größere Mann schreibt eine weitere Frage auf. *Das eigentliche Problem ist, wie wir Rollicks Leute hierherbekommen, um den Kampf zu beginnen, richtig? Wenn wir etwas auf eigene Faust unternehmen, werden wir nicht weit kommen, bevor uns jemand ausschaltet.*

Einen Moment lang sitzen wir einfach nur da. Er hat recht, und der Austausch unserer Fähigkeiten bringt uns nicht weiter, wenn es darum geht, den geheimen Weg auf den Berg zu finden oder ihn für die Schattenwesen zu öffnen, die wir hierherbringen wollen.

Ich greife als Nächste nach dem Blatt Papier. *Wir können das Gelände nicht verlassen, solange wir die Handschellen tragen. Aber wenn Rollick alles in Brand setzen kann, könnte das auch die Sicherheitssysteme zerstören. Oder zumindest könnten wir an dem Problem arbeiten, ohne dass jemand da ist, der sie absichtlich auslöst.*

Griffin nickt und schreibt eine weitere Notiz. *Wir müssen nur aufpassen, dass wir nicht auch verbrannt werden. Vielleicht könnten wir unsere Fähigkeiten auf eine neue Weise kombinieren, um das zu verhindern?*

Andreas legt den Kopf schief und streckt seine Hand nach dem Papier aus. Ich reiche es ihm.

Meinst du, deine Kraft könnte uns vor der Hitze eines Feuers genauso abschirmen wie vor Kugeln?, schreibt er mit einem Blick auf Jacob.

Jake runzelt die Stirn und zuckt unsicher mit den Schultern. Ich bin mir nicht sicher, ob wir dieses Risiko eingehen sollten, da er seine Kräfte noch nie auf diese Weise eingesetzt hat. Schon gar nicht gegen ein übernatürliches Feuer, das stärker sein könnte als alles, womit wir es bisher zu tun hatten.

Auf einmal lässt Griffin seinen Blick wachsam über das Gelände schweifen, bevor er ihn wieder auf uns richtet. Er legt seine Finger um meinen immer noch feuchten Zopf, drückt ein paar Wassertropfen heraus und zeigt mit Nachdruck auf die anderen Jungs.

Mein Herz schlägt höher. Ja, wenn wir im Pool wären,

würde uns das Wasser vor den Flammen schützen. Allerdings müssten wir atmen. Unsere Köpfe könnten von der Hitze verbrüht werden.

Dominics Miene ist noch ernster geworden. Er greift wieder nach dem Blatt Papier und dreht es um.

Was wäre, wenn ich mir Jakes Kraft ausleihen würde? Wenn ich aus den Pflanzen in der Nähe Kraft schöpfe, könnte ich einen noch wirksameren Schutzschild errichten und ihn länger aufrechterhalten. In Kombination mit meiner Heilenergie könnte ich Verbrennungen in Schach halten, selbst wenn zu viel Hitze durchdringt. Wenn wir größtenteils durch den Pool geschützt wären, könnte ich es bestimmt schaffen.

Er deutet in Richtung des Gartens. Rund um den Pool gibt es jede Menge Pflanzen, denen er Energie entziehen könnte.

Jacob presst die Lippen zusammen, neigt aber zustimmend den Kopf. Es ist sinnvoller, dass er eine seiner Kräfte an Dominic weitergibt, als dass Dominic beide Kräfte aufgibt.

Andreas nimmt das Papier wieder an sich. Griffin und ich können Balthazars Leute ablenken. *Griffin könnte ihn in Panik versetzen und dafür sorgen, dass er sich auf die Rettung seines eigenen Lebens konzentriert, anstatt darauf, uns zu schaden. Dann schöpft er womöglich keinen Verdacht, dass der Angriff uns helfen soll …*

Griffin lächelt, und auch meine Mundwinkel zucken. Das Feuer wird für reichlich Chaos sorgen, und die beiden könnten es noch verstärken.

Auch ich kann dazu beitragen, die Aufmerksamkeit der anderen von uns abzulenken. In der Verwirrung, die Rollicks Feuer verursachen wird, könnte ich meinen mentalen Schrei nutzen, um Balthazars Leute zu erledigen, ohne dass es offensichtlich ist, dass ich sie erwischt habe und nicht die Flammen. Das würde uns einen zusätzlichen Schutz bieten.

Von außen wird es so aussehen, als wären wir zum Pool gerannt, um unser Leben zu retten. Das wäre ein vollkommen natürlicher Instinkt und kein Anzeichen von Rebellion. Und falls etwas schiefgehen sollte, können wir das Blatt durch einen schnellen Kräfteaustausch hoffentlich zu unseren Gunsten wenden.

Und wenn alles in Schutt und Asche liegt und Balthazar hoffentlich auch verkohlt ist, wird niemand mehr da sein, der uns mittels der Fesseln bestrafen kann. Womöglich wird sogar der ganze Mechanismus zerstört. Wir werden Zeit haben, um herauszufinden, ob die K.O.-Funktion noch in Kraft ist und wie wir sie deaktivieren können.

Obwohl ich noch nie jemanden so sehr gehasst habe wie unseren jetzigen Entführer, durchzuckt mich ein Anflug von Verlust bei dem Gedanken, dass er nicht mehr da sein wird. Balthazar ist zwar in keiner Weise meine Familie, aber er ist eine Verbindung zu einem Teil von mir, den ich nicht kannte.

Auch wenn ich nichts mit ihm zu tun haben will, hätte ich gern mehr über die Frau erfahren, die theoretisch meine Mutter ist. Welche Gemeinsamkeiten ich mit ihr habe.

Auf den Fotos, die ich von ihr gesehen habe, sah sie nicht furchteinflößend aus. Und es war offensichtlich, dass sie ihren Sohn geliebt hat.

Vielleicht war auch Balthazar nicht so schlimm, bis er die beiden verlor.

Doch wenn ich mich dazwischen entscheiden muss, mehr über meine Herkunft zu erfahren oder mich selbst und meine Jungs zu retten, brauche ich keine Sekunde zu überlegen. Die Art und Weise, wie er uns behandelt hat, *zwingt* mich geradezu dazu, ihn zu zerstören. Sogar die Teile seiner Existenz, die ich vielleicht mit ihm hätte teilen wollen.

Ich fische den Stein aus meiner Tasche, den Rollick uns hinterlassen hat und den ich seither bei mir trage. Die Jungs schweigen voller Erwartung. Griffin greift nach dem Blatt Papier.

Sie müssen uns warnen, dass das Feuer kommt, damit wir Zeit haben, zum Pool zu gelangen.

Ich muss unsere Botschaft auf den Stein in meinen Händen übertragen, ohne dass Balthazar merkt, worüber wir wirklich reden.

Ich atme langsam ein. Da ich nicht offen über die Zukunft sprechen kann, bleibt nur noch die Vergangenheit. Die gemeinsame Zeit mit Rollick.

Andreas macht eine Bewegung, um meine Aufmerksamkeit zu erregen. Er begegnet meinem Blick und lässt eine Erinnerung durch meinen Kopf huschen.

Die Tiefgarage. Der Angriff der Wärter und die Schattenwesen, die sie nach meinem Hilferuf töten.

Es ist keine schöne Erinnerung. Damals sahen wir zum ersten Mal die ganze Gewalt, zu der die Schattenwesen fähig sind, und ein Schattenblüter-Mädchen kam dabei zu Schaden.

Darüber müssen wir uns dieses Mal aber keine Sorgen machen. Hier gibt es niemanden mehr, den wir beschützen müssen, außer uns selbst.

Ich nehme den Stein in die Hand und tippe mit meinem Daumen darauf. Dann fange ich an zu reden, als würde ich mich einfach mit den Jungs unterhalten würde.

„Wisst ihr noch, als wir im Parkhaus überfallen wurden? Ich dachte gerade, dass es gut war, dass die Lampe umgefallen ist. So wussten wir, dass wir da rausmussten, bevor der Angriff losging."

Zians Lippen zucken. „Die Wärter hätten uns bestimmt ziemlich zugesetzt, wenn wir nicht die Chance gehabt hätten, uns in Sicherheit zu bringen."

„Ich habe mir Sorgen gemacht, dass noch jemand verletzt werden könnte", fahre ich fort und bemühe mich um einen beiläufigen Ton. „Aber ich denke, manchmal muss man Feuer mit Feuer bekämpfen. Jetzt würde ich sagen: ‚Erledigt sie einfach alle, egal, was ihr tun müsst. Wir passen schon auf uns auf.'"

Griffin lehnt sich näher an mich heran, damit seine Stimme den Stein erreichen kann. „Prioritäten verändern sich, hm? Wie das Schattenwesen, das Balthazar für sich arbeiten lässt. Kaum vorstellbar. Und wer hätte gedacht, dass Balthazar sogar eine geheime Route für ‚Monster' gebaut hat, die hierherführt."

„Er ist ein interessanter Typ", meint Andreas trocken.

Ich mustere die anderen, um mich zu vergewissern, dass niemand Rollick noch etwas mitteilen will. Dann klopfe ich erneut auf den Stein, in der Hoffnung, dass die Magie, die er enthält, alles gespeichert hat, was wir gesagt haben.

Wir stehen auf. Dominic berührt Zian am Arm und deutet auf das Papier, das er auf einem Stein auf der Terrasse liegen gelassen hat.

Während Zian sich bückt, um es mit seinem glühenden Blick zu Asche zu verbrennen, schlendere ich zur Mauer hinüber. Es gibt einen Bereich, wo die Felswand steil abfällt.

Ich stütze mich mit den Armen oben auf der Mauer ab, als würde ich die Aussicht bewundern, und rolle den Stein zwischen den Fingern, um ihn mit meinem Körper abzuschirmen, falls jemand aus dem Fenster schaut. Dann schleudere ich ihn mit einer schnellen Handbewegung den Abhang hinunter.

Jetzt müssen wir nur noch auf Rollicks Warnung warten … und hoffen, dass wir auf das vorbereitet sind, was uns bevorsteht.

Wir spazieren eine Weile durch die Gärten, bevor wir zur Villa zurückkehren, um die Geschichte zu verkaufen, dass wir uns einfach nur die Beine an der frischen Luft vertreten wollten. Als wir auf die Seitentür zugehen, öffnet sie sich.

Toni erscheint auf der Schwelle, und wir bleiben ruckartig stehen. Einen Moment lang beäugen wir uns nur gegenseitig.

Ich erwarte, dass sie uns zu einem weiteren Gespräch mit Balthazar auffordert. Oh Gott, was ist, wenn er darauf besteht, uns mit einem Auftrag loszuschicken und Rollick zuschlägt, während wir weg sind?

Wobei das vielleicht sogar noch besser wäre. Alle, die nicht in der Villa sind, werden in Sicherheit sein. Und er wird vermutlich nicht Dominic schicken, Balthazar hielt ihn für so überflüssig für seine Pläne, dass er ihn ewig im Koma ließ.

Und diejenigen von uns, die noch hier sind, werden beschützt werden.

Während mir das alles durch den Kopf geht, mache ich mich bereit. Ich bin nicht darauf vorbereitet, dass Toni sich in einer untypisch unruhigen Geste mit der Hand über den Mund fährt und ihr Handy vor die Brust hält, damit wir den Bildschirm sehen können.

Die getippten Wörter heben sich deutlich von dem weißen Hintergrund der Notizen-App ab. *Es tut mir leid. Ich hätte ihm nicht helfen sollen. Sie hätte das nicht gewollt.*

Mein Blick huscht zu Tonis Gesicht. Sie schenkt mir ein gequältes Lächeln, das zu ihrer Entschuldigung passt, und der Schwall von Pheromonen, den sie verströmt, schmeckt nach Angst … und Traurigkeit.

Mir wird flau im Magen, als ich an die Anweisungen denke, die ich Rollick gerade geschickt habe. Ich kann ihr nicht von unserem Plan erzählen. Nicht einmal, wenn ich ihr genug vertrauen würde, um es zu wollen.

Ich habe unseren Schattenwesen-Verbündeten gerade gesagt, dass sie sie zusammen mit allen anderen töten sollen.

Doch wenn sie es ernst meint und uns hilft, könnten wir

sie auch beschützen. Es gibt eine Sache, die sie für uns tun könnte.

Ich hebe meine Arme und berühre eine meiner Fesseln. Toni verzieht den Mund, aber sie schwenkt ihr Handy und tippt eine Antwort.

Ich werde sehen, was ich tun kann.

EINUNDDREISSIG

Dominic

Ich sitze in einem Sessel am Wohnzimmerfenster und lasse meinen Blick erneut nach draußen schweifen. Dann richte ich ihn rasch wieder auf die Seiten meines Buches, damit es nicht so aussieht, als würde ich nach etwas Ausschau halten.

Ich war noch nie der Typ, der schnell in Aktion tritt. Andreas hat mich oft damit aufgezogen, dass ich immer erst alle Aspekte eines Problems durchdenke, bevor ich mich traue, es anzugehen.

Allerdings muss ich sagen, dass das Warten darauf, dass jemand anderes einen Plan in Angriff nimmt, auf meiner Top-Ten-Liste der Dinge steht, die ich lieber nicht mehr erleben möchte.

Ich weiß, was ich zu tun habe. Ich bin der Eckpfeiler in diesem Plan.

Ich habe nur keine Ahnung, *wann* ich es tun muss. Und ich werde es erst Minuten oder sogar Sekunden vorher erfahren.

Auf der anderen Seite des Raumes rührt sich Riva in ihrem Sessel. Ihre unterdrückte Unruhe ist spürbar. Ich kann mir nur vorstellen, wie ungeduldig sie wird, wenn Balthazar irgendwann versuchen sollte, sie weiter in das Familiengeschäft hineinzuziehen.

Wir wissen nicht, wie lange es dauern wird, bis Rollick unsere Antwortnachricht findet. Oder wie viel Zeit er danach brauchen wird, um die Verstärkung zusammenzutrommeln, die er mitbringt.

Das von ihm versprochene Feuer könnte tagsüber oder mitten in der Nacht ausbrechen. Und wir wissen auch nicht, wie sein Warnsignal aussehen wird.

Nach dem, was ich von dem Dämon gesehen habe, vertraue ich darauf, dass sein Hilfsangebot ernst gemeint ist, aber ich bin mir auch bewusst, dass durch und durch „monströse" Gehirne unter etwas anderen Bedingungen arbeiten als unsere teilweise menschlichen Schattenblüter-Köpfe.

Es sind erst zwei Tage vergangen. Zwei Tage ständiger Erwartung, in denen wir sechs immer wieder verstohlene Blicke ausgetauscht haben.

Mein Puls beschleunigt sich, als Schritte im Flur ertönen, doch es ist nur eine der Angestellten des Hauspersonals, die vorbeikommt. Die Frau blickt nicht einmal in unsere Richtung.

Sie erinnert mich an die andere unbekannte Variable in unseren Plänen.

Toni hat angedeutet, dass sie uns bei dem Problem mit den Fesseln helfen wird. Sie weiß nicht, dass es dafür eine Frist gibt, doch wir könnten ihr ohnehin keinen genauen Zeitpunkt nennen, selbst wenn wir es wollten.

Ihr sollte klar sein, dass wir so bald wie möglich von hier wegwollen. Jeder Tag, jede Stunde, die wir unter dem Dach der Villa verbringen, bringt uns in größere Gefahr.

Rivas Zurückweisung hat Balthazar verärgert. Wir wissen nicht, was er als Nächstes tun wird.

Und niemand von uns zweifelt daran, dass er keine Skrupel hat, uns umzubringen.

Hätten wir die Dringlichkeit unserer Situation in unserer Nachricht an Rollick noch deutlicher machen sollen? Wird der Dämon verstehen, wie wichtig es ist, dass er so schnell wie möglich hierherkommt?

Da wir in diesem schönen Gefängnis ständig überwacht werden, war es schwierig, unsere Strategie gründlich zu planen.

Ich merke, dass ich schon seit ein paar Minuten auf dieselbe Seite starre, ohne ein einziges Wort zu lesen. Ich blättere, nur um den Schein zu wahren.

Vor ein paar Kapiteln habe ich den Überblick über die Handlung verloren. Ich kann nicht behaupten, dass sie mich wirklich interessiert.

Dann erregt eine Bewegung vor dem Fenster meine Aufmerksamkeit, und mein Herz klopft erneut. Doch es ist nichts Übernatürliches.

Ein paar Männer in den blauen Uniformen, die Balthazar anscheinend all seinen Mitarbeitern verpasst hat, stapfen zielstrebig über das Gelände. Einer von ihnen hält etwas in der Hand, das aussieht wie … ein großes Aquariennetz.

Sie gehen in Richtung Pool.

Ich vermute, dass sie ihn reinigen werden? Irgendetwas an ihrem Verhalten jagt mir einen Schauer über den Rücken.

Ich lege mein Buch auf den Beistelltisch, strecke meine Arme und die Tentakel aus, die ich eingerollt hatte, und schlendere zur Tür hinüber. Es ist nichts Ungewöhnliches, wenn einer von uns am frühen Nachmittag einen Spaziergang durch den Garten macht.

Oder mehr als einer von uns. Riva folgt mir und schenkt mir ein kurzes Lächeln, als sie mich einholt. „Ich könnte auch einen Spaziergang gebrauchen, wenn es dir nichts ausmacht, dass ich mitkomme."

Ich nehme ihre Hand und schlinge einen meiner Tentakel um ihre Taille. „Natürlich nicht."

Die Energie, die sich zwischen uns entfaltet, wenn sie in der Nähe ist, ist erstaunlich. Genau, wie die meiner Freunde. Unsere Essenz verbindet uns auf einer Ebene jenseits des Sichtbaren.

Wir sind nicht nur vom gleichen Blut, sondern auch auf eine Weise miteinander verbunden, die sich keiner von uns je vorstellen konnte. Wir sind so aufeinander abgestimmt, dass wir in gewisser Weise ein Wesen sein könnten.

Balthazar kann auf unsere neu gefundene Einheit nicht vorbereitet sein. Diese Erkenntnis zaubert mir trotz meines Unbehagens ein leichtes Lächeln auf die Lippen.

Wir treten durch die Seitentür hinaus in das gräuliche Sonnenlicht unter dem leicht bewölkten Himmel. Der Wind peitscht durch die Haarsträhnen, die sich aus meinem kurzen Pferdeschwanz gelöst haben, und bei der scharfen Kälte, die über meine Haut leckt, bereue ich es, dass ich meine Jacke nicht mitgenommen habe.

Ich wäre vielleicht in mein Zimmer gelaufen, um sie zu holen, wenn ich nicht einen Moment später erstarrt wäre. Und zwar aus Gründen, die nichts mit der kalten Luft zu tun haben.

Die beiden Arbeiter sind tatsächlich zum Pool hinübergegangen. Einer von ihnen taucht das riesige Netz in das Wasser, um verirrte Blätter und Zweige, die hineingeweht wurden, herauszuholen.

Der andere hat eine Platte in den Fliesen am Beckenrand geöffnet und dreht etwas darunter.

Ein leises Gurgeln ist zu hören. Einen Moment später verklingt es, und ein mulmiges Gefühl macht sich in meiner Magengegend breit.

Der Mann richtet sich auf und reibt sich die Hände. „Pass auf, dass nichts am Boden zurückbleibt", weist er seinen Kollegen an. „Sonst wird der Boss sauer."

Auf dem Boden zurückbleiben … Nachdem sie das Wasser abgelassen haben?

Riva schweigt, aber ihr Griff um meine Hand wird fester. Wie zum Teufel sollen wir unseren Plan durchführen, wenn wir keinen Pool haben, in dem wir Schutz suchen können?

Ich kann nicht erkennen, ob der Wasserstand sinkt, doch es scheint unklug, einfach nur dazustehen und zu starren. Wir wandern in Richtung der Mauer am Rande des Geländes.

Sorgen schwirren mir durch den Kopf. Wir müssen unseren gesamten Plan umstellen. Und wir können nicht darüber reden, wenn wir kein Wasser haben, um unsere Stimmen zu verbergen.

Können wir den Trick mit dem Aufschreiben noch einmal durchziehen? Es war schon beim ersten Mal riskant, weil wir jederzeit unterbrochen und erwischt werden könnten.

Meine Besorgnis muss so groß sein, dass Griffin sie nicht nur spürt, sondern sich selbst Sorgen macht. Wir sind gerade auf dem Rückweg zur Villa, als die anderen vier Jungs auftauchen. Griffins Miene ist beunruhigt, und auch die anderen sehen verunsichert aus.

Ich nehme an, dass er ihnen nicht gesagt hat, warum sie hierherkommen sollten, doch sie scheinen zu wissen, dass es kein guter Anlass ist.

Andreas schenkt Riva und mir ein schiefes Lächeln. „Feiert ihr hier draußen eine Party ohne den Rest von uns?"

Riva reibt ihren Arm durch ihren Kapuzenpullover. „Nicht wirklich. Wir hatten es einfach satt, da drin eingesperrt zu sein."

Ich überlege, ob ich offen auf den Pool hinweisen soll, aber Zian hat bereits in die Richtung geschaut. Seine Haltung versteift sich. „Was machen die da drüben?"

Jetzt ist offensichtlich, dass das Wasser abläuft. Der Wasserspiegel scheint mindestens einen halben Meter niedriger zu sein als vorhin.

Verdammte Scheiße.

Jacobs Schultern spannen sich ebenfalls an, doch ich höre nichts in der Nähe zerbrechen. Vielleicht hat er seine telekinetischen Kräfte mittlerweile etwas besser im Griff.

Griffins Miene verfinstert sich. „Es sieht so aus, als würden sie das Wasser ablassen."

Der Mann, der den Abfluss geöffnet hat, hat die Platte, hinter der sich die Steuerung verbirgt, wieder angebracht. Sein Kollege mit dem Netz scheint seine Aufräumarbeiten beendet zu haben. Sie schreiten davon, ohne Anzeichen dafür, dass sie sich bewusst sind, dass sie unser Todesurteil unterschrieben haben könnten.

Wir spazieren in Richtung Pool. Ich beobachte, wie der Wasserpegel langsam aber sicher sinkt.

„Das war's wohl mit dem Schwimmen", murmelt Jacob, bevor er in ein mürrisches Schweigen verfällt.

Keiner von uns scheint dem etwas hinzuzufügen zu haben. Wir stehen da wie Trauernde bei einer Beerdigung.

Dieser Vergleich ist zutreffender, als mir lieb ist. Es *könnte* buchstäblich unsere Beerdigung sein.

Kann ich uns vor einem Feuer schützen, das so stark ist, dass Rollick erwartet, dass es all unsere Feinde auslöscht? Der Gedanke, nur unsere nassen Köpfe zu schützen, erschien mir deutlich weniger einschüchternd als unsere ganzen, entzündbaren Körper abzuschirmen.

Ich war mir nicht einmal sicher, ob ich die einfachere Version schaffen würde, ohne dabei Verletzungen heilen zu müssen.

Der Wasserspiegel sinkt weiter. Als es etwa auf Kniehöhe ist, seufzt Riva und dreht sich um.

Sie erstarrt, und wir alle wirbeln herum, um zu sehen, was ihre Reaktion ausgelöst hat.

Toni kommt zu uns herüber, die Arme locker vor der Brust verschränkt. Sie war so klug, eine Jacke anzuziehen, und der elegante Wollmantel unterstreicht ihr professionelles Auftreten.

Sie blickt an uns vorbei. „Mr. Balthazar hat angeordnet, dass das Wasser abgelassen wird."

Jacob wirft ihr einen Blick zu. „Das sehen wir."

Aber sie ist nicht hier, um uns den Verlust unter die Nase zu reiben. Ihre Miene verfinstert sich, als sie den Pool betrachtet. „Er sagte, es sei an der Zeit, ihn für die Saison zu schließen und dass es nicht mehr sicher sei, ihn zu benutzen."

Sie wirft einen Blick in unsere Richtung, und ich verstehe. Er hat gemerkt, dass wir den Pool benutzt haben, um Gespräche zu verbergen, die er nicht mithören sollte.

Also nimmt er uns diese Möglichkeit weg.

Er weiß nicht einmal, wie sehr er uns damit einen Strich durch die Rechnung macht.

„Schade", sagt Andreas vorsichtig. „Wir hatten wirklich gehofft, wenigstens noch einmal schwimmen zu gehen, bevor es draußen zu kalt wird."

Toni mustert ihn. Ihre Miene ist bedauernd, auch wenn ihr Tonfall schroff ist. „Leider kann ich nichts dagegen tun. Ihr hattet Glück, dass ihr ihn überhaupt so lange nutzen konntet."

Nun, ich denke, in diesem Punkt können wir ihr nicht widersprechen. Doch wie sollen wir uns jetzt vor dem Feuer der Schattenwesen schützen?

Wie soll *ich* die anderen schützen?

Irgendwie glaube ich nicht, dass es helfen würde, die wenigen Badewannen der Villa zu füllen.

Natürlich würde das alles keine Rolle spielen, wenn Toni die Fesseln deaktivieren kann. Dann können wir einfach von hier verschwinden, sobald die Warnung kommt.

Aber wenn sie es schon geschafft hätte, wäre sie nicht so vorsichtig, was sie zu uns sagt.

Rivas Mundwinkel zucken, als wüsste sie nicht, was sie sagen soll. Sie richtet sich ein wenig auf. „Das, wovon du gesprochen hast, wird passieren. Bald wird es keine Rolle mehr spielen."

Jemand, der nicht weiß, was Toni uns kürzlich angeboten hat, könnte das als vage Drohung verstehen.

Die ältere Frau starrt Riva eine Sekunde lang an, bevor sie ihren Blick senkt. „Wir alle haben unsere Grenzen." Dann neigt sie den Kopf in Richtung der Villa. „Kommt mit. Balthazar möchte euch alle sprechen."

Als wir hinter ihr her zur Tür laufen, wird mir flau im Magen. Hat unser Entführer noch mehr über unsere verdeckten Aktivitäten herausgefunden?

Oder will er uns möglichst viele Steine in den Weg legen und hofft, dass wenigstens einer davon unsere Pläne durchkreuzt. Er will uns aus dem Konzept bringen. Das ist offensichtlich, wenn man bedenkt, wie er Jacob bedrängt hat und dass er entschieden hat, Rivas genetisches Erbe zu enthüllen.

Aber was …

Zian bleibt ein paar Schritte vor der Tür stehen und wirft einen Blick in Richtung des anderen Endes des Gartens. Auch der Rest von uns zögert.

Er deutet auf sein Ohr, um uns zu signalisieren, dass er etwas gehört hat.

Bevor der Rest von uns reagieren kann, schallt Rollicks trockene Stimme durch die Stille des Geländes. „Ob ihr bereit seid oder nicht, Schattenblüter – wir kommen!"

Mein Herz rast. Ich lasse meinen Blick über die Landschaft schweifen, auf der Suche nach Anzeichen für einen unmittelbaren Angriff, bevor ich ihn wieder auf Toni richte. Sie blinzelt uns leicht verwirrt an.

Sie konnte die Nachricht nicht hören. Natürlich nicht. Rollick benutzt irgendeine Magie, sodass nur wir Schattenblüter seine Worte verstehen können.

Dann trifft mich die schreckliche Erkenntnis wie ein Schlag in die Magengrube.

Der Angriff der Schattenwesen findet jetzt statt. Und wir sind nicht vorbereitet.

Riva dreht sich um, wahrscheinlich auf der Suche nach einer Lösung. „Es spielt schon jetzt keine Rolle mehr", murmelt sie.

Sie schaut zum Pool. Der Wasserstand beläuft sich mittlerweile nur noch auf wenige Zentimeter. Mit einer Badewanne wären wir besser dran.

Instinktiv gehe ich einen Schritt auf den Pool zu. Wenn wir die Platte aufbrechen und das Wasser wieder zum Laufen bringen … Wenn Balthazar nicht merkt, was wir vorhaben, bis er voll genug ist, um uns zu schützen … Wenn wir das schaffen, bevor der Angriff beginnt …

Ein knisternder Flammenblitz schießt vom Himmel und schlägt in das Dach der Villa ein. Im Nu breitet sich das Feuer über die gewölbte Terrakotta aus, als sei der Ton so brennbar wie Papier.

„Scheiße!" Toni stolpert mit weit aufgerissenen Augen zur Seite. Sie richtet ihren entsetzten Blick auf das Feuer und dann mit dämmerndem Verständnis auf uns.

Sie fummelt an ihrem Telefon herum und tippt mit den Daumen auf den Bildschirm, um eine hastige Nachricht zu verfassen. Dann hält sie uns das Display hin und deutet zur nordöstlichen Ecke des Geländes.

„Geht weg vom Haus!", ruft sie. „Mr. Balthazar wird nicht wollen, dass ihr verletzt werdet."

Die Worte auf ihrem Handy verraten uns den Rest: *Verschiebt die einzelne Granitvase. 5-3-9-7. Geht runter. Ich werde es versuchen.*

Ich hatte kaum Zeit, alles zu lesen, bevor sie ins Haus flüchtet. Ein weiterer feuriger Blitz zischt aus einer Quelle, die ich nicht ausmachen kann, und prallt gegen die Fassade des Gebäudes.

Ich schiebe die anderen zu der von Toni angegebenen Stelle. „Kommt schon! Das ganze Ding fliegt in die Luft."

Mein Herz klopft, als wir über den Hof und zwischen den Hecken hindurch sprinten. Wir müssen so lange wie möglich den Anschein erwecken, dass wir nur versuchen, unverletzt zu bleiben und nichts mit diesem Angriff zu tun haben.

Lange genug, dass Toni unsere Fesseln deaktivieren kann oder bis Balthazar und alle anderen sterben, die seine Anweisungen ausführen würden.

Hitze breitet sich hinter uns aus. Glühend heiße Flammenwellen verschlingen die Villa.

Ich sehe die „Vase", die Toni gemeint haben muss. Es ist ein ein Meter hoher Blumentopf aus massivem Stein, in dem ein Strauch steht, der durch die kalte Witterung braun geworden ist. Doch als ich mein Tempo beschleunige, ertönen hinter uns Stimmen.

„Hey, wo wollt ihr denn hin?"

„Bleibt, wo ihr seid!"

Jacob wirbelt herum. Die beiden Wachen, die auf uns zustürmen, stolpern im selben Moment.

Ihre Schädel prallen so hart gegeneinander, dass die Knochen zertrümmert werden.

Okay, jetzt gibt es kein Zurück mehr. Wir können nur hoffen, dass alle Überwachungskameras, die in diese Richtung gerichtet sind, bereits geschmolzen sind, sollte Balthazar weiterhin die Kontrolle über das Metall um unsere Handgelenke haben.

Die gesamte Seite der Villa wurde von den Flammen verschluckt. Sie züngeln jetzt in den Garten, fressen sich durch das Gras und zischen und knistern dabei wie verrückt. Rauch vernebelt die Luft.

Zian stößt den Blumentopf um. Er fällt auf den Boden und gibt den Blick auf einen Gullydeckel frei, der einen Durchmesser von etwa einem halben Meter hat und in dessen Mitte sich ein Zahlenschloss befindet.

Mein Herz rast, als mir Rivas Worte einfallen, dass Zian und sie das Schattenwesen zum ersten Mal in diesem Teil des Gartens gesehen haben. Führt dieses Loch zu dem Geheimweg durch den Hügel?

Die Zahlen von Tonis Bildschirm huschen durch mein Gedächtnis. Ich tauche zwischen Griffin und Andreas und tippe die vier Ziffern ein.

Das Schloss knarrt. Während Zian sich daran macht, den Deckel aufzuschrauben, schaue ich mich um.

Ich weiß nicht, was uns da unten erwartet. Möglicherweise gibt es außer uns nichts *Lebendiges*. Wenn ich bei dem, was uns als Nächstes bevorsteht, eine Hilfe sein soll, brauche ich Brennstoff für meine Kräfte.

Ich streife Riva mit meiner Hand und konzentriere mich auf das neue, schärfere Zittern der Energie, die zwischen uns fließt. Mit einem mentalen Impuls borge ich mir ihre übernatürliche Kraft.

Dann schlinge ich meine Tentakel um zwei Bäumchen in

der Nähe und reiße sie mitsamt den Wurzeln aus dem Boden.

Andreas starrt mich an und stößt ein heiseres Lachen aus. Nachdem ich Riva ihre Kraft zurückgegeben habe, springt sie durch das Loch in die Dunkelheit.

Ich werfe die Schösslinge hinunter und springe dann als Letzter hinterher. Als ich über den Rand in den unbekannten Raum unter mir gleite, züngeln die Flammen bereits durch die Hecke, nur wenige Meter von der Stelle entfernt, wo ich eben noch stand. Rauch kitzelt meine Nase.

Hustend schlinge ich im Sturzflug das Ende eines Tentakels um den Griff an der Innenseite der Abdeckung und schließe sie über mir.

Meine Füße prallen etwas schneller auf dem Boden auf, als ich gehofft hatte. Zian hält meinen Ellbogen fest, um mich zu stützen.

„Ich werde mir das hier ausleihen", sagt er zu mir. Es knackt, als er einen Ast von einem der Schösslinge abknickt.

Mit einem Blick entzündet er ein Feuer an den abstehenden Zweigen, das weitaus weniger einschüchternd ist als das, das über uns wütet. Das flackernde Licht erhellt den Raum, in dem wir uns befinden.

Der Boden, die Wände und die Decke scheinen aus Stein zu sein. Im Gegensatz zu dem Gully, durch den wir gerade gefallen sind, und den drei Türen um uns herum. Eine befindet sich zu meiner Rechten, wo der Boden leicht ansteigt, die anderen beiden nebeneinander zu unserer Linken.

Sie sind aus glänzendem Stahl. Die Tür auf der rechten Seite und die zweite Tür auf der linken Seite haben ähnliche Schlösser wie der Gullydeckel.

Die erste Tür auf der linken Seite ist nur eine massive Metallplatte, an deren glatter Oberfläche sich nicht einmal ein Griff befindet.

„Wohin sollen wir gehen?", fragt Riva in die plötzliche Stille hinein.

„Nicht nach oben", sagt Jacob grimmig und dreht sich in Richtung der beiden Türen. Er deutet auf mich. „Versuch den Code."

Ich eile hinüber und tippe dieselbe Zahlenfolge in das Tastenfeld der zweiten Tür. Ein feindseliger Piepton ertönt, und ein orangefarbenes Licht blitzt auf.

Andreas flucht leise. „Ich bezweifle, dass es sicher ist, hierzubleiben."

Zian blickt um uns herum. „Aber solange wir *im* Hügel sind und nicht über die Mauerlinie hinausgehen, sollten uns die Fesseln nicht umhauen, oder?"

Riva wirft einen Blick zurück zur oberen Tür und schnaubt. „Solange sie niemand manuell aktiviert."

Wir können es uns nicht leisten, hier zu warten und herauszufinden, ob das passiert.

Ich deute auf die unteren Türen. „Wir müssen eine aufbrechen." In meinem Kopf kreisen die Möglichkeiten. „Die ohne das zusätzliche Schloss. Wir sollten uns so weit wie möglich von er Villa entfernen. Es hat keinen Sinn, das Sicherheitssystem auszulösen, indem wir uns an etwas besonders gut Geschütztem zu schaffen machen."

Alles hier unten könnte gefährlich sein. Trotzdem sollten wir unser Bestes tun, um unseren Untergang nicht auszulösen.

Zian stößt gegen die glatte Tür, die sich keinen Zentimeter rührt. Dann richtet er seine zusammengekniffenen Augen auf die glänzende Oberfläche.

Eine glühend rote Linie erscheint auf dem Metall. Doch nach einem Moment schüttelt er den Kopf. „Es ist wirklich dick. Ich weiß nicht, ob ich da durchschneiden kann. Ich kann die andere Seite nicht einmal erkennen. Es ist alles dunkel."

Mein Puls beschleunigt sich schlagartig. „Wenn du deine Kraft auflädst, wirst du es schaffen. Ich könnte …"

Ich unterbreche mich, als mir klar wird, dass es eine einfachere Lösung gibt. Eine, die darin besteht, meine Kraft abzugeben, anstatt selbst den Helden zu spielen.

Ich hatte ohnehin immer die Rolle des Unterstützers in unserer Gruppe und habe auf diese Weise schon oft einen wichtigen Beitrag geleistet.

Ich gehe auf Zian zu. „Nimm meine energieabsorbierende Kraft!"

Es ist, als würde er sie an sich ziehen und ich sie ihm im selben Moment entgegenstoßen. Ich spüre ein Kribbeln und fühle mich auf einmal irgendwie leichter.

Nach einem kurzen Zögern schnappt Zian sich einen der Schösslinge, die ich mitgebracht habe. Seine Hand verkrampft sich um den dünnen Stamm, und seine Augen leuchten auf.

Der junge Baum verdorrt in seinem Griff, und das Metall ächzt unter seinem Blick.

Während ich ihn beobachte, steigt eine andere Art von Leichtigkeit in mir auf. Er nimmt die übernatürliche Fähigkeit, die ich verabscheut habe und wegen der ich mich wie ein Monster fühlte, und setzt sie ein, um unsere Haut zu retten.

Der Baum stirbt, doch der Rest von uns lebt. Ist das wirklich ein schlechter Tausch?

Der Stahl verzieht und verbiegt sich, und es entsteht eine Öffnung.

Anschließend gibt Zian mir meine Kraft zurück, und wir klettern hindurch.

Ich bleibe am Ende der Gruppe und nehme das zweite Bäumchen mit. Gerade als ich es durch die Öffnung hieve, springt die Tür am oberen Ende auf.

„Da sind sie!", ruft eine Gestalt mit einem Stahlhelm und zielt mit seiner Waffe auf mich.

Es ist kein Platz zum Manövrieren. Instinktiv durchforste ich die Energien um mich herum, ziehe Jacobs Kraft in mich und reiße dann meinen Arm in die Höhe.

Ein halbes Dutzend tödlicher lila Stacheln schießt aus meinem Unterarm. Sie bohren sich in die Kehle und die Brust unseres Angreifers, bevor er abdrücken kann.

Dann ist Riva neben mir, ihre Hand liegt auf meiner Taille, und ihr Blick sucht den Raum ab. Drei weitere bewaffnete Männer stürmen durch die Tür auf uns zu. Einer nach dem anderen gehen sie mit zuckenden Gliedmaßen zu Boden.

Sie hat sie mit ein paar Schlägen meiner Kraft niedergestreckt. Ihre Augen sind zusammengekniffen, aber kein Ton kommt über ihre Lippen.

Sollte ich entsetzt darüber sein, wie lautlos ihre bösartige Fähigkeit geworden ist? Doch alles, was mich in diesem Moment erfüllt, ist Ehrfurcht.

„Na los!" Sie drängt mich mit einem breiten Grinsen vor sich her und greift nach der anderen Seite des Bäumchens, um mir beim Tragen zu helfen.

Vor mir ertönt Andreas' Stimme. „Wir sind alle noch bei Bewusstsein und unsere Handgelenke sind unversehrt. Irgendetwas muss die Fesseln deaktiviert haben."

Oder *jemand*. Ich werfe einen Blick auf den Raum, den wir gerade verlassen haben und der in Dunkelheit versinkt, während wir mit Zians Taschenlampe den steil abfallenden Tunnel auf der anderen Seite hinuntereilen.

Wird Toni es schaffen, die Villa lebend zu verlassen? Ich kann nicht behaupten, dass ich *freundschaftliche* Gefühle ihr gegenüber hege, aber am Ende hat sie uns wenigstens ein bisschen geholfen.

Womöglich wären wir schon tot, wenn sie uns nicht zu diesem Gang geführt hätte.

Als der Boden noch steiler abfällt, stütze ich mich mit meiner freien Hand an der unebenen Wand ab, um nicht zu stürzen. „Ich schätze, der Gang führt direkt den Berg hinunter?"

„Das hoffe ich", sagt Riva. „Das muss die geheime Route für die Schattenwesen sein, und sie könnten durch die Schatten einen Teil der Klippe nach oben gelangen. Allerdings glaube ich nicht, dass Balthazar den untersten Bereich ungeschützt lassen würde."

Nein, das würde nicht zu ihm passen.

Der Tunnel macht einen scharfen Knick nach rechts. Wir eilen um die Biegung, unsere Schritte klappern über den Stein.

Dann stürzt die Decke mit einem unheimlichen Ächzen ein.

Felsen prasseln auf uns nieder. Riva wirft mich zu Boden und versucht, mich so gut es geht mit ihrem kleineren, aber robusteren Körper, zu schützen.

Ein dumpfes Geräusch ertönt und das Licht wird schwächer, als Zian seine Taschenlampe fallen lässt, um die anderen abzuschirmen.

Griffins Stimme durchdringt das Klappern der herabfallenden Steine. „Jake!"

Ich wälze mich auf dem unebenen Boden herum. Ein paar Meter von den lodernden Flammen entfernt, die an dem abgebrochenen Ast lecken, liegt Jacob. Ein großer Stein hat ihn getroffen, und seine Stirn ist voller Blut und Ruß.

Ein weiteres Grollen ertönt, und der Boden unter mir bebt. Panik steigt in mir auf, während mich gleichzeitig ein beunruhigend kühles Gefühl der Gewissheit überkommt.

Ich muss also doch ein Held sein.

Jacob ist zwar bewusstlos, aber er ist nicht tot. Ich nehme

die summende Energie seiner Kräfte wahr, als ich danach greife.

Meine Finger krümmen sich um das Bäumchen neben einem meiner Tentakel, während ich meine andere Hand hebe, als ein weiterer Steinregen auf uns niederprasselt.

Sie prallen an der unsichtbaren Wand ab, die ich gerade um uns herum errichtet habe. Die telekinetische Kraft, die ich mir von Jacob geliehen habe, formt eine Barriere aus Luft.

Ich muss Jacob heilen, aber erst, wenn ich sicher bin, dass wir nicht auch von den Steinen getroffen werden.

Meine Nerven vibrieren beim Aufprall der zerklüfteten Felsen, die immer größer werden. Die Anstrengung, den Schutzschild, aufrechtzuerhalten, zehrt bereits an meiner Kraft.

Mir bleibt nichts anderes übrig, als dem Bäumchen noch mehr Energie zu entziehen. Töten, damit wir leben können.

Meine Tentakel zucken leicht, und ich weiß, dass das bedeutet, dass sie ein wenig länger aus meinem Fleisch kriechen. Doch der Anflug von Abscheu, der mit diesem Gedanken einhergeht, ist nicht das Einzige, was ich fühle.

Es ist unglaublich, dass ich mich selbst oder einen der anderen stärken kann, wenn *ich* entscheide, wie ich meine Kräfte einsetze. Das muss ich mir merken.

Während ein berauschender Strom neuer Energie durch meine Tentakel in den Rest meines Körpers fließt, ertönt die letzte Stimme, die ich hören wollte, aus einem unsichtbaren Lautsprecher.

„Dachtet ihr wirklich, ich hätte keine anderen Sicherheitsvorkehrungen getroffen?", fragt Balthazar, und in seiner Stimme schwingt Spott und vielleicht auch Wut mit. „Ich werde euch begraben, ihr Verräter."

Ein Schauer läuft mir über den Rücken. Ich weiß nicht, wie lange ich diesen Schild aufrechterhalten kann, bevor ich meiner einzigen Quelle die gesamte Energie abgesaugt habe.

Wenn er den ganzen Tunnel einstürzen lässt, spielt das ohnehin keine Rolle. Wir werden keinen Weg nach draußen haben.

Ich atme zittrig ein, während mein Verstand nach einer Lösung sucht. Riva entfernt sich unterdessen von uns und klettert über einige der Steine, die weiter oben auf dem Pfad heruntergefallen sind. Ihre Stimme durchdringt das Halbdunkel.

„Dad – warte!"

Zweiunddreißig

Riva

„Dad – warte!"

Die Worte lösen einen Brechreiz in mir aus. Doch es ist das Einzige, was mir einfällt, um Balthazars Aufmerksamkeit zu erregen, und ihn von seinem mörderischen Ziel abzulenken.

Ich habe noch nie jemanden „Dad" genannt. Und er hat diesen Namen seit dem Tod seines Sohnes nicht mehr gehört.

In der momentanen Stille nehme ich Griffins empathische Kraft wahr. Nur für ein paar Sekunden. Lange genug, um mein Bewusstsein zu erweitern und Balthazars Gefühlschaos bis zu einer Stelle zu verfolgen, die ich nicht genau lokalisieren kann. Das Einzige, was ich sicher sagen kann, ist, dass er nicht weit entfernt ist.

Er ist hier. Unter dem Hügel. Bei uns. Möglicherweise

hinter der anderen Tür, die wir gesehen haben? Hinter der, die verschlossen war?

Ich sende einen Hauch von Sentimentalität in die Richtung des Mannes, bevor ich die Fähigkeit wieder an Griffin abgebe. Wenn ich Glück habe und Griffin begreift, was ich vorhabe, wird er dieselbe Strategie für mich verfolgen.

Inzwischen fallen keine Steine mehr herunter. Aus dem Augenwinkel sehe ich, wie Dominic sich etwas entspannt, weil er im Moment keinen telekinetischen Schild errichten muss.

Wie lange wird diese Gnadenfrist andauern?

Dann ertönt Balthazars Stimme erneut, diesmal misstrauischer, aber auch weniger arrogant als zuvor. „Hast du mir etwas zu sagen, Riva?"

Ich erhebe meine Stimme, obwohl ich nicht genau weiß, wie er meine Antwort hören kann. Die Jungs werden mich ebenfalls hören, doch das ist mir im Moment egal.

„Bitte, lass mich zurückkommen. Ich war zunächst geschockt von dem, was du mir erzählt hast, und hatte Angst, aber ich will nicht so sterben. Ich habe dich nicht einmal richtig kennengelernt. Kannst du mir noch eine Chance geben?"

Meine Stimme zittert, ohne dass ich mich bemühen muss. Ich bin wirklich verängstigt. Verängstigt, verzweifelt und nicht sicher, ob dieser Versuch funktionieren wird. Ich hasse es, dass ich diese Taktik überhaupt ausprobiere.

Doch mir bleibt nichts anderes übrig. Ich muss jede Karte nutzen, die ich in der Hand habe.

Mitspielen, bis wir entkommen können. Das war immer der Plan.

Ich wusste nur nicht, wie schwer es sein würde, die letzte Rolle zu übernehmen, die unser Entführer von mir verlangen könnte. Die Rolle, um die er mich bei unserem letzten Gespräch beinahe angefleht hat.

Du kannst an meiner Seite stehen. Gemeinsam werden wir alles wieder in Ordnung bringen. Begreifst du das nicht?

„Du hast ‚ich' gesagt, nicht ‚wir'", sagt Balthazar in der Gegenwart. „Du fragst also nur für dich selbst?"

„Würdest du denn einen der Jungs mit mir zurückkommen lassen?", frage ich, obwohl ich die Antwort bereits kenne.

Er gluckst. „Ich traue ihnen nicht. Nicht einmal *dir* kann ich trauen."

Aber ich bin die Einzige, die seine DNA in sich trägt. Seine und die seiner Frau. Die letzte lebende Erinnerung an die Frau, die er wohl geliebt hat, auf welche kranke Art auch immer dieser Psychopath dazu fähig ist.

Ich bemühe mich um eine sanfte Stimme. „Ich weiß. Ich werde alles tun, was du von mir verlangst. Vorher wusste ich nicht, wie ich mit dem Gedanken umgehen sollte, eine richtige Familie zu haben. Es tut mir leid, dass ich vor dir weggelaufen bin."

Der Mann, der sich als mein Vater bezeichnet, kennt mich nicht wirklich. Wenn er es täte, wüsste er, dass ich meine Jungs nie im Stich lassen würde. Nicht einmal, um mein Leben zu retten.

Bei der Lüge wird mir übel. Ich hoffe, dass die Jungs diesmal nicht an meiner Hingabe zweifeln, nicht so wie letztes Mal, als ich sie verlassen musste.

Ein Hauch von Angst durchdringt unsere Verbindung, wobei ich mir nicht sicher bin, ob sie Angst um mich oder um sich selbst haben.

„Was soll das, Tinkerbell?", krächzt Andreas, aber ich glaube, im schwindenden Licht des Feuers den Anflug eines Lächelns bei ihm zu erkennen. Ich hoffe, dass er die wahre Antwort auf diese Frage bereits kennt.

Ich tue so, als ob ich ihn ignorieren würde. Genauso wie Griffins flehendes „Mondstrahl?", das mir durch Mark und Bein geht. Doch, wenn einer der Jungs weiß, was wirklich in mir vorgeht, dann er.

Endlich spricht Balthazar. „Dann komm. Aber glaube nicht, dass ich so unvorsichtig sein werde, dir die Gelegenheit zu geben, mich zu verletzen."

„Danke! Vielen Dank!"

Ich kehre meinen Jungs den Rücken zu und suche in den sich vermischenden Energien nach der einen Kraft, die uns alle retten könnte.

„Du musst das nicht tun, Riva", krächzt Dominic heiser.

Vielleicht meint er das sogar ernst und sagt es nicht nur, damit meine Worte glaubwürdiger wirken. Aber ich habe keine Wahl.

Wenn ich es nicht tue, werden wir alle hier sterben, während Balthazar über unseren Untergang schmunzelt.

Anstatt etwas zu sagen, stapfe ich den Tunnel hinauf.

Die meisten Steine sind direkt in dem Bereich heruntergefallen, wo Balthazar uns erwischt hat, aber ein paar liegen auch auf dem immer dunkler werdenden Weg. Als ich mich mit brennenden Waden die steile Schräge hinaufkämpfe, stolpere ich fast über einen Brocken, den ich nicht gesehen habe.

„Ich komme, Dad!", rufe ich, damit er weiterhin auf mich fokussiert bleibt. „Ich kann hier drin nur nicht viel sehen."

Er wird keine weiteren Geschosse abfeuern, bis ich aus dem Gang raus bin, richtig? Er würde doch nicht riskieren, dass *mein* Kopf zerschmettert wird … nicht der seiner Tochter, nicht wenn sie endlich seine Gnade akzeptiert.

Sobald ich draußen bin, wird er die Jungs begraben, wie er es versprochen hat.

Ich muss mich also um dieses Problem kümmern, bevor ich den Tunnel verlasse.

Das Licht hinter mir verschwindet mit einer Biegung des Ganges vollständig. Ich fahre mit den Fingern an den Wänden entlang und taste mich vor.

Und richte Zians durchdringenden Blick, den ich mir von ihm geborgt habe, auf die Steinschicht zu meiner Linken.

Ich versuche nicht, die Schicht zu zerstören. Stattdessen nutze ich den scharfen Blick, um durch die feste Oberfläche hindurchzusehen. Nach ein paar Versuchen erkenne ich einen Lichtschimmer ein paar Meter hinter dem Felsen.

Da ist ein weiterer Gang, der parallel zu diesem verläuft. Ich erhasche kurze Blicke auf eine Treppe und Lampen, die in unregelmäßigen Abständen an der Decke angebracht sind.

Eher ein Fluchtweg als ein Geheimgang. Vermutlich für einen Mann mit höheren Ansprüchen, als er sie seinen Schattenwesen-Mitarbeitern bietet.

Irgendwo in diesem Gang werde ich den Verrückten selbst finden.

In meinem Tunnel ist es so dunkel, dass ich die Tür, durch die wir uns Zutritt verschafft haben, nicht sehe. Ich spüre lediglich einen etwas stärkeren Luftzug, als ich mich ihr nähere. Als ich meinen Blick wieder auf die Wand richte, zucke ich überrascht zusammen.

Am Anfang des anderen Tunnels befindet sich eine Art Kontrollraum, vermutlich hinter der verschlossenen Tür, die wir gesehen haben. Zwischen den Felswänden befinden sich Bildschirme und elektronische Konsolen.

An einer dieser Konsolen steht Balthazar, der auf einen Bildschirm starrt, den ich nicht erkennen kann. Er sieht genauso wachsam und entschlossen aus wie der Löwe, an den er mich immer erinnert hat. Seine Hände ruhen auf einer Tastatur.

Aufgrund meines Erstaunens und meiner mangelnden Übung im Umgang mit dem Röntgenblick flackert die Vision weg. Ich halte inne, als würde ich kurz Luft holen.

Mit einer Hand stütze ich mich auf die Steinoberfläche und ziehe meinen Schrei in meinen Hinterkopf. Ich muss schnell zuschlagen, bevor Balthazar merkt, dass ich meine Kräfte auf ihn anwenden kann, auch wenn er theoretisch außerhalb meiner Sichtweite ist.

Doch als ich meinen Blick von der Wand abwende, um ihn auf meinen Vater und Peiniger zu richten, kitzeln aggressive Pheromone meine Nase.

In dem Sekundenbruchteil, in dem ich den Geruch wahrnehme, werden mir zwei Dinge bewusst.

Sie können nicht von Balthazar kommen, denn die Chemikalien, die sein Körper abgibt, können diesen Stein nicht durchdringen. Jemand muss direkt hinter der kaputten Tür zu diesem Tunnel sein.

Und dieser Jemand hat nichts Gutes im Sinn für die Person, die er angreifen will …

Mich.

Ich drehe ruckartig den Kopf, als ein hagerer Körper durch die zerklüftete Öffnung stürzt.

Matteo hat immer noch den Vorteil eines kleinen Überraschungsmoments. Ich habe ihn zwar bemerkt, hatte aber keine Zeit, mich wirklich vorzubereiten.

„Sie macht irgendetwas!", ruft er mit dünner Stimme, während er mir eine Pistole unter mein Kinn drückt. Er hat eine Plastikvorrichtung über den Augen. Vielleicht eine Art Schutzbrille, die ihm hilft, im Dunkeln zu sehen? „Sie hat einen Trick …"

Wut und Angst durchfluten mich so schnell und heftig wie das Feuer, das die Villa verschlungen hat. In diesem Augenblick schwindet jeglicher Abscheu, den ich noch vor dem Einsatz meiner grausamen Kraft hatte.

Dieser Mann hat es genossen, meine Talente auszureizen und mir Schmerzen zuzufügen. Nun kommt er selbst in den Genuss seiner Bemühungen.

Mein Schrei strömt mit einer erschütternden, vernichtenden Intensität aus meinem Kopf. Doch selbst während sich die Wut der Vergeltung in mir entlädt, sind meine Gedanken immer noch bei meinen Jungs. Ich bin genauso für sie da wie sie für mich.

Matteo hat Balthazar gewarnt, dass ich angreifen werde. Ich habe keine Ahnung, was unser Entführer mit dieser Information anfangen wird.

Ich werde Matteo so viel Schmerz wie möglich zufügen, um meine Kraft zu stärken, doch ich muss schnell sein.

Ausnahmsweise bin ich diesem Arschloch für seine „Maßnahmen" dankbar. Für all die Übungen und Tests, die er mir aufgezwungen hat. Mein mentaler Schrei trifft ihn genau an der richtigen Stelle. Alle Knochen brechen in der Hand, in der er die Pistole hält.

Als die Waffe aus seinen plötzlich schlaffen Fingern gleitet, schreit Matteo auf. Anschließend richte ich meinen stummen Schrei auf seine Kehle und zerstöre seine Stimmbänder, ohne ihm jedoch den Atem abzuschneiden.

Ich werde ihn noch nicht sterben lassen.

Meine Kraft zerreißt ihn mit brutaler Effizienz. Sie zerschmettert seine Kniescheiben, durchtrennt die Haut zwischen seinen Zehen und entlang seiner Fußwölbung und schlitzt seinen Bauch bis zu seinem Rippenbogen auf.

Überall dort, wo es am meisten wehtut. Seine Qualen strömen in mich hinein und stärken meine Kraft.

Mein Rausch hält ein paar Atemzüge lang an. Ich könnte noch länger weitermachen und mehr Kraft aus seinem Schmerz schöpfen, doch der Boden unter mir bebt wie ein entfernter Donner.

Verdammt. Balthazar hat das Warten satt. Er hat einen weiteren Steinschlag ausgelöst.

Mein letzter stummer Schrei sprengt Matteos Herz. Ich stoße seinen zerschmetterten Körper von mir und lasse ihn leblos auf den Boden fallen.

Der Schmerz, den ich aufgesogen habe, pulsiert in meinen Gliedern. Ich springe auf und stürme durch die zerstörte Tür in den Eingangsbereich.

Während ich auf die Tür mit dem Schloss zusteuere, richte ich Zians Röntgenblick mit neuer Kraft auf den dicken Stahl. Ich muss Balthazar finden. Ich muss auch sein Herz zerreißen, bevor er noch mehr Schaden anrichten kann.

Ich kann ihn nicht sehen. Ich erkenne die verschwommenen Bildschirme und die blinkenden Lichter der Konsolen, aber er ist verschwunden.

Er muss irgendwo in der Nähe der Konsolen sein. Seine Stimme schallt durch die unterirdische Kammer. „Was auch immer du vorhast, du brauchst *die Männer* nicht mehr.“

Nein.

Panik schießt durch meine Adern, und ich tue das Einzige, was mir noch einfällt, um ihn aufzuhalten. Ich richte meinen Blick auf die Decke des Kontrollraums.

Die sengende Kraft von Zians Vision durchschneidet Stein viel leichter als Stahl. Ein massiver Felsbrocken kracht auf einige der Bildschirme, und Funken sprühen.

Dann schlagen noch weitere mit einem Donnern auf dem Boden und den Konsolen auf.

Wenn ich es schaffe, genug Felsbrocken auf Balthazar zu schleudern, kann ich ihn auf diese Weise töten. Ich kann ihn regelrecht pulverisieren …

In dem anderen Tunnel wird es still, das Rumpeln verebbt. Ein Schmerz breitet sich in meinem Schädel aus.

Ich scanne den Raum jenseits der verschlossenen Tür so aufmerksam wie möglich und ignoriere dabei den Schmerz, der mein Gehirn durchbohrt. Ich nehme eine blitzartige Bewegung weiter drinnen wahr. Einen vagen Fleck … Jemand stolpert davon.

Dann verblasst meine Sicht zu einem verschwommenen Grau. Der Kopfschmerz wird stärker und bildet Flecken hinter meinen Augen.

Jede Faser meines Körpers schreit mich an, Balthazar hinterherzurennen, falls er das war. Durch diese Gänge zu rennen, bis er blutüberströmt und leblos vor mir zusammensackt.

Doch ich habe nicht die Kraft dazu. Ich habe mich mit dem, was ich bereits getan habe, verausgabt.

Und die Jungs brauchen mich. Wer weiß, wie viel Schutt er auf sie geschüttet hat.

Ein weiterer Anflug von Angst treibt mich zurück in den ersten Tunnel. Schwankend und taumelnd laufe ich weiter, meine krallenbewehrten Finger kratzen über die Wände.

Ein schwacher, flackernder Lichtschein kommt vor mir in Sicht. Er zittert durch einen Riss in einem massiven Steinhaufen, der den Gang versperrt.

Irgendwo in diesem Haufen ertönt ein Stöhnen.

Oh Gott, nein. Ich kann nicht verhindern, dass mir ein wortloser Schrei über die Lippen kommt.

Sie sind noch dort, direkt vor mir, verdeckt von der Flut aus Steinen. Schmerz und Verzweiflung flackern durch unsere Verbindung, wobei ich nicht sagen kann, was von wem kommt.

Bisher war ich nicht gezwungen, herauszufinden, ob ich die Anwesenheit meiner Jungs durch meine Male noch spüren kann, wenn einer oder mehrere von ihnen sterben. Ich kann nicht mit Sicherheit sagen, dass sie alle am Leben sind.

Ich blinzle gegen die brennenden Tränen in meinen Augen an, greife nach einem der Steine und stelle fest, dass ich noch nicht alle meine körperlichen Kräfte aufgebraucht habe, auch wenn meine sensorischen Fähigkeiten geschwächt sind. Ich schaffe es, ein paar Felsbrocken von der Größe meines Oberkörpers wegzuschieben.

„Zee!", rufe ich. „Ich gebe dir deinen Röntgenblick zurück, wenn du ihn brauchst. Falls jemand meine Kraft benötigt, kann er sie haben. Ich weiß nicht, wie viel ich von hier aus tun kann."

Ich gebe Zian seine Kraft zurück. Wenn er verschüttet ist und die Felsbrocken nicht anheben kann, kann er sie vielleicht aufbrechen, damit sie leichter zu bewegen sind.

Ich greife nach einem größeren Stein und ziehe ihn mit meinen Krallen aus dem Weg, Zentimeter für Zentimeter. Gerade als ich nach dem nächsten Brocken greifen will, schießt er wie von selbst auf mich zu.

Ich schreie auf und weiche aus, als er weiter den Gang hinaufrollt.

Eine raue, aber hörbare Stimme erreicht mich durch den Spalt, der sich aufgetan hat. „Schön, dich zu sehen, Wildkatze."

„Jacob!" Unbändige Freude steigt in mir auf. Ich lasse mich neben dem Spalt auf die Knie sinken. „Geht es dir gut?"

Dann ertönt Dominics Stimme. „Ich hatte einen Moment Zeit, ihn zusammenzuflicken, dank dir. Wir haben immer noch jede Menge Schnittwunden und blaue Flecken, aber solange wir von diesem Hügel zurück in die Außenwelt gelangen können, werden wir wohl überleben."

„Streichen wir das ‚wohl' und ersetzen wir es durch ‚sicher'", murmle ich und hieve einen weiteren Stein aus dem Weg.

Sobald ich eine ausreichend große Lücke geschaffen habe, durch die ich mich in die Nische zwängen kann, wo Jacob und Dom kauern, richten sie ihre Aufmerksamkeit auf das andere Ende des Tunnels. Zian hat einige der größeren Felsen in Scheiben und Würfel geschnitten.

Er stößt die kleineren Brocken weiter in den Tunnel, während Andreas die wegschiebt, die er trotz der blutenden Wunde an seiner Schulter bewältigen kann. Als ich mich zu ihnen durchkämpfe, haben sie gerade einen Spalt geschaffen, der groß genug ist, dass ich mich hindurchquetschen kann.

„Lass uns nicht zurück", stichelt Andreas heiser.

Ich erstarre. „Das hätte ich nie …"

Er legt seine Hand auf meine Wade. „Ich weiß, Tinkerbell. Das hast du verdammt gut gemacht."

Tränen brennen in meinen Augen, und ich blinzle kurz, bevor ich weiterklettere.

Von der gegenüberliegenden Seite des Hohlraums aus helfe ich den Jungs, einen Weg zu bahnen, der breit genug ist, dass Zian sich sogar mit seinem massigen Körper hindurchwinden kann. Sobald mich die fünf erreichen, schließen sie mich in ihre Arme.

Ich lasse mich in ihre Umarmung fallen und atme ein paar Mal kurz durch. Griffin drückt mir einen Kuss auf den Hinterkopf.

„Es ist alles gut, Mondstrahl. Wir sind für dich da. So wie du für uns da gewesen bist."

Ich schlucke schwer. „Ich glaube nicht, dass ich ihn ausgeschaltet habe. Ich habe es versucht, aber Matteo kam mir in die Quere und dann …"

Jacob unterbricht mich. „Ist schon gut. Das Wichtigste ist, dass wir hier rauskommen."

„Seine ganze verdammte Villa ist jetzt Asche", bemerkt Dominic düster. „Alle Geräte, die er da drin hatte, alle Pläne, die er gemacht hat … Um den Rest kümmern wir uns später."

Ich habe eine von Balthazars wichtigsten Untergebenen

gegen ihn aufgebracht und den anderen abgeschlachtet. Ich habe sogar sein verstecktes Kontrollsystem zerstört.

Ich habe den Verrückten in die Flucht geschlagen. Letztendlich musste er vor *meinem* Zorn fliehen, anstatt dass uns mit seiner Wut in Angst zu versetzen.

Trotz seines Geldes und seiner Technologie und trotz all der Macht, die er über uns ausübte, haben wir ihn am Ende besiegt. Er konnte uns nicht an unserer Flucht hindern.

Auch wenn es schade ist, dass er ebenfalls entkommen konnte, hat Dom recht. Wir werden ihn erneut schlagen.

Ein siegessicheres Grinsen umspielt meine Lippen, und ich verspüre einen Anflug von Erleichterung.

Das nächste Mal wird es einfacher sein. Wir werden ihn jagen und ihm ein für alle Mal den Garaus machen.

Die anhaltenden Flammen erlöschen schließlich vollständig. Die Dunkelheit hüllt uns ein, aber sie ist jetzt nicht mehr so erdrückend.

Wir wagen uns weiter den abfallenden Tunnel hinunter und um eine weitere Kurve, bis wir plötzlich Licht sehen und abrupt stehen bleiben.

Ein vertrautes Gesicht wird von dem magischen Schein erhellt.

„Ausgezeichnet", sagt Rollick mit einem freundlichen Grinsen. „Ihr habt es mir erspart, den verdammten Berg hinaufzuklettern."

DREIUNDDREIßIG

Riva

Während wir Rollick den Rest des Weges durch den Tunnel folgen, bombardiere ich ihn mit Fragen. „Wie hast du den Geheimgang gefunden?"

Rollick öffnet den Mund, aber bevor er antworten kann, taucht ein weiteres Schattenwesen neben ihm auf. Pearl schwingt ihre glänzenden blonden Locken über die Schulter und strahlt mich an.

„Die Leute aus dem Haus auf dem Berg mussten manchmal in die Zivilisation herunterkommen", erklärt sie. „Ich habe sie mit meinem Sukkubus-Charme betört ..."

Sie lässt ihre ausladenden Hüften verführerisch kreisen und kichert. Sogar ihr Lachen ist schön.

Ich erschaudere bei dem Gedanken, dass Pearl mit einem von Balthazars Männern auf Tuchfühlung gehen musste. „Es tut mir leid, dass es so weit gekommen ist."

Sie zuckt mit den Schultern. „Hey, ich muss mich so oder so ernähren. Umso besser, wenn ich dadurch einer Freundin helfen kann!"

Ihre Fröhlichkeit scheint den Felsengang mehr zu erhellen als die magische Lichtkugel, die neben uns schwebt. Zu hören, dass sie mich als ihre Freundin bezeichnet, versetzt mir einen bittersüßen Stich ins Herz.

In den letzten Tagen unserer gemeinsamen Zeit war ich keine besonders gute Freundin. Ich hätte beinahe ein Schattenwesen getötet, mit dem sie viel enger befreundet war. Und der auch zu mir immer nur nett war.

Trotzdem war sie bereit, uns zu helfen.

Es ist schwer, meine nächste Frage so zu formulieren, dass sie nicht wie Kritik klingt. „Das Feuer ist vor einer ganzen Weile ausgebrochen. Und ihr seid erst jetzt hierhergekommen?"

Rollicks Glucksen erfüllt den Gang. „Du meinst, warum wir unsere Ärsche nicht schon früher herbewegt haben? Dank Pearls kleinem Beutezug wussten wir zwar, wo sich der Eingang befindet und wie der Code lautet, aber leider bestand die Geheimtür aus so dicken Stahl- und Eisenschichten, dass ich sie nicht einmal lange genug anfassen konnte, um sie zu öffnen. Es hat ein wenig gedauert, bis wir einen Sterblichen aufgetrieben haben, der das für uns erledigen konnte."

„Aber es war schon *jemand* oben, oder? Um das Feuer zu starten?", fragt Jacob verdutzt.

Pearl klatscht in die Hände. „Oh, ihr werdet sie bald kennenlernen. Sie ist großartig. Sie hätte uns die Tür öffnen können, aber sie war natürlich schon beschäftigt, als wir es merkten."

Ich ziehe die Augenbrauen hoch. „Seid ihr etwa nur zu dritt auf dieser Rettungsmission?"

Rollick wirft mir einen amüsierten Seitenblick zu. „Du

kannst deine Artgenossen immer noch nicht sehen, wenn sie im Schatten sind, was?"

Oh. Mein Blick wandert zu den dunklen Flecken in den Felsspalten.

Wer weiß, wie viele Leute er mitgebracht hat, wenn die meisten seiner Begleiter in den Schatten bleiben?

Nicht, dass ich möchte, dass sie alle hier auftauchen. Der Tunnel fühlt sich schon klaustrophobisch genug an, auch ohne einen Haufen weiterer Wesen, die sich in dem engen Raum zusammendrängen.

Der Gedanke an die Wesen, die mit dem Dämon gekommen sind, bringt eine weitere Unsicherheit mit sich, die ich nur ungern ausspreche. Ich ringe eine Minute lang mit mir, bevor ich es wage, damit herauszurücken.

„Was ist mit den sechs jüngeren Schattenblütern passiert, die wir bei unserem letzten Besuch aus der Einrichtung befreit haben, bevor die Wärter uns wieder gefangen genommen haben?"

Wir haben sie zu den Schattenwesen gebracht, die von Rollick angeführt wurden, mit der Absicht, ihnen zu folgen und uns neu zu formieren. Mit der Absicht, sie zu retten.

Clancy hat uns Fotos von ihren verstümmelten Leichen im Wald gezeigt. Allerdings wäre es nicht das erste Mal, dass er uns angelogen hat.

Rollick macht nicht den Eindruck, als hätte er schon einmal daran gedacht, dass die Entflohenen zu Schaden gekommen sein könnten. „Ich habe sie ins Hotel gebracht. Es ist der perfekte Ort, um Leute zu verstecken, die sonst nirgendwo hinkönnen. Sie haben den Zimmerservice genossen. Ich bin mir nicht sicher, inwieweit das kostenlose Essen und der Strand ihnen geholfen haben, sich von ihrer Gefangenschaft zu erholen, aber ich bin mir ziemlich sicher, dass es sie nicht weiter traumatisiert hat."

Mir stockt der Atem. „Also geht es ihnen gut."

Der Dämon mustert mich eindringlich und runzelt verwirrt die Stirn. „Ja, natürlich. Das Schwierigste war, sie aus diesem unterirdischen Bunker oder Labor herauszuholen. Was immer das genau war.“

Hoffentlich muss ich ihm nie sagen, dass ich ein paar Wochen lang geglaubt habe, dass die Schattenwesen unter seiner Aufsicht diese Jugendlichen ermordet haben.

„Was ist mit dir *passiert*?“, fragt Pearl mit ihrer typischen ehrfürchtigen Dramatik. „Du bist wieder reingegangen und dann …. einfach nicht mehr rausgekommen. Wir haben so lange gewartet, wie wir konnten. Ich wollte nicht weg.“

Andreas antwortet für mich. „Die Wärter hatten uns eine Falle gestellt und uns außer Gefecht gesetzt. Ich bin mir nicht sicher, wie sie uns aus der Einrichtung gebracht haben, aber als wir aufgewacht sind, waren wir in einem völlig anderen Teil der Welt.“

Taktvollerweise hat er Griffins Rolle bei dieser Falle nicht erwähnt, was wahrscheinlich besser ist, da der Dämon Jacobs Zwilling noch nicht kennengelernt hat. Ich möchte nicht, dass sein erster Eindruck von ihm durch eine Entscheidung getrübt wird, die er mittlerweile bereut.

„Hast du jemanden am Fuße des Hügels herauskommen sehen?“, unterbricht Zian ihn mit einem leisen Knurren. „Der Verrückte, der uns dort oben gefangen gehalten hat, ist dem Feuer entkommen.“

„Ich habe gespürt, dass er für eine Weile einen anderen Weg eingeschlagen hat“, fügt Griffin hinzu. „Jetzt kann ich ihn nicht mehr wahrnehmen … Aber das Gefühl war von Anfang an nicht besonders stark.“

Rollick schüttelt den Kopf. „Wir haben keinen anderen Eingang in der Nähe von diesem gesehen. Allerdings haben wir auch nicht besonders gründlich gesucht. Ein paar meiner Leute haben am Fuß des Hügels als Verstärkung gewartet.

Falls jemand Unerwartetes herausgestürmt kam, haben sie ihn erwischt."

Pearl beschleunigt ihr Tempo und läuft voraus. „Da ist die Tür! Puh, ich kann es kaum erwarten, hier rauszukommen."

Sie hat keine Ahnung, wie sehr ich dieses Gefühl teile.

Wir treten hinaus in die kühle, frische Luft auf felsiges Terrain, das mit dürrem Gras und krummen Sträuchern übersät ist. Ich nehme an, dass die meisten von Rollicks „Ersatz"-Schattenwesen in den Schatten Wache halten, doch eine vertraute Gestalt kommt mit einem breiten Lächeln im Gesicht auf uns zu. „Ihr habt sie gefunden! Und sogar noch einen."

Billy, der Faun, hält inne, blinzelt Griffin an und legt seinen dunklen, gewellten Haarschopf mit den spiralförmigen Hörnern schief.

Ich bleibe ruckartig stehen, und ein Kloß bildet sich in meiner Kehle, als ich ihn betrachte.

Das letzte Mal, als ich Billy gesehen habe, war er ein Haufen gebrochener Gliedmaßen, aus denen rauchige Essenz strömte. Ich hatte ihn mit meinem Schrei erwischt, weil ich ihn für einen Feind inmitten eines größeren Angriffs hielt.

Ich kann keine Anzeichen für die Verletzungen erkennen, die ich ihm zugefügt habe. Seine hellbraune Haut ist glatt, und ein eifriger, aufgeregter Ausdruck liegt in seinem jugendlichen Gesicht.

Als er meinen Blick bemerkt, wird sein Lächeln ein wenig angespannt, als hätte er Angst davor, was ich zu ihm sagen werde. „Ich bin froh, dass es dir gut geht, Riva."

Ich stoße ein verlegenes Lachen aus. „Ich bin froh, dass es *dir* gut geht. Es tut mir so leid. Was da passiert ist ... Ich wollte nicht ..."

Rollick unterbricht meine unbeholfene Entschuldigung

mit einer forschen Handbewegung. „Wir können später über unsere vergangenen Fehler reden. Kommt schon, ihr solltet euch ansehen, was wir mit eurem Gefängnis gemacht haben.“

Er macht sich auf den Weg zu einem niedrigen Hügel, auf dem ein paar blätterlose Bäume stehen. Als wir ihm hinterhereilen, schenkt mir Billy ein weiteres Lächeln, diesmal schüchterner als sonst. „Ich weiß“, sagt er leise, als ob diese zwei Worte mich von allen Fehlern freisprechen könnten, die ich begangen habe.

Ich bin mir nicht sicher, ob ich seine Vergebung so einfach verdiene, doch jetzt ist offensichtlich nicht der richtige Zeitpunkt, um mich zu geißeln.

Rollick bleibt oben auf der Anhöhe stehen und wendet sich dem aufragenden Hügel zu. Der Rest von uns versammelt sich um ihn herum.

Als ich zu der steilen Klippe aufblicke, wo sich die Villa befand, fällt mir die Kinnlade herunter.

Der steinerne Abgrund gleicht einer gigantischen Kerze, und das gesamte Plateau steht in Flammen. Sie schlagen über die Hügelkuppe in den Himmel und sogar teilweise über die Zugbrücke, die heruntergelassen wurde. Vermutlich haben Balthazars Leute versucht, über die Straße zu entkommen.

Ich kann mir nicht vorstellen, dass dort oben noch jemand am Leben ist.

Zian stößt einen ehrfürchtigen Pfiff aus, und Jacob kräht vor Freude.

Eine erneute Welle des Triumphs steigt in mir auf. *Nimm das, du verdammter Psychopath!* Wie sich das Blatt auf einmal gewendet hat.

Meine Genugtuung wird nur von dem Gedanken an Toni etwas getrübt. Konnte sie entkommen?

Ohne ihre Hilfe hätten *wir* es möglicherweise nicht geschafft.

Dann materialisiert sich unter tosendem Feuer und

wirbelnder Luft plötzlich eine glühende Gestalt direkt über uns.

Die Frau sinkt vor uns zu Boden. Ein paar Strähnen ihres scharlachroten Haars haben sich aus ihrem lockeren Pferdeschwanz gelöst und wehen in der Luft. Die riesigen Flügel auf ihrem Rücken flattern in der Brise. Statt aus Federn bestehen ihre Flügel aus leuchtenden Flammen.

Sobald ihre Füße den Boden berühren, ziehen sich ihre Flügel zusammen und verschwinden. Innerhalb eines Herzschlags sieht sie aus wie ein ganz normaler, wenn auch auffälliger Mensch.

Sie verschränkt ihre durchtrainierten Arme vor der Brust und blickt zurück zum Hügel. „Ich glaube, ich war ziemlich gründlich. Da oben ist nur noch Asche.“

Sie richtet ihren Blick wieder auf uns, und ihre kupferbraunen Augen blitzen, als würden auch darin Flammen lodern. „Ihr müsst die Schattenblüter sein, von denen ich so viel gehört habe. Dann bin ich wohl jetzt nicht mehr so besonders.“

Ich starre sie an und bin einen Moment lang sprachlos.

Rollick tritt mit einem schiefen Grinsen zwischen uns und die Feuerfrau. „Sorsha, das sind die Schattenblüter. Zumindest die ältesten von ihnen. Schattenblüter, das ist Sorsha – das einzige andere Hybridwesen, von dem ich weiß.“

Ich schaffe es, meinen Mund wieder zu schließen. „Du meintest doch, du konntest sie nicht erreichen.“

Der Dämon zieht die Augenbrauen hoch. „Ihr wart eine ganze Weile weg. Ich habe es immer wieder versucht.“

Er neigt seinen Kopf zu ihr. „Auch ihr bereiten Schutzvorrichtungen aus Eisen und Silber keine Unannehmlichkeiten. Deshalb haben wir uns für das Feuer als Waffe entschieden.“

Sorsha lacht. „Das bin ich, ein Phönix auf Bestellung.

Nicht, dass ich dir jemals etwas für diese epischen Schlachten berechnet hätte, in die du mich immer wieder verwickelst." Sie tippt sich auf die Lippen. „Wenn ich es mir recht überlege, sollte ich das langsam tun. Genug Kohle hast du schließlich."

Rollick verdreht die Augen. „Wenn du knapp bei Kasse bist, schulde ich dir definitiv ein paar Gefallen."

„Oh, wo wäre denn der Spaß, die jetzt schon einzulösen?"

Sie geht auf uns zu und mustert uns mit offener Neugierde. „So viel dazu, dass Hybriden die seltensten Lebewesen sind. Wie viele von euch gibt es *insgesamt*? Rollick meinte, dass da auch ein paar jüngere wären. Was …"

Der Dämon räuspert sich. „Ich denke, wir sollten die Kinder in Sicherheit bringen, bevor wir mit der Fragerunde starten."

Ich würde mich darüber aufregen, als „Kind" bezeichnet zu werden, wenn Rollick nicht irgendwann erwähnt hätte, dass er Tausende von Jahren alt ist. In diesem Zusammenhang ist es schwer, die Bezeichnung als Beleidigung aufzufassen.

Sorsha senkt entschuldigend den Kopf. „Stimmt, stimmt. Auf zum Supermobil!"

Bevor ich mich fragen kann, was zum Teufel ein Supermobil ist, gestikuliert Dominic zu Rollick. „Ich bin mir nicht sicher, wie weit wir noch gehen sollten, solange wir die hier noch tragen." Er tippt auf eine seiner Handschellen. „Der Mann, der uns gefangen hielt, hat sie benutzt, um uns zu kontrollieren. Es ist nicht ausgeschlossen, dass er einen Weg gefunden hat, das System irgendwo anders zu reaktivieren. Sie verfügen über einen Mechanismus, der uns verletzen soll, wenn wir versuchen, sie zu entfernen …"

Sorsha greift bereits nach seinem Handgelenk. „Ich wette, ich kann das blitzschnell erledigen."

Sie untersucht das Metallband einige Minuten lang, bevor ein Ausdruck der Gewissheit in ihr Gesicht tritt. Ihre Augen flackern, ein leises Zischen ertönt, und ein zufriedenes Grinsen umspielt ihre Lippen.

Dann stößt sie einen weiteren, etwas stärkeren Schwall ihres Phönixfeuers aus, und das Band löst sich vollständig auf. Staub fällt von Dominics Handgelenk und an der Stelle, an der es einmal war, bleibt nur ein Aschefleck zurück. Sein Arm ist völlig unversehrt.

Sobald Sorsha weiß, welchen Teil sie zerstören muss, macht sie kurzen Prozess mit den anderen Fesseln. Ich habe mich inzwischen so daran gewöhnt, dass ich das Gewicht der Metallarmbänder kaum noch wahrgenommen habe, es sei denn, ich habe bewusst daran gedacht. Doch als ich meine Handgelenke reibe, fühle ich mich, als hätte jemand einen Amboss von meinem Herzen gehoben.

Mit ihr an unserer Seite sollte es uns nicht schwerfallen, die heute begonnene Schlacht zu beenden.

Mit befreiten Handgelenken stapfen wir über den Hügel und finden uns vor einem Wohnmobil wieder.

Es ist nicht so schick wie das Gefährt, das Rollick uns in Miami besorgt hat. Die Verkleidung ist verbeult, die Armaturen sehen aus, als stammten sie aus einem lange vergangenen Jahrzehnt, und an den Seiten und auf dem Dach ragen seltsame Dinge hervor: eine krumme Satellitenschüssel, ein Propeller und eine Reihe von Luftschlangen, die selbst dann flattern, wenn das Wohnmobil steht.

Sorsha tätschelt die Seite des Fahrzeugs wie ein Pferd und winkt uns zur Tür. „Alle an Bord!"

Ich vermute, dass einige der Schattenwesen, die sich noch nicht gezeigt haben, durch die Schatten in das Fahrzeug gelangen werden. Wer weiß, wie viele hineinpassen, wenn sie keine physische Form annehmen?

Rollick, Pearl, Billy, Sorsha und wir sechs Schattenblüter zwängen uns in den engen Retro-Innenraum. Zian wirft sofort einen Blick auf den Motorraum, vielleicht vergleicht er ihn mit seinem Röntgenblick mit dem schicken Luxus-Wohnmobil, das wir vorher hatten.

„Wir haben uns in einer gemieteten Villa nicht weit von hier eingerichtet", erklärt Rollick und streckt sich auf den abgenutzten, aber bequem wirkenden Ledersitzen der C-förmigen Sitzecke aus. Der Grundriss ist seinem Wohnmobil ziemlich ähnlich, auch wenn die Ausstattung sich ein wenig unterscheidet. „Wir können dort einen kurzen Zwischenstopp einlegen, um euch wieder zusammenzuflicken und über unsere nächsten Schritte zu entscheiden."

Meine Gedanken schweifen in die Zukunft ab. „Balthazar hat auch die jüngeren Schattenblüter in seiner Gewalt. Aber er hat sie woanders hingebracht. Wir müssen sie von ihm wegbringen." Mir ist flau im Magen. „Zumindest diejenigen, die er nicht …"

Sorsha unterbricht mich vom Fahrersitz aus. „Thorn und Crag haben jemanden."

Wir eilen zum vorderen Teil des Wohnmobils und schauen neben ihr durch die Windschutzscheibe.

Auf keinen Fall hätte ich den Anblick, der sich mir bietet, voraussehen können. Zwei riesige, geflügelte Männer, beide noch größer und kräftiger als Zian, fliegen auf uns zu. Zwischen sich halten sie eine Frau fest.

Mit seinen breiten, schwarz gefiederten Flügeln und seinem silberblonden Haar, das hinter ihm her weht, sieht das linke Schattenwesen aus wie eine Art dunkler Engel. Mit einer Hand, deren Knöchel wie Kristalle glänzen, hält er die Handgelenke der Frau fest, den anderen Arm hat er um ihre Schultern gelegt.

Sein Begleiter sieht aus, als wäre er aus Stein. Sein Körper ist scharfkantig und grau, und seine fledermausartigen Flügel flattern in der Luft, während er die Unterschenkel der Frau festhält.

Die Frau selbst sieht vollkommen verängstigt aus. Ihre Haut ist bleich und sie hat die Lippen fest zusammengepresst. Ihr schwarzer Bob ist zerzaust vom Wind und dem Gerangel, das ihrer Gefangennahme vermutlich vorausgegangen ist.

Trotzdem erkenne ich sie sofort.

„Das ist Toni", stoße ich hervor. „Sie hat uns bei der Flucht geholfen. Sie hat mit Balthazar zusammengearbeitet, aber am Ende hat sie sich auf unsere Seite gestellt."

Rollick brummt vor sich hin. Wir stürmen aus dem Wohnmobil zu den ankommenden Schattenwesen.

Sorsha ruft den geflügelten Männern zu. „Ihr könnt sie absetzen. Scheint so, als wäre sie eine von den Guten."

Der Mann mit den gefiederten Flügeln wirft ihr einen strengen, skeptischen Blick zu, lockert aber seinen Griff, als er und der lebende Gargoyle landen. Stirnrunzelnd lässt der Gargoyle Tonis Beine los, damit sie auf ihren eigenen Füßen stehen kann.

Sie wackelt auf ihren niedrigen Absätzen, ihre Jacke hängt schief über ihrer Bluse und ihre Haltung ist angespannt. Sie lässt ihren Blick über die Schattenwesen um sie herum gleiten, bevor sie ihn auf uns richtet.

Sie hält diese Wesen schon mindestens so lange für Monster, wie sie für Balthazar arbeitet. Von zwei von ihnen entführt zu werden, ist nicht das, was ich mir für ihre Einführung in die Realität der Schattenwesen gewünscht hätte.

„Ich habe euch doch gesagt, dass ich mit den Schattenblütern reden *wollte*", sagt sie mit ihrer typisch schroffen Stimme, die jedoch leicht zittert. „Ihr hättet sie fragen können, und sie hätten es euch bestätigt."

Der steinerne Kerl grunzt. „Es ist besser, vorsichtig zu sein. Wir wollten es nicht riskieren, hereingelegt zu werden."

Der Vielleicht-Engel scheint ein wenig höflicher zu sein. Er senkt den Kopf. „Entschuldigung für die unnötig unangenehme Reise."

„Es tut mir leid", sage ich zu Toni. „Wir sind gerade erst rausgekommen und hatten noch keine Gelegenheit, sie über alle Einzelheiten aufzuklären."

Sie atmet seufzend aus und sammelt sich. „Es war … ein chaotischer Tag."

Als sie die Arme verschränkt, bemerke ich, dass der Ärmel verkohlt ist. Hat sie sich eine Verbrennung am Arm zugezogen?

Wenn ja, kann Dominic sie heilen. So viel schulden wir ihr.

Er tritt neben mich und denkt vielleicht das Gleiche, aber bevor einer von uns etwas sagen kann, richtet Toni sich entschlossen auf. „Ich weiß nicht, was ich jetzt tun soll. Ich bin keine Kämpferin, aber da sind ein paar Dinge, die ihr wissen müsst, wenn ihr versuchen wollt, die anderen zu befreien."

Ihr Blick verweilt eine Sekunde auf mir, bevor er ein wenig weicher wird. „Ich nehme an, das war es, was ihr vorhattet."

Ich schmunzle. „Also hast du begriffen, was mir wichtig ist, auch wenn es eine Weile gedauert hat."

Toni verzieht das Gesicht. „Es tut mir leid. Ich konnte es vorher nicht richtig sagen, aber es tut mir leid. Es gibt so viel…"

Sie verstummt und presst eine Hand auf ihre Stirn. „Das können wir später besprechen. Wichtig ist, euch wissen zu lassen, dass er es raus geschafft hat. Balthazar."

Das hatten wir schon vermutet. Trotzdem verfinstert sich

meine Miene angesichts ihrer Bestätigung. „Woher weißt du
das?"

Sie klopft auf ihre Jackentasche, in der sich wohl ihr
Handy befindet. „Er hat mir eine Nachricht geschickt. Ich
habe noch nicht geantwortet … Vielleicht ist es besser, wenn
er denkt, ich hätte nicht überlebt. Aber deshalb wusste ich,
dass ich mit euch reden muss."

Dominic mustert sie. „Worüber genau?"

Toni atmet scharf ein. „Dieses Monster, oder wie auch
immer ihr diese Wesen nennt, an das ihr euch schon einmal
gewandt habt? Rollick?"

Rollick stützt sich mit amüsierter Miene an der
Vorderseite des Wohnmobils ab. „Das wäre dann wohl ich.
Die bevorzugte Bezeichnung ist übrigens ‚Schattenwesen'."

„Richtig." Tonis Kehle wackelt, als sie schluckt. „Etwas
wurde aus deinem Hotel gestohlen, nachdem du Miami
verlassen hast."

Der Dämon kneift die Augen zusammen. „Davon wurde
mir nichts berichtet."

„Nein", fährt sie fort. „Das Mons… Das Schattenwesen,
das Balthazar geschickt hat und das er kontrollieren kann,
wurde nicht erwischt. Er hat nicht viel genommen. Und er
hat gewartet, bis Balthazar dachte, dass du durch Rivas
Nachricht abgelenkt bist."

Ich erstarre. „Moment, Balthazar *wusste*, dass ich eine
Nachricht … Warum hat er dann …"

Toni schlingt die Arme um ihre Mitte. „Er wollte, dass
du es tust. Das ist einer der Gründe, warum er deinem
kleinen Ausflug zugestimmt hat. Er dachte, dass du so etwas
versuchen würdest, und hielt es für eine gute Gelegenheit
sein Vorhaben voranzutreiben. Vermutlich nahm er an, dass
die Villa ausreichend gegen Schattenwesen geschützt ist und
es ihnen nicht gelingen würde, einen Angriff zu starten."

Er hatte nicht damit gerechnet, dass sie ein Hybridwesen

um Hilfe bitten würden. Oder dass Toni sich gegen ihn stellt. Aber …

Ich runzle die Stirn. „*Wozu* brauchte er eine Gelegenheit? Was hatte Rollick, das …?"

Die Antwort trifft mich wie ein Schlag ins Gesicht. Oh, Scheiße.

Meine Stimme wird schwächer. „Engels Laptop. Ich habe ihm gesagt, dass ich ihn bei Rollick gelassen habe. Ich dachte, dass er sowieso nicht an ihn rankommt und dass es keine Rolle spielt, ob ich es ihm sage …"

Jacob blickt zwischen uns hin und her, und seine Schultern spannen sich an. „Was macht das für einen Unterschied? Was kann er schon aus Engels Laptop herausholen? Uns hat er nicht weitergebracht."

„Da waren alle ihre Notizen drauf", gibt Dominic zu bedenken. „Viele konnten wir nicht verstehen, weil sie verschlüsselt waren."

Andreas' Miene verfinstert sich. „Er hat eng mit ihr zusammengearbeitet. Vielleicht kann er die Codes knacken."

Toni nickt. „Das kann er. Er hat ihre Dokumentation über die ursprünglichen Prozesse, die sie benutzt hat, um euch sechs zu erschaffen. Das heißt, er kann sie reproduzieren."

Zian legt den Kopf schief. „Aber das ist doch nicht unbedingt ein Problem, oder? Selbst wenn er neue Schattenblüter erschafft, werden sie Babys sein. Wir können ihn aufhalten, bevor er sie dazu bringt, jemanden zu verletzen."

Es dauert einen Moment, bis Toni ihre Stimme wiederfindet. Sie atmet geräuschvoll ein.

„Er hat Matteo schon an anderen Verfahren arbeiten lassen. Einige Variationen habt ihr am eigenen Leib erfahren. Doch ihm fehlte der Schlüssel …"

Mir läuft ein Schauer über den Rücken. „Worauf willst du hinaus?"

Toni richtet ihren Blick wieder auf mich. „Balthazar hat eine Methode, um erwachsene Menschen in Schattenblüter zu verwandeln. Ich bin gestern Abend seinem ersten Versuchsobjekt begegnet. Dem ersten Soldaten seiner neuen Armee."

Über den Autor

Eva Chase ist eine Amazon Top 100-Bestsellerautorin für Urban Fantasy und paranormale Liebesromane. Sie ist mit Magie, Chaos und Herzschmerz aufgewachsen und bringt alle drei Elemente in ihre Geschichten ein. Aber keine Angst vor dem gefürchteten Liebesdreieck - Evas Heldinnen müssen sich nie entscheiden. Online findet man sie unter www.evachase.com.